VERLAG FÜR
SYSTEMISCHE
KONZEPTE

SEELEN

Christiane Sautter

DIE SEELENTAUCHERIN

Eine Reise in die
Tiefen der Innenwelt

Sautter, Verlag für Systemische Konzepte

Die Deutsche Bibliothek verzeichnet diese Publikation in der Deutschen Nationalbibliographie.

Christiane Sautter, **Die Seelentaucherin, eine Reise in die Tiefen der Innenwelt**

1. Auflage 2018

Lektorat: Sonja Möhrle
Cover: Martin Burger mit einem Foto von Getty Images
Foto: Getty Images
Satz: Verlag für Systemische Konzepte

ISBN 978-3-943239-09-6

The continent of Atlantis was an island
which lay before the great flood
in the area we now call the Atlantic Ocean.
So great an area of land, that from her western shores
those beautiful sailors journeyed
to the South and the North Americas with ease,
in their ships with painted sails.
To the East Africa was a neighbor,
across a short strait of sea miles.
The great Egyptian age is but
a remnant of the Atlantian culture.
The antediluvian kings colonized the world.
All the Gods who play in the mythological dramas
in all legends from all lands were from far Atlantis.
Knowing her fate, Atlantis sent out ships
to all corners of the Earth.
On board were the Twelve:
The poet, the physician, the farmer, the scientist,
the magician and the other so-called Gods of our legends.
Though Gods they were – and as the elders of our time
choose to remain blind let us rejoice
and let us sing and dance and ring in the new
Hail Atlantis!
Way down below the ocean where I wanna be she may be,
My antediluvian baby, oh yeah,
I wanna see you some day.
My antediluvian baby, oh yeah, my antediluvian baby,
I love you, girl, Girl, I wanna see you some day.

Donovan

Inhalt

Kapitel 1 – Die neue Klientin

Eigentlich mag ich Herausforderungen ... Gut, gut! Sie haben mich ertappt! Das kleine Wörtchen ‚eigentlich', ein allseits beliebtes Hintertürchen ... Ich gebe zu, dass auch ich diesen Ausweg gelegentlich nutze, obwohl ich mich bemühe, meine Klienten genau davon abzuhalten. Ich benutze übrigens ganz bewusst das Wort ‚Klienten' und nicht ‚Patienten'. Damit bringe ich zum Ausdruck, dass die Menschen, die meine Hilfe erbitten, nicht krank sind, sondern Unterstützung bei der Lösung eines Problems brauchen. Und eine solche Hilfestellung benötigen wir ja schließlich alle mal von Zeit zu Zeit.

Ich versuche es noch einmal: Ich mag Herausforderungen, wenn ich abschätzen kann, dass ich ihnen gewachsen sein werde. Wirkliche Risiken, bei denen ich baden gehen könnte, versuche ich nach Kräften zu vermeiden. Als Psychotherapeutin fühle ich mich geradezu verpflichtet, meinen Klientinnen und Klienten eine verlässliche Reiseführerin zu sein. Alles andere wäre unverantwortlich, oder?! Und bis Alicia meine Hilfe erbat, fühlte ich mich kompetent und dadurch sicher. Ich war fest davon überzeugt, dass ich schon so viel gehört und so viele Klienten begleitet hatte, dass mich nichts mehr würde überraschen können.

Vielleicht komme ich dem einen oder anderen bekannt vor. Sie haben recht, geschätzte Leserin, geschätzter Leser. Ich bin es, Maria Hundhausen, wenn auch nicht mehr als Systemanalytikerin tätig, sondern als Psychotherapeutin. Aufträge für die Wirtschaft erledige ich nur noch gelegentlich und auch nur für alte Kunden. Die überwiegende Mehrzahl aller Aufträge bedient mein Mann Thomas und er ist sehr erfolgreich damit. Ja, wir sind noch immer zusammen. Vielleicht sollte ich sagen, dass wir erst jetzt eine gute Beziehung führen. Früher war das nicht so, doch das ist eine andere Geschichte.

Ich hatte mich im Anschluss an unsere Ehekrise zur systemischen Psychotherapeutin ausbilden lassen und arbeite nun schon seit fünf Jahren in einer eigenen Praxis. Meine nach wie vor guten Kontakte zu Wirtschaftsunternehmen sorgen dafür, dass ich häufig mit überarbeiteten Führungskräften zu tun habe. Das von mir entwickelte Therapieprogramm stellt die meisten schnell wieder auf die Beine und so etwas spricht sich herum. Zum Glück sorgt meine wunderbare Sekretärin Elisabeth immer noch dafür, dass unsere Logistik reibungslos funktioniert. Für jeden Patienten legt sie eine Akte an. Deshalb lag auch jetzt ein Schriftstück auf meinem Schreibtisch:

„Alicia Born, Geschäftsführerin der Firma ‚Alicias Best', natürliche Kosmetik für den Körper und die Seele", stand dort in ihrer ordentlichen Handschrift, und als Grund für ihren Besuch war vermerkt: „Burn-out-Syndrom", was auch immer sich im Einzelnen dahinter verbergen mochte. In den wenigsten Fällen ist ausschließlich die Arbeitssituation für die Kraftlosigkeit verantwortlich. Meist litten die Betroffenen an Depressionen oder sie waren sehr perfektionistisch veranlagt, konnten nie mit sich zufrieden sein und setzten sich so selbst pausenlos unter Druck.

Daran konnte ich mit ihnen arbeiten und oft genug zeigte meine Behandlung schnellere Erfolge als die meisten Kliniken es zustande brachten. Das Wort ‚Klinik' lässt mich immer noch zusammenzucken, obwohl mein eigener Klinikaufenthalt schon fast zehn Jahre hinter mir liegt. Dass ich meine Erfahrungen nicht verallgemeinern kann, weiß ich, zumal die einfühlsame Begleitung meiner damaligen Therapeutin mir die nötigen Erkenntnisse ermöglicht hatte, um meine Ehe zu retten.

Doch die traumatischen Erfahrungen habe ich noch immer nicht zur Gänze verarbeitet, was mir immer dann auffällt, wenn es darum geht, Klienten über die Vor- und Nachteile eines Klinikaufenthaltes zu beraten. Ich weiß, dass der Erfolg einer solchen Behandlung zum größten Teil davon abhängt, ob der Aufbau einer tragfähigen, vertrauensvollen Beziehung zwischen dem dortigen Therapeuten und dem Klienten gelingt. Viele wissenschaftliche Studien haben dies bestätigt. In vielen Kliniken wird dieser entscheidende Faktor jedoch immer noch dem Zufall, bzw. dem Dienstplan überlassen.

Doch ich schweife ab. Damit Sie überhaupt verstehen können, wie es dazu kam, dass mich diese neue Klientin so verunsichern konnte, erzähle ich Ihnen die Geschichte von Anfang an.

Noch zwanzig Minuten bis zum nächsten Termin, Zeit genug, um mir einen Tee zu kochen. Ich hängte einen Beutel meines Lieblingstees in einen Becher, füllte den Wasserkocher, setzte ihn auf die Kochvorrichtung und legte den Kippschalter um. Ein leises Summen bestätigte mir, dass der Kocher seinen Dienst aufgenommen hatte. Während er seine Arbeit tat, schaute ich gedankenverloren aus dem Fenster und beobachtete einen alten Mann, der sich auf der gegenüberliegenden Straßenseite gerade zu seinem Hund hinabbeugte und ihm liebevoll durchs Fell streichelte. Ich seufzte. Mein eigener Hund war nach einem langen erfüllten Hundeleben gestorben. Seitdem diskutierten Thomas und ich, ob wir uns einen neuen zulegen sollten. Über die Rasse waren wir uns noch nicht im Klaren. Einen Havaneser vielleicht?

Der laute Piepston des Wasserkochers riss mich aus meinen Gedanken. Ich füllte meinen Becher mit kochendem Wasser und goss den Rest in eine Thermoskanne. Vielleicht wollte die neue Klientin auch einen Tee. Mit dem dampfenden Getränk setzte ich mich vor meinen Computer und vertrieb mir die Zeit damit, Mails zu beantworten.

Conny fragte nach dem Rezept für die leckeren Waffeln. Ich klickte auf „Weiterleiten" und fügte Thomas Mailadresse ein. Er war der Koch. Andrea wollte wissen, ob ich zu Claires aktueller Modenschau kommen würde. Ich checkte meinen Terminkalender. Das Wochenende war frei. „Na klar", schrieb ich zurück, „das ist doch Ehrensache!"

Die nächste Mail bot mir ein Potenzmittel an. Früher hätte ich mich darüber aufgeregt, doch wozu die Energieverschwendung? Ich löschte den Eintrag und wandte mich dem Schreiben zu, in dem ein neuer Patient nach Terminen fragte. In dem Moment, als ich diesen Eintrag für meine Sekretärin markierte, schrillte die Türglocke. Ich lief zur Tür und öffnete.

„Frau Hundhausen?", fragte die zierliche Frau unsicher und blinzelte aus dem dunklen Hausgang in den hell erleuchteten Praxisflur.

„Das bin ich. Herzlich Willkommen, Frau Born", erwiderte ich und ärgerte mich, dass der Hausmeister die Glühbirne immer noch nicht ausgewechselt hatte. Deshalb sagte ich: „Es tut mir leid, dass das Licht im Hausgang kaputt ist. Kommen Sie herein." Ich ging einen Schritt zurück, um sie eintreten zu lassen. Gut sah sie aus, meine neue Klientin, sorgfältig gekleidet, eher klassisch, dezent geschminkt, die dunklen Haare zu einem strengen Zopf gebunden. Sie zog den Mantel aus und hängte ihn an die Garderobe.

„Möchten Sie einen Tee?" Die Frau nickte dankbar.

„Sehr gerne, egal welchen. Ich bin ein wenig nervös. So etwas habe ich noch nie gemacht."

„Keine Sorge", beruhigte ich sie, „es geschieht nichts, was Sie nicht wollen!" Wie oft sollte ich in den nächsten Wochen und Monaten an diesen Satz zurückdenken. Es geschieht nichts, was Sie nicht wollen! Als ob wir unsere Reisen in die inneren Welten wirklich kontrollieren könnten! Da ich zu jenem Zeitpunkt jedoch noch nicht wusste, was ich heute weiß, wies ich nur auf die Tür zu meinem Beratungszimmer.

„Suchen Sie sich einen Sessel aus. Ich hole Ihren Tee."

Sie hatte die Sitzgelegenheit gewählt, von der aus sie die Tür beobachten konnte. Aus irgendeinem Grund bevorzugten bestimmte Klienten diesen Platz, während die anderen lieber zum Fenster hinaussahen. Einige wählten die äußeren Fluchtwege, andere die inneren. Ich ließ mich in den freien Sessel sinken.

„Was kann ich für Sie tun, Frau Born?" Sie nahm den Becher und trank vorsichtig einen kleinen Schluck Tee, bevor sie zu sprechen begann.

„Mein Hausarzt hat mich zu Ihnen geschickt. Er glaubt, dass ich ein Burn-out-Syndrom habe."

„Und was glauben Sie?“ Der zögernde Ton war mir nicht entgangen.

„Ich weiß nicht“, antwortete sie. „Ich arbeite gern, auch wenn ich wirklich viel zu tun habe. Burn-out entsteht doch durch Arbeiten, oder?“

„Nicht unbedingt nur durch den Job, sondern auch durch Belastungen im persönlichen Umfeld. Bei vielen spielt die Einstellung zur eigenen Leistung die größte Rolle. Leben Sie in einer Beziehung? Haben Sie Kinder?“

„Ich bin verheiratet und habe einen Sohn. Karsten und ich führen eine gute Ehe, auch wenn wir uns in den letzten Wochen wenig gesehen haben, weil er beruflich viel in China zu tun hatte. Andreas studiert Maschinenbau in Heidelberg. An meiner Familie liegt es nicht. Ich habe keine Ahnung, warum es mir plötzlich so geht, wie es mir geht.“

„Wie geht es Ihnen denn?“, fragte ich, denn die eigene Einschätzung war mir viel wichtiger als die Diagnose, der Versuch, die Befindlichkeit eines Menschen in ein gültiges Raster einzuordnen, um den für die Behandlung üblichen Satz von der Krankenkasse fordern zu können.

„Das ist gar nicht so einfach zu beantworten“, antwortete sie nach längerem Nachdenken. „Angestrengt, kraftlos und irgendwie müde. Ich schlafe schlecht, alles erscheint mir sinnlos.“

„Und seit wann ist das so?“ In den meisten Fällen gibt es Auslöser für seelische Krisen und diese werden nur selten erfragt. Warum nicht, ist mir schleierhaft. Auch meine Klientin hatte offensichtlich noch nicht darüber nachgedacht. Sie runzelte die Stirn.

„Wenn Sie so fragen, gibt es vielleicht doch einen Anlass“, sagte sie langsam, und diese Antwort erstaunte mich kein bisschen. „Vor einem Jahr hat sich eine Biomarktkette für meine Produkte interessiert", fuhr sie fort. „Der Deal schien perfekt, doch dann sind die Chefs der Kette plötzlich abgesprungen."

„Na also", dachte ich, „da haben wir's." Laut sagte ich: „Das muss eine große Enttäuschung für Sie gewesen sein."

„Die hätte ich verkraftet", gab sie zurück. „Viel schlimmer war, dass ich einige Monate später ganz ähnliche Produkte in deren Sortiment gefunden habe. Sie haben sie als Eigenmarke deklariert und zu einem viel günstigeren Preis angeboten. Doch es sind eindeutig meine Ideen und Rezepturen!" Die Wirtschaft war ein Haifischbecken und in mir erwachte die Kämpferin für Gerechtigkeit und Fairness. Dieser arme Goldfisch war den Raubtieren offensichtlich direkt in die Mäuler geschwommen!

„Können Sie sich nicht juristisch dagegen wehren?", fragte ich deshalb.

„Das versuche ich ja", seufzte meine Klientin. „Ich habe einen Rechtsanwalt beauftragt, dagegen zu klagen, doch ich sehe schwarz, denn diese Kette ist finanzkräftig und kann meinen Anwalt leicht übertrumpfen. Die Kosmetik ist mein Lebenswerk! Wenn sich die Kette durchsetzt, bin ich ruiniert. In deren Größenordnung kann ich nicht produzieren, sie werden meine Preise unterbieten und die Leute kaufen da, wo sie mehr für ihr Geld kriegen!"

Ich seufzte ebenfalls. Selbstverständlich machte die Geiz-ist-geil-Mentalität vor ehrlich produzierter Ware nicht halt, wenn die von chinesischen oder vietnamesischen Kinderhänden gefertigten Produkte so viel günstiger zu haben waren.

„Dann ist es nur natürlich, dass es Ihnen schlecht geht",

entgegnete ich verständnisvoll. „Sie stehen deshalb unter starkem Stress und der wirkt sich natürlich enorm auf Ihre Stimmung aus."

„Dann habe ich gar kein Burn-out-Syndrom?", fragte meine neue Klientin. Sie war schnell, ein bisschen zu schnell.

„Diagnosen liegen mir nicht", antwortete ich vorsichtig, „doch Ihr Hausarzt hatte seine Gründe, um sie zu stellen. Sie haben Symptome, die auf ein Burn-out-Syndrom schließen lassen. Der Auslöser für Ihre Krise scheint jedoch der Betrug zu sein. Wenn Sie sich dazu entschließen, weiter mit mir zu arbeiten, werden wir uns in den kommenden Sitzungen sowohl mit der Verarbeitung dieses Erlebnisses befassen, als auch damit, wie Sie Ihre Zeit einteilen, welche Pausen Sie sich gönnen und wie wichtig es Ihnen ist, möglichst keine Fehler zu machen."

„Das finde ich gut", antwortete sie. „Wie lange wird das dauern?" Die meisten Klienten stellen diese Frage. Sie gehen zum Experten und wünschen sich entweder eine Sofortlösung oder zumindest einen möglichst genauen Trainingsplan, so als ob die Seele genauso aufgebaut werden könnte wie der Körper. Doch Psychotherapie kann man nicht mit einem Getränkeautomaten vergleichen, den man mit Münzen füttert, um danach die gewünschte Flasche aus der Schublade zu ziehen. Jeder Mensch hat seine eigene Wahrheit und jede Seele ihr eigenes Tempo. Sie lässt sich nicht zwingen und nur sie kennt den Weg, der zur Genesung führt. Deshalb sehen wir systemische Psychotherapeuten den Klienten als Experten für sich selbst. Nur er weiß, was er braucht, und wir Therapeuten unterstützen ihn dabei, seinen Weg zu gehen. Deshalb sagte ich:

„Ich weiß nicht, wie lange Sie brauchen werden, um Ihr

Ziel zu erreichen. Meist braucht es mehrere Etappen, um einen Gipfel zu erklimmen. Welche Antwort wollen Sie dort oben finden?“ Sie überlegte.

„Ich möchte wissen, was mit mir los ist.“

„Wie würde sich dieses Wissen auf Ihr Leben auswirken?“

„Ich könnte wieder die sein, die ich gewesen bin.“

„Das kann ich Ihnen nicht versprechen, denn durch eine Therapie verändert man sich.“ Meine Klientin sah auf.

„Aber doch hoffentlich in die gewünschte Richtung?“, fragte sie. Ich zögerte, denn ich wollte nichts versprechen, was ich nicht halten konnte.

„Meist ist das so. Manchmal passiert es jedoch, dass sich ein Thema meldet, das man bisher erfolgreich vermieden hat. In solchen Fällen kann es darum gehen, gewohnte Wege zu verlassen, um neue ausprobieren zu können, obwohl man das ursprünglich gar nicht vor hatte.“

„Das klingt nach tief greifenden Veränderungen. Will ich das?“

„Diese Entscheidung dürfen Sie selbst treffen. Ich kann Sie nur dabei begleiten und darauf achten, dass Sie sich nicht überfordern.“

„Okay!“, sagte sie. „Das habe ich verstanden. Lassen Sie es mich so formulieren: Ich möchte herausfinden, warum mich dieser Betrug so aus der Bahn geworfen hat. Und dann möchte ich mein Gleichgewicht wiederfinden, auch wenn ich mich dazu verändern muss.“

„Das ist ein guter Therapieauftrag“, stimmte ich ihr zu. „Sind Sie schon öfter betrogen worden?“

„Nicht, dass ich wüsste. Ich würde mich eher als misstrauischen Menschen beschreiben.“

„Wenn Sie zu vermeiden versuchen, dass Sie betrogen

werden, scheint dieses Thema eine größere Rolle zu spielen, als Sie annehmen." Sie wirkte nachdenklich.

„Ehrlichkeit ist für mich ein hoher Wert", bestätigte sie. „Frau Hundhausen, ich möchte gerne mit Ihnen arbeiten, und ich weiß, dass ich mehr als eine Sitzung brauchen werde. Mir liegt die Art, wie Sie mit mir umgehen. Können Sie sich eine Zusammenarbeit vorstellen?" Ich nickte. Frau Born war mir sympathisch.

„Sehr gut. Um Ihnen gleich ein Werkzeug an die Hand zu geben, kann ich Ihnen eine Entspannungsübung zeigen, die progressive Muskelentspannung nach Jacobson. Dazu gehen wir in den Ruheraum, Sie legen sich bequem auf eine Liege, ich decke sie zu und dann führe ich Sie langsam durch Ihren Körper. Sie spannen bestimmte Muskeln an und lassen diese danach ganz bewusst wieder los. So lernen Sie, zwischen Spannung und Entspannung zu unterscheiden. Wenn Sie diese Übung mindestens einmal täglich wiederholen, merken Sie immer besser, wenn Sie sich verspannen und wie Sie diese Verspannung lockern. Sind Sie einverstanden?" Alicia Born nickte, leerte ihre Tasse und stand auf.

„Ich gehe vorher noch einmal auf die Toilette", sagte sie und ich nickte. Das taten alle Klienten. Ich betrat den Ruheraum und stellte den Heizkörper ein wenig höher. Frau Born kam wenig später, legte sich auf die Liege und ließ sich zudecken. Bis jetzt war alles so, wie es immer war.

Da ich viel mit traumatisierten Menschen arbeite, beginne ich jedes Entspannungsverfahren mit einer inneren Bilderreise zu einem sogenannten sicheren Ort, an dem diese sich absolut wohl und sicher fühlen können. Und das tat ich auch mit dieser Klientin. Konnte ich ahnen, was ich damit auslösen würde?

„Stellen Sie sich jetzt einen Ort vor, den nur Sie alleine kennen. Wenn es ein anderer Planet ist, dann kennen nur Sie das Raumschiff, mit dem Sie dorthin fliegen können. Wenn es eine Insel ist, dann kennen nur Sie das Schiff, das Sie dorthin bringt. Ist es ein Berg oder ein Tal, dann wissen nur Sie den Weg, der Sie ans Ziel führt. Es ist ganz allein Ihr Ort und er ist vollkommen sicher", begann ich die gewohnte Einführung. „Beschreiben Sie mir den Ort, wenn Sie ihn vor Ihrem inneren Auge sehen können." Meine Klientin atmete ruhig und gleichmäßig. Dann sagte sie leise:

„Ich sehe einen riesigen Kristall, der bis in den Himmel reicht. Dort stehe ich mit den anderen. Das Licht ist nicht so hell wie hier auf der Erde." Ich stutzte. Das war nicht der sichere Ort, den ich für gewöhnlich von anderen Klienten beschrieben bekam: Eine blühende Blumenwiese, eine Insel in der Südsee, ein Bergplateau oder auch einen Hochsicherheitstrakt. Bestimmt stellte sich diese Frau ein Bild aus einem Computerspiel vor. Wenn sie sich dort sicher fühlte, warum nicht?

„Sehen Sie diesen Ort deutlich vor sich", fuhr ich fort. „Dort herrscht genau die für Sie richtige Temperatur. Es wachsen nur die Pflanzen, die Sie mögen. Nur die Tiere, die Sie gerne haben, bevölkern Ihre Welt. An diesem Ort gibt es außer Ihnen keine Menschen – und doch sind Sie nicht allein! Es sind Wesen da, die Ihnen nur Gutes wollen: Helfer, Heiler, Tiere, Engel, wen immer Sie möchten. Sie können sie rufen, sie unterstützen Sie gern. Beschreiben Sie mir, was Sie sehen."

Alicia atmete tief. „Da sind viele außer mir und wir sind keine Menschen. Wir sind sehr groß und wir stehen zusammen an dem Kristall. Ich denke, wir beten." Alicias Atem ging heftiger. Plötzlich wurde sie ruhig und sagte:

„Wir sind ewig geborgen in Ihm, dem Absoluten Heiligen Sein! Herr, es ist Dein Wille, der geschieht! Dein Wille ist mein Wille, war mein Wille und wird es immer sein. Ich bin durch Dich und ohne Dich, da wäre nichts, nicht die Universen, nicht die Galaxien, kein Sternenstaub, kein Mondenlicht, kein Sonnenfeuer, kein Leben."

Ach du liebes bisschen! Wo war diese Frau? Die Reise zum sicheren Ort sah an dieser Stelle ein Bad in einem heilenden Wasser vor. Sollte ich sie unterbrechen und auf dem heilenden Wasser bestehen? Alles wäre anders gekommen, wenn ich mich in diesem Augenblick an das Rezept gehalten hätte. Doch Rezepte sind wie Diagnosen: Es besteht die Gefahr, das Wesentliche zu übersehen. Ich sah meine Klientin forschend an und entschied mich, sie gewähren zu lassen. Und ich muss zugeben, dass ich wirklich neugierig geworden war, wie es weitergehen würde. Alicia Born wirkte seltsam entrückt. Und sie fuhr fort:

„Dein Wille wurde Wort und das Wort hatte Allmacht, Allliebe und Allweisheit, und Du sprachst. Aus Deinem unteilbaren Sein gebarst Du Myriaden von Facetten Deiner unendlichen Möglichkeiten, gleich einem funkelnden Diamanten, in dessen regenbogenfarben glitzernden Feuerspiegeln doch nur Du zu sehen bist. Du schufst Universen, Galaxien, Sternenstaub, Mondenlicht, Sonnenfeuer – und mich. Geborgen in Dir, in Deinem Willen, Deiner Macht, Deiner Weisheit, Deiner Liebe bin ich immer jetzt im ewigen Augenblick des Seins."

Ich hatte unwillkürlich die Luft angehalten. Jetzt atmete ich langsam wieder aus. „Am Anfang war das Wort und das Wort war bei Gott und Gott war das Wort ...", der erste Satz des Johannes-Evangeliums. Offensichtlich hatte meine

Klientin eine starke religiöse Neigung und einen Sinn für Poesie: Sternenstaub, Mondenlicht und Sonnenfeuer. Mit wunderschönen Worten beschrieb sie die Erschaffung der Welt. Das war höchst ungewöhnlich!

„Flüsternd gabst Du neuen Bahnen Raum, schufst winzig kleine Inseln neuer Möglichkeiten, nährtest sie in meinem Sein und machtest sie mir offenbar. Untrennbar, unteilbar, unlösbar bin ich von Dir, und doch entstand in mir das Bild, dass ich mich trenne, teile, löse ... und selbst bin? Ein Sein getrennt von Dir und doch in Dir, denn ewig giltst nur Du, zählt nur Dein Wille. Der neue Weg – als Menschen zu leben in den Welten der Materie, die Liebe Gottes einzubringen in das Dunkel dieser neuen Dimension."

Ich schluckte. Sie beschrieb tatsächlich die Erschaffung der Menschen!

„Dein Wille geschehe, Herr, ich gehe. Dein Auftrag sei mein Lebensziel, wie lange er auch währen mag. Ich bleibe dort, bis Du mich rufst, zurück in Deinen Liebesozean des Seins. Vertrauensvoll geborgen wage ich den Schritt, die unermesslich große, unfassbare Tat. Vertrauensvoll, da Du es bist, der will, und ich nicht weiß, was ich mir anderes wünschen könnte. Es sei!"

Alicia verstummte. Ich betrachtete sie zweifelnd. Sie schien in eine tiefe Trance gefallen zu sein, eine Trance, die ich nicht induziert hatte. Dass jemand nur durch das Bild des sicheren Ortes in diesen Zustand geriet, hatte ich noch nie erlebt.

Und hatte sie nicht gerade die Erschaffung des Universums und der Menschheit sowie die Besiedlung der Erde beschrieben? Alicia Born war überhaupt nicht der Typ für kosmische Fantasien oder esoterische Ausflüge.

Sie war eine nüchterne Geschäftsfrau, die gerade in einer persönlichen Krise steckte. Doch wie ich selbst erlebt hatte, konnten sich durch solche Krisen geheimnisvolle Türen in die Innenwelt öffnen. Wenn man mutig genug war, hindurchzugehen, um alte Themen abzuschließen und neue Räume zu erobern, war danach alles anders: Man selbst war viel authentischer und viel wahrhaftiger.

Meine Entscheidung war gefallen: Ich würde sie gewähren lassen. Um mich wieder in Erinnerung zu bringen, fragte ich:

„War das ein Gebet, das Sie gesprochen haben?"

„Es ist unser Gebet", flüsterte sie. „Jeder kennt es und jeder spricht es auf seine Weise."

„Erzählen Sie mir, was Sie sehen. Beschreiben Sie mir, was geschieht."

„Ich sehe einen Himmel, der metallisch hellblau schimmert, und einen weiten Ozean. Das Wasser ist ganz ruhig. Da spielen Delfine, wie schön! "

„Wo sind Sie, Alicia?"

„Ich stehe mit weit geöffneten Armen auf dem Felsplateau hoch über dem Strand im hellen Licht der Morgensonne", sagte sie. „Ich bin Alaia und ich bin kein Mensch. Ich komme von den Sternen!"

Und dann erzählte sie eine Geschichte, die ganz anders war, als all das, was ich je von meinen Klienten gehört hatte.

Kapitel 2 – Es begann in Atlantis

Der Tag war jung, das Licht noch frisch und klar, eine Stunde, die Alaia besonders liebte. Nur jetzt waren Himmel und Wasser von derselben Farbe und schienen sich in weiter Ferne zu vereinen, die Trennungslinie zwischen den beiden Sphären kaum wahrnehmbar: hellblauer Himmel über hellblauem Wasser. Das Tosen der anbrandenden Wellen schirmte sie von allen anderen Geräuschen ab. Nur ab und zu gelang es einem Möwenschrei, den brausenden Schutzwall zu durchdringen.

In sich ruhend, mit nach oben gewandten Handflächen, nahm sie jene feine Schwingung auf, die im Licht der Sonne, im Säuseln des Windes, im Duft des Meeres, im Rauschen der Wogen, ja selbst im Schrei der Möwen schwang, und die sie als Nahrung ebenso brauchte wie die Menschen jene Substanzen, die ihnen die Erde in Form von Früchten, Gemüsen und Getreide gab.

Alaia atmete tief und voller Wohlbehagen das Lebenselixier ein, welches sich in ihren Körperzellen sammelte und diese mit frischer Kraft füllte. Es würde nicht mehr lange dauern, dann wären die Menschen ebenfalls bereit, die nährende Schwingung gleich dort aufzunehmen, wo sie im Überfluss zur Verfügung stand: Aus Licht und Luft, über den Atem und die Haut, ohne den Umweg der Verbrennung in den Verdauungsorganen des Körpers.

Alaia hatte schon lange aufgehört, die Jahre zu zählen, die sie hier in Atlantis lebte. Als das Oberhaupt des intergalaktischen Rates unter den Bewohnern ihres Planeten nach Geeigneten gesucht hatte, war die Wahl auch auf sie gefallen, und sie hatte einfach gehorcht, hatte nicht gefragt, warum gerade sie gerufen worden war, sondern war gegangen. Der Wille des Obersten entsprach dem Willen des Einen und dies war auch ihr Wille.

Ihr Auftrag bestand darin, mit den Menschen auf dem Planeten Erde zu leben, um ihnen beizubringen, die Energien des großen planetarischen Gitternetzes zu nutzen. Diese freie Energie umgab nicht nur den Planeten Erde, sondern hielt die Sonnensysteme zusammen und verband die Galaxien. Die Menschheit würde wachsen und in einigen tausend Jahren würde der Planet nicht mehr über genügend Nahrung und Energie verfügen, um alle satt zu machen. Energie gab es jedoch im Überfluss und sie wusste, wie man diese nutzbar machen konnte.

Die Atlanter hatten sich mit dem intergalaktischen Rat in Verbindung gesetzt und um Hilfe gebeten. Allein die Tatsache, dass ihnen dies gelungen war, zeugte von ihrem hohen Reifegrad. Lange hatte man ihr Ersuchen geprüft und von allen Seiten begutachtet. Nicht alle waren einverstanden, denn auf der Erde herrschte ein Prinzip, das den Planetariern vollkommen fremd war: Die Menschen lebten das Prinzip der Dualität. Es gab die beiden Pole ‚Gut und Böse' und jeder Mensch konnte selbst entscheiden, ob er das Licht und damit den Willen des Einen, oder das Dunkel wählen wollte, in dem sich jeder nur um sich selbst kümmerte und sogar die Existenz des Einen leugnen durfte.

„Dunkelheit lässt Licht deutlich werden", sagte das Ober-

haupt des intergalaktischen Rates, doch das überzeugte die Kritiker noch lange nicht.

„Und wenn die Menschen versagen? Wenn sie dem Prinzip der Dunkelheit erliegen?", hatte einer zu bedenken gegeben. „Die Versuchung, das Gitternetz für egoistische Zwecke zu missbrauchen, ist groß! Die Menschen sind nicht geschult: Sie folgen ihren Lüsten."

„Deshalb ist es umso wichtiger, dass wir ihnen dabei helfen", erwiderte der Oberste. „Sie haben die kosmischen Energien entdeckt und werden alles tun, um sich ihrer zu bedienen. Es ist Sein Wille, dass dies geschieht, und deshalb wird es gelingen." Danach waren die Anwesenden geprüft und die Auserwählten einberufen worden. Auch Alaias Name war genannt worden.

„Geh", sagte er, „und lehre die Menschen, das Schwingungsmuster zu begreifen, zu achten, zu beherrschen und in ihren Planeten zu lenken. Die Menschen von Atlantis brauchen deine Hilfe. Sie sind bereit und scheinen die Zusammenhänge zu erfassen. Der Eine sei mit dir!"

„Sein Wille ist mein Wille", hatte Alaia entgegnet, sich verneigt und mit dieser Verneigung den Auftrag demütig angenommen. Trauriger Abschied war ihr eine gänzlich unbekannte Regung. Sie wusste sich zutiefst verbunden mit allen anderen Wesen, ganz gleich, ob diese körperlich anwesend waren oder in den Galaxien reisten. So hatte sie sich zum vorbestimmten Zeitpunkt in die große Halle der Kristalle begeben und als die Reihe an sie kam, hatte sie ihr Bewusstsein in einem einzigen Augenblick über die Bahnen des großen kosmischen Gitternetzes bis auf den fernen Planeten Erde gesandt. Die Atome ihres Körpers waren dem Bewusstsein gefolgt und sammelten sich um ihren Seelenkern. Ein fern von den großen Städten gelegener Tempelbezirk war ihr Zielort gewesen, der Platz, an dem sie

seither lebte und wirkte. Dort fühlte sie sich wohl. Mit den anderen Priestern und Priesterinnen verband sie tiefe Freundschaft und Liebe und dieses gemeinsame Band überbrückte alle Unterschiede zwischen Wesen so unterschiedlicher Kulturen.

Die Menschen hatten die Spaltung vom Einen um einen weiteren, sichtbaren Schritt vollzogen. Alaia bewunderte den Mut zu diesem kühnen Schritt: Jener Teil des göttlichen Wesens, welcher machtvoll entschied und schöpferisch den Willen in die Tat umsetzte, offenbarte sich bei dieser Rasse in einem anderen Geschlecht als die lebenspendende mütterliche Liebe, das Erbarmen und die Hingabe. Die Menschen teilten sich in Männer und in Frauen, was beide Seinsqualitäten des Einen wunderbar deutlich sichtbar machte, jedoch die Menschen dazu verführte, Erfüllung in der Verbindung mit einem Angehörigen des jeweils anderen Geschlechts zu suchen. Das schien meist schwierig und nur selten führte es zum angestrebten Ziel. So hatte Alaia nie bedauert, beide Anteile gleichermaßen in sich zu vereinen. Mit ihren feinen Sinnen erspürte sie in jedem Manne auch die Frau, in jeder Frau den Mann. Da ihre Erscheinungsform in dieser Welt eher dem Äußeren einer Frau entsprach, ließ sie es dabei bewenden, sich als eine solche anreden zu lassen. Die Wahrheit blieb die Wahrheit, auch wenn nur sie sie kannte.

Sie vernahm den vollen Klang des großen Gongs, der sie zum Dienst im Tempel rief. Langsam senkte sie die Arme und verneigte sich dankend vor Himmel und Meer. Rasch schritt sie aus und sog im Vorübergehen genießerisch den Duft der weißen Blüten ein, die sich am Rand des kleinen Pfades verströmten. Sie schritt durch das hohe Tor, wandte sich nach links und trat durch eine offene Tür in ein kleines rundes Gebäude mit Kuppeldach. Durch eine Öffnung in der Decke fiel das Licht auf ihre Lebenssteine, die in der richtigen Anordnung auf einer goldenen Platte lagen, jene Steine, die ihre Verbindung mit dem Gitternetz aufrechterhielten. Hier lag auch der große Bergkristall, der Meisterstein, der die Heilkraft aller Steine in sich vereinte.

Jeder Stein entsprach in seiner Färbung einem Nervenzentrum und damit bestimmten Eigenschaften, Fähigkeiten, Möglichkeiten. Wenn die Steine stimmten, schwang sie im Einklang mit dem Einen, den Menschen, Tieren, Pflanzen, mit diesem Planeten, ihrem Planeten und allem, was dazwischenliegen mochte. Krankheiten entstanden dann, wenn die Menschen ihre Nervenzentren blockierten. Solch eine Blockade konnte mit der Farbe und der Energie des entsprechenden Edelsteins geheilt werden.

Deshalb gab es im Tempel der Heilung alle wichtigen Edelsteine: den Amethyst mit seinem klaren Violett, den tiefblauen Saphir und den grünen Smaragd. Der Citrin strahlte leuchtend gelb, der Topas in sattem Orange und das klare Rosa des Rosenquarzes hob sich ab vom machtvollen Rot des Rubins. Der helltürkisfarbene Larimar, der etwas abseits neben dem Smaragd lag, würde später eingegliedert werden können, dann, wenn die Menschen erleben würden, dass der Wille Gottes zutiefst dem eigenen Streben entsprach.

Durch feine Linsen wurde das Sonnenlicht durch die Steine geleitet, sodass der Kranke in der seinem Leiden entsprechenden Farbe baden und genesen konnte. Für die Arbeit mit dem großen farblosen Kristall, dem Meisterstein, bedurfte es einer besonderen Ausbildung, da solche Steine außerordentlich machtvoll waren und in den Händen Unkundiger Schaden anrichten konnten. Alaia nahm ihren Meisterstein vorsichtig von der Platte, hielt ihn in ihren Händen und versenkte sich in seine klare Schwingung. Zufrieden nickend verließ sie ihr Zuhause und folgte dem schmalen kiesbestreuten Weg zum Tempel.

Von allen Seiten näherten sich weiß gekleidete Männer und Frauen schweigend und gesammelt dem kreisrunden Areal, auf dessen Boden mit weißen Steinplatten ein großer vielzackiger Stern gelegt worden war. In dessen Mitte befand sich ein türkisfarbenes rundes Becken, in dem eine klare Quelle plätscherte. Neben dem Becken hingen verschieden große Gongs in ihren goldfarbenen Gestellen, darunter jener, dem Johannes in tiefer Versenkung Töne entlockte. Die Männer und Frauen begaben sich an ihre Plätze im äußeren Kreis. Alaia schritt mit dem Meisterkristall zum Becken, hielt den Stein unter das frische Wasser und sprach die Formel der Reinigung:

„Mögest du rein sein und heilen, im Namen des Einen!" Sie bot den Stein der Sonne, ließ ihn von deren warmen Strahlen trocknen und stellte ihn schließlich auf einen Sockel über die Quelle, wo er sich mit heilender Energie aufladen würde. Als Alaia ihren Platz in der Gruppe eingenommen hatte, wandte sich Johannes dem größten der Gongs zu und ließ die schimmernde Scheibe mit einem dicken Klöppel schwingen.

Tief und hoch zugleich waberte der Klang und löste die Blockaden aus den Nervenzellen. Wieder tönte der Gong und diesmal vereinte er die Zentren zu einem feurigen Kanal, welcher den Kosmos mit der Erde zu verbinden schien. Ein drittes Mal erklang der Gong. Die Priester hoben ihre Hände mit nach oben gerichteten Handflächen gen Himmel. Köstliche Kraft durchströmte jeden einzelnen und sammelte sich in jeder Zelle.

Alaia, der die Obhut über diese Menschen gegeben war, überprüfte sorgfältig, ob jedes Mitglied ihres Kreises angeschlossen war und ob alle Teile bereit waren, zu einem Ganzen zu verschmelzen. Zufrieden senkte sie die Arme in die Waagerechte, die linke Hand nach oben gewandt, die rechte nach unten. Die anderen folgten ihrem Beispiel, so dass jede linke Hand unter der rechten des Nachbarn schwebte und die rechte Hand über der linken. Der Kreis vereinte sich, die einzelnen Teile wurden zu einem einzigen kraftvollen, energiegeladenen Menschenleib.

Wieder schlug Johannes den Gong und mit einem wunderbaren großen Ausatmen gab der Menschenleib die kosmische Liebeskraft der Erde, spendete sie dem riesigen Leib Gaias, um diese aufzuladen und zu nähren. Lange verharrte die Gruppe in schweigender Versenkung. Dann erklang der kleinere Gong, der das Ende des Rituals verkündete. Die Priester lösten sich aus der Versenkung und machten sich in kleinen Gruppen auf den Weg zur großen Halle, wo ein einfaches Frühstück auf sie wartete.

„Alaia, ich muss mit dir reden!" Das war Johannes Stimme.

„Ich auch", rief Riona, „Alaia, bitte warte!" Diese blieb stehen, drehte sich um und sah die beiden prüfend an.

„Ihr scheint betrübt zu sein, was ist ...", begann sie.

„Nicht hier", unterbrach Johannes, „nicht hier!" Alaia nickte, obwohl sie noch nicht verstand, was ihre Freunde bewegte.

„Gehen wir zu mir", schlug sie vor. „Dort können wir ungestört sprechen. Ich brauche kein Frühstück." Schweigend legten sie den kurzen Weg zu ihrer Behausung zurück. Johannes und Riona waren an der Tür stehen geblieben. Erstaunt hörte Alaia, wie Johannes die machtvolle Formel sprach, die dieses Haus und alle, die darinnen waren, vor sichtbaren und unsichtbaren Eindringlingen schützte. Riona zeichnete mit dem Finger der linken Hand Symbole in die Luft, welche verhinderten, dass in diesem Raum gesprochene Worte von anderen gehört und verstanden werden konnten. Die beiden traten ein und Riona versiegelte den Eingang mit einem heiligen Symbol.

„Was hat das zu bedeuten", fragte Alaia erstaunt, „wovor müsst ihr uns schützen?" Der ernste Blick der Freunde traf sie bis ins Mark. Schweigend wies sie auf die dicken Kissen am Bo-

den und bedeutete den beiden, sich darauf niederzulassen. Sie nahm den Tonkrug vom Wandbord, stellte drei Becher daneben und füllte diese mit frischem Quellwasser.

„Seid mir willkommen", sagte sie und reichte jedem einen Becher, „seid mir mit allem willkommen, was ihr mit euch bringt." Sie setzte sich. Mit Johannes und Riona verband sie mehr als die Zuneigung, die alle hier füreinander empfanden. Mit diesen beiden konnte sie Empfindungen teilen, welche die meisten Bewohner der Erde nicht verstanden. Sie hatten keine Angst vor ihrer Androgynie, mit ihnen konnte sie sich schweigend in die kristallene Klarheit des blauen Meeres versenken, in die Schönheit der blühenden Schöpfung und sich eins fühlen mit der Luft, den Vögeln und den großen Meerestieren, die schnatternd in den Wogen spielten.

„Wir haben lange gezögert, Alaia, doch jetzt sind wir sicher...", begann Riona. Alaia spürte ihre Unsicherheit und daneben das furchtbare Gefühl der Angst, eine Empfindung, die sie erst auf diesem Planeten zu empfinden gelernt hatte. „Johannes und ich, wir nehmen wahr, dass nicht alle Menschen in Atlantis Gottes Plan erfüllen wollen."

Alaia versuchte, die Bedeutung dieser Nachricht in ihrer ganzen Tiefe zu erfassen, doch etwas in ihr war zu dieser Überlegung gar nicht fähig.

„Das ist unmöglich, Riona, das kann gar nicht sein. Gottes Wille geschieht. Niemand kann gegen Gottes Plan sein oder gegen diesen handeln. Er ist in uns, ohne Ihn existieren wir nicht! Wie könnte ein lebendes Wesen beschließen, gegen das Leben selbst zu entscheiden? Das kann nicht sein! Fürchtet euch nicht!"

„Doch diese Furcht ist nicht unbegründet", entgegnete Johannes ernst. „Zuerst waren es nur kleinere Störungen, fehlgeleitete Energien, die rasch neutralisiert werden konnten. Doch

sie werden immer stärker, heute stärker als gestern, und morgen werden sie noch machtvoller sein. Jemand muss ihnen Kraft zuführen, kosmische Kraft, denn irdische Energien zeigen ein anderes Schwingungsmuster."

„Kosmische Kraft? Vom Gitternetz? Das ist undenkbar, denn es ist Seine Energie!"

„Es scheint Menschen in Atlantis zu geben, die nur deshalb lernten, wie man die Energien des Gitternetzes in die Erde lenken kann, um dieses Wissen für eigene Ziele einzusetzen." Johannes atmete erleichtert aus, denn endlich hatte er es ausgesprochen. Alaia schien indessen unbeeindruckt.

„Es gibt nur ein Ziel und das ist Gottes Ziel. Da Er es ist, der uns das Leben gibt, kann niemand etwas anderes wollen."

„Das mag für Planetarier zutreffen", wandte Riona ein, „doch Menschen können sich gegen Gott entscheiden. Verstehst du, Alaia, wir haben Licht und Dunkel, Wahrheit und Irrtum, Recht und Unrecht. Wir leben in der Dualität und können mit freiem Willen wählen."

„Wie könnte ein lebendiges Wesen gegen sich selbst entscheiden?", entgegnete Alaia. Riona und Johannes tauschten verzweifelte Blicke. Jetzt lebte die Freundin schon so lange unter ihnen und doch schien ihr dieser Aspekt des Menschseins so unendlich fremd, dass sie sich nicht einmal gedanklich darauf einzulassen vermochte!

„Schwingungen erschüttern die Atmosphäre, die den Frieden stören", warnte Johannes eindringlich, „verstehst du, Alaia! Diese Energien sind da! Riona spürt sie, ich spüre sie und wahrscheinlich einige der anderen ebenfalls, auch wenn sie es nicht auszusprechen wagen. Auch wenn du sie ausblendest, existieren sie trotzdem, und sie wirken! Es gibt andere Absichten mit dem Gitternetz als die unsrige."

„Und was sollten das für andere Absichten sein?“, fragte Alaia verwundert.

„Die große göttliche Schöpferkraft für die eigene, die persönliche Macht einzusetzen“, erklärte Johannes. „Mit dieser Kraft könntest du die Erde beherrschen und ihre Geister beschwören, dir zu Diensten zu sein und ihre unermesslichen Schätze für dich zu heben.“

„Persönliche Macht?“, rief Alaia erschrocken aus. „Das würde ja bedeuten, jemand wollte sich mit Ihm messen, wollte sein wie Er und Seine Ziele in Frage stellen. Vielleicht sogar sich widersetzen! Seid ihr sicher, Johannes und Riona, seid ihr wirklich sicher?“

„Diese Deutung wird immer wahrscheinlicher“, bestätigte Johannes.

„Alaia, versuche bitte, dich auf diese Energien einzustimmen“, flehte Riona. „Wir verstehen, dass es dir nahezu unmöglich ist, etwas so Ungeheuerliches, Wahnsinniges zu denken. Dir fehlen alle Rezeptoren hierfür, doch wenn es die Wahrheit ist, musst du es wissen ... und auch der intergalaktische Rat!“

Alaia schwieg. Sie bewegte die Worte ihrer Freunde im Herzen und versuchte sich vorzustellen, dass es Wesen geben mochte, die ihre eigene Quelle, ihr Leben verleugneten, um einem Scheinleben, einer Illusion von eigener Macht zu frönen. Denn dass der Glaube an eine persönliche, nicht von Gott gegebene Macht ein Fehler sein musste, war ihr vollkommen klar. Sie schauderte. Welch gnadenloser Irrtum, welch unsagbare Dummheit ...

Dunkelheit zu wählen, wenn Licht die Wahrheit ist? Und wer wollte es wagen, sich ohne den Schutz des göttlichen Auftrags einer Kraft zu bedienen, die das eigene winzige Sein so gewaltig übertraf? Ein Staubkorn forderte den Kosmos heraus!

„Ich werde danach suchen", sagte sie langsam, „und wenn ich es ebenfalls wahrnehme, werde ich den intergalaktischen Rat unterrichten. Ich hoffe, dass ihr irrt, denn das, was ihr beschreibt, wäre furchtbar und zerstörerisch. Ich danke euch, meine Freunde. Bitte, lasst mich jetzt allein. Ich möchte mich sammeln, ich brauche Stille!" Die Freunde erhoben sich und gingen. Seufzend ließ sich Alaia wieder auf ihr Kissen sinken und verdrängte nach kurzer Zeit die sorgenvollen Gedanken, um sich auf die Arbeit der Heilung mit dem großen Kristall vorzubereiten.

Alaia schärfte ihre Rezeptoren und es gelang ihr zuerst nur sehr selten, merkwürdig rasche, unharmonische Energiemuster aufzufangen, die sich von den ausgeglichenen, kraftvollen Vibrationen, die sie herabzuleiten pflegte, deutlich unterschieden. Dienten die göttlichen Schwingungen nur der Verwandlung, der Heilung und der Läuterung, waren die anderen seltsam ziellos, als bedürften sie einer richtunggebenden Macht, die ihnen gleichsam aufgepfropft werden musste. Sie glichen ungezähmten, wilden, triebhaften Tieren, die jedem Meister folgen würden, der stärker war als sie. Oft widersetzten sie sich den Versuchen der Priesterin, ausgleichend auf sie einzuwirken. Sie entzogen sich und da Alaia ihnen empfindungsmäßig nicht zu folgen vermochte, blieb sie machtlos gegen diese Energien.

Sie saß jetzt häufig mit Johannes und Riona zusammen. Schon längst hatten sie den Teil des Landes geortet, von dem die unharmonischen Schwingungen ausgesandt wurden, von dem aus das Feld sich immer weiter ausbreitete und das herrliche Land wie mit einem Spinnennetz überzog. Ohne die schützende Formel wagte keiner ihres Kreises mehr, die innersten Gedanken mit den anderen zu teilen. Es schien jetzt zwei Lager in Atlantis zu geben, die „Weißen Lichtvollen", wie sie sich nann-

ten, und die „Dunklen", die all ihr Licht für sich behalten wollten und nicht daran dachten, es mit anderen zu teilen. Gaia, die Erde, hielt die Dunklen für einen riesigen Haufen toter Materie aus Dreck und Felsen, vermischt mit Gold und anderen Reichtümern, die man ihr ruhig entreißen durfte. Wer das kosmische Netz für seine Zwecke anzuzapfen vermochte, hatte die Macht, genau dies zu tun.

Immer öfter suchten Anhänger des Lichts aus fernen Tempeln Zuflucht bei Alaia und sie berichteten von blutigen Kämpfen um die Macht, die unerbittlich und mit aller Härte gegen jeden geführt wurden, der sich dem Anspruch des Despoten widersetzen mochte. Die kleine Gemeinschaft um Alaia wurde zu einer Insel im Meer der Finsternis.

Was konnten sie anderes tun, als die guten Kräfte anzurufen und den Dunklen entgegenzusetzen?

Schließlich hatte Alaia den intergalaktischen Rat unterrichtet. Der Oberste hatte ihr zugehört und zu bedenken gegeben, dass das Volk von Atlantis kein Untertan des intergalaktischen Zusammenschlusses sei und der Rat daher keinerlei Weisungsbefugnis habe. Eingreifen könne und dürfe man nicht. Welche Erfahrung dieses Volk zu machen gedenke, sei ganz allein dessen Entscheidung. Er hoffe allerdings, dass die Menschen zur Vernunft kommen würden, da solch destruktive Erlebnisse das ganze Menschengeschlecht Jahrtausende lang prägen würden und danach viel Arbeit geleistet werden müsse, um die traumatischen Wunden zu heilen.

Er hatte gefragt, ob Alaia ihre Mission beenden und zurückkehren wolle. Das hatte diese nach kurzem Zögern verneint, da auch sie nicht an das Furchtbare glauben wollte. Dass der Rat und seine Angehörigen die Möglichkeit des Scheiterns überhaupt in seine Überlegungen einbezogen hatte, stimmte sie sehr nachdenklich. Doch das Ziel lag so nahe! Es gelang immer rascher, den menschlichen Energiekreis aufzubauen und die Schwingungen des Gitternetzes durch die Körper in die Erde zu leiten.

Der Tag, den Alaia später den Tag des Verhängnisses nennen sollte, begann drückend schwül. Selbst die frühe Morgenstunde war so grau wie der Himmel. Grau waren auch die Wellen, die wie flüssiges Blei müde an die Felsen schwappten. Der Tag versprach sehr heiß zu werden. Es fiel der Priesterin schwer, die nährenden Schwingungen aus den disharmonischen Energien herauszufiltern und ihren Körperzellen zuzuführen. Heute schien das störende Feld noch dichter, nahezu undurchdringlich.

Der Blitz, der plötzlich aus dem Nichts mit ungebremster Kraft ins Erdreich raste, schmetterte sie mit ungeheuer brutaler Gewalt zu Boden, raubte ihr den Atem, presste ihre Außenhülle zusammen, bis fast nichts mehr von ihr übrig blieb. Sie erlebte die zerstörerische Energie mit allen Fasern ihres Seins, mit allen stofflichen und mit allen nichtstofflichen Antennen, und flüchtete in jene Sphären, die der Grobstofflichkeit entzogen waren, blieb dort und wartete, ob das, was sie sich einst als Menschenkörper aufgebaut hatte, dem rohen Ansturm dieser Kräfte widerstehen konnte. Schützend umgab sie ihn mit einem Mantel blauen Lichts. Die Atmosphäre zitterte elektrisch, entlud sich noch ein paarmal in hässlich gezackten Blitzen, die jedoch in ihrer Zerstörungswut nicht an den ersten großen heranreichten. Langsam beruhigten sich die aufgewühlten Energien.

Alaia blickte forschend auf den Körper, der reglos unter ihr lag. Vorsichtig drang sie mit ihrem Bewusstsein durch die äußeren Hüllen, überprüfte die Nervenzentren, die Steuerung der Blutversorgung, die lebenserhaltenden Entgiftungsfunktionen, und füllte alle Zellen mit feinen, nährenden, heilenden Schwingungen. Dann ließ sie sich langsam wieder in ihren grobstofflichen Leib sinken. Die Glieder gehorchten ihr, keine Zelle meldete Schmerz oder Zerstörung, alle Funktionen schienen im Gleichgewicht.

Die Meldungen ihrer körperlichen Sinne ließen dagegen ihr Herz erstarren: Totenstille, kein Vogel, kein Insekt, selbst das Meer schien verstummt zu sein. Sie sprang auf die Beine und auch die Augen meldeten nichts Tröstliches, denn aus dem Tempelbezirk stiegen dicke Rauchwolken auf. Alaias Beine setzten sich wie von selbst in Bewegung, rannten, während ihre feinstofflichen Sinne verzweifelt Leben aufzuspüren versuchten.

Nichts! Kein körperliches Leben, nur disharmonische, rasche, wilde Schwingungen, die sich an ihrem Schrecken zu berauschen schienen. Keuchend sprang sie in ihr Haus. Die Steine! Schwarz verglüht der Solar-Plexus-Stein, schwarz verglüht der Meisterkristall, die anderen Steine matt und leblos. Angst griff nach ihrem Herzen, ein unbekanntes, quälendes Gefühl!

Was war mit Johannes, was mit Riona, was mit den anderen Mitgliedern ihres Kreises? Sie hastete zu Johannes Behausung und stürzte fast über den gekrümmten Körper auf der Türschwelle. Tot! Der Freund tot, nicht wie sie in der Lage, dem physischen Körper für kurze Zeit zu entfliehen und ihn von außen schützend zu umsorgen.

Mit tränenblinden Augen stürzte sie zum Nachbarhaus und fand auch dort nur den leblosen Körper ihrer Freundin. Die Gewissheit stürzte mit der Gewalt donnernder Sturzseen über ihr zusammen: Niemand hier hatte überlebt, niemand konnte überleben, nur sie, Alaia, denn nur sie war nicht menschlich. Die Dunklen hatten zugeschlagen, hatten zerstört, vernichtet, und die vermeintlichen Nebenbuhler um die Macht ausgeschaltet.

Was war mit Gottes Plan?

Was war mit Seinem Willen?

Urplötzlich spürte Alaia ein Gefühl, das sie noch nie empfunden hatte. Es war heiß, feuerheiß, blutrot, brennend und machtvoll, und es forderte Raum, Raum, den sie ihm erst schaffen musste, indem sie sich von allem trennte, was ihm im Wege stehen wollte: von Zartheit, von Empfindsamkeit, von Mitleid, von Schönheitssinn und kosmischem Bewusstsein und von der Fähigkeit, in allen Wesen Gott zu finden und zu lieben.

Es schmerzte sie, es tat entsetzlich weh, doch das andere, das wilde Gefühl war nicht zu bremsen. Jener Teil von ihr, der dieses Gefühl nicht auszuhalten vermochte, löste sich aus ihr und entschwand. Zurück blieb ein Fragment, beraubt des kostbarsten Gutes: seines Urvertrauens in die Allliebe, die Allweisheit, die Allmacht Gottes! Die anderen waren stärker gewesen, hatten Seinen Plan durchkreuzt, ihre Liebsten gemordet und ihr Sein zerstört.

So war sie unfähig, ihren Freunden in die feinstoffliche Welt zu folgen, um diese tröstend in die andere Ebene zu begleiten. Das brennende Gefühl in ihr verlangte anderes: Rache! Für den Tod der Freunde sollten jene sterben, die dieses Schicksal hunderte Male mehr verdienten als die Priester, die ihr Leben der Erfüllung des göttlichen Plans gewidmet hatten. Sie rechtfertigte sich damit, für eine gute Sache und gegen das Böse zu kämpfen. Doch ohne es bemerkt zu haben, hatte sie das Schwingungsmuster der Dualität in sich aufgenommen.

Danach folgte die Zeit der Dunkelheit. Die Tage verschmolzen zu einer einzigen klebrigen, wütenden Masse, die Nächte zu Höllen aus Verlassenheit, Einsamkeit und Hass, Empfindungen, die sie noch nie zuvor gespürt hatte. So war sie ihnen hilflos ausgelie-

fert und tat, was diese von ihr zu verlangen schienen: Sie kämpfte unerbittlich und nutzte die Energie des Gitternetzes, um ihren Feinden große Verluste zuzufügen, denn sie war immer noch viel mächtiger als sie. Dass der Kontinent, das Blühende Land, dass Atlantis diese Schlacht verlieren würde, dämmerte ihr erst kurz vor dessen Untergang. Die unermesslich starken Energien des Gitternetzes, die sich während der Kämpfe immer wieder mit brutaler Gewalt entluden, bewirkten unterirdische Zerstörungen, die so lange unbemerkt blieben, bis es zu spät war.

Neue Vulkane brachen aus, Erdbeben erschütterten das Land, die Menschen starben zu Tausenden, und nur wenigen gelang die Flucht über das große Meer. Als sich einer der zerstörerischen Blitze im Meer entlud, sah sie die Flutwelle heranrollen: eine riesige gläserne Front, die alles mit sich riss, was ihr im Wege stand, und das war Atlantis. Teilnahmslos erwartete sie den Tod ihres physischen Körpers, froh, dass die Glut ihres Hasses endlich gelöscht werden würde. Ihre Seele löste sich vom Körper, und körperlos wurde sie Zeugin des Untergangs.

Die große Welle war durch ein unterirdisches Beben ausgelöst worden, welches sich durch tief im Meeresboden verlaufende Spalten auf den Kontinent fortpflanzte. In der Erde taten sich klaffende Abgründe auf, Wasserfluten stürzten sich gierig strudelnd in die tiefen Höhlungen, rissen noch tiefere Wunden, einzelne Landmassen brachen seitlich weg. Gaia, die Gequälte, wehrte sich und verschlang ihre Kinder.

Es dauerte Jahre irdischer Zeit, bis sich die Fluten wieder beruhigten. Ein gewaltiger Sturm hatte sich erhoben, ungeheure Regenmassen hatten sich fast über dem gesamten Planeten entleert und alle Länder, außer den hohen Gebirgen, überflutet. Der Aschehauch der Vulkane verdunkelte die Sonne. Es wurde schrecklich kalt. Atlantis, das Blühende Land, war nicht mehr, und alle seine Bewohner waren mit ihm im Meer versunken.

Alaia hatte so lange über dem Ort ihres Scheiterns geschwebt, bis sich die Wogen glätteten. Ihr Zorn war erloschen. Jetzt spürte sie nur noch Trauer, tiefste, furchtbarste, verzweifelte Trauer über ihr Versagen. Sie hatte das Verhängnis nicht verhindern können, hatte die Neigung der Menschen, sich gegen das Licht und für die persönliche Macht zu entscheiden, von Anfang an nicht richtig eingeschätzt. Ihr gebührte die Verantwortung für den Tod der Freunde, für den Tod der Mitglieder ihres Kreises und wohl auch für diese Katastrophe!

Als sie endlich aus diesen Gefühlen emportauchte, traf sie die neue Erkenntnis wie eine riesige Keule: Sie hatte auf der Erde nicht nur versagt, der Rückweg zu ihrem Planeten war ihr versperrt! Jener Teil, den sie um ihrer Rache willen geopfert hatte, war den Weg allein zurückgeflogen. Sie jedoch würde hier so lange bleiben müssen, bis es ihr gelungen war, diesen Teil zurückzuholen, um wieder eins zu werden mit sich selbst.

Doch was war mit Gott?

Warum hatte er diese Katastrophe zugelassen, hatte sie Opfer werden lassen, sie, seine treue Dienerin?

Zorn gegen Gott? Unfassbar, undenkbar! So floh sie in die Dunkelheit, dumpfe, beruhigende, barmherzige Dunkelheit, abgeschirmt von der beißenden Klarheit des Lichts. Dankbar ließ sich Alaia in das Nicht-Wissen fallen, in das Nicht-Handeln, Nicht-Verstehen, Nicht-erkennen-Müssen. Nur noch schlafen, nicht sein, nie mehr sein …

Fassungslos betrachtete ich meine Klientin. Es war mir vollkommen schleierhaft, was gerade mit ihr geschah. Offensichtlich hatte sie eine Szenerie erschaffen, in der sie gedemütigt und betrogen worden war, ganz ähnlich ihrer aktuellen Lebenssituation.

Doch warum wählte ihr Unbewusstes eine so dramatische Geschichte?

Warum die Verlagerung nach Atlantis?

Warum dieser gnadenlose Kampf?

Und warum hatte sie urplötzlich in eine andere Erzählperspektive gewechselt?

Zuerst hatte Alicia die Geschichte aus ihrer Sicht erzählt, aber dann schien, von einem Augenblick auf den anderen, eine allwissende Erzählerin die Regie übernommen zu haben, die von einer höheren Warte aus berichtete, was geschehen war. Dazu hatte ich sie nicht aufgefordert. Im Rahmen einer Traumatherapie wandte ich diese besondere Technik zuweilen an, wenn ich fürchten musste, dass die Erinnerungen an das Schreckliche die Klienten zu überfluten drohten. Um einen größeren Abstand zum Geschehen herzustellen, bat ich dann darum, nicht in der Ich-Form von sich zu sprechen, sondern den eigenen Vornamen zu benutzen oder sich selbst beispielsweise nur als „eine Frau“ oder „ein Mann“ zu bezeichnen. Alicia aber hatte die Erzählperspektive selbst geändert, ohne dass ich dies in irgendeiner Weise angeregt hätte.

Ich konnte mir das Ganze nur so erklären, dass die Szenarien, die sie geschildert hatte, ihrer Belastungsgrenze so nah gekommen waren, dass ihre Seele von ganz alleine den Wechsel veranlasst hatte, um sich vor einer Überlastung zu schützen.

Hatte ich es vielleicht doch mit einer psychiatrischen Erkrankung zu tun, die die Klientin bisher erfolgreich kompensieren konnte? Ich merkte, wie mir der kalte Schweiß ausbrach. Doch meine Klientin hatte bei der Besprechung keine Anzeichen einer psychotischen Wahnerkrankung gezeigt!

Wie würde sie diesen Horrortrip verkraften? Ich hatte ihr versprochen, dass nichts geschehen würde, was sie nicht wollte!

Oder hatte sie mir wichtige Informationen vorenthalten?

Vielleicht nahm sie Drogen?

Ich merkte, wie mich meine Gedanken in eine hilflose Panik manövrierten und begann bewusst, ruhiger zu atmen: einatmen – kleine Atempause – ausatmen – kleine Atempause – einatmen ...

Die Übung zeigte Wirkung, ich beruhigte mich und meine professionelle Haltung gewann wieder die Oberhand. Gleich im Anschluss an die Sitzung würde ich meine Supervisorin kontaktieren. Außerdem würde ich diese außergewöhnliche Sitzung äußerst genau dokumentieren, um mich gegen eventuelle juristische Konsequenzen abzusichern. Doch zuerst musste ich meine Klientin zurück ins Hier und Jetzt begleiten.

„Alicia", fragte ich ruhig, „wo sind Sie?" Sie reagierte nicht. „Alicia, sprechen Sie mit mir. Wie geht es Ihnen?" Alicia schüttelte den Kopf. Ich merkte, wie die Panik wieder in mir hochzusteigen begann. Was sollte ich tun, wenn die Klientin den Kontakt verweigerte?

Den Notarzt kommen lassen?

Welche Fragen würde er stellen?

Würde ich meine Lizenz verlieren, weil ich die Gesundheit einer Klientin aufs Spiel gesetzt hatte?

„Alicia", wiederholte ich und versuchte, meine Stimme fest klingen zu lassen. „Geben Sie mir ein Zeichen, dass Sie mich hören!"

„Ich will nicht aufwachen, nicht aufwachen, nur das nicht, nie mehr aufwachen!“, rief sie mit von Tränen erstickter Stimme. Ich atmete tief durch. Zumindest hatte sie mich gehört und auf meine Worte reagiert. Ich würde die Trance jetzt fachgemäß auflösen.

„Ich zähle langsam von fünf zurück auf eins. Wenn ich bei eins angekommen bin, sind Sie wieder da. Fünf ... atmen Sie tief ein und aus ... vier ... mit jedem Atemzug kommen Sie der Realität in diesem Zimmer einen Schritt näher ...“

„Er sagt auch, dass ich aufwachen soll“, flüsterte Alicia.

„Wer sagt das?“, fragte ich erstaunt.

„Ich kann ihn nicht sehen“, antwortete Alicia mit dieser seltsam entrückten Stimme, mit der sie eben noch vom Untergang Atlantis berichtet hatte. „Doch die Stimme klingt gütig und liebevoll. Er will auch, dass ich aufwache!“

Ich unterdrückte einen Seufzer. Die Sitzung schien noch nicht vorbei zu sein.

Kapitel 3 – Zwischenreich

Zum dritten Mal erklang die Stimme und diesmal so machtvoll, dass sie die Augen öffnete. Nebel umgab sie, dicht, undurchdringlich, und legte sich schützend um ihre Dumpfheit. Unsichtbare Wesen schienen ihn zu durchschweben, betörende Worte aus lautlosen Mündern versprachen ihr Geborgenheit:

„Bleib hier ..., geh nicht fort ..., Licht schmerzt ..., Licht ist grausam ...". Erleichtert schloss sie die Augen und ließ sich wieder fallen. Die Stimme hielt ihren Absturz unerbittlich auf.

„Ich habe dich bei deinem Namen gerufen! Du bist mein!" Die Worte trafen sie wie ein Blitz.

„Was ..., was ..., wer ..., wer bist du?", stammelte sie und blickte sich suchend um, doch ihre Augen vermochten den Sprecher nicht aus dem Nebel herauszuschälen.

„Ein Diener des Einen, dem Er Seine Worte anvertraut, um dich zu halten. Alaia, dein Weg ist noch nicht zu Ende!", wiederholte die Stimme eindringlich.

„Der Eine...", flüsterte sie, „ach ja, der Eine!" Erleichterung spülte die Dumpfheit wie eine wohltuende Woge hinweg. Wie hatte sie Ihn vergessen können! Plötzlich sah sie klarer. Der Nebel war jetzt lichter, nicht mehr undurchdringlich, nicht mehr abschirmend, und sie erkannte entsetzt die schemenhaften Umrisse ausgemergelter Gestalten, die mit geschlossenen Augen ziellos über die graue Einöde wankten.

„Willst du so werden wie diese Wesen? Willst du wirklich bleiben, wo du bist, Alaia, oder willst du sehen? Du hast die Wahl!"

Die Stimme schien zu einer Gestalt zu gehören. Erst jetzt gelang es Alaia, Umrisse auszumachen, denn erst jetzt nahmen ihre Augen den schwachen Lichtschein wahr, der die Gestalt zu umgeben schien. Licht! Fast hatte sie vergessen, dass es noch etwas anderes gab als dichten, gelblichgrauen, undurchdringlichen Nebel. In jenem Teil der Welt, aus dem das Wesen mit der ruhigen, seltsam unwiderstehlichen Stimme zu ihr sprach, schien Licht Realität zu sein.

„Entscheide dich!", forderte das Wesen. Alaia erschrak. Entscheiden? Wofür? Wogegen?

„Ich weiß nichts von mir, nichts von anderen, nichts von dem, was war, nichts von dem, was ist", flüsterte sie ratlos. „Wie soll ich da entscheiden – und was?"

„Welche Seite wählst du?" Eine Seite wählen? Sie fühlte sich unendlich müde. Was, wenn es so bliebe, wie es gerade war? Doch dann würde sie zu einem dieser lichtlosen Wesen werden mit diesen sichtlosen Augen und den tonlosen Mündern ...

„Hilf mir!", bat sie.

„Das darf ich nicht", entgegnete die Stimme. „Du selbst hast die Kraft und deshalb musst du es tun." Sie blickte zögernd in den Nebel und dann wieder zum Licht. Ihre Füße taten unwillkürlich einen Schritt in diese Richtung.

„Nein!" Der gellende Aufschrei ließ sie erstarren und sie drehte sich zögernd wieder um. In den wogenden Schwaden hatten sich die Lichtlosen versammelt und schleuderten ihr mit weit aufgerissenen Mündern Worte entgegen, die sie wie Keulen trafen.

„Licht ist grausam! Komm zurück! Licht ist schrecklich! Weiche! Es gibt keinen Ausweg, keine Lösung, nicht für dich!" Sie erstarrte. Keinen Ausweg? Die unfruchtbare Ebene der Hoffnungslosigkeit riss an ihr, schien sie zurückzuzerren ins vertraute Nichts. Kraftlos ließ sie sich zu Boden sinken.

„Alaia, was willst du?", fragte die Stimme nachdrücklich.

„In mir ist nur Leere, ein gähnendes, abgrundtiefes Nichts. Ich weiß nicht, wer ich bin, und ich weiß nicht, was ich will!", entgegnete sie verzweifelt.

„Du kannst das Nichts mit Sinn erfüllen oder den Sinn im Nichts verlieren."

„Nicht noch mehr verlieren!", rief sie gequält. „Habe ich denn überhaupt eine Chance?"

„Ich habe dich bei deinem Namen gerufen! Ich lasse dich nicht, denn du bist mein!", wiederholte die Stimme.

„Licht ist furchtbar! Komm zurück! Licht ist entsetzlich! Weiche!", kreischten die Lichtlosen.

„Ich lasse dich nicht!"

„Hoffnungslos!"

„Du bist mein!"

„Aussichtslos!" Die Stimmen vermischten sich zu einer unerträglichen Kakofonie.

„Nein!", brüllte sie. „Ich wähle das Licht!"

Der schrille Chor brach in sich zusammen. Alaia verstummte voller Entsetzen. Sie hatte gewählt, nein, nicht sie, etwas in ihr hatte gewählt, hatte sich tatsächlich entschieden, doch zu welchem Preis?

Was erwartete sie im Licht?

„Zu spät", raunte der Chor, „bezahle, Alaia." Sie schauderte. Die Nebel wichen vor ihr zurück, die Lichtlosen verblassten, ihre Stimmen verstummten.

„Du bist mein!“, bestätigte die Stimme. „Komm zu mir.“

„Womit bezahle ich?“, fragte sie bebend.

„Mit der Erinnerung“, entgegnete die Gestalt.

Glühend brach das Wissen des Gewesenen über sie herein, füllte die Leere mit der flüssigen Lava des verlorenen Landes, des im Meere versunkenen Traums, mit Atlantis. Grausam bahnte sich dies Wissen in jede Zelle ihres Seins, scharf wie ein Messer durchschnitt es ihr Herz. Riona, Johannes, ihre Freunde, ihre Steine, das große Werk! Unfassbares Entsetzen ersetzte das Nichts und sie krümmte sich unter der Wucht der auf sie einstürzenden Pein. Kaum vermochte die Stimme den blutroten Dunst des Schreckens zu durchdringen.

„Alaia, komm zu mir! Es sind nur noch wenige Schritte.“ Sie zwang sich, die Augen zu öffnen. Die Woge des Leids musste sie dem Licht entgegengetragen haben, denn jetzt konnte sie die Gestalt in dem dunkelblauen Mantel deutlich sehen. Schwankend kämpfte sie sich auf die Beine, setzte zögernd einen Fuß vor den anderen und wankte dem Klang der Stimme entgegen, die Trost verhieß in unfassbarer Qual. Immer rascher wagten sich die Füße in das Unbekannte, gingen, eilten, liefen schließlich der Gestalt entgegen, die sie mit weit ausgebreiteten Armen erwartete. Der dunkelblaue Mantel hüllte sie ein, sie versank in einem Meer von Güte, Liebe, Mitgefühl.

„Weine, meine Tochter“, flüsterte die Stimme, „weine!“ Und Alaia weinte. Das in dumpfe Betäubung eingepferchte Leid brach sich ungestüm Bahn und entlud sich in einem Meer von Tränen, die schmerzten und doch gleichzeitig seltsam befreiten. Zeit war in dieser Welt nicht von Bedeutung und so verweilte sie in der schützenden Umarmung, bis sie erleichtert und erschöpft verstummte. Hier war tiefer Frieden, hier konnte sie sein. Warum nicht für immer?

„Du kannst nicht bleiben", nahm das Wesen ihren Gedanken auf. „Hier darfst du ausruhen, doch sein musst du aus eigener Kraft."

Aus eigener Kraft? Alaia spürte nichts als Schwäche, bodenlose, überwältigende Erschöpfung, ihr Sein aufgespalten in zwei Hälften, deren bessere jetzt in einer anderen Sphäre weilte. Wieder wogte die Qual in ihr hoch und ein zweites Mal überließ sie sich der schützenden Umarmung des mitfühlenden Wesens.

Konnte sie unter diesen Umständen überhaupt existieren? Sie fühlte sich verlassen, jämmerlich im Stich gelassen, nicht von den Menschen, sondern von dem Einen, von Gott, dessen treue Dienerin sie gewesen war, dessen Wille ihr mehr gegolten hatte als ihr eigenes Leben. Zweifel und Zaudern hatten von ihr Besitz ergriffen und sie fühlte den Unterschied zu der früher so vertrauten Gewissheit göttlicher Nähe und Führung in all seiner schmerzlichen Deutlichkeit. Verlust und Ohnmacht: Diese beiden Empfindungen schienen alle anderen Gefühle zu verdrängen. Ihr Versagen wog schwer, doch Gottes Versagen schien ungeheuerlich! Ihr Vertrauen, ihr unendliches Vertrauen war zerstört, unwiderruflich dahin. Wieder glitt sie ab, schien Dumpfheit die bessere Wahl zu sein. Wozu Licht und Klarheit? Die ruhige Stimme ließ sie nicht entkommen.

„Höre, Alaia", fuhr sie fort, „untrennbar, unteilbar, unlösbar bist Du von Ihm, und doch entstand in dir das Bild, dass du dich trenntest, teiltest, löstest ... und selbst bist! Durch wen, wenn nicht durch Ihn, gespeist von Seiner Liebe, Weisheit, Allmacht, wuchs dies Bild und prägte sich dir ein. Ein Sein getrennt von Ihm und doch in Ihm, denn ewig gilt nur Er, zählt nur Sein Wille. Der neue Weg ... als Mensch zu leben in den Welten der Materie, die Liebe Gottes einzubringen in das Dunkel einer neuen Dimension." Die Worte trafen sie, bohrten sich wie Messer in ihr

Herz, seltsam vertraut, unerträglich aufrüttelnd. „Dein Wille geschehe, Herr, ich gehe“, fuhr die Stimme fort, „Dein Auftrag sei mein Lebensziel, wie lange er auch währen mag ...“.

„Nein“, schrie sie gequält „Schweige! Ich will es nicht hören!“

„... ich bleibe dort, bis Du mich rufst, zurück in Deinen Liebesozean des Seins ...“

„Still“, flehte sie, „still ...“

„Vertrauensvoll geborgen wage ich den Schritt, die unermesslich große, unfassbare Tat. Vertrauensvoll, da Du es bist, der will, und ich nicht weiß, was ich mir anderes wünschen könnte. Es sei!“ Schluchzend barg sie ihr Gesicht in den schützenden Falten seines dunkelblauen Mantels und überließ sich zum dritten Male ihrem tiefen Schmerz. Das Wesen ließ ihr die Zeit, die sie brauchte, um sich zu beruhigen. Als sie den Kopf endlich wieder hob, blickte sie in ein gütiges Antlitz.

„Wer bist du?“, fragte sie.

„Ich bin dein Helfer, Alaia“, antwortete er, „und hier im Zwischenreich bin ich für dich da, um dich zu stärken, dich zu trösten und deine Fragen zu beantworten.“

„Was soll denn jetzt mit mir geschehen? Ich kann nicht mehr zurück!“, rief sie verzweifelt.

„Nein, das kannst du nicht“, bestätigte der Helfer, „doch für all jene, die herabgestiegen sind, um den großen neuen Weg des Einen zu beschreiten, ist die Erde sowieso der einzige Planet, auf dem es weitergeht.“

„Der Eine! Ich fühle mich von ihm verraten! Sein neuer Weg brachte dem Blühenden Land Zerstörung und Tod.“

„Nicht Sein Weg“, antwortete der Helfer ruhig „Es war die Art der Menschen, damit umzugehen. Sei gewiss, dass dieser Plan nicht fehlgeschlagen ist und du weiterhin beauftragt bist, die Liebe Gottes zu leben.“

„Warum sollte ich das glauben?", fragte sie erregt.

„Weil Er es so bestimmt hat und Sein Wille sich erfüllen wird!"

„Warum ausgerechnet auf der Erde?"

„Weil es nur dort den freien Willen gibt! Kein Engel kann sich gegen Gott entscheiden. Das können nur die Menschen und nur sie können wählen, sich seiner Führung anzuvertrauen. Nur sie haben die Fähigkeit, gut und böse zu unterscheiden."

„Und deshalb mussten meine Freunde sterben und Atlantis untergehen? Das ist grausam!", entgegnete Alaia. „Gott hat versagt!" Der Helfer sah sie verständnisvoll an.

„Ich verstehe deine Verzweiflung, Alaia. Es ist ein neuer Weg und es wird oft geschehen, dass Menschen das Böse wählen und damit töten und vernichten. Doch immer wird es auch jene geben, die sich anders entscheiden und wahrhaftig Gottes Liebe leben. Auch du hast entschieden, diesen Weg zu gehen!"

„Ich muss also zurück auf die Erde?" Ihre Frage klang mehr wie eine Feststellung.

„So ist es", antwortete der Helfer.

„Wie oft? Wie lange?"

„So oft und so lange, bis du dein Ziel erreicht hast und die Liebe Gottes als Mensch leben kannst. In irdischer Zeit gemessen wird das viele Jahre dauern, in kosmischer ist es gleich vorüber." Alaia seufzte.

„Ich fühle mich jetzt schon vollkommen unzulänglich und weiß nicht, was mich bei einer Verkörperung im Ungewissen erwarten wird." Angst stieg in ihr auf, Angst vor einer Aufgabe, der sie sich nicht gewachsen fühlte.

„Du wirst du vergessen, dass du Alaia bist, ein Wesen von den Sternen. Stattdessen wirst du dich als Mensch erfahren, als Mann oder als Frau. Das Gefühl der Fremdheit mag dir bleiben, doch dieses Gefühl wird dich antreiben, dem Menschsein auf den Grund zu gehen. Es wird nicht zulassen, dass du dich zufriedengibst."

„Vergessen", wiederholte Alaia, „Segen und Fluch zugleich! Denn wie soll ich verstehen, wenn ich alles vergesse?"

„Du wirst vergessen, was dich belasten würde, und dich an das erinnern, was dir im irdischen Leben weiterhilft. Wenn die Zeit reif ist, kehrt das Wissen zu dir zurück, sei unbesorgt. Und zwischen den Leben werde ich auf dich warten, um dir den Sinn deiner Erfahrungen zu erhellen."

„Jedes Mal?", fragte sie.

„Jedes Mal!", bestätigte er. „Doch jetzt ist es meine Aufgabe, dich auf das Leben auf der Erde vorzubereiten. Dazu müssen wir uns an einen anderen Ort begeben. Bist du dazu bereit?" Sie atmete tief und nickte dann.

„Es sei!", flüsterte sie und folgte langsam der Gestalt des Helfers. Sie bewegten sich über eine Ebene gelblich grauer Eintönigkeit, vorbei an Wesen, die Laute des Verlangens ausstießen. Mit klauenartigen Händen griffen sie gierig nach ihr und versuchten, sie vom lichten Pfad ins Namenlose zu zerren.

„Gib uns, denn du hast!", kreischten die Wesen. „Wir brauchen es! Wir brauchen es!"

„Was ist mit ihnen?", fragte Alaia schaudernd und klammerte sich an den dunkelblauen Mantel, der ihr wie eine Verheißung von Heilung und Gesundung vorausschwebte.

„Gib uns doch endlich!", heulten die Wesen immer jämmerlicher, als sie bemerkten, dass die beiden an ihnen vorbeigingen, ohne sie zu beachten. „Her damit! Wir müssen es haben! Wir müssen es sofort haben!" Die ruhige Stimme des Helfers übertönte das grässliche Gewimmer.

„Es sind jene, die ihr Leben ausschließlich dem Genuss gewidmet haben, so dass sie selbst hier nicht von ihm lassen können. Doch jetzt fehlt ihnen der physische Leib und so können sie nicht satt werden. Deshalb nennen wir sie hungrige Geister." Das Geheul der Wesen war jetzt nur noch als fernes Wimmern zu hören.

„Kann man nichts tun, um ihnen zu helfen?", fragte Alaia entsetzt und voller Mitgefühl.

„Nur dann, wenn sie erkennen, dass das, woran sie ihr Herz gehängt haben, sie nicht ernähren kann. Solange sie noch dort suchen, wo nichts ist, können sie das Sein nicht finden", antwortete der Helfer. „Verstehe, Alaia, es ist keine Verdammnis, die wir ihnen auferlegen. Sie selbst sind es, die sich in diese Lage brachten, und deshalb können auch nur sie sich wieder daraus lösen. Sobald sie diesen Schritt getan haben, stehen Engel bereit, um sie rasch aus diesem Zustand herauszuführen."

Langsam wurde es heller, die Wesen, denen sie jetzt begegneten, schienen zufriedener, wenngleich sie sich mit absurden Tätigkeiten befassten. Einige türmten Steine aufeinander, andere zerstörten diese Bauwerke, es wurden Löcher gegraben und Kiesel gezählt. Mit keiner Regung zeigten diese Wesen, ob sie die beiden Gestalten bemerkten, die dicht an ihnen vorbeizogen.

„Die Seelen hier sind viel zu beschäftigt, um die Engel zu sehen", erklärte der Helfer. „Sie gehen, wie auf der Erde, rastlos ihren Geschäften nach, und sind damit zufrieden. Wenn sie nur einen Augenblick innehalten würden, dann sähen sie die Lichtgestalten, die sie beständig rufen. Schau hin, Alaia, öffne die Augen." Sie hatte geglaubt, mit offenen Augen zu gehen, doch jetzt erkannte sie, dass sie sie noch weiter öffnen und noch klarer schauen konnte. Plötzlich sah sie die lichten Gestalten, die zwischen den verbissen hantierenden Wesen standen und geduldig versuchten, sich bemerkbar zu machen, zumeist vergeblich, wenn auch einzelne der Rastlosen innehielten und dann zögernd wagten, den hellen Engeln zu folgen. Doch viele blieben zurück.

„Warum schaffen es nur so wenige?", fragte sie den Helfer.

„Weil sie sich in ihren alten Mustern so verfangen haben, dass sie glauben, nicht von ihnen lassen zu können. Erst wenn sie diese so oft wiederholt haben, dass sie deren überdrüssig geworden sind, erinnern sie sich daran, dass sie eine Wahl treffen können."

Es wurde jetzt immer heller, von allen Seiten strömten Wesen mit ihren Helfern und gesellten sich zu ihnen auf den Weg, der zu irgendeinem Ziel zu führen schien.

„Haben wir alle denselben Bestimmungsort?", fragte sie und deutete auf die anderen, die paarweise vor oder hinter ihnen schritten.

„Nein", antwortete der Helfer, „jeder hat ein anderes Ziel, braucht einen anderen Ort, um das zu erhalten, was für die nächste Verkörperung nötig ist. Jetzt, wo du wirklich siehst, können wir dort ankommen, wohin ich dich führen wollte. Da du noch nie als Mensch verkörpert warst, brauchst du das Kaleidoskop."

Kaum hatte der Helfer diese Worte gesprochen, befanden sie sich in einer riesigen lichtdurchfluteten Kuppelhalle. In der Mitte des Bodens sah Alaia einen großen, runden silbernen Spiegel, der das durch die Kuppel einfallende Licht zurück nach oben warf. Neben diesem Spiegel erblickte sie ein großes Rad. Der Helfer trat zu diesem Rad, drehte daran und plötzlich trafen von überall her verschiedenfarbige Lichtstrahlen auf den Spiegel, die von seiner glänzenden Oberfläche zurückgeworfen wurden, bis der Raum bis unter die Kuppel in vielfarbiger Pracht leuchtete.

„Das ist wunderschön!", flüsterte Alaia ergriffen.

„Ja, das ist es", bestätigte der Helfer und hielt das Rad an. Die

Farben ordneten sich ganz von selbst nach einem altbekannten Muster.

„Der Regenbogen!", rief Alaia überrascht.

„Das Zeichen des Bundes zwischen dem Einen und den Menschen", bestätigte der Helfer. „Weißt du, Alaia, jede dieser Farben spricht eine eigene Sprache, bildet eine eigene Facette im Diamanten der Schöpfung. Wenn du die Botschaften der Farben zu lesen verstehst, könnten sie dir helfen, die Schöpfung zu begreifen."

„In Atlantis kannte ich die Bedeutung der Farben", sagte Alaia traurig, „doch dieses Wissen scheint sich ebenfalls von mir getrennt zu haben. Bitte, führe du mich wieder ein in diese Kunst." Der Helfer betrachtete sie voller Mitgefühl.

„So sei es!", sagte er und drehte langsam an dem Steuerrad. Die Farben des Regenbogens verblassten eine nach der anderen, bis nur noch eine übrig blieb, ein kräftiges, strahlendes Rot. Alaia seufzte, denn diese Farbe schien etwas von ihr zu fordern, etwas, vor dem sie sich fürchtete. Der Helfer lächelte.

„Dies ist die Farbe irdischer Verkörperung, die dir auf der Erde Wurzeln gibt und Kraft und Mut, die Anforderungen des Lebens dort zu erfüllen. Sie ist auch Ausdruck für energiegeladene Gefühle wie Leidenschaft, Zorn und zielgerichteten Willen. Diese Kraft ist machtvoll und sie kann dich schützen oder überwältigen, je nachdem, wie du mit ihr umgehst."

„Der blutrote Zorn, der sich meiner in Atlantis bemächtigte", überlegte Alaia, „und auch der Hass, sie alle waren rot. Ich habe Angst vor dieser wilden Kraft."

„Zu Recht", antwortete der Helfer, „denn wehe, wenn du dich von dieser Kraft beherrschen lässt! Sie kann in dir den Wunsch entstehen lassen, andere zu beherrschen und ihnen deinen Willen aufzudrängen. Vergiss nicht, du inkarnierst auf einem Planeten der Gegensätze! Das, was gut und hilfreich ist, kann in sein genaues Gegenteil umschlagen, wie du bereits schmerzlich erfahren hast. Nutze die Kraft dieser Farbe, denn du wirst sie brauchen, um zurechtzukommen, doch fürchte ihre Wildheit und ihr leidenschaftliches Begehren nach Macht."

Der Helfer wandte sich wieder dem Rad zu und drehte daran. Langsam veränderte sich die Farbe, ein klarer Gelbton drang in das dichte Rot ein und vermischte sich mit diesem zu einem erfrischenden Orange. Alaia atmete hörbar auf. Der Ton tat ihrer Seele gut.

„Diese Farbe symbolisiert Heilung und Lebensfreude", erklärte der Helfer. „Sie steht für sinnliche Erfahrungen und für die Freude an den Wundern der Erde. Dazu gehört natürlich auch die lustvolle körperliche Vereinigung von Mann und Frau."

Alaia runzelte die Stirn. Die körperliche Vereinigung von Mann und Frau? Sexualität mochte lustvoll sein, doch machte sie die Beziehung zwischen den Geschlechtern nicht einfacher. Meist fingen damit die Schwierigkeiten an, denn nur selten fanden Männer und Frauen in ihren Partnerschaften die Erfüllung, die sie sich ersehnten.

„Ist es nicht ein großes Wagnis, sich diesen Freuden hinzugeben?", fragte sie deshalb. „Ich denke an die hungrigen Geister."

„Nur dann, wenn du dich in ihnen verlierst und Sinnlichkeit mit deinem Lebenszweck verwechselst. Du darfst genießen, denn das Leben als Mensch auf der Erde ist keine Strafe. Es bietet einzigartige neue Möglichkeiten, die du auf keinem anderen Planeten im Universum finden würdest. Freue dich an den sinnlichen Genüssen der irdischen Welt, doch behalte im Gedächtnis, dass diese Genüsse nicht alles sind, was der Planet zu bieten hat."

„Ich verstehe immer noch nicht, warum dieser Planet so einzigartig sein soll", hakte Alaia nach. „Die Dualität dort bereitet doch vor allem Probleme!"

„Nur wer sich aus freiem Willen gegen den Einen entscheiden kann, ist in der Lage, sich im vollen Bewusstsein seiner geistigen Kräfte für Ihn zu entscheiden", erklärte der Helfer. „Eines Tages wird die Menschheit diesen Schritt gemeinsam tun, und das wird ein großes Fest im ganzen Universum sein, denn dieser Schritt hebt die gesamte Schöpfung auf eine neue Ebene. Sieh her, die nächste Farbe hat viel mit dem Weg dorthin zu tun."

Der Helfer drehte das Rad, und Alaia beobachtete, wie sich das Rot vollständig aus dem Orange löste. Es blieb ein reines Gelb, strahlend, gleißend, bestechend in seiner Klarheit.

„Dies ist die Farbe der persönlichen Identität", erklärte der Helfer. „Mit dieser Farbe trittst du als Wesen mit freiem Willen und der Fähigkeit zu unterscheiden auf den Plan. Du machst Gebrauch von deinem Verstand, mit dem du Wissen sammelst, analytisch gliederst, untersuchst und forschst. Hier fühlst du dich autark, unabhängig von der Weisheit und der Führung durch den Einen. Der Geist in der Form des Intellekts gleicht einem scharfen Schwert, das unbarmherzig eindringt und zergliedert, bis die kleinsten Einzelheiten vor ihm liegen, unfähig, wieder zu der Ganzheit zu verschmelzen, die sie einst gewesen sind."

„Du meinst, dass die Menschen wirklich glauben, die Geheimnisse des Lebens nur kraft ihres Verstandes zu ergründen?", fragte sie erstaunt.

„Aber ja", bestätigte der Helfer. „Und dieser Zustand ist äußerst wichtig, auch wenn er nur eine gewisse Zeit lang dauern wird. Wenn sich die Menschen dann entschließen, den Blick wieder auf ihre Quelle – auf Gott – zu lenken, tun sie es aus freiem Willen, einem der wichtigsten Bestandteile des neuen Weges."

„Dann nimmt der Eine die Schwierigkeiten auf dem Weg in Kauf?", fragte Alaia, die langsam zu verstehen begann.

„Genau", bestätigte der Helfer, „denn alle Schwierigkeiten werden aufgewogen von dem Neuen, was dadurch entstehen wird. Schau, was geschieht, wenn sich der göttliche Wille mit dem persönlichen trifft!" Ein neuer Farbton erschien im Kaleidoskop der Farben, vermischte sich allmählich mit dem Gelb, erst sanft, dann immer leuchtender und reiner, bis der Spiegel ein smaragdgrünes Licht in die Kuppel warf.

„Hier vereint sich der gelbe persönliche Wille mit dem blauen göttlichen im Zentrum des Herzens. Getragen von der Kraft der Herzensliebe, die sich aus einer solchen Verbindung entwickelt, entsteht Raum für Ruhe, für Entfaltung. Hier fühlst du dich verbunden mit der Schöpfung, vereint mit der Natur, ihren ewigen Kreisläufen und dem Schöpfungsplan, in welchem du deine Rolle spielst. Du erfährst dich nicht nur als Einzelwesen, sondern eingebettet in das große Ganze. Wenn du dies zutiefst erlebst, dann folgt etwas, was du sicherlich sehnlichst erwartest." Gespannt blickte Alaia in den Spiegel. Das Grün begann sich unmerklich zu verändern, das Gelb verblasste immer mehr, bis nur noch ein kleiner Anteil übrig blieb und strahlend türkisfarbenes Licht den Raum durchflutete. Ihr stockte der Atem. Atlantis! Tränen der Sehnsucht strömten ihr über die Wange, und sie schluchzte:

„Wird Atlantis jemals wiederkommen?"

„So wie es war, wird es nie wieder sein. Zu jener Zeit war die Menschheit noch nicht reif für diesen Schritt, doch wenn sie ihren Weg gegangen ist, wird sich all das Gute wieder offenbaren, was in Atlantis lebte und woran dein Herz so hängt. Diejenigen, die die kosmischen Kräfte damals missbrauchten, werden zu einem großen Teil geläutert sein, und Wesen wie du, die das Undenkbare überrumpelte, werden die Dualität erfahren haben und ihre Möglichkeiten zu nutzen wissen."

„Wird dieser große Schmerz in mir denn jemals heilen?", fragte Alaia zögernd.

„Auch wenn es dir zu diesem Zeitpunkt fast unmöglich scheint, wird genau das auf dem Weg geschehen, den du von nun an gehen wirst. Wenn du diesen Weg annimmst, dich dem fügst, was du dir in deinem tiefsten Innern ausgewählt hast, wird dich das Leid nicht überwältigen oder gar zerbrechen, sondern du wirst an ihm wachsen. Dein Wissen wird dann wieder tief in dir verankert und die große Schuld vergeben sein. Auch dem Einen wirst du dann vergeben haben. Freue dich auf diese Zeit und wisse, dass dich jeder Schritt dem wahren Menschsein näherbringt und damit der Erfüllung Seines Willens."

Alaia hatte ihm atemlos gelauscht. Das wahre Menschsein offenbaren ... Sie wusste nicht genau, was der Helfer damit meinte, doch wenn dieser Schritt jetzt an der Reihe war, wollte sie den neuen Weg mit Freude und mit Zuversicht beschreiten. Das Gelb löste sich jetzt ganz aus dem Blau, welches ruhig und umhüllend zurückblieb.

„Die Farbe Blau wird dich daran erinnern", fuhr der Helfer fort, „dass es der Wille des Einen ist, der wirkt und dessen Plan sich unaufhaltsam erfüllt, ganz gleich, wie wirr und unverständlich dir das Leben auf der Erde auch erscheinen mag. Die blaue Schwingung gibt dir Schutz und Frieden. In ihr bist du eingebettet in Seinen Willen, weißt dich von Ihm geführt und getragen."

„Wie in Atlantis ...", flüsterte Alaia.

„Das war ein blaues Leben", antwortete der Helfer lächelnd, „so sehr von klarer Einsicht durchdrungen, dass es kein dunkles, sondern ein sehr helles Blau gewesen ist." Er drehte ein wenig am Rad und fuhr fort: „Und wenn du diesem Blau ein wenig Rot beimischst, erfährst du Heilung, denn dann bist du angeschlossen an die göttliche Quelle." Das Blau im Raum vertiefte sich um eine Nuance. Dass die Farbe Rot hinzugekommen war, stimmte sie nachdenklich.

„Wieso Rot? Wieso komme ich ausgerechnet durch Rot der göttlichen Quelle wieder näher?", fragte sie.

„Weil Rot die Farbe der Schöpfung ist, in die sich der göttliche Geist sinken lassen will. Erinnere dich: Rot ist nicht nur unbeherrscht und wild, sondern symbolisiert Tätigkeit, Willen und Kraft! In diesem tiefen Blau, der Farbe meines Mantels, trifft diese aktive Energie mit göttlicher Intuition zusammen. Materie und Geist, Wurzel und Krone, oben und unten vereinen sich hier. Spürst du die Heilung, die in diesem Augenblick möglich wird? Du selbst hast diese Heilung von mir empfangen, als ich dich in meinen Armen hielt! Wenn du den göttlichen Lebensplan erfüllen willst, ohne dich wirklich mit der materiellen Schöpfung zu verbinden, wird dir die Grundlage für dein Menschsein fehlen. Erst wenn sich beides mühelos in dir vereint, wirst du den Weg zurück zur Quelle finden." Wieder veränderte sich die Farbe, diesmal zu einem strahlend klaren Violett.

„Hier bist du am Ziel", erklärte der Helfer, „ein vollkommen anderes Wesen als das, was einst von den Sternen herabstieg. Hier sind Schöpfung und Schöpferwille vollkommen vereint. Wenn du dort angekommen bist, wirst du deine Bestimmung kennen und diese glücklich erfüllen."

Alaia fühlte sich zum ersten Mal, seit sie das Bewusstsein wiedererlangt hatte, ruhig und ausgeglichen. Die Farben hatten ihr geholfen, den Weg, den sie als Mensch beschreiten sollte, zu verstehen, und hatten ihr gezeigt, wohin er führen würde. Die quälende Unsicherheit war von ihr gewichen und hatte der Gewissheit Raum gegeben, dass dieser neue Weg letztlich zum

Ziel führen würde. Plötzlich kam ihr ein Gedanke und sie fragte:

„Habe ich auch eine Farbe?"

„Natürlich", antwortete der Helfer, „nicht nur eine! Im Laufe deiner Inkarnationen wirst du den Grundton entdecken, der dich nie verlassen wird, wenngleich du dich in jedem Leben mit den verschiedensten Farben befassen wirst." Er drehte an dem Rad. Der Regenbogen erschien wieder an der Kuppel. Alaia seufzte tief auf. Der Helfer fuhr fort:

„In deinen ersten Inkarnationen wählst du dir zuerst nur einen Farbton aus, dessen Botschaft du verkörpern wirst, dann werden es zwei, dann immer mehr, bis der Regenbogen vollständig in dir erwacht, und dann bist du mehr, als du je gewesen bist. Dann werden deine Wunden heil und dein Schmerz in tiefstes Wissen umgewandelt sein. Du wirst ihn dir, den Regenbogen, Stück für Stück zurückerobern, und ich bin mir sicher, dass es dir gelingen wird!"

„Ich brauche eine Kraft, die mich bei dieser Aufgabe unterstützt", bat sie. Er drehte wieder an dem großen Rad, worauf sich alle Farben in einem klaren Rosa vereinten, so sanft, so lieblich und so fein, dass Alaia den Duft von Rosen wahrzunehmen wähnte.

„Dies Rosa ist die Kraft, die dir zur Seite steht, die Kraft der Allliebe, die alles gleich gelten lässt, alle Wunden der Materie heilen hilft, alle Ausdrucksformen ihres Seins mit Mitgefühl umhüllt. Hier inkarniert der klare Geist in seiner Schöpfung. Verbinde dich mit dieser Kraft, dann wird dein Menschsein Früchte tragen. Wenn du den Pfaden dieser Farbe folgst, wirst du Erfüllung auf der Erde und im Himmel finden."

Kapitel 4 – Reinkarnation oder Imagination?

Ich fühlte mich außerstande, die Sitzung fortzusetzen. Zuerst diese haarsträubende Geschichte über den Untergang von Atlantis, gefolgt von einem Kurzaufenthalt in der Hölle und dem Auftauchen des sogenannten Helfers, der nicht nur auf jede Frage eine Antwort wusste, sondern ganz klar von Reinkarnation auf der Erde sprach!

War meine Klientin Mitglied in einer esoterischen Sekte? Immer wieder las man in der Presse von der Gehirnwäsche, die deren Mitglieder freiwillig über sich ergehen ließen. Nein, jetzt war Schluss, endgültig Schluss! Ich atmete in der bewährten Weise, um mich zu beruhigen. Es würde meiner Klientin nichts nutzen, wenn sie meine Aufregung spürte.

Dann räusperte ich mich vernehmlich, um meine Anwesenheit wieder in Erinnerung zu rufen. Alicia lag vollkommen entspannt in tiefer Trance. Es schien ihr gut zu gehen, wo immer sie sich auch befinden mochte. Doch mir reichte es! Es wurde Zeit, sie zurückzuholen.

„Alicia", sagte ich ruhig, denn ich hatte die Erfahrung gemacht, dass der Vorname die Menschen auch in Trance erreichte. „Alicia, atmen Sie tief und spüren Sie Ihren Körper, der hier in meiner Praxis auf der Liege ruht. Ich zähle jetzt rückwärts von fünf bis eins und bei eins ist Ihr Bewusstsein wieder im Hier und Jetzt." Ohne auf ihre Zustimmung zu warten, begann ich zu zählen:

„Fünf ... atmen Sie tief und spüren Sie, dass Sie Ihrem Alltagsleben einen Schritt näher gekommen sind ... vier ... atmen Sie tief ein und aus ... Sie sind hier in meiner Praxis ... drei ... atmen Sie tief und spannen Sie Ihre Hände an." Meine Klientin ballte ihre Hände zu Fäusten.

„Dem Himmel sei Dank!", dachte ich. „Zwei ... atmen Sie tief und spannen Sie jetzt auch Ihre Beine an ... eins ... lassen Sie die Spannung los und bewegen Sie sich so, wie es sich für Sie gut anfühlt. Sie sind wieder da! Öffnen Sie die Augen!"

Alicia schlug tatsächlich die Augen auf. Sie wirkte verwirrt und schaute mich unsicher an.

„Was war das? Was habe ich da erlebt?" Ich zögerte. Wenn ich das wüsste, wäre ich einen Schritt weiter.

„Eins nach dem anderen", antwortete ich, um Zeit zu gewinnen. „Setzen Sie sich langsam auf und wenn Sie sich stabil fühlen, stehen Sie auf und gehen Sie ins Beratungszimmer. Ich koche Ihnen einen frischen Tee und dann reden wir über die Sitzung." Ich wartete so lange, bis sie sich aufgerichtet hatte und ich sicher sein konnte, dass sie den kurzen Weg über den Flur schaffen würde, und setzte dann den Wasserkocher in Gang.

Als ich wenig später mit zwei dampfenden Bechern Tee das Beratungszimmer betrat, sah mich Alicia mit großen, fragenden Augen an.

„Was war das?", flüsterte sie.

„Genau weiß ich das auch nicht", antwortete ich, denn Ehrlichkeit schien in diesem Fall die beste Wahl. „Sie haben eine innere Reise gemacht, eine Imagination, obwohl ich das gar nicht beabsichtigt hatte. Sie sind da einfach hineingerutscht und weil ich der Überzeugung bin, dass das Unbewusste seine Gründe hat, wenn es Bilder produziert, habe ich Sie nicht daran gehindert."

„Dann ist es nicht normal, was ich erlebt habe?", fragte die Klientin unsicher. Ich lächelte beruhigend. Das Wort „normal" war gefährlich. Die meisten verbanden mit dem Nicht-Normalen eine Geisteskrankheit.

„Sagen wir mal so: Es war nicht üblich", beruhigte ich sie und obwohl ich mir dessen gar nicht sicher war, fügte ich hinzu, „aber das hat nichts mit ihrem Geisteszustand zu tun." Alicia atmete auf.

„Da bin ich aber froh", sagte sie. „Mich hat erschreckt, wie real die Bilder wirkten. Habe ich mir das tatsächlich alles ausgedacht?"

„Ich denke schon", meinte ich. „Ich könnte fast wetten, dass Sie auch lebhaft träumen." Alicia musste lachen.

„Ich träume Kriminalromane und Psychothriller", sagte sie. „Wenn jemand etwas erzählt, sehe ich sofort dazu passende Bilder."

„Dann sind Sie visuell begabt. Lassen Sie uns über Ihr Erlebnis sprechen. Wenn ich Sie recht verstanden habe, begann Ihre Reise auf einem anderen Planeten. Warum?"

„Das haben Sie doch selbst vorgeschlagen. Als Sie sagten, der sichere Ort könne auf einem anderen Planeten sein, war ich auch schon dort!" Ach du je! Sie hatte recht.

„Das biete ich für diejenigen an, die sich auf der Erde nicht sicher fühlen", erklärte ich lahm. „Sie sind allerdings die Erste, die das Angebot in dieser Weise umgesetzt hat. Ich nehme an, Sie haben sich von einem Computerspiel inspirieren lassen?" Alicia schüttelte erstaunt den Kopf.

„Nein, ich habe gar keine Zeit für Computerspiele. Aber natürlich lese ich Fantasy- und Science-Fiction-Romane, den ‚Herrn der Ringe' nicht nur einmal. Auch ‚Harry Potter' habe ich verschlungen."

„Und Atlantis? Haben Sie sich auch schon mit dieser Legende befasst?", wollte ich wissen.

„Natürlich. Das Lied von Donovan habe ich so oft gehört, dass ich es auswendig konnte: ‚The continent of Atlantis was an island which lay before the great flood in the area we now call the Atlantic Ocean.' Er hat sein antediluvianisches Baby im Atlantik vermutet. Ich dagegen glaube, dass es im Mittelmeer liegt. Als ich auf der griechischen Insel Santorin war, konnte ich mir tatsächlich vorstellen, dass der Inselvulkan Thera Atlantis zerstört hat. Immerhin rauschte der Tsunami, den er durch seinen Ausbruch erzeugt hatte, bis nach Kreta und zerstörte die minoische Kultur. Es muss eine gigantische Woge gewesen sein, denn Knossos liegt fünf Kilometer von der Küste entfernt." Sie war wirklich gut informiert!

„Obwohl viele Forscher danach gesucht haben, konnte Atlantis bis heute nicht lokalisiert werden. Die Wissenschaftler haben sich darauf geeinigt, dass Platon den Mythos von dem idealen Staat erfunden hat, um den Athenern ein Vorbild zu geben. Atlantis hat nie existiert!" Ich wusste, dass ich so ähnlich klingen musste, wie eine Lehrerin für Geschichte, doch mir war jedes Mittel recht, um das Gespräch auf den Boden irdischer Realität zu holen. Alicia rümpfte die Nase.

„Sie meinen, dass Atlantis genauso wenig real ist wie das Land der Elben im ‚Herrn der Ringe'?" Ich nickte.

„Sie haben den Untergang von Atlantis jedoch so geschildert, wie er tatsächlich hätte stattfinden können. Es gibt einige Forscher, die die Vulkanausbrüche zwischen 1300 und 1800 v. Ch. im Mittelmeerraum und die dadurch hervorgerufenen Tsunamis zur Sintflut erklärten. Und tatsächlich wurde dadurch die kleine Eiszeit in Europa ausgelöst." Ich konnte es mir einfach nicht verkneifen. „Auch das haben Sie beschrieben."

„Dann habe ich die Bilder deshalb sehen können, weil ich mich mit dem Thema befasst habe? Oder habe ich tatsächlich schon einmal dort gelebt?" Ich atmete tief durch. Dünnes Eis! Es gab genug Menschen auf der Erde, die an Reinkarnation glaubten. Doch ich glaubte nicht daran! Deshalb sagte ich:

„Ich glaube, dass viele Menschen von Atlantis oder von Shangri La – dem geheimnisvolle Reich im Himalaja – träumen: Das Paradies auf Erden, das wir uns vorstellen, wenn uns hier mal wieder alles zu viel wird. Doch so ideal war Ihr blühendes Land ja gar nicht. Es glich vielmehr dem, was Sie gerade durchmachen. Sie haben sich durch Ihre Produkte ein kleines Atlantis erschaffen und jetzt versuchen mächtige Kräfte, dieses Lebenswerk zu zerstören. Ihr persönlicher Sauron greift die Elbe in Ihnen an."

„Das stimmt! Ich investiere Zeit und Geld, um ein Produkt zu erschaffen, das dem Körper und der Seele guttut! Und diese Profithaie machen mir aus reiner Gier alles kaputt!"

„Da sehe ich die Parallele. Bemerkenswert ist, dass Sie sich in Ihrer Imagination für Ihre Gegenwehr mit einer veritablen Katastrophe bestrafen! Haben Sie so etwas Ähnliches schon einmal erlebt? Dass Sie sich gewehrt und das nur knapp überlebt haben?" Alicia stutzte.

„Wenn mein Vater alkoholisiert war, tat man besser alles, was er wollte“, sagte sie zögernd. „Mich hat er nie geschlagen, aber meine Mutter habe ich schreien hören.“ Sie verstummte und ich sah, dass sich ihre Augen mit Tränen füllten. Ich ließ ihr ein wenig Zeit.

„Das war die Hölle für das kleine Mädchen. Kein Wunder, dass Ihr Unbewusstes passende Bilder produziert.“ Alicia schniefte und putzte sich die Nase. „Wenn ich mich richtig erinnere, gaben Sie sich die Schuld für den Untergang von Atlantis. Ich nenne das liebevoll den typischen kindlichen Größenwahn!“

„Kindlichen Größenwahn?! Warum kindlich? Das verstehe ich nicht!“

„Weil sich Kinder total überschätzen. Sobald sie laufen und sprechen können, trauen sie sich Aufgaben zu, vor denen Erwachsene mit Recht zurückschrecken. Sie agieren als Familientherapeuten, als Deeskalationsexperten, als Ersatzeltern. Sie fühlen sich verantwortlich und nehmen sogar bereitwillig die Schuld auf sich, wenn es ihnen nicht gelungen ist, die Ehe der Eltern zu retten.“ Alicia nickte.

„Zu diesem Klub gehöre ich! Es ist normal für mich, dass ich mich für alles verantwortlich fühle.“

„Warum tun Sie das?“, fragte ich, obwohl ich es mir natürlich denken konnte.

„Weil das schon immer so war“, entgegnete Alicia trocken. „Ich bin die Älteste von drei Geschwistern, meine Mutter fühlte sich überfordert und da blieb mir nichts anderes übrig, als ihre Aufgaben zu übernehmen. Natürlich war ich, wenn etwas schiefging, an allem schuld!“ Sie lachte freudlos. „Man wiederholt wohl immer das, was man als Kind gelernt hat.“ Ich nickte. Hier bewegte ich mich endlich wieder auf sicherem Terrain.

„Und Ihre Hölle passte zu Ihren Selbstvorwürfen. Viele Menschen befinden sich in solchen Höllen, besonders dann, wenn sie es als Kinder ihren Eltern nie recht machen konnten. Das betrifft Sie aber nur so lange, wie Sie das alte Muster nicht in Frage stellen. Daran können wir arbeiten, wenn Sie das möchten." Alicia schwieg. Ich war mir nicht sicher, ob sie mich überhaupt gehört hatte.

„... wenn der Helfer mich nicht gerettet hätte ...", sagte sie leise.

„Ich war auch erleichtert, dass da jemand war, der Sie nicht nur aus diesem Elend gerettet hat, sondern Ihnen sogar eine Perspektive gab. Es ist interessant, wie er die Bedeutung der Farben erklärte. Haben Sie eine besondere Beziehung dazu?"

„Sicher", antwortete Alicia. „Tatsächlich habe ich sogar mal ein Seminar besucht, bei dem ich mir aus einer großen Anzahl von Flaschen, die mit unterschiedlichen farbigen Ölen gefüllt waren, meine Lieblingsflaschen aussuchen durfte. Die Farben dieser Flaschen wurden dann von der Seminarleiterin interpretiert. Meine Auswahl hatte tatsächlich etwas mit mir zu tun."

„Also war Ihnen die Bedeutung der Farben schon bekannt?"

„So schön wie der Helfer hätte ich sie nicht zusammenfassen können, aber ich habe im Laufe der Zeit natürlich viel darüber gelesen." Das Unbewusste war eine Wundertüte! Es kramte Erinnerungen hervor, bastelte daraus eine schlüssige Geschichte und zauberte diese bei Bedarf wie ein Kaninchen aus dem Hut. Alicia wirkte plötzlich verlegen.

„Frau Hundhausen, ich habe das Gefühl, als ob diese Geschichte noch nicht zu Ende ist", sagte sie zögernd. „Ich würde zu gerne wissen, wie sie weitergeht. Es war so wunderbar, wie mich der Helfer getröstet hat, und ich weiß, dass er mir noch etwas zeigen wollte.“ Ich stutzte. Hatte ich das richtig verstanden? Zur Sicherheit fragte ich noch einmal nach.

„Dann haben Sie das Gefühl, dass Sie die Geschichte nicht beeinflussen können, sondern ihr lediglich zuschauen, so wie man einen Film anschaut?“

„Genau! Ich konnte die Geschichte nicht verändern, denn sonst hätte ich Atlantis und meine Freunde gerettet, das können Sie mir glauben! Auch den Ort, den dieser Helfer ‚Zwischenreich‘ nannte, habe ich mir bestimmt nicht ausgedacht. Deshalb verwirrt mich dieses Erlebnis ja auch so sehr. Andrerseits muss ich wissen, wie es weitergeht! Begleiten Sie mich dabei?“ Sie schaute mich bittend an.

„Ich will ehrlich zu Ihnen sein“, antwortete ich. „Sie sind meine erste Klientin, die so etwas erlebt. Deshalb möchte ich mich zuerst mit meiner Supervisorin besprechen, ob ich eine solche Sitzung wiederholen darf. Mir geht es dabei in erster Linie um Ihre Sicherheit, aber auch darum, dass ich bei der Arbeit mit Ihnen keine Fehler mache.“

„Sie haben alles richtig gemacht!“, sagte meine Klientin. „Ich fühle mich jetzt so viel ruhiger.“

„Sie haben viele Emotionen geäußert und das entspannt“, erklärte ich. „Diese Wirkung wäre aber auch mit anderen Mitteln zu erzielen.“ Netter Versuch, den sie ignorierte.

„Das mag sein, aber ich würde trotzdem gerne wissen, wie es weitergeht“, antwortete sie.

„Glauben Sie denn, dass Sie an dieses Erlebnis einfach so wieder anknüpfen können?“, fragte ich.

„Vielleicht nicht einfach, aber ich will es auf jeden Fall

versuchen. Und ich werde mir überlegen, ob ich wirklich gerichtlich gegen diese Kette vorgehen soll. Vielleicht war diese Geschichte ja auch eine Warnung, mich nicht mit Gegnern anzulegen, die so viel mächtiger sind als ich!“ Ich schüttelte energisch den Kopf.

„Bitte geben Sie dem, was Sie erlebt haben, nicht so viel Gewicht. Beraten Sie sich in dieser Frage lieber mit Ihrem Anwalt. Ich werde Sie wissen lassen, wie ich mich bezüglich einer Fortsetzung entschieden habe.“ Ich erhob mich, um ihr zu signalisieren, dass die Sitzung beendet war.

„Ich hoffe sehr, dass Sie mich weiter begleiten werden“, bat Alicia, die ebenfalls aufstand und mir zur Tür folgte. „Ich habe mich mit Ihnen sehr wohl gefühlt. Wir könnten die anderen Dinge ja trotzdem machen.“ Ich lachte. Sie wusste, was sie wollte.

„Danke für Ihr Vertrauen“, antwortete ich. „Ich lasse bald von mir hören!“

Nachdem ich die Tür hinter meiner Klientin geschlossen hatte, wählte ich die Nummer meiner Supervisorin. Ich kannte die erfahrene Therapeutin aus meiner Zeit in der Klinik. Klara Baumeister hatte sich mittlerweile zur Ruhe gesetzt. Mit klopfendem Herzen lauschte ich dem Rufzeichen.

„Bitte, geh dran!“, sagte ich leise und zu meiner großen Erleichterung hörte ich kurz darauf ihre Stimme.

„Meine liebe Maria, was kann ich für dich tun?“ Ich atmete hörbar aus und ohne mich mit den üblichen Höflichkeitsfloskeln á la ‚Wie geht es deinen Enkeln‘ aufzuhalten, kam ich gleich zur Sache und erzählte haarklein, was ich gerade mit Alicia erlebt hatte.

„Diese Imagination klang wie ein Kapitel aus einem Fantasy-Roman", berichtete ich. „Das Verrückteste war, dass sie nicht den Eindruck hatte, die Geschichte verändern zu können! Was war das, Klara? Habe ich eine Psychose übersehen? Leidet sie an einer dissoziativen Störung?"

„Du meinst, ob sie multipel ist?"

„Ja, denn das, was sie erzählt hat, war in sich geschlossen, so als würde sie das Leben einer anderen Person beschreiben ..."

„... die in einer längst vergangenen Zeit lebte! Das spricht eher gegen eine Multiple Persönlichkeit. Und da sie klar zwischen ihrer aktuellen Person und der Geschichte unterscheiden konnte, sehe ich hier auch keine Psychose. Du kennst das Konzept der Reinkarnation?"

„Natürlich", entgegnete ich, „obwohl ich es ablehne. Ich bin Christin." Klara lachte.

„So wie du deine Klientin beschreibst, ist ihr die Vorstellung ebenfalls neu. Es geht ja auch nicht darum, dass du oder sie zum Hinduismus oder Buddhismus konvertieren, sondern darum, dass du deine Klientin bei ihren inneren Erlebnissen begleitest, wie immer diese auch aussehen mögen. Du tust dasselbe, was du immer tust."

„Schade ich ihr nicht, wenn ich mich auf dieses Experiment einlasse?"

„Du würdest ihr nur dann schaden, wenn du sie in eine bestimmte Richtung puschen würdest. Wenn ihr eine Bilderreise nicht guttut, kannst du sie ja jederzeit zurückholen."

„Es war nicht nur diese seltsame Geschichte von Atlantis, die mich verwirrte. Danach berichtete sie von einem Zwischenreich, wo sie einen Helfer traf, der sie zuerst aus einer Art Hölle rettete und ihr dann ihre Erlebnisse erklärte."

„Das ist spannend“, sagte Klara. „Das Zwischenreich ist ein Konzept, das im Tibetanischen Totenbuch beschrieben wird. Das Buch stammt aus dem 8. Jahrhundert und wurde erst fünfhundert Jahre später wiedergefunden. Heute gilt es als die Grundlage des tibetischen Buddhismus. Nur in diesen Schriften wird der Zustand der Seele zwischen den Inkarnationen beschrieben. Deshalb ist es wirklich interessant, dass deine Klientin davon erzählt.“

„Sie berichtete von Höllenwesen und hungrigen Geistern.“

„Das sind zwei Seinszustände, die tatsächlich im tibetanischen Totenbuch beschrieben werden.“

„Meinst du damit, dass sie sich nicht nur an ein früheres Leben erinnert hat, sondern auch an die Zeit nach dieser vermeintlichen Inkarnation?“, fragte ich ungläubig. Ich kannte Klara als eine eher wissenschaftlich orientierte Frau.

„Ob es sich hier um eine tatsächliche Erinnerung handelt oder um ein Produkt ihres Unbewussten, kann ich überhaupt nicht beurteilen“, entgegnete sie, „und das steht hier auch nicht zur Debatte. Als Wissenschaftlerin begegne ich einem Phänomen und dieses kann ich nur dann untersuchen, wenn ich ihm unvoreingenommen begegne. Ich erinnere dich in diesem Zusammenhang an die Entdeckung von C. G. Jung, der herausfand, dass Menschen sich nicht nur in ihren Mythen, sondern auch in ihren Träumen aus einem kollektiven Wissensschatz bedienen.“

„Das kollektive Unbewusste! Daran hatte ich bisher noch nicht gedacht. Das, was meine Klientin erlebt, könnte auch aus diesem Fundus stammen.“

„Dass sie den Fortgang der Geschichte nicht beeinflussen konnte, sollte dich nicht beunruhigen. Du kennst dieses Phänomen aus den Stuhlaufstellungen, in denen die Klienten ihre innere Wirklichkeit mit Hilfe von Stühlen im Raum aufstellen, sich auf die Stühle setzen und berichten, was sie dabei empfinden. Wie oft überraschen sie sich selbst mit dem, was sie sagen!"

„Daran habe ich noch gar nicht gedacht", gab ich zu. „Außerdem hatte diese Geschichte ja durchaus etwas mit ihrem aktuellen Leben zu tun."

„Siehst du. Wenn du dich traust, dann führe die Sitzungen fort", sagte Klara. „Am besten zeichnest du sie auf, damit du die Daten besser auswerten kannst."

„Du rätst mir also, weiter mit ihr zu arbeiten?"

„Ich würde es tun", antwortete Klara. „Einen so interessanten Fall würde ich nicht ablehnen. Aber das musst du selbst entscheiden."

Und das tat ich. Denn ich liebe Herausforderungen! Und zwar ohne das Wörtchen „eigentlich".

Meine Klientin freute sich sehr, als ich sie wenig später anrief, um den nächsten Termin mit ihr zu vereinbaren. Ich berichtete ihr von den Rückmeldungen meiner Supervisorin, die es für möglich hielt, dass sie sich aus dem großen Fundus des kollektiven Unbewussten bedient hatte. Eine Frage konnte ich mir allerdings nicht verkneifen:

„Kennen Sie das Tibetanische Totenbuch?" Sie zögerte.

„Ja, ich habe mich damit befasst", gab sie zu.

„Dann wissen Sie, dass Ihre Hölle tibetisch inspiriert war", stellte ich fest.

„Daran habe ich gar nicht gedacht", entgegnete sie seltsam zurückhaltend. Ich ließ es dabei bewenden, obwohl ich merkte, dass sie mir etwas verschwieg. Irgendwann würde sie mir davon erzählen.

Kapitel 5 – Enapays Versuchung

„Ich habe Angst, dass ich den Einstieg in die Geschichte nicht mehr finde“, sagte Alicia, nachdem sie es sich auf der Liege bequem gemacht hatte.

„Beginnen wir einfach an dem Ort, an dem Sie das letzte Mal aufgehört haben. Waren Sie mit Ihrem Helfer nicht zuletzt in einer Kuppelhalle?“

„Ja“, bestätigte Alicia, „und ich habe in einen Spiegel geschaut.“

„Sie haben ein ausgezeichnetes visuelles Vorstellungsvermögen. Schließen Sie die Augen und stellen Sie sich vor, dass Sie in den Spiegel schauen. Atmen Sie tief ...“

„Ich bin schon dort“, unterbrach sie. „Ich sehe die Kuppel ... ich sehe einen Regenbogen … und alle Farbe fließen ineinander ... jetzt ist es nur noch eine Farbe ... dieses Rosa ist so wunderschön ... Es trägt mich fort ... ich schwebe ... dort ist ein Wirbel, der mich mit sich zieht ... ich falle, ich schwebe. Wohin? Ich weiß es nicht.“

„Fragen Sie den Helfer“, schlug ich vor. Meine Klientin schwieg eine Weile. Dann sagte sie:

„Jetzt weiß ich es! Ich muss als Mensch geboren werden ... dieser Wirbel ... er zieht mich magisch an!“ Plötzlich veränderte sich ihre Stimme und sie begann, eine Geschichte zu erzählen, in der nicht sie, sondern ein junger Mann die Hauptrolle spielte.

Das Sonnenlicht bahnte sich mühsam seinen Weg durch das dichte Blätterdach der turmhoch in den Himmel ragenden Bäume. Mit geschmeidigen, katzenartigen Bewegungen schlich sich der Junge an die Wildgans heran, die abseits ihres Schwarms damit beschäftigt war, Wiesenkräuter und Gräser abzurupfen und zu fressen.

Enapay sog die Luft durch die Nasenflügel. Er roch die frische Erde, geschwängert vom Duft der üppig wuchernden Pflanzen, den Rauch der Herdfeuer seines Dorfes, in den sich plötzlich auch der scharfe Geruch eines wilden Tieres mischte. Er stutzte und schloss die Augen. Suchend sandte er seine Gedanken in die Richtung, aus welcher er den scharfen Geruch wahrgenommen hatte, und langsam formte sich ein Bild vor seinem inneren Auge: ein großer hellbrauner Puma, der offensichtlich hungrig zu sein schien. Immer wieder hob er witternd den Kopf, doch führte ihn der Duft der Beute in eine andere Richtung, weg von ihm und seinem Dorf.

Enapay entspannte sich. Das Bild verblasste, der Junge öffnete die Augen und richtete sich im Zeitlupentempo auf, die Jagdbeute wieder fest im Blick. Er hob den Arm mit dem Speer. Als ob der Vogel die Bedrohung spürte, schreckte er auf und beäugte aufgeregt seine Umgebung. Enapay erstarrte, richtete seine Gedanken gesammelt auf das Tier und befahl:

„Beruhige dich!" Augenblicklich senkte die Wildgans den Kopf und widmete sich wieder ihrem Futter. Lautlos glitt der schlanke Speer durch die Luft und bohrte sich durch den Hals des Vogels. Das Tier stürzte zu Boden. Mit wenigen Schritten sprang

der Junge hinzu, schulterte den Speer mit der daran hängenden Beute und schlug zufrieden den Weg zurück zu seinem Dorfe ein. Die Hunde begrüßten ihn laut kläffend und winselnd und sprangen begeistert an ihm hoch. Schnell hob der Junge den Speer höher, denn er wusste nur zu gut, dass diese Freude nicht ihm, sondern seinem Fang galt. Kinder rannten ihm johlend entgegen und umringten ihn neugierig.

„Fette Beute, Enapay!", sagte ein größerer Junge anerkennend.

„So ein großer Vogel!", staunte ein kleinerer.

„Erzähl uns die Geschichte deiner Jagd! Wie hast du ihn erwischt?", wollten mehrere wissen. Er sah in ihre offenen, lachenden Gesichter und spürte schmerzlich, dass er nicht mehr zu ihnen gehörte. Er fühlte sich ganz und gar als Mann, wenn er auch nach der Sitte seines Stammes noch zu den Kindern zählte. Doch die Mannbarkeitsriten standen kurz bevor.

Würde der Medizinmann ihn auswählen?

Oder würde er ihn aus lauter Bosheit noch ein weiteres Jahr warten lassen? Nein! Sein Entschluss stand fest. Diesmal musste es geschehen und wenn der Medizinmann ihn nicht freiwillig wählte, würde er dafür sorgen, dass es trotzdem geschah. Den Willen der Tiere konnte er beeinflussen, das hatte er schon oft genug bewiesen. Warum sollte seine Gedankenkraft nicht auch bei Menschen wirken?

Plötzlich spiegelte sein Gesicht grimmige Entschlossenheit. Die Kinder verstummten erschrocken und blickten ihn unsicher an. Rasch zauberte Enapay das Lächeln wieder zurück auf sein Gesicht und begann zu erzählen:

„Ich habe mich in einem hohen Baum versteckt. Da flog der Vogel an mir vorbei, ich stürzte mich auf ihn, umklammerte seinen Rücken, und wir beide fielen zu Boden. Dort habe ich einen

Knoten in seinen langen Hals geknüpft. Das hat er nicht überlebt!" Die Kinder kreischten entzückt:

„Weiter, Enapay, erzähle weiter!"

„Ich habe ihn mit dem Speer aufgespießt, weil er sich so besser tragen lässt, und jetzt bringe ich ihn meiner Mutter."

Lachend begleiteten ihn die Spielgefährten, während er den offenen Platz überquerte. Aus den Zelten schallten das Klappern der Kochgefäße und die Stimmen der Frauen, die damit beschäftigt waren, die Mahlzeiten zuzubereiten. Dünne Rauchwolken schraubten sich kräuselnd von den Feuerstellen in den Himmel. Er schlug das Fell zurück, das den Eingang seines Tipis verschloss, und trat durch den schmalen Einlass in den Wigwam. Seine Mutter, die damit beschäftigt wer, einen dicken Eintopf aus Bohnen, Mais, Zucchini und Kürbis zuzubereiten, blickte ihm freundlich entgegen. Mit einem Ruck zog er den Vogel vom Speer und warf ihn ihr vor die Füße. Stolz blitzte in ihren Augen auf. Nicht umsonst trug er den Namen Enapay, der Mutige.

„Du wirst ein großer Krieger werden, mein Sohn!", sagte sie. „Du jagst jetzt schon besser als die anderen. Du bist eher zurück und immer bringst du reiche Beute. Viele Männer sind noch auf der Jagd. Die anderen sind mit Kangee am heiligen Ort." Kangee, der Rabe, war so lange sie denken konnte, Medizinmann ihres Stammes.

„Beginnt er schon heute mit der Auswahl", fragte Enapay und versuchte, seine Stimme unschuldig klingen zu lassen.

„Heute Morgen hat er sich zurückgezogen", antwortete sie. In wenigen Tagen würde der Mond eine volle Kugel sein und die Zeit war gekommen, wo Jungen zu Männern wurden. Sie ahnte, dass ihr Sohn diesem Augenblick entgegenfieberte. Frauen hielten sich jedoch aus den Angelegenheiten der Männer heraus, und Mütter erfuhren erst in dem Moment, wo ihre Söhne vom

Fackelträger abgeholt wurden, dass diese ausgewählt worden waren.

„Setz dich", lud sie ihn ein und reichte ihm das Wassergefäß. Er ließ sich ihr gegenüber nieder und trank gierig, denn die Jagd hatte ihn durstig gemacht. Plötzlich drang der dumpfe Klang der heiligen Trommel aus dem Wald. Der Junge richtete sich kerzengerade auf. Die Mutter murmelte: „Er beginnt!"

„Kangee beginnt die Auswahl", flüsterte auch Enapay aufgeregt. Jetzt oder nie! Er musste unbedingt erfahren, was der Medizinmann vorhatte. Wenn er das tun wollte, was ihm bei den Tieren unfehlbar gelang, dann musste es jetzt geschehen. Er schloss die Augen, konzentrierte sich und richtete den Blick nach innen.

Langsam formte sich das Bild des Medizinmannes, der mit untergeschlagenen Beinen vor einem kleinen Feuer saß und geheime Beschwörungen murmelte. Heilige Ornamente bedeckten seinen Körper, das Haar hatte er mit Asche weiß gefärbt. Sein Gehilfe stand hinter ihm und schlug die große Trommel.

Plötzlich sprang Kangee auf und begann wie rasend um das Feuer herumzutanzen. Sein Blick wurde glasig und Enapay hörte, wie er die Namen der Jungen rief, die in diesem Jahr zu den Männern gezählt würden. Mit ungeheurer Kraft zügelte der Junge die Ungeduld in sich, da er wusste, dass das Bild sofort verblassen würde, wenn er eigene Gefühle zuließ. Kangee hatte alle Namen aufgezählt und machte eine kurze Pause. Der Name Enapay war nicht gefallen. Wieder nicht! Der Junge zögerte. Sollte er es wirklich wagen?

„Du kannst es!", flüsterte eine Stimme in ihm. „Denk nur, was du erreichen wirst! Oder willst du wirklich noch ein ganzes Jahr lang zu den Kindern gehören? Du hast das Zeug zum Medizinmann, jetzt oder nie!"

„Es ist unrecht", entgegnete eine andere Stimme. „Man darf den Medizinmann nicht beeinflussen. Das ist tabu und wird bestraft. Lass den Großen Geist für dich entscheiden."

„Und was, wenn sich der Medizinmann diesmal einen Nachfolger wählt? Dann ist es vorbei, endgültig vorbei!", drohte die erste Stimme.

„Es bleibt unrecht, es wird dir Unglück bringen", warnte die andere Stimme, nun schon viel leiser. Vor seinem inneren Auge sah Enapay, dass der Medizinmann seinen Tanz beendet hatte und sich schwer atmend am Feuer niederließ.

„Mach endlich, sonst ist es zu spät!", brüllte die erste Stimme so laut, dass sie die andere übertönte. Schon öffnete der Medizinmann den Mund, um die magische Formel zu sprechen, da hörte er eine Stimme in sich, die befahl: „Enapay!" Der Alte zuckte zusammen.

„Enapay... Enapay ist dabei", murmelte er.

„Sprich die Abschlussformel!", ordnete der Junge an und der Medizinmann gehorchte.

„So sei es!", beendete Kangee das Ritual, doch fühlte er sich seltsam wirr. „Wieso Enapay?", dachte er. „Warum er? Ist er nicht viel zu jung und frühestens im nächstes Jahr reif?" Doch die Abschlussformel war gesprochen, es war nicht rückgängig zu machen, und deshalb würde der Fackelträger auch diesen Jungen holen müssen.

Enapay, der die Verwirrung des Medizinmannes spürte, unterbrach rasch die Verbindung. Kangee war bestimmt kein Dummkopf und wehe ihm, wenn er ihn erwischte! Doch es hatte geklappt, er hatte es tatsächlich geschafft! Ein Lächeln erhellte seine Züge.

Die Mutter schaute ihren Sohn fragend an. Lange war sein Gesicht unbeweglich ruhig gewesen, der Blick merkwürdig nach innen gekehrt. Jetzt öffnete er die Augen und sagte voller Freude:

„Mutter, schon bald werde ich ein Mann sein!" Die Mutter schaute ihn verwundert an.

„Woher willst du das wissen? Niemand weiß es vorher! Der große Geist befiehlt und du wirst gehorchen."

„Ich weiß es!", antwortete der Junge bestimmt. Der Klang seiner Stimme und der Ausdruck seiner Augen ließen sie verstummen. „Ich werde Medizinmann. Kangee wird mich zu seinem Nachfolger bestimmen", fügte er stolz hinzu.

Die Mutter sog die Luft hörbar ein, doch sie schwieg. Sie wusste genauso gut wie er, dass man zum Medizinmann nur berufen werden konnte. Es war kein Wunsch, den man selbst hegen und auf dessen Erfüllung man hinwirken konnte. Der große Geist bestimmte, wer ihn im Stamm vertreten durfte. Auch war es eine Stellung, die zwar große Macht verhieß, jedoch auch Opfer forderte. Es war nicht verboten, dass der Medizinmann eine Familie gründete, doch diese hatte in jedem Fall immer hinter dem Wohle des Stammes zurückzustehen. Und wenn es ihm nicht gelang, den Großen Geist gütig zu stimmen, konnte es zuweilen geschehen, dass er selbst geopfert wurde.

Doch Enapay, ihr Ältester, war immer anders gewesen als ihre anderen Kinder. Er schien ernster und hatte nur selten am Spiel seiner Kameraden teilgenommen. Stattdessen legte er mit Kieseln merkwürdige Muster in den Sand am Fluss. Doch keines schien ihn zufriedenzustellen. Ärgerlich schleuderte er die Steine jedes Mal ins Wasser zurück.

„Es stimmt nicht!", erklärte er traurig und die Mutter hatte kein weiteres Wort aus ihm herausgebracht, weshalb sie nicht wusste, was nicht stimmte oder wie sie ihm helfen konnte. Die Jagd beherrschte er viel früher als die anderen Jungen. Er schien sich in die Tiere einzufühlen und deswegen gelang es ihm, sich

dichter an sie heranzuschleichen, als es den anderen möglich war. Er wusste einfach, wo die süßesten Beeren wuchsen, wo die wilden Bienen ihren Honig versteckten und welche Pflanzen Bauchweh linderten.

Die Mutter hatte mit niemandem darüber gesprochen und auch Enapay hatte sein Wissen nur ihr anvertraut. Doch das, was er jetzt behauptete, war so ungeheuerlich und gegen alles, was Gesetz im Stamme war, dass sich ihr Herz vor Angst um ihren Sohn zusammenschnürte.

„Du wirst nicht darüber sprechen, Mutter", befahl Enapay, als ob er ihre Gedanken lesen könnte. „Es wird so kommen, wie ich es sage." Er war tatsächlich kein Junge mehr. Sie seufzte.

„So sei es", entgegnete sie dann ruhig und ihre Blicke trafen sich einen kurzen Augenblick. Dumpf hallten die Trommeln, rötlich schimmerte der Himmel vom Widerschein des großen lodernden Feuers im Wald. Der Mann mit der Fackel ging von Haus zu Haus und verkündete laut die Namen der auserwählten Jungen.

„Enapay", tönte seine Stimme und die Mutter zuckte zusammen, denn sie hatte gehofft, dass es nicht geschehen würde. Der Junge verbeugte sich vor ihr und sprach den rituellen Abschiedsgruß. Wenn er wiederkehrte, würde er ein anderer sein.

Sie legte ihm, wie es Brauch war, segnend die Hände auf den Scheitel, doch ihre Hände zitterten, denn sie hatte Angst vor dem, was kommen würde. Ihr Sohn hatte versucht, das Schicksal zu beeinflussen, daran bestand für sie kein Zweifel, und der Große Geist bestrafte alle, die es wagten, die Gesetze zu brechen. Enapay richtete sich auf, drehte sich um und verschwand, ohne ein weiteres Wort zu sprechen, hinaus in die Dunkelheit. Bebend eilte die Mutter ihm nach, doch hatte ihn der Wald bereits verschluckt.

Er ging als letzter in der Reihe auserwählter Jungen. Einige klapperten mit den Zähnen vor Angst, doch in ihm war nur Freude und unsagbarer Triumph. Mit schlafwandlerischer Sicherheit fanden seine Füße den Weg, er stolperte nicht, kaum ein Zweiglein knackte. Die Schreie der Nachtvögel waren Musik in seinen Ohren, denn sie sangen das Lied von Enapay, der ab heute ein Mann war.

Endlich erreichten sie den heiligen Platz, den nur Männer betreten durften. Der Junge lächelte; seine Sicht hatte ihn nicht getäuscht. Es war alles so, wie er es innerlich gesehen hatte. Der Fackelträger führte sie zum Feuer und befahl den Jungen, sich auf einem kleinen Platz davor niederzulassen. Das Dröhnen der Trommeln kam immer näher, doch dann verstummte es plötzlich. Die Stille war so unheimlich, dass sich einige der Jungen unwillkürlich aneinanderdrängten.

Mit einem Male ertönte markerschütterndes Geheul und aus dem Dickicht sprangen maskierte, über und über bemalte Gestalten, von den rötlichen Flammen gespenstisch beleuchtet. Sie reckten ihre Speere drohend gen Himmel und dann gegen die Jungen. Das dumpfe Dröhnen ertönte wieder. Ebenfalls maskierte, mit Vogelfedern geschmückte Männer bahnten sich trommelnd ihren Weg durch die wilde Horde und stellten sich genau vor den Jungen auf.

Jetzt begannen die Gestalten zum Rhythmus der Trommeln zu tanzen, wirbelten in großen Sätzen um die Sitzenden herum, stampften mit den Füßen die Erde, bedrohten mit den Speeren den finsteren Wald, um die dort lebenden Geister fernzuhalten, und dann wieder die Jungen, die dem wilden Spektakel gebannt folgten. Schon bald wiegten sich einige willenlos hin und her, nicht mehr Herr ihrer Sinne, betäubt vom eintönigen Rhythmus der Trommeln, betört vom ekstati-

schen Tanz der Gestalten. Nur Enapay ließ sich nicht einlullen, sondern verfolgte aufmerksam das wilde Geschehen. Wie lange der Tanz der Männer gedauert hatte, konnte er nur am Lauf des Mondes abschätzen, der bald seinen höchsten Punkt am Nachthimmel erreicht haben würde.

Plötzlich änderte sich der Rhythmus, immer rascher hallten die Schläge. Immer wilder wirbelten die Gestalten, immer näher kamen sie den Jungen. Mit glasigen Augen ließen sich die Tänzer vom Großen Geist leiten und begannen, nach ihnen zu greifen.

Diese waren aufgesprungen und einige versuchten verstört, den nach ihnen fassenden Händen zu entkommen. Gleich würde sich jeder Mann einen Jungen wählen, den Jungen, den der Große Geist ihm zur Obhut anbefohlen hatte, und mit ihm im Wald verschwinden. Dort würde er ihn so lange, bis der Mond wieder eine Kugel sein würde, alles lehren, was er selbst wusste. Er würde den Jungen prüfen, seinen Mut auf die Probe stellen, seine körperlichen Fähigkeiten und seine Klugheit. Auch Kangee, der Medizinmann befand sich unter den Tanzenden.

War diesmal auch für ihn ein Junge dabei? Würde er unter diesen Neuen seinen Nachfolger finden? Er fühlte sich müde, bereit, seine schwere Bürde auf einen von ihnen zu übertragen, doch das bestimmte der Große Geist allein. Vertrauensvoll überließ er sich dem angenehmen Gefühl der Trance.

Enapay widerstand dem Sog der Trommeln, der fast unwiderstehlich an ihm zerrte und ihn ins Land der Ekstase zu entführen versprach. Er spürte, dass er sich dieser Aufforderung nicht mehr lange würde widersetzen können. Doch jetzt schien der Augenblick endlich gekommen zu sein, wo es zu handeln galt. Ohne Schwierigkeiten erkannte er mit seiner inneren Sicht die Gesichter hinter den Masken.

Als die Tänzer immer näherkamen, wusste er plötzlich, was er zu tun hatte. Scheinbar ließ er sich willenlos treiben, doch seine innere Schau führte ihn genau zu dem Mann, hinter dessen Maske er Kangee erkannte. Kamen ihm andere Tänzer zu nahe, lenkte er deren Absicht unmerklich in eine andere Richtung. Klar las er die Gedanken des Medizinmannes. Er war also müde, der Alte und suchte einen Nachfolger! Gut, hier war er, Enapay, bereit, die Bürde zu übernehmen. Wie zufällig lief er an ihm vorbei und erkannte blitzschnell, dass Kangee einen anderen Jungen ins Auge gefasst hatte. Enapay konzentrierte sich.

„Nicht diesen! Nimm Enapay!", suggerierte er ihm, und gleichzeitig fasste er den Jungen Howahkan scharf ins Auge. Diesen hätte der Alte ihm also vorgezogen! Er würde auf ihn achten müssen.

Kangee, der sich schon zielsicher auf den Jungen Howahkan zubewegt hatte, stutzte plötzlich und wandte sich um. Dort stand Enapay, sichtlich versunken in den wilden Tanz und das rhythmische Trommeln. Der Medizinmann griff nach ihm und sprach die rituelle Formel, mit der er den Jungen als seinen Nachfolger anerkannte. Er hielt ihn fest am Arm und entführte ihn in die Dunkelheit des Walds.

Enapay war es gelungen, den Alten vollständig von sich einzunehmen. Seine Geschicklichkeit bei der Jagd, seine Kenntnisse der Heilkräuter und seine rasche Auffassungsgabe brachten Kangee zu der Überzeugung, dass ihm wirklich der Beste zugeführt worden war. Dieser Junge nahm klaglos alle Prüfungen auf sich, hatte in Vorbereitung auf die Nacht der großen Finsternis viele Tage lang gefastet, den Tag davor nicht einmal getrunken und dann, in der besonderen Nacht, allein unter dem heiligen Baum gewacht, ohne sich vor den Waldgeistern zu fürchten, die er, Kangee, beschwor. Er konnte nicht mehr verstehen, warum sein Blick zuerst auf den anderen, auf Howahkan, gelenkt worden war. Doch dies war sicher nicht mehr als eine Täuschung der Waldgeister gewesen, um ihn, den Erfahrenen, auf die Probe zu stellen. Leise lachte er in sich hinein. Dies war ihnen nicht gelungen, er hatte sie rechtzeitig durchschaut.

Kangee zeigte seinem neuen Lehrling die Stelle, an der das heilige Steinmesser versteckt gehalten wurde, mit dem die Jungen gezeichnet werden würden. Enapay kletterte auf den riesigen Baum und barg das Instrument aus einer Höhlung in einem der oberen Äste. Danach führte ihn der Medizinmann an jenen Ort, an dem die roten Beeren wuchsen, aus denen der Trank des großen Geistes zubereitet wurde. Dieser Trank würde den Jungen verabreicht werden, wenn sie die Schmerzen der Prüfung mit dem Steinmesser ausgehalten hatten.

Der Mond war nun wieder eine leuchtende Kugel geworden. Eben erhob er sich über den Baumwipfeln und der Alte befahl seinem Lehrling, den Weg zurück zum Feuerplatz zu finden. Langsam folgte der Junge seiner inneren Sicht und führte den Lehrer auf direktem Wege dorthin. Die Trommeln hatten wieder zu dröhnen begonnen und auch das Feuer loderte. Alle, außer dem Medizinmann und seinem neuen Schüler, hatten sich bereits dort eingefunden. Die Jungen kauerten auf dem Platz vor dem Feuer. Sie sahen müde aus. Die Strapazen der letzten Wochen hatten deutliche Spuren hinterlassen. Der Schlafmangel forderte seinen Tribut und einige hatten sich auf dem Boden ausgestreckt. Doch die Krieger gönnten ihnen keine Pause.

„Seid ihr Kinder oder seid ihr Männer?“, riefen sie und schlugen mit Speeren auf die Liegenden ein, so dass sich diese verstört wieder aufrappelten. Die Männer hatten ihre Masken angelegt und begannen einen neuen Tanz, den Tanz der Zeich-

nung mit dem Messer. Alles wartete auf den Alten, auf Kangee. Der Medizinmann verbarg sich am Waldrand in der Dunkelheit und betrachtete die tanzenden Männer. Plötzlich stieß er einen markerschütternden Schrei aus, worauf die Trommler begannen, frenetisch auf ihre Instrumente einzuschlagen. Mit einem großen Satz sprang Kangee aus dem Schutz der Bäume und schrie erneut und sofort wechselten die Trommler in einen ruhigeren Rhythmus. Gemessenen Schrittes trug der Alte das heilige Messer zum Feuer. Die Tänzer, die sich bereits wieder an der Schwelle der Trance befanden, stöhnten auf. Einige stießen wilde Schreie aus.

Kangee winkte Enapay, der das Gefäß mit den Beeren trug, zu sich. Der Junge spürte die Hitze der Flammen auf seiner nackten Haut; das Dröhnen der Trommeln riss ihn unwiderstehlich mit sich. Verzweifelt versuchte er, dagegen anzukämpfen, doch auch ihn hatten die Prüfungen der letzten Woche erschöpft. Willenlos ließ er sich treiben und schaffte es gerade noch, dem Medizinmann das Gefäß mit den Beeren entgegenzustrecken. Der Alte nahm es und zerdrückte die Früchte mit der Klinge des Messers am Rande des Gefäßes. Dann sah er sich suchend um. Zwei der stärksten Männer des Stammes, die sich nicht am Tanz beteiligt hatten, traten mit einem ledernen Schlauch zu ihm. Der Medizinmann nestelte einen Beutel vom Hals, entnahm diesem ein weißliches Pulver, ließ sich von den Männern den Schlauch reichen und rührte das darin befindliche Wasser zusammen mit dem Pulver in den Beerenbrei. Die Trommler veränderten den Rhythmus und er erhitzte das Gefäß über den Flammen, bis dessen Inhalt aufbrodelte. Er hob es gen Himmel und bat den Großen Geist um Zustimmung und Segen. Dann schüttete er das restliche weiße Pulver aus seinem Beutel in eine aus Blättern geflochtene Schale, die zu diesem Zwecke schon bereitstand.

Der Rhythmus der Trommeln wurde rascher, die Tänzer wirbelten schneller und zeigten alle Zeichen der Ekstase. Einige hatten Schaum vor dem Mund, andere stöhnten wie in größter Wonne. Kangee gab den beiden Männern einen Wink. Enapay hatte nicht vorhergesehen, was nun folgte. Die Männer warfen den Jungen zu Boden und hielten ihn dort fest. Unter Beschwörungen drehte der Medizinmann das Messer in den Flammen.

„Schließ die Augen!", befahlen die Männer und dann spürte Enapay nur noch heißen Schmerz auf seiner Stirn, seinen Armen und seiner Brust, dem er vergeblich zu entkommen suchte. Kein Schrei entrang sich seinen Lippen, nur ein Keuchen konnte er nicht unterdrücken. Farben loderten vor seinen geschlossenen Augen, vor allem Rot, ein mächtiges Rot, das ihn fast überwältigte. Der Junge spürte, wie seine Sinne zu schwinden drohten. Als sein Körper erschlaffte, rieb der Alte etwas von dem weißlichen Pulver in die Schnittwunden. Der brüllende Schmerz ließ nach, und Enapay spürte, dass er aufgerichtet wurde.

„Öffne die Augen!", hörte er eine Stimme. Er tat, was ihm geheißen, doch verdeckten rötliche Nebelschwaden seine Sicht. Ein Becher wurde an seine Lippen gedrückt.

„Trink!", befahl die Stimme. Das heiße Getränk strömte ihm wohltuend die Kehle herab und der Schmerz löste sich in einem dumpfen Gefühl der Benommenheit. Kangee murmelte Gebete und zeichnete dem Jungen mit dem weißen Pulver heilige Symbole auf den Leib. Dann fühlte Enapay, dass sie ihn wegtrugen und auf weiches Moos betteten.

„Schlaf jetzt", hörte er die Stimme des Alten, „und empfange im Traum die Botschaft des Großen Geistes!" Dann hüllte wohltuende Dunkelheit ihn ein.

Die Wunden waren rasch verheilt. Enapay trug seine Narben mit großem Stolz, zeigten sie doch jedem, wer er war: der künftige Medizinmann des Stammes. Kangee weihte ihn in alle Geheimnisse ein. Als seine letzte Stunde nahte, streckte sich der Alte beruhigt auf seinem Totenlager aus. Er wusste den Stamm in besten Händen.

„Du stehst jetzt an meiner Stelle", flüsterte er. „Möge der Große Geist dein Denken und dein Handeln lenken!" Dann trennte sich seine Seele von seinem Körper und Enapay vollführte das Ritual zum Tode seines Meisters.

Er war ein guter Medizinmann und verrichtete die Arbeit ohne Tadel. Genau zum richtigen Zeitpunkt vollführte er die heiligen Riten, beschwichtigte die Waldgeister mit angemessenen Jagdopfern und die Flussgeister mit betörenden Tänzen. Die Männer brachten reichlich Wild zurück ins Dorf und die Mutter Enapays begann, sich ihrer unguten Gefühle zu schämen. Ihr Sohn war der Medizinmann und dazu noch ein guter, denn dank seiner Heilkünste starben nur noch die Alten, die ihr Leben gerne ließen. Außerdem hatte es, seit er die Geschicke des Stammes vor den Großen Geist brachte, keine Überschwemmung und keine Hungersnot mehr gegeben. So achteten ihn die Leute, wenn sie ihn auch nicht liebten, denn irgendetwas war an ihm, wovor sie sich fürchteten.

Nur einer wagte, ihn genauer zu beobachteten: Howahkan, der Junge, dessen Name „Rätselhafte Stimme" bedeutete, und den der alte Medizinmann zuerst hatte wählen wollen. Enapay schien allwissend zu sein. Nie schien ihn etwas zu überraschen. Immer handelte er so, als ob ihm die Entscheidungen des Häuptlings bereits vorher bekannt gewesen wären. Dass ein Medizinmann mehr wusste als alle anderen, war normal und wurde sogar erwartet, doch es gab Anzeichen, dass dieser hier *das Wissen für seine eigenen Zwecke nutzte. Einmal hatte Howahkan beobachtet, dass eine Frau im Wald mit einem Mann geschlafen hatte, obwohl sie einem anderen angehörte.*

Doch warum ließ sich der Medizinmann gerade von dieser Frau die Mahlzeiten zu seinem Wigwam bringen?

Und warum wirkte diese Frau so verstört, als sie zum Dorf zurückkehrte?

Und warum sagte sie seitdem nur noch das Allernötigste?

Immer, wenn Enapay Frauen wählte, verstummten diese nach dem Besuch seines Wigwams. Besonders häufig ließ er Kimimila, den Schmetterling, kommen, die wegen ihrer Vorliebe für fremde starke Krieger bekannt war. Und auch Kimimila schwieg und zeigte alle Anzeichen von Furcht, wenn Enapay sie rufen ließ. Verging er sich an diesen Frauen? Howahkan nahm sich vor, den Medizinmann nicht aus den Augen zu lassen.

Viel Gelegenheit dazu hatte er nicht, da der alte Häuptling ihn zu seinem Vertrauten machte und ihm deshalb vielerlei verantwortungsvolle und oft gefährliche Aufträge gab, die ihn weit weg von seinem Stamme führten. Immer öfter hatte es sich jedoch erwiesen, dass die weiten Reisen völlig unnötig gewesen waren, und Howahkan begann zu ahnen, dass es einzig und allein darum ging, ihn aus dem Dorf zu entfernen.

Doch wer konnte ein Interesse daran haben?

Der alte Häuptling Otaktay? Nie und nimmer! Er brauchte Howahkan immer nötiger, denn das Alter machte ihm zu schaffen. Schon lange machte er seinem Namen – Tötet viele – keine Ehre mehr.

Doch wer sonst? Immer wieder grübelte er darüber nach.

Sollte der Medizinmann hinter diesen Reisen stecken? Er, Howahkan, war der Einzige, der sich nicht vor ihm fürchtete. Die anderen Männer seines Stammes konnten Enapay nicht das

Wasser reichen. Wie Kinder taten sie alles, was er befahl, ja, sie schienen ihm die Wünsche von den Augen abzulesen.

Howahkan zog die Pfeife aus dem Gürtel, stopfte sie mit heiligem Tabak, zündete sie an und bat den Großen Geist um Erleuchtung. Er schloss die Augen und plötzlich nahm er etwas wahr, das den ganzen Stamm wie in einem klebrigen Spinnennetz gefangen hielt, ein Gefühl, das alle beherrschte, selbst den alten Häuptling. Das Gefühl hieß Angst und die Spinne war der Medizinmann. Es schien ihm, als ob sich alle – außer ihm – vor diesem fürchteten, so dass ihm niemand zu widersprechen wagte.

Die Erkenntnis durchfuhr Howahkan wie ein Blitz! Plötzlich war ihm alles klar. Der Häuptling war sehr alt und bereitete sich schon länger darauf vor, den großen Fluss endgültig zu überqueren. Wenn er, Howahkan, zum Zeitpunkt des Todes nicht im Dorfe wäre, könnte der Medizinmann mit Leichtigkeit einen ihm genehmen Nachfolger bestimmen. Denn Enapay und nicht der alte Häuptling lenkte die Geschicke des Stammes! Wie der Medizinmann das fertigbrachte, war ihm noch nicht klar, doch es mussten magische Mittel sein, mit denen er die anderen beherrschte. Und diese Herrschaft wollte er natürlich behalten. Deshalb sorgte er dafür, dass der einzige, der ihm gefährlich werden konnte, nämlich er, Howahkan, nie lange im Dorf blieb.

Der Zorn stieg in heißen Wogen in ihm auf. Nur mit äußerster Kraft gelang es ihm, sich zu beherrschen. Er würde sehr klug sein müssen, damit der Medizinmann keinen Verdacht schöpfte. Doch dass er dessen Machenschaften aufdecken würde, daran bestand für ihn kein Zweifel mehr.

Enapay wusste nicht, dass Howahkan ihn durchschaut hatte. Es hatte ganz harmlos angefangen. Als Enapay erkannte, dass er in den Gedanken der Menschen lesen konnte, hatte ihn dies Wissen zuerst nur amüsiert. Doch als es ihm immer besser gelang, die Gedanken der anderen zu beeinflussen und ihnen eine ihm gemäße Richtung zu geben, hatte er mehr und mehr Gefallen an dem Spiel gefunden. Es ging einfach zu leicht, zu mühelos! Und so war er auf den Geschmack gekommen. Zuerst hatte er sich an unbedeutenderen Mitgliedern des Stammes geübt, bis er sich endlich unmerklich in die Gedanken des Häuptlings einschlich, um ihn zu lenken, so dass dieser in seinen Entscheidungen zu seiner Marionette wurde.

Er, Enapay, war der mächtigste Mann im Stamme, und es berauschte ihn, auch wenn nur er selbst es wusste. Er bestimmte durch den Häuptling, wer im Stamme Macht erhielt, und er wusste es so einzurichten, dass nur schwache Männer einflussreiche Stellungen bekamen. Auch in deren Gedanken schlich er sich ein, unmerklich und doch unwiderstehlich. Über Howahkan, seinen Nebenbuhler, wachte er besonders, denn er war der Einzige, den er nicht steuern konnte. Stattdessen lenkte er den Häuptling, sodass dieser Howahkan die gefährlichsten Aufgaben zuwies, und Enapay hoffte inständig, dass ihm etwas zustoßen möge. Doch der Große Geist erfüllte diese Bitte nicht.

Der alte Häuptling rief Howahkan, der gerade von einer dieser unnötigen Missionen zurückgekommen war, zu sich in sein Tipi. Der Krieger war als Kundschafter unterwegs gewesen und hatte das Dorf der Nachbarn ausspioniert, um herauszufinden, ob diese einen Überfall auf sein Dorf vorbereiteten, doch er hatte nicht das geringste Anzeichen für ein solches Vorhaben entdeckt. Die Nachbarn lebten genauso friedlich wie seine Leute. Als er dem Alten diese gute Kunde überbrachte, seufzte dieser zufrieden und ließ sich auf sein Lager zurücksinken.

„Howahkan", flüsterte er, „man hat mir gemeldet, dass Grizzlybären am oberen Flusslauf gesehen worden sind. Mach dich gleich auf den Weg und töte sie, damit sie nicht bis zu unserem Dorf laufen und unsere Frauen und Kinder bedrohen."

„Jawohl, mein Häuptling", antwortete Howahkan leise und küsste dem Alten die Hand. Er ahnte, dass dieser den Tod schon spürte. Der Häuptling legte ihm segnend die Hände auf den Kopf, denn auch er wusste Bescheid. Rasch erhob sich Howahkan und verließ das Dorf, da er den forschenden Geist des Medizinmanns fürchtete. Er lief in den Wald hinein, verbarg sich in einem hohen Baum und wartete. Grizzlybären am Fluss! Diesmal würde Enapay ihn nicht täuschen.

Er musste nicht lange warten. Bei Anbruch der Dämmerung hörte er die Todestrommel. Vorsichtig schlich sich Howahkan näher an sein Dorf heran und versteckte sich so, dass er den Dorfplatz überblicken konnte. Die Frauen begannen bereits mit dem Klagegeheul und die Männer sammelten sich und gingen in den Wald, um ihre Masken aus den geheimen Verstecken zu holen. Der Körper des alten Häuptlings lag aufgebahrt auf dem Dorfplatz und Enapay schien alle Hände voll zu tun zu haben, die Rituale zu leiten und verschiedene Tränke zu brauen. Bald wirbelten nicht nur die Männer, sondern auch die Frauen in ekstatischen Tänzen um den Leichnam herum. Plötzlich gab Enapay den Trommlern ein Zeichen, worauf die Instrumente verstummten. Die Tanzenden hielten erstaunt inne.

„Dem Großen Geist gefällt es, nicht länger zu warten und sofort einen Häuptling zu wählen!", verkündete der Medizinmann. Ein Raunen ging durch die Menge. Der Tote war noch nicht angemessen betrauert und heute war außerdem eine Nacht der Finsternis! Die Männer steckten die Köpfe zusammen. Die Forderung Epanays brach die Stammesregeln gleich zweifach und

würde mit Sicherheit Unglück über den Stamm bringen. Das surfte nicht geschehen!

„Heute Ist es zu früh", rief einer der Mutigeren. „Wir wollen unseren Häuptling drei Tage lang betrauern und außerdem ..."

„Schweig!", herrschte der Medizinmann ihn an. „Du wagst es, dem Willen des Großen Geistes zu widersprechen!" Seine Augen loderten, sodass die Menge unwillkürlich zurückwich. Die Frauen und Kinder zogen sich eilig in ihre Wigwams zurück. Als sei nichts geschehen, nahm Enapay das Gefäß mit dem roten Trank und hielt es dem ersten auffordernd an die Lippen.

„Du wirst trinken!", befahl er dessen Geist und der Mann senkte willenlos den Kopf und nahm einen großen Schluck. Keiner konnte dem Medizinmann widerstehen und so wirbelten sie bald alle mit glasigen Augen verzückt stöhnend im Kreis herum. Enapay ergötzte sich so sehr an seiner Macht, dass er den Mann nicht bemerkte, der sich erst viel später unter die Tanzenden mischte.

„Ihr seid nichts und ich bin alles!", jubelte der Medizinmann triumphierend, ließ sich dann auf den Boden nieder, konzentrierte seine Gedanken und sandte diese wie einen Schwarm gehorsamer Diener aus, damit sie sich in das Bewusstsein der Tanzenden schlichen und diesen den Namen des neuen Häuptlings nannten. Er grinste. Jeder dieser Einfaltspinsel würde meinen, der Große Geist habe persönlich zu ihm gesprochen.

„Odakota", murmelte der erste, „Odakota", der zweite, „Odakota!" riefen jetzt viele. Odakota, dessen Name ‚Freund' bedeutete, war ein allseits beliebter, immer auf Harmonie bedachter schwacher Mann, genau der richtige für seinen Plan. Zufrieden lehnte sich der Medizinmann zurück. Plötzlich begegnete er einem klaren, kühnen Blick, nicht in verzückter Trance wie die anderen, sondern hellwach. Wie glühende Kohlen brannten

diese Augen und Enapay erkannte Howahkan hinter der Maske, Howahkan, den er heute Morgen durch den Häuptling hatte wegschicken lassen. Sonderbar, dass er schon zurückgekommen war. In Howahkans Gedanken konnte er nicht eindringen. Zu stark und unabhängig war sein Gegenüber.

Er nahm sich vor, den Mann gleich am nächsten Morgen mit einem Auftrag zu den wilden Bergbewohnern zu schicken. Es hieß, sie verspeisten alle Eindringlinge, und mit einigem Glück würden sie Howahkan für würdig erachten, ihren Hunger zu stillen. Die Hauptsache war, dass Odakota genannt worden war, der Mann, den er zum Häuptling ausersehen hatte. Er ließ die Männer tanzen und ging zurück in sein Wigwam im Wald.

Howahkan wusste, dass ihn der Medizinmann erkannt hatte, doch das spielte jetzt keine Rolle mehr. Kaum war Enapay im Wald verschwunden, schlich er sich in ein Tipi und bat die Frauen, die sich hier verängstigt aneinanderdrängten, auch die anderen Frauen hier zu versammeln. Lautlos schwärmten sie aus.

Alle kamen, nur Enapays Mutter war dieser Aufforderung nicht gefolgt. Sie spürte, dass sich ihre schlimmsten Befürchtungen erfüllen würden. So packte sie ihr Bündel und lief hinaus in den Wald. Die Schande, die ihr Sohn über sie gebracht hatte, würde es ihr unmöglich machen, mit den anderen weiterhin zusammenzuleben. Lieber trennte sie sich freiwillig von allem, was ihr lieb geworden war, auch von ihrem Mann, dessen Familie und von ihren anderen Kindern. Sie hoffte, dass es jenen, dadurch dass sie die Schuld für diesen Sohn auf sich genommen hatte, möglich sein würde, im Stamm zu bleiben, und dass ihr Mann eine neue Frau fände. Wenn es für sie überhaupt noch einen Platz gab, dann ihm Dorf ihrer eigenen Familie. Die Sterne wiesen ihr den Weg und sie vertraute dem Großen Geist, sie vor wilden Tieren zu beschützen.

Howahkan bemühte sich unterdessen, den Frauen die Angst zu nehmen. Er berichtete ihnen, wie der Medizinmann seine Macht missbrauchte und fragte sie nach ihren Erfahrungen. Kimimila war die erste, die ihre Furcht überwand. Nachdem sie gesprochen hatte, vertrauten ihm auch die anderen betroffenen Frauen an, dass der Medizinmann sie in seinem Wigwam vergewaltigt hatte.

Als die Männer müde vom Tanz in ihre Tipis wankten und sich niederlegen wollten, wurden sie von ihren Frauen abgefangen und leise in die Versammlungshütte geführt. Howahkan brauchte nicht lange, um sie zu überzeugen, und die Frauen taten das Ihre, um seinen Worten Nachdruck zu verleihen.

Plötzlich erkannte der Stamm in ihm den neuen Häuptling und auch Odakota stimmte zu, im tiefsten Herzen froh, die gänzlich unerwartete Bürde wieder loszuwerden. So gehorchten sie ihm, als er befahl, ihm jetzt, mitten in der Nacht, in den Wald zu folgen. Wie eine lange, lautlose Schlange schlichen sie sich davon, weg von ihrem Dorf, um den, der sich unrechtmäßig Macht angeeignet hatte, von seinem Thron zu stürzen.

Früh am nächsten Morgen erwachte Enapay und spürte, dass etwas nicht stimmte. Alle Fasern seines Seins meldeten ihm große Gefahr. Witternd sog er die Luft ein. Kein Herdfeuer brannte! Er sammelte sich und sandte seine Gedanken aus, doch die kehrten unverrichteter Dinge wieder zu ihm zurück. Erschrocken stürzte er los, um nach dem Rechten zu sehen.

Das Dorf war leer, auch der Wigwam seiner Mutter. Selbst die Hunde waren verschwunden. Nur ein paar Schweine durchwühlten den Boden nach fressbaren Insekten. Eine heiße Woge überflutete Enapay, doch diesmal war es nicht Macht, sondern Angst.

Howahkan! Er hatte ihn unterschätzt.

Wohin hatte er den Stamm geführt? Mit untergeschlagenen Beinen ließ er sich nieder und schickte seine Gedanken auf die Suche nach dem Nebenbuhler. Kaum hatte er sich geöffnet, erhielt er eine Botschaft, doch nicht von seinen eigenen Gedanken, sondern von Howahkan:

„Du bist entlarvt! Der Stamm wird dich töten! Wohin du auch fliehst, wir werden dich finden!" Und dann sprach er die rituelle Formel des Todes.

Ein panischer Schrei entrang sich Enapays Kehle. Er sprang auf und rannte in wilder Hast in den Wald, denn dies war das Ende. Howahkan hatte die Formel gesprochen, die Formel, die nur er, der Medizinmann wissen konnte. Dass er diese kannte, bewies ihm, dass der Große Geist ihn verlassen hatte. Er musste sterben, niemand vermochte ihn zu retten. Tränen strömten ihm die Wangen hinab, denn er wollte leben, leben, leben! Seine Gedanken gehorchten ihm nicht mehr, er fühlte sich ohne seine feinen Sinne blind und taub. Keuchend bahnte er sich einen Weg durchs Unterholz, spitze Dornen zerkratzten seine Haut, doch er spürte nichts außer seiner wilden Angst.

Plötzlich dröhnten Trommeln durch den Wald. Gehetzt blieb er stehen und versuchte, an ihrem Klang zu erkennen, aus welcher Richtung sich die Verfolger näherten. Doch der Klang schien von allen Seiten gleichzeitig zu kommen, sie schienen ihn bereits zu umzingeln.

„Tod! Tod!", raunten die Bäume, und die Waldgeister mit ihren unheimlichen Fratzen versperrten ihm höhnisch lachend den Weg.

„Du hast dein Leben verwirkt!", kreischten die Vögel und schienen mit ihren spitzen Schnäbeln nach ihm zu hacken. Wie

von Sinnen schlug Enapay um sich und schrie seine Qual in den Wald hinaus.

Die Männer des Stammes hatten Stunden damit zugebracht, den langen, dicken Tötungsspeer zu fertigen. Howahkan hatte ihnen den richtigen Baum gezeigt, sie hatten ihn gefällt, die Äste abgehauen und eine lange, scharfe Spitze aus seiner Krone geschlagen. Die Männer trugen diesen Speer gemeinsam, im Laufschritt eilten sie voraus, die Frauen und die Kinder folgten ihnen. Howahkan führte sie, denn Howahkan wusste, wo sie Enapay finden würden. In dem Maße, wie die Macht des Medizinmannes geschwunden, war seine eigene gewachsen. Er hatte sich aus dem Gespinst der Suggestionen befreit und seinen Stamm mit sich. Die gemeinsame Rache vereinte sie. Enapay musste sterben!

Sie fanden ihn an dem Ort, an dem das heilige Steinmesser für die Mannesriten versteckt wurde. Enapay hatte sich dorthin geflüchtet und Howahkan hatte es vorhergesehen.

Der Medizinmann sah die Männer mit dem riesigen Speer auf sich zukommen. Die Angst schlug in einer glühend roten Wolke über ihm zusammen. Und dann spürte er nur noch einen gewaltigen, explodierenden Schmerz in der Leibesmitte und dann Dunkelheit, barmherzige, samtene Dunkelheit. Nicht mehr Fühlen, nicht mehr Denken, nicht mehr Sein.

Gelblichgraue Nebel wogten in undurchdringlichen Schwaden und verschlangen alles, was sich ihnen entgegenzustellen wagte. Alaia war es recht, auf solche Art verschlungen zu werden, denn das Nichts war besser als die quälende Schuld, die in den wenigen Augenblicken der Klarheit auf ihr lastete.

Wozu hatte sie diese erste Inkarnation auf Erden missbraucht?

Was hatte sie getan mit ihren kosmischen Kräften? Sie würde es nicht wagen, ihrem Helfer, dem Lichtvollen, entgegenzutreten. Lieber eingehüllt in dieses gelblichgraue Nebelmeer, lieber sich quälen lassen von den namenlosen Geistern, die sie unermüdlich an ihre Schuld erinnerten.

„Du hast Macht missbraucht!"

„Du hast gequält und vergewaltigt!"

„Du hast Unglück über viele Menschen gebracht!"

„Du hast mit deinen Kräften andere beherrscht!"

„Du bist schuldig! Schuldig! Schuldig!"

Alaia presste sich die Hände vor die Ohren, doch dies half nicht viel, denn wenn die Geister von ihr abließen, dann nur, um im nächsten Augenblick wieder von vorne zu beginnen. Und sie hatten recht! Das war das Schlimmste! Sie hatte vollkommen versagt! Dies Wissen tat ihr weh, schmerzte sie so eindringlich, dass sie schließlich nicht mehr anders konnte und den Tränen ihren Lauf ließ, die machtvoll einen Weg forderten. Zeit spielte in dieser Welt keine Rolle, und so war es gleich, wie lange sie diese Schuld beweinte.

Als sie die tränenblinden Augen endlich wieder öffnete, waren die Nebel heller geworden, die namenlosen Quälgeister verschwunden, und stattdessen stand ein Lichtwesen vor ihr, das ihr beide Hände entgegenstreckte.

„Komm, Alaia", sagte der Engel einladend, „es ist genug!" Plötzlich erinnerte sie sich daran, wie sie mit ihrem Helfer schon einmal durch die gelblichgraue Einöde gewandert war und gesehen hatte, wie die Engel vor den Schuldbeladenen geduldig warteten, bis ihr Ruf die Schichten der Zerknirschtheit durchdrungen hatte. Sie schaute ihn fragend an. Er nickte ihr freundlich zu.

„Bring mich zu ihm!", bat Alaia und ergriff die Hände des Engels. Er erlaubte, dass sie sich auf ihn stützte, und die bloße Berührung seiner makellosen Reinheit stärkte sie und ließ sie hoffen.

„Er wird mich nicht verdammen", sagte sie zu sich selbst, schaute den Engel dabei fragend an.

„Nein, er wird dich nie verdammen", wiederholte der Engel.

Sie sah den königsblauen Mantel ihres Helfers als kleinen Fleck in der Ferne und beschleunigte unwillkürlich ihre Schritte, voller Sehnsucht, endlich wieder in seiner schützenden Umarmung ausruhen zu dürfen. Er stand mit ausgebreiteten Armen da und erwartete sie lächelnd.

„Ich danke dir!", sagte er zu dem Engel und auch Alaia legte dankend die Hände vor der Brust zusammen. Der Engel nickte freundlich und ging zu den Leidenden im Nebel zurück.

Alaia ließ sich in die Arme ihres Helfers sinken. Endlich Ruhe, endlich Geborgenheit und Heilung! Als sie bereit war, die Augen zu öffnen, hatte sich die Umgebung völlig verändert. Die Sonne schien und sie standen auf einer saftig grünen Wiese, übersät mit den herrlichsten Blumen. Die Luft war von einer kristallenen Klarheit und Frische und sie atmete nach der unendlich langen Zeit im Nebel tief und befreit. Ein mit weißen Kieselsteinen belegter Pfad führte zu einem kleinen weißen Tempel, der von hohen Bäumen umgeben war.

Der Helfer wies mit der Hand in dessen Richtung und sagte: „Lass uns gehen!" Staunend folgte Alaia ihm in das Innere des runden Gebäudes. Drinnen lagen einige dicke Kissen auf dem hellen Steinboden und auf einem schlichten weißen Tisch brannte ein einziges Licht zu Ehren Gottes. Der Helfer ließ sich auf eines der Kissen nieder und bedeutete Alaia, ebenfalls Platz zu nehmen. Er schaute sie fragend an.

„Was ist geschehen?“

„Ich habe alles falsch gemacht“, begann Alaia, „ich habe es verdorben!“

„Berichte mir genauer, was geschehen ist!“

„Ich habe die Kraft meines Geistes eingesetzt, um anderen Menschen meinen Willen aufzuzwingen. Ich habe ihren freien Willen nicht geachtet und meine Macht missbraucht.“ Ihre Stimme wurde immer aufgeregter. „Ich habe andere Menschen geschädigt, statt ihnen zu helfen. Nie wieder will ich mächtig sein und nie wieder will ich über Kräfte verfügen, mit denen ich auch schaden kann! Ich bin nicht besser als die dunklen Tyrannen von Atlantis, denn ich ...“

„Halt ein, Alaia!“, unterbrach sie der Helfer. „Halt ein, denn deine Worte werden wirken, und deine Schwüre werden dich auf lange Zeit in vielen Leben binden.“

„Das sollen sie auch!“, entgegnete sie hitzig.

„Alaia“, sagte er ruhig, „warte trotzdem einen Augenblick mit diesen Schwüren. Du bist erregt! Willst du wirklich im Zustand von Schuld und Bitterkeit Entscheidungen für viele Leben treffen?“ Sie schwieg. Dann schaute sie ihn unsicher an und fragte:

„Kannst du mir denn verzeihen?“ Er lächelte.

„Meine Vergebung nützt dir nichts. Nicht ich muss dir vergeben, sondern du selbst, du musst dir verzeihen! Du bist es, die dich schuldig spricht, und du wirst es sein, die dich aus dieser Schuld entlässt.“

„Wie kann ich mir vergeben, wenn ich mich schuldig gemacht habe!“, widersprach sie heftig.

„Das Gesetz von Ursache und Wirkung besagt, dass du erntest, was du gesät hast. Es wird bei dir zur Anwendung kommen.“

„Wer spricht das Urteil?“, fragte sie leise.

„Niemand außer dir selbst“, antwortete der Helfer. „Es ist nicht so, dass unsichtbare Wächter oder gar der Eine selbst über die Erfüllung des Gesetzes wachen müssten. Jede Seele ist in ihrem tiefsten Kern integer. Dieser Kern weiß, was gut und richtig ist, und er ist es, der dich spätestens nach einer Inkarnation wissen lässt, wo du in deinem Leben gefehlt hast. Du bist es also selbst, die dir die Buße auferlegt."

„Kann ich denn wiedergutmachen, was ich verdorben habe?", fragte Alaia hoffnungsvoll.

„Ja, natürlich", antwortete er, „das musst du sogar, denn solange du dich in der Welt der Dualität befindest, stehst du unter dem Gesetz. Doch wenn du dich deiner Kräfte vollständig beraubst, wird es schwerer für dich werden, verstehst du?"

„Ich habe Angst, sie wieder zu missbrauchen", entgegnete sie.

„Du wirst die Erfahrung aus diesem Leben mit in das nächste nehmen", erklärte er. „Sie wirkt in dir und wird dich warnen, wenn du dich in die Gefahr begibst, dieser ungezähmten Kraft nachzugeben. Du kehrst nicht jedes Mal wie ein unbeschriebenes Blatt zurück. Die Essenz der Erkenntnisse aus den früheren Inkarnationen bleibt dir und hilft dir, nicht immer in dieselbe Falle zu tappen."

„Wie kann ich diese Schuld abtragen?", fragte sie.

„Du könntest anderen Menschen auf ihrem Weg beistehen und ihnen helfen, ihr Leben zu meistern."

„Das will ich gerne tun", versprach sie leise.

„Was hast du in jenem Leben gelernt, Alaia?", fragte der Helfer.

„Ich habe den Rausch kennengelernt, den mir die Macht über andere Menschen verschafft hat, und ich habe erfahren, was er kostet. Ich war mächtig, doch ich war auch einsam. Jetzt erkenne ich, dass mich in jenem Leben nur meine Mutter liebte, und auch diese begann, sich mehr und mehr vor mir zu fürchten. Ich selbst habe nur die Macht geliebt."

„Erinnerst du dich an das Kaleidoskop?", fragte der Helfer, und als Alaia nickte, fuhr er fort:

„Welche Farbe, glaubst du, hast du in diesem Leben ausgedrückt?" Sie überlegte. Dann antwortete sie:

„Es muss vor allem Rot gewesen sein."

„Richtig", bestätigte der Helfer, „und es ist leicht verständlich, warum du der Verführung dieser Farbe erlegen bist. Dies war dein erstes Leben als Mensch und du verfügtest über hellsichtige Kräfte, dank derer du allen anderen überlegen warst. Vielleicht hat dich das Gefühl der Ohnmacht, das du in Atlantis zur Genüge ausgekostet hast, dazu verleitet, diesmal die Macht zu ergreifen und auch auszuüben. Dabei bist du zu weit gegangen. Welche Entscheidung triffst du, wenn du an dieses Leben denkst?"

„Nie wieder will ich den freien Willen eines anderen missachten!", sagte sie mit fester Stimme. „Ich will meine Kraft der Liebe widmen, der Liebe zu anderen Menschen und der Liebe zu dem Einen. Die Liebe zu dem Einen...", wiederholte sie träumerisch. „Kann ich den Einen auch auf der Erde lieben?"

„Schau in den Spiegel", antwortete der Helfer.

Ich schreckte auf. Das waren die Worte, mit denen der Helfer eine neue Geschichte begann, höchste Zeit also, um Alicia zurückzuholen. Diesmal ließ sie sich bereitwillig führen und fand viel schneller den Weg in die Realität meiner Praxis.

„Ich war wieder in der Hölle", begann sie, als sie mir zur Nachbesprechung der Sitzung gegenübersaß. „Aber in dieser Geschichte habe ich ja auch wirklich Mist gebaut." Sie sah zerknirscht aus.

„Sie glauben also dem Helfer, dass Sie zuerst Alaia waren und sich dann als Medizinmann Enapay inkarniert haben?", fragte ich, denn mir war das überhaupt nicht klar. „Ich hätte sie eher in Howahkan vermutet."

„Mit ihm hätte ich mich auch viel lieber identifiziert. Doch leider habe ich die Geschichte als Enapay erlebt, leider!" Ich seufzte. Also gut!

„Dann waren es diesmal Sie, die betrogen hat. Sie haben sozusagen die andere Seite der Münze kennengelernt. Warum haben Sie sich eine Geschichte ausgedacht, in der Sie der Bösewicht sind?"

„Merkwürdig, dass Sie das so formulieren. Ich habe nicht den Eindruck, dass ich mir die Geschichte ausgedacht habe. Es fühlte sich eher so an, als ob sie sich ohne mein Zutun ereignet hat." Ich schluckte meine Einwände hinunter.

„Was machen Sie mit diesem Erlebnis? Welche Gedanken, welche Gefühle löst es in Ihnen aus?"

„Vielleicht zeigt mir die Geschichte, was es heißt, sich wirklich schuldig zu machen! Als Kind war ich immer an allem schuld: Dafür, dass mein kleiner Bruder ins Bett machte oder meine kleine Schwester schlechte Noten nach Hause brachte. Ich war schuld, wenn meine Mutter Migräne hatte oder wenn mein Vater seinen Frust in Alkohol ertränkte. Ich war aber auch schuld, weil ich mit zwölf Jahren schon einen Busen hatte. Noch heute fühle ich mich für Dinge schuldig, die ich nicht zu verantworten habe! Ich habe es mir zum Beispiel immer noch nicht verziehen, dass der Deal mit der Kette nicht geklappt hat. Ich könnte begreifen, dass es eine bewusste Entscheidung braucht, um sich schuldig zu machen! Man muss dem anderen wirklich schaden wollen!"

„Wie wirkt sich diese Erkenntnis auf Ihr Leben aus?", fragte ich. Die Antwort auf diese Frage war mir sehr wichtig. Was nützte das schönste innere Erleben, wenn es keinen fühlbaren Unterschied im Alltag bewirken konnte? Der Fachbegriff dafür lautete „Transfer". Alicia hatte eine Antwort.

„Ich könnte anerkennen, dass die Chefs der Kette die Verantwortung für den geplatzten Deal tragen und nicht ich. Außerdem mag ich, wie der Helfer mit mir umgeht. Er war so liebevoll, obwohl ich so schlimme Dinge getan hatte. Damit zeigt er mir, wie ich mit mir umgehen kann, wenn ich etwas falsch gemacht habe. Statt mich zu verurteilen, könnte ich versuchen, den Fehler wiedergutzumachen." Sie schwieg. „Was glauben Sie? Sind wir es immer selbst, die uns schuldig sprechen?" Ich überlegte. Auf diese Frage gab es eine theologische und eine psychologische Antwort.

„Ich glaube, ihr Helfer meinte mit dem integren Kern, der in jedem von uns existiert, das Gewissen. Als Adam und Eva im Paradies vom Baum der Erkenntnis aßen, konnten sie danach zwischen Gut und Böse unterscheiden. Gott sagte: ‚Jetzt sind sie so wie ich'. Das Gewissen wird deshalb als göttliche Fähigkeit verstanden. Doch nicht jede innere Stimme, die uns kritisiert, ist die Stimme des Gewissens. Oft genug hören wir nur die verinnerlichten Urteile unserer Eltern."

„Wie soll ich das eine vom anderen unterscheiden?"

„Es gibt eine einfache Möglichkeit: Negative Elternstimmen verurteilen lebenslänglich. Wenn man ihnen glaubt, bleibt man schuldig. Das Gewissen dagegen gibt ein klares Feedback. Und dann weist es einen Weg, wie man das, was man verbockt hat, wiedergutmachen kann."

„Genau das hat mein Helfer auch gesagt. Er ist so weise! Ist es dann nicht wahrscheinlich, dass er recht hat und ich mich wirklich an frühere Leben erinnere?" Diese Frage traf mich diesmal nicht so unvorbereitet wie beim ersten Mal.

„Der Helfer ist Teil der Geschichte und die Geschichte erklärt die Bilderreisen, die Sie erleben, als frühere Leben. Innerhalb des Rahmens wirkt deshalb alles schlüssig. Das heißt jedoch nicht, dass es im wissenschaftlichen Sinne bewiesen ist."

„Was denken Sie denn?"

„Ich komme prima mit dem Konzept des kollektiven Unbewussten zurecht", antwortete ich. „Sie scheinen einen besonderen Zugang zu diesen Informationen zu haben. Lassen Sie uns darüber reden, aus welchen Informationen sich Ihr Unbewusstes diese Geschichte zusammengestellt hat. Wo spielte sie?"

„Die Menschen sahen aus wie Indianer", antwortete Alicia, „wie nordamerikanische Indianer."

„Was verbindet Sie mit Indianern?"

„Ich habe die Bücher von Karl May verschlungen. Die Winnetou Filme habe ich alle gesehen. Als der Apachenhäuptling starb, habe ich bitterlich geweint. Die Indianer sind viel edlere Menschen als die Weißen!"

„Ist das nicht pure Romantik? Karl May war niemals in Nordamerika und hat sich das alles ja nur ausgedacht!"

„Aber letztlich hatte er recht! Ich habe das ‚Manifest des Roten Mannes' von Ernest Thomson Seton gelesen. Er lebte viele Jahre unter Indianern und hat alles bestätigt, was Karl May geschrieben hat."

Ich schluckte eine literaturkritische Bemerkung herunter. Es ging hier nicht um die Beurteilung von einem der zahllosen Bücher über edle Naturvölker, sondern um das Innenleben meiner Klientin.

„Dann war diese Geschichte besonders gut geeignet, Ihnen die Dualität mit ihren Polen ‚Gut und Böse' zu illustrieren.“ Alicia nickte bestätigend. Sie fühlte sich verstanden.

„Woran erinnert Sie der Spiegel, in den der Helfer Sie blicken ließ?“, fragte ich und ich hatte schon eine Vermutung.

„Natürlich an Galadriels Spiegel“, antwortete sie lächelnd. „Die Elbenkönigin ließ die Hobbits hineinsehen, um ihnen die Zukunft zu zeigen.“

„Mir gefällt, wie Sie die Geschichten auswerten, die Sie erleben. Von mir aus können wir gerne weitermachen.“

„Da fällt mir ein Stein vom Herzen“, antwortete Alicia erleichtert. „Ich habe das dringende Gefühl, dass die Geschichte weitergeht, und ich bin schon so gespannt, was das nächste Mal mit mir geschehen wird!“

Kapitel 6 – Lotosauge

„Schau in den Spiegel", antwortete der Helfer. Plötzlich fiel klares Licht auf dessen glatte Oberfläche, es färbte sich langsam rosa uns begann sich gleichzeitig zu drehen. Immer rascher drehte sich das Licht und bildete schließlich einen Strudel, der Alaia magisch anzuziehen begann. Sie fühlte sich hineingezogen und ergab sich willig seiner zielgerichteten Kraft. Dann explodierte das rosafarbene Licht der neuen Inkarnation.

Der breite Fluss wälzte seine trüben braunen Fluten an ihrer Hütte vorbei. An seinen Ufern wuchsen Palmen, die sich leicht in der Nachmittagsbrise wiegten. In der Ferne konnte sie einen Bauern erkennen, der mit einem großen grauen Wasserbüffel sein Feld pflügte. Sie saß an den Stamm eines Baumes gelehnt und spielte mit weißen Kieselsteinen. Immer wieder legte sie neue Muster in den Sand, doch keines schien ihr wirklich zu gefallen.

Aarany, ihre Mutter, hockte vor der Hütte und zerrieb in einem Holzgefäß Körner zu Mehl. Mutter war sanft und schön. Mira konnte sich keine schönere Frau als ihre Mutter vorstellen. Ihre langen schwarzen Haare hingen über ihrem Rücken. Den Scheitel hatte sie rot gefärbt, um damit zu zeigen, dass sie einem Mann gehörte, Miras Vater. Auf der Stirn trug sie einen roten Punkt, und ihre Augen hatte sie schwarz umrandet, wodurch sie noch tiefer und geheimnisvoller schienen. Ihr nachtblauer Sari war mit einer goldenen Borte verziert. Jetzt goss die Mutter Wasser in das Mehl, fügte Salz hinzu und rührte einen Teig, den sie später über dem Herdfeuer zu leckeren Fladen buk.

„Ich habe Hunger", rief Mira, welcher der Duft in die Nase stieg.

„Gedulde dich, Lotosauge", antwortete die Mutter, „dein Vater ist schon bald mit den Kühen zurück."

Der Vater hatte eine prächtige Herde wunderschöner weißer Kühe mit geschwungenen Hörnern und sanftmütigen Augen, die er tagsüber an die Uferwiesen des Jamuna begleitete und darüber wachte, dass keiner ihr Grasen störte. Dann saß er an einer Stelle, an der er seine Herde und das ganze umliegende Land überblicken konnte, spielte auf seiner Flöte und betete zu Ganga, der heiligen Göttin aller Flüsse, von deren Wohlergehen sie abhängig waren. Denn wenn Ganga ein Hochwasser schickte, wurde ihr Heim überflutet, und auch die Kühe hatten dann kein Futter mehr. Doch Vishnu sei Dank, das war lange nicht mehr geschehen. Auch die Dürre hatte er seit einigen Jahren von ihnen ferngehalten, Vishnu, jener Gott, der dafür sorgte, dass die Kraft Shivas, des Gottes der Zerstörung und Erneuerung, nicht überhandnahm.

Mira stieß einen freudigen Ruf aus, als sie den Vater inmitten seiner Herde herannahen sah.

„Baba", rief sie und lief ihm so schnell wie möglich entgegen, „Baba!"

„Lotosauge", antwortete der Vater und fing sie in seinen Armen auf. Der Vater war der schönste Mann, den Mira sich denken konnte, groß und kräftig, mit einem weißen Lendenschurz umgürtet. Sie presste die Nase an seinen Hals und atmete be-

gierig seinen Duft ein. Der Vater roch nach Sandelöl, das seiner Haut den seidigen Schimmer gab.

Vater konnte alles. Selbst die Kühe gehorchten ihm. Er rief jede einzelne bei ihrem Namen und sie folgten ihm sanftmütig auf den eingezäunten Platz hinter der Hütte. Die Mutter kam mit einem Gefäß dazu und hockte sich neben eine Kuh. Dann griff sie mit geübten Händen nach dem Euter und die warme Milch schoss in das Gefäß. Aarany streichelte die Kuh, dankte ihr und molk die nächste. Mira lief derweil zwischen den Tieren umher und streichelte deren weiches Fell. Sie hatte keine Angst vor den riesigen Hörnern, denn die Kühe kannten sie und taten ihr nichts zuleide.

„Komm, Mira, lass uns essen", rief der Vater, hob sich einen vollen Milchkrug auf die Hüfte und schlug den Weg zur Hütte ein. Die Mutter trug ihren Krug auf dem Kopf. Zum Essen saßen sie alle auf einer Matte vor dem Haus. Aarany goss schäumende Milch in Miras Becher. Dazu gab es die duftenden Chapatti und Mira liebte es, die Fladen in die Milch zu tunken. Der Abend brach herein. Schnell war es dunkel geworden und der Himmel übersät mit goldenen Sternen. Mira lag auf ihrer Schlafmatte und hörte dem Vater zu, der draußen von der Herrlichkeit der Götter sang, von Ganga und von Vishnu.

Die Liebe zu den Göttern und die Andacht hatten einen festen Platz im Leben der Familie. Regelmäßig besuchten sie den Tempel, worauf sich Mira jedes Mal besonders freute. Je älter sie wurde, umso mehr konnte sie dem Ritual folgen und die Gebete mit Sinn erfüllen. Der kahlköpfige Priester pflegte vor ihnen zu knien und Opfer darzubringen. Miras Eltern brachten Milch, Butter und Käse. Der Priester nahm von jedem ein bisschen und warf es unter heiligen Gebeten ins Feuer.

„Om Ganga, Ehre sei dir, Quelle der Reinheit, Mutter Ganga,

wir rufen dich an. Mögest du, Mutter der Flüsse, Wasser bringen, so viel Wasser, wie gut für uns ist, nicht zu viel, nicht zu wenig. Om Mutter Ganga, dich rufen wir an, dir opfern wir! Om!", sang er und schlug dabei seine Zimbeln.

Mira durchrannen ehrfürchtige Schauer. Ganga war ihr nahe. Ganga konnte sie jeden Tag sehen, denn Ganga wohnte in jedem großen Fluss, auch dem Jamuna, der direkt vor ihrer Hütte floss. Die Hochwasserkatastrophen kannte sie nur aus den Erzählungen der Eltern. Sie hatten ihr gezeigt, wie weit das Wasser gereicht hatte, weit hinter dem Standort ihrer Hütte. Damals hatte es wochenlang geregnet, alle Opfer hatten die Göttin nicht besänftigen können; schließlich mussten Miras Eltern die Hütte aufgeben und an einem höhergelegenen Ort warten, bis die Flut vorüber war. Viele Kühe waren gestorben und viele Kinder sehr krank geworden.

„Om Vishnu, Erhalter unserer Erde, dir opfern wir, dich rufen wir an", fuhr der Priester fort und warf Blumen in das heilige Feuer. „Bewahre uns vor der Macht der Dämonen, die unseren Frieden stören, die Ernte vernichten und die Kühe mit Krankheit schlagen. Om Vishnu, erhöre unser Gebet." Mira wiegte sich leise. Vishnu kannte sie nur aus den Erzählungen des Vaters, der diesen Gott besonders liebte. Vishnus Macht sorgte dafür, dass die Kinder und das Vieh gesund blieben.

Jetzt entzündete der Priester eine Fackel am heiligen Feuer des Tempels und brachte sie zu ihnen. Mira streckte ihre Hände nach dem Licht aus.

„Om Agni", murmelte sie, wie es Brauch war, „Gott des Feuers, segne mich mit Klarheit und Verständnis. Wie deine helle Flamme Licht bringt und Wärme, so soll mein Geist hell werden und meine Worte sollen warm sein. Om Agni, erhöre mein Flehen." Dann legte sie die Stirn auf den Boden. „Om Brahma om,

Schöpfer der Erde", betete sie, „Lass mich immer daran denken, dass ich durch dich lebe, dass mir alles, was ich kann, von dir gegeben ist. Lass mich bescheiden bleiben." Dann erhob sie sich wieder. Der Priester goss etwas von der Opfermilch in ihre Hand, und sie schlürfte das süße Getränk. Dann strich er ihr Butter über die Lippen, die Mira ableckte. Butter vom Altar des Tempels war heilkräftig, denn die Götter hatten sie gesegnet.

Mira war das älteste Kind ihrer Eltern. Sie hatte die Aufgabe, ihrer Mutter beim Kochen, beim Butter- und Käsezubereiten und beim Säubern der Hütte zu helfen. Mira liebte ihre Geschwister. Den kleinsten Bruder trug sie in einem Tuch auf dem Rücken. Dann schlief er und sie konnte leichter ihrer Arbeit nachgehen. Sie spürte seinen warmen Atem im Nacken und lächelte, wenn er im Schlaf brabbelte.

Plötzlich hörte sie Stimmen. Einige Frauen näherten sich der Hütte, hochgewachsen wie ihre Mutter. Sie trugen Krüge und Körbe auf den Köpfen und riefen ihnen schon von weitem Grüße entgegen. Hinter den Frauen sprang eine Schar Kinder, Jungen und auch einige Mädchen in Miras Alter. Die Jungen zielten mit Steinen nach den grünen Papageien, die kreischend aus den Palmen flüchteten.

„Mira, Lotosauge", rief die Schwester ihrer Mutter.

„Tante Shanti, ich freue mich, dass du uns besuchst", antwortete Mira und begrüßte danach die anderen, Nachbarinnen der Tante und deren Kinder. Dann sprang sie ins Haus, um Milch für die Gäste zu holen. Die Mutter brachte Matten aus dem Haus. Nanditha, Miras jüngere Schwester, trug die Becher. Alle ließen sich auf den Matten nieder.

Dann wurden Neuigkeiten aus der Familie ausgetauscht. Wie ging es den Männern, wie den Kindern der Verwandten, wo waren Kälbchen geboren worden, wie waren die Preise von Butter und Käse auf dem Markt von Mathura. Auf dieses Stichwort hin griff sich die Tante ihren Korb und holte Fläschchen mit duftendem Sandelöl heraus, schwarze Farbe für die Augen der Mutter und eine dicke reife Mangofrucht für die Kinder, Dinge, die man nur in der Stadt bekommen konnte. Die Kleinen stürzten sich auf die ältere Schwester und riefen:

„Gib sie uns, bitte, gib sie uns, große Schwester", und Mira zerteilte die Frucht und verteilte sie an die Geschwister.

„Lass dir selbst auch ein Stückchen übrig", erinnerte sie die Tante, die nur zu gut wusste, wie Mira für ihre Geschwister sorgte. Als sie die Geschenke genügend bewundert hatten und die Milch und die Mango verzehrt waren, fragte die Mutter die Schwester:

„Was gibt es Neues in Mathura? Hier draußen erfährt man nichts von dem, was in der Stadt geschieht."

„Dann habt ihr noch nichts von dem Flötenspieler Krishna gehört und seinem Freund Arjuna? Er versetzt die ganze Gegend in Aufregung mit seinen Streichen und die Mädchen sind vollkommen verzaubert von seinem Wesen. Stell dir vor", fuhr sie fort, „was er getan hat. Er ist mit seinem Freund den Mädchen gefolgt, als sie zum Baden an den Fluss gingen." Ein empörtes, erstauntes Gemurmel unterbrach ihre Erzählung. Jungen, die den Mädchen beim Bad zuschauten! Hatte man so etwas schon gehört!

„Und nicht genug damit", rief die Tante, die ihre Rolle sichtlich genoss. „Nachdem alle Mädchen ihre Kleider abgelegt hatten, um der Göttin Ganga zu huldigen, schlich er sich mit seinem Freund zu den Saris und hängte sie alle in einen Baum." Die Frauen schrien empört auf.

„Unerhört! So eine Frechheit! Wie kann er nur!"

„Die Mädchen kamen aus dem Fluss und wollten sich anzie-

hen", fuhr die Tante fort. „Doch Krishna und Arjuna saßen im Baum bei den Saris, lachten und schauten sich die Mädchen an. Die Mädchen mussten sie erst freundlich um die Saris bitten, bis sie sie wieder zurückbekamen. Und dann kommt das Unglaublichste", rief die Tante, und alle schwiegen, um sie nur ja nicht in ihrem Redefluss zu unterbrechen.

„Keines der Mädchen konnte Krishna böse sein. Verliebt tanzten sie mit ihm die halbe Nacht und alle kamen viel zu spät nach Hause. Irgendetwas ist an ihm, an diesem Krishna, irgendetwas Strahlendes. Keiner kann ihm böse sein, auch nicht die Frauen, denen er die Butter stiehlt. Sie fühlen sich geehrt, dass er überhaupt in ihrer Hütte war. Und wenn er Flöte spielt, dann lassen die Mädchen ihre Arbeit liegen und rennen zu ihm, stellt euch das vor!", schloss die Tante ihre Erzählung.

„Hast du ihn gesehen, Schwester meiner Mutter?", fragte Mira.

„Ich habe ihn gesehen", antwortete die Tante. „Er zieht oft mit seinem Freund durch die Straßen von Mathura. Meistens folgen ihm viele Menschen. Einige sagen ...", und sie senkte die Stimme zu einem Flüstern, „dass er ein Gott sei, ein Gott, der auf die Erde gekommen ist, um uns zu belehren."

„Und wieso stiehlt ein Gott die Kleider von badenden Mädchen?", hakte die Mutter nach.

„Die Leute sagen, dass er ihnen zeigen wollte, dass es nicht die Kleider sind, die ein Mädchen liebenswert machen. Er und Arjuna begehren keines von ihnen. Sie tanzen mit ihnen und sprechen von Liebe, doch es scheint eine andere Liebe gemeint zu sein als die, die Frauen und Männer beieinanderliegen lässt."

Ein Gott, der auf die Erde gekommen war? Mira zögerte.

Konnte das sein? Die Priester berichteten davon, doch waren dies Geschichten, die sich vor langer Zeit ereignet hatten.

„Und“, fragte Mira, „stimmt es? Ist er ein Gott?“ Die Tante wiegte den Kopf.

„Du willst es genau wissen, Lotosauge“, sagte sie und drohte scherzhaft mit dem Finger. „Schau, dass du nicht auch seinem Zauber verfällst!“ Doch Aarany, ihre Mutter, meinte:

„Ich will es auch wissen, Schwester. Hältst du ihn für einen Gott?“

„Es ist möglich“, antwortete sie leise. „Mein Herz ist so von Glück erfüllt, wenn ich Krishna sehe. Vielleicht würde ich auch mit ihm ziehen, wenn ich noch jünger wäre ...“ Sie schwieg. Mira sprang auf die Füße, lief zu ihrer Mutter und rief:

„Bitte, ich will ihn sehen, bitte, lass mich mit Vater zum Markt nach Mathura!“

„O weh“, stöhnte die Tante, „ich hätte nie davon erzählen dürfen!“

„Tut er den Mädchen etwas zuleide?“, fragte die Mutter.

„Nein“, antwortete die Tante, „das nicht. Sie lieben ihn und vergessen alles um sich herum. Doch er hat sich noch an keiner vergriffen.“

„Mira ist ein verständiges Mädchen“, sagte die Mutter. „Wenn er wirklich ein Gott ist, dann hat sie ein Recht darauf, ihn zu sehen. Ihr Herz soll selbst entscheiden.“ Dann wandte sie sich zu ihrer Tochter und sagte:

„Du darfst deinen Vater das nächste Mal auf den Markt begleiten. Schau dir diesen Krishna an und folge deinem Herzen.“ Mira stürzte ihrer Mutter zu Füßen und küsste sie.

Das Mädchen hatte den nächsten Markttag kaum erwarten können. Sie sprach von nichts anderem mehr und ihre Geschwister neckten sie bereits mit ihrem Liebsten. Am Morgen des besonderen Tages hatte sie sich früh im Fluss gebadet und ihr Festkleid angezogen, den leuchtendroten Sari mit der Goldborte. Die Mutter hatte sie gewähren lassen, obwohl der Markt der Stadt ein solches Festkleid nicht verdiente. Dann hob ihr der Vater einen kleinen Korb mit Butter und Käse auf den Kopf, er selbst schulterte sein Bündel, und so zogen die beiden los, der Stadt entgegen.

Der Weg war staubig, bald brannte die Sonne auf sie herab, und Mira, die das Lastentragen nicht gewöhnt war, wurde müde. Doch sie ließ sich nichts anmerken, aus Angst, der Vater würde sie zurückschicken. Immer mehr Menschen gesellten sich zu ihnen, manche trieben beladene Esel vor sich her, andere hatten ihre Ziegen mit Stricken zusammengebunden, um die Tiere zum Verkauf anzubieten. So viele Menschen auf einmal hatte das Mädchen noch nie gesehen. Es war das erste Mal, dass sie die große Stadt besuchte.

Sie hielt sich am Ärmel ihres Vaters fest und folgte ihm durch die Straßen Mathuras. Hier waren noch viel mehr Menschen unterwegs, Bauern mit Ochsenkarren drängten sich durch das Gewühl, es duftete verwirrend nach Gewürzen, Sandelöl, Speisen und dem Dung der Kühe, die überall umherliefen. Kühe waren heilige Tiere. Sie durften, wohin sie wollten, sogar in den Tempel!

Sie liefen geradewegs zum Fluss, denn dort sollte Krishna jeden Tag vorbeikommen, und Mira wünschte sich nichts sehnlicher, als dass er es auch heute tun möge. Der Vater suchte eine Stelle am Ufer aus, nahm ihr den Korb vom Kopf, und hockte sich dort mit seinen Waren auf den Boden. Bald waren sie von Menschen umringt, die Butter und Käse gegen Getreide und Früchte tauschten. Mira bekam ein Fläschchen Sandelöl, ihr erstes eigenes Sandelöl. Sie war ziemlich aufgeregt und nur die Worte ihrer Tante, dass man den Zug Krishnas unmöglich verpassen konnte, beruhigten sie ein wenig. Doch was, wenn er ausgerechnet heute nicht käme! Plötzlich vernahm sie von weitem das Geräusch von Zimbeln und Glöckchen. Aufgeregt sprang sie auf die Beine, konnte aber zwischen den Erwachsenen kaum etwas sehen. Eine alte Frau neben ihr handelte mit Blütenketten für den Tempel. Mira bat ihren Vater um ein Stück Käse und erhielt von der Frau dafür eine solche Girlande. Immer näher kam der Zug und Mira wurde immer aufgeregter.

Und dann sah sie ihn. Er tanzte dem Zug voraus, strahlend, ein schöner Jüngling mit einer dunklen, fast blauen Hautfarbe und großen, mandelförmigen Augen. Er spielte auf seiner Flöte und die Töne drangen bis in Miras Herz.

„Lotosäugiger Flötenspieler, Krishna", flüsterte sie und hing gebannt an seinem Gesicht. Krishna war herangekommen. Plötzlich hielt er inne und blieb direkt vor ihr stehen.

„Mira", sagte er, so wie noch keiner zu ihr Mira gesagt hatte. Er kam zu ihr, sie fiel auf die Knie und hielt ihm mit zitternden Händen die Blütenkette und das Sandelöl entgegen. Ihr Herz brannte mit einem Feuer, das sie noch nie gefühlt hatte.

„Mira", sagte er wieder und sie wagte einen Blick in seine dunklen Augen. Er nahm sie bei der Hand und zog sie hoch. Dann berührte er sie an der Stirn und ihr war, als sei ein Schleier weggezogen worden. Plötzlich erkannte sie ihn als den, der er war, als den Gott der Liebe, der gekommen war, die Menschen wieder daran zu erinnern, was Liebe bedeutete. Sie verstand, dass Liebe bedeutete, alles zu lieben und nichts auszulassen, die Erde, die Pflanzen, die Tiere, den Fluss, die Bäume und alle Menschen. Das war seine Botschaft.

„Deswegen bist du gekommen, Mira", hörte sie seine Stimme. „Das wolltest du lernen, diese Liebe, nicht nur zu den Göttern und zu den Menschen, die dir nahestehen, sondern auch zur

Erde, mit allem, was auf ihr lebt. Du kannst alles lieben, Mira, und vergiss nie, dass du freiwillig hier bist." Dann strich er ihr übers Haar und der Schleier fiel wieder über sie. Krishna zog weiter und Mira blieb schweigend zurück, doch die Liebe verweilte in ihrem Herzen.

Der Vater hatte nichts von dem verstanden, was Krishna zu ihr gesagt hatte. Doch da er ein tief gläubiger Mensch war und wohl gespürt hatte, wer in der Form von Krishna vor ihnen gestanden hatte, drängte er sie nicht und führte sie sanft nach Hause zurück. Aarany sah ihre Tochter an, sah ihre strahlenden Augen und umarmte sie glücklich.

„Wir sind wirklich einem Gott begegnet", sagte der Vater ruhig.

„Er ist der Gott der Liebe", sagte Mira leise und küsste ihr schlafendes Brüderchen auf die Wange.

Seit dieser Begegnung war Mira nicht mehr die, die sie gewesen war. Die Liebe zu Krishna erfüllte ihr Herz und ergoss sich über alle Menschen, die ihr begegneten. Jeden Morgen opferte sie als erstes den Göttern am Hausaltar und begann dann mit der Arbeit. Sie half ihren Eltern unermüdlich, sorgte für die Geschwister und kümmerte sich um die Tiere. Wenn eine der Nachbarsfamilien in Not geriet, eilte sie in deren Hütte, pflegte die Kranken und führte den Haushalt. Für sich wollte sie nichts, der Dienst an den anderen war ihr Lohn genug.

Als der Vater ihr eröffnete, dass die Zeit gekommen war, wo sie dem Mann, dem sie von Kindheit an versprochen war, übergeben werden sollte, sah sie ihn freimütig an und entgegnete:

„Nie werde ich einem anderen gehören als Krishna. Meine besondere Liebe gilt nur ihm, sonst liebe ich alle Menschen gleich. Gerne würde ich, wenn das für Frauen möglich wäre, wie ein

Sadhu durch die Lande ziehen, am liebsten aber mit ihm, mit Krishna. Doch weil ich als Frau und nicht als Mann geboren bin, ist mir dieser Weg versperrt. Bitte, Vater, rede mit dem Vater dieses Mannes. Mein Sinn steht nicht nach Heirat. Lass mich euch weiter dienen und später meinen Geschwistern. Zwingt mich bitte nicht, ein Leben zu führen, das mich unglücklich machen wird."

Das Gesicht des Vaters war sehr ernst geworden. Mira war noch jung und er befürchtete, dass ihr diese Entscheidung später leidtun könnte. Außerdem war sie versprochen und eine solche Abmachung konnte nicht so einfach wieder gelöst werden. Er hatte sich mit dem Vater des jungen Mannes zusammengesetzt. Sie waren sich einig darin, dass man das Mädchen nicht zwingen durfte, weil dies Unglück auf das junge Paar herabbeschwören würde, und die beiden waren übereingekommen, ihr noch ein Jahr Zeit zu lassen. Wenn es sich nur um die Flause eines Kindes handelte, würde sie bis dahin sicher zur Vernunft gekommen sein. Wenn nicht, dann müsste man weitersehen.

Doch nach diesem Jahr hatte sich Miras Entschluss nicht geändert. So entschädigte der Vater die Familie des jungen Mannes mit dreien seiner besten Kühe. Außerdem versprach er ihnen seine jüngere Tochter Nanditha für das nächste Jahr, da diese dann zwölf Jahre alt sein würde. Die Familie des jungen Mannes zeigte sich einverstanden. Mira war überglücklich und ihre jüngere Schwester ebenfalls, denn diese konnte sich nichts Schöneres denken, als bei einem Mann zu liegen und ihm Kinder zu schenken.

Mira verströmte ihre Liebe, die aus einer unerschöpflichen Quelle in ihrem Herzen sprudelte. Die Menschen kamen zu ihr, wenn sie krank wurden, denn oft ging es ihnen besser, wenn Mira sie berührt hatte. Sie hielten sie für eine Yogini, doch diesen

Namen nahm sie in ihrer Bescheidenheit nicht an, da sie wusste, dass es die Liebe Gottes war, die heilte, und nicht sie. So verbrachte sie ihr Leben in Demut und aufopferungsvollem Dienst an ihren Nächsten.

Als sie spürte, dass die Kraft ihres Körpers nachzulassen begann, freute sie sich, bald mit den Göttern vereint zu sein. Sie wusste, dass sie in diesem Leben alles ihr Mögliche für eine gute Wiedergeburt getan hatte. Krishna sei Dank! Bald würde es vollbracht sein. Sie hatte keine Angst davor, ihren Körper zurückzulassen, denn sie war sicher, dass die Götter sie empfangen und ihr den Weg weisen würden. So starb sie lächelnd, umgeben von denen, die sie liebten.

Viele Menschen brachten Holz, und die Höhe des Scheiterhaufens, auf dem ihre sterbliche Hülle verbrannt wurde, zeigte, wie sehr sie von ihnen geachtet wurde. Drei Tage lang gaben ihr die Menschen die Ehre, denn so lange rauchte das Holz. Dann überantworteten sie die Asche dem Fluss, Mutter Ganga, der Mira in ihrem Leben so oft geopfert hatte. Die Menschen streuten Blumen in die braunen Fluten und beteten zu Shiva, dem Gott, der die Yogini zu sich gerufen hatte.

„Om namaha Shivaya! Shiva om!"

Diesmal sah sie den Engel sofort. Er stand am anderen Ende eines langen Tunnels aus Licht, den sie furchtlos durchschritten hatte, und streckte ihr beide Hände entgegen.

„Willkommen, Alaia", begrüßte er sie strahlend, „der Helfer erwartet dich schon!" Die Sonne stand hell am leuchtend blauen Himmel. Alaia folgte dem Engel über smaragdgrüne Wiesen und erfreute sich am Duft der bunten Blumen. Vögel sangen, kleine Insekten senkten sich summend in geöffnete Blütenkelche und labten sich dort am süßen Nektar. Ein laues Lüftchen ließ die Blätter der Bäume rascheln. Hinter einer Wegbiegung tauchte der kleine weiße Tempel auf. Der Engel führte sie bis an die Eingangspforte und verabschiedete sich dort von ihr, indem er die Hände vor der Brust zusammenlegte. Sie eilte die Stufen hinauf. Dort stand der Helfer mit weit ausgebreiteten Armen, in die sie sich freudig hineinsinken ließ. Als sie das Wiedersehen genügend ausgekostet und sich lange genug bei ihm ausgeruht hatte, ließen sie sich auf den dicken, am Boden liegenden Kissen nieder.

„Welch schöner Empfang!", rief Alaia froh. „Keine gelblichgrauen Nebel, keine Geister, keine Qual!"

„Was glaubst du, woran das liegt?", fragte der Helfer lächelnd.

„Vielleicht an meinem Leben?", überlegte Alaia. „Diesmal bin ich wirklich zufrieden mit mir."

„Es lag an deinem Leben, das ist richtig", bestätigte der Helfer, „denn du selbst bereitest mit deinem Leben auf der Erde vor, was dich auf der anderen Seite erwarten wird. Wenn du liebst, erschaffst du dir ein Paradies, wenn du hasst, die Hölle. Es sind deine eigenen Schöpfungen, denen du begegnest. Niemand anders als du selbst bestimmt, was du im Zwischenreich erlebst."

„Dann habe ich es diesmal gut gemacht", überlegte Alaia. „Ich habe geliebt und ich wurde geliebt. Ich habe niemanden beeinflusst, sondern demütig getan, was die Liebe in meinem Herzen mir auftrug. Vor allem liebte ich den Einen, der mir in Gestalt Krishnas begegnet war. Dafür verlieh er mir die Gabe der Heilung. Ich tat mein Möglichstes, um das, was ich als Medizinmann falsch gemacht habe, wieder auszugleichen. Ist es mir gelungen?"

„Wenn du mit dir zufrieden bist, hast du viel erreicht. Es ist jedoch nicht nur das Leben, das bestimmt, wie du das Zwischenreich erfährst", fuhr er fort, „es ist auch das Sterben. Was war diesmal anders als beim letzten Mal?" Alaia musste nicht lange überlegen:

„Diesmal gab es keine Dunkelheit! Ich sah ein klares Licht am Ende eines Tunnels und dem bin ich gefolgt. Dort wartete das Lichtwesen auf mich und führte mich zu dir."

„Wie war es vor dem Sterben? Was hast du gefühlt, als der Tod sich nahte?"

„Ich war ganz ruhig und froh, denn ich wusste, dass die Götter mich empfangen würden. Endlich würde ich wieder mit dem Licht vereint sein! Deshalb ließ ich meinen Körper gern zurück."

„Siehst du, das ist der Unterschied. Wenn du nicht weißt, dass du ein freies Geistwesen bist und dich angstvoll an deinen Körper klammerst, wird dich diese Furcht begleiten, und da es deine Gedanken sind, die die Wirklichkeit im Zwischenreich bestimmen, wirst du bei deiner Ankunft Angst und Schrecken spüren.

Stirbst du im Bewusstsein großer Schuld, wird dich ein Zwischenreich erwarten, das deine Schuld zum Ausdruck bringt. Doch wenn du ruhig hinübergehst und dich nicht sträubst, den Körper loszulassen, weil du weißt, dass du weiterlebst, und vertraust, dass dich die Helfer liebevoll empfangen, dann wird genau das auch geschehen.

Nur wer richtig lebt, kann richtig sterben. Nur der, der richtig stirbt, kann das klare Licht erkennen, das Befreiung bringt. Wir auf der anderen Seite versuchen, euch Menschengeistern nach Kräften zu helfen. Doch oft seid ihr so sehr in eure Gespinste verwoben, dass wir lange warten müssen, bis wir Gehör finden. Und nur die Hand, die sich uns aus freiem Willen entgegenstreckt, dürfen wir ergreifen."

„Wenn mein Leben diesmal gut war und das Schicksal Enapays ausgeglichen hat, kann ich dann zurück in meine Heimat?", fragte Alaia erwartungsvoll. Das Gesicht des Helfers spiegelte sein Mitgefühl.

„Nein, Alaia, denn es gibt noch so viel mehr, was du erfahren musst. Du hast in jenem Leben vieles ausgespart, was zum Menschsein eigentlich dazugehört. Die Liebe, die du spürtest, war göttlich unpersönlich, denn du liebtest alle gleich. Denk an das Kaleidoskop. Welche Farbe, glaubst du, hast du diesmal ausgedrückt?"

„Nicht die rote", antwortete sie rasch.

„Ganz ohne Rot kommst du nie aus", antwortete der Helfer lächelnd, „sonst wärst du nicht fähig, eine Handlung zielgerichtet auszuführen. Doch du hast recht, die Farbe Rot stand diesmal nicht im Vordergrund."

„Das Leben dort glich meinem Leben in Atlantis", überlegte Alaia. „Dann muss es Blau gewesen sein, wenn auch ein dunklerer Farbton als damals."

„Richtig", bestätigte der Helfer, „dein Leben war ein blaues Leben, denn der Wille des Einen war dein Wille, wie damals in Atlantis. Du gabst deinem persönlichen Ich mit seinen eigenen Wünschen keinen Raum. Doch das Ich gehört zum Menschsein und damit zum Schöpfungsplan! Auch die persönliche Liebe zu einem anderen Menschen – als Frau zu einem Mann oder als Mann zu einer Frau – hast du noch nicht erfahren. Den Medizinmann Enapay überwältigten die Triebe, und er nahm sich, was er wollte, mit Gewalt. Doch es geht auch anders, Alaia, vollkommen anders. Die Erfahrung lustvoller körperlicher Vereinigung zweier Menschen, die sich lieben, fehlt dir noch. Auch die Erfahrung, Vater oder Mutter von eigenen Kindern zu sein, steht noch an. In jenem indischen Leben lebtest du wohl mit den Menschen, doch gehörtest du nicht wirklich zu ihnen."

„Wenn ich so werde wie sie, verstricke ich mich und werde fallen", rief sie angstvoll. „Was erwartest du von mir?"

„Du wirst fallen und wieder aufstehen, bis du als Mensch so weit gereift bist, dass du die Fallen kennst, in die du treten könntest, und sie vermeidest. Erst wenn du wirklich Mensch geworden bist, kannst du tun, wozu du dich dem Einen gegenüber freiwillig verpflichtet hast: die Liebe Gottes auf Erden zum Ausdruck zu bringen. Erinnerst du dich, Alaia?"

Sie nickte schweigend. Dass dieser Weg so schwer sein würde, hatte sie nicht erwartet. Er fuhr fort:

„Du folgtest Seinem Aufruf, den göttlichen Funken als eigenständiges Wesen zu verkörpern, scheinbar getrennt von Ihm und doch ewig geeint. Zu diesem Zweck bist du hinabgestiegen und hast dich in einem Körper inkarniert, als Wesen mit freiem Willen, fähig, sich gegen die göttliche Kraft zu entscheiden."

„Es hat alles zerstört", sagte sie leise, „hat meine Freunde getötet, unser gemeinsames Werk vernichtet!"

„Dein Werk ist zerstört, das stimmt, Alaia, doch was ist mit dem großen Werk? Menschen, die im Prinzip der Dualität leben, begabt mit der Freiheit des Willensentscheids, sind dem Schöpfergott so ähnlich, wie sonst kein anderes Wesen in den Galaxien. Auf deinem Heimatplaneten folgtest du Ihm wie ein Kind dem Vater, vertrauensvoll, getragen von Seiner Liebe, erfüllt von ihr, und diese Liebe konnte überfließen auf die anderen Wesen Seiner Schöpfung, doch wo warst du, du als eigenständige Person? Du warst Kanal für Ihn, dein freier Wille existierte nicht, noch nicht, Alaia! Als Mensch wirst du ihn dir erwerben, wirst durch alle Höhen und Tiefen dieser irdischen Erfahrungswelten schreiten und wenn du dich letztlich entscheidest, Seinen Willen zu erfüllen, tust du das nicht mehr als Kind, sondern als gereiftes Wesen, das sich dieser Entscheidung zutiefst bewusst ist. Dann wirst du für Ihn zum Partner, zum bewussten Gefäß für Seine Liebe. Das ist das große Werk, Alaia, begreifst du nun?" Sie nickte langsam.

„Deshalb ist es so wichtig, dass du ein wirklicher Mensch wirst, auch wenn du dabei straucheln solltest. Du wirst wieder aufstehen und alle Erfahrungen, besonders aber die schmerzlichen, werden dich weiterbringen. Vertraue auf die grundsätzliche Güte in dir, Alaia, denn sie ist eine starke Kraft. Sie wird dich nie verlassen, auf sie kannst du vertrauen."

„Bleibt mir auf der Erde überhaupt eine Wahl?", fragte sie.

„Natürlich!" antwortete er. „Als Erdenmensch kannst du entscheiden, welche Richtung die Erfahrung nehmen soll. Reicht dir das Beispiel anderer Menschen, um zu lernen, oder musst du dazu alles selbst erleben? Genügt es dir, den Fehler einmal zu machen, oder musst du ihn wiederholen, bis du dir wirklich sicher bist? Wie gut wertest du deine Erfahrungen aus? Schiebst du die Schuld auf andere oder bist du bereit, bei dir selbst zu suchen? Wie wach bist du, wie bereit, die Lektionen zu erkennen, die sich dir bieten? Du hast als Mensch viele Möglichkeiten, die Richtung der Erfahrungen zu lenken. Und zwischendurch bin ich für dich da."

„Ich würde mich gern öfter mit dir beraten", seufzte Alaia, „nicht nur im Zwischenreich. Wird das möglich sein?"

„Jetzt noch nicht", entgegnete der Helfer, „doch es wird eine Zeit kommen, in der dein Geist reif genug geworden ist, um auch im Erdenleben Kontakt zu mir zu halten."

„Was ist es, was ich diesmal lernen soll?", fragte sie leise.

„Das weißt nur du allein", antwortete der Helfer freundlich. „Vertraue dir. Bist du bereit, Alaia?" Sie seufzte, und er umfing sie in schützender Umarmung.

„Frau Hundhausen", begann Alicia zögernd, als sie mir schließlich im Beratungszimmer gegenübersaß. „Die Geschichten, die ich erlebe, präsentieren sich als eigenständige Leben. Dabei glaube ich nicht an Reinkarnation. Kann es nicht sein, dass ich mir das alles nur einbilde?"

„Meinen Sie, dass Sie sich die Geschichten ausdenken?

„Nein. Ich meine, dass ich vielleicht irgendwann einmal Filme mit ähnlichen Inhalten gesehen ober Bücher gelesen habe, ohne mich daran zu erinnern."

„Das kann natürlich sein", erwiderte ich. „Erinnerungen sind keine Dokumentarfilme. Wir neigen dazu, das zu erinnern, was unsere Überzeugungen stützt. Natürlich können es Inhalte aus Filmen oder Büchern sein, aus denen Ihr Unbewusstes diese schlüssigen Geschichten bastelt, um Ihnen damit etwas klarzumachen. Ganz gleich, welche Erklärung Sie wählen: Das Unbewusste hat immer einen Grund, warum es uns seine Bilder schickt. Das betrifft Ihre Träume und auch Ihre Erlebnisse hier. Deshalb finde ich es wichtiger, zu ergründen, welche Erkenntnisse Sie aus den Geschichten ziehen und ob Sie diese im Alltag umsetzen können."

„Der Helfer ist fest davon überzeugt, dass sich meine Seele immer wieder verkörpert", wandte Alicia ein.

„Der Helfer ist Teil der Geschichte", entgegnete ich. „In diesem Rahmen muss er sich stimmig äußern und der Rahmen definiert Ihre Erlebnisse als Reinkarnationen. Das sollte uns jedoch nicht beeinflussen. Um etwas aus einer Geschichte zu lernen, müssen wir sie nicht erleben. In vielen Romanen finden sich Erkenntnisse, die sich auf das eigene Leben übertragen lassen. Denken Sie nur an ‚Star wars': ‚Die Macht sei mit dir!'" Alicia lachte. „Haben Sie sich mit Nah todererfahrungen beschäftigt?", fragte ich.

„Ich habe die Bücher von Elisabeth Kübler-Ross gelesen."

„Dann kennen Sie das Bild vom Tunnel, der ins Licht führt?" Sie nickte.

„Und ich weiß, dass das Leben von Menschen, die so etwas erlebt haben, danach nicht mehr dasselbe ist. Viele berichten, dass sie dort jemanden treffen, der ihre Fragen beantwortet." Sie stutzte. „Dann stammt das Konzept vom Helfer aus diesen Büchern?"

„Das ist durchaus möglich", bestätigte ich. Dem Himmel sei Dank! Es gab eine Erklärung für die Erfahrungen im Zwischenreich, wenn ich auch zugeben musste, dass dieser Helfer wirklich gute Kommentare von sich gab. Deshalb sagte ich:

„Wenn ich die Aussagen Ihres Helfers in den Kontext systemischer Psychotherapie übertrage, finde ich da viele Übereinstimmungen."

„Welche denn?", fragte Alicia interessiert.

„Zum einen sind es seine Aussagen darüber, dass man selbst nicht unerheblich dazu beiträgt, wie man die Realität erlebt. Wir filtern unsere Wahrnehmung tatsächlich durch das Gewebe unserer Erlebnisse. Und da wir dazu neigen, nur das wahrzunehmen, was unsere Überzeugungen stützt, verhindern wir Lösungswege, die unseren Verhaltensmustern widersprechen, auch wenn diese Lösungswege uns tatsächlich zum Erfolg führen würden."

„Wirklich?", fragte Alicia erstaunt.

„Sie haben mir selbst schon davon berichtet", erinnerte ich sie. „Sie übernehmen für alles die Verantwortung, weil Sie das in Ihrer Kindheit auch schon getan haben." Alicia rieb sich nachdenklich die Stirn.

„In dem Augenblick, wo ich das tue, fällt es mir tatsächlich nicht auf", gab sie zu. „Es wäre tatsächlich viel gewonnen, wenn ich früh genug merken würde, auf welcher Grundlage ich entscheide."

„Ich finde noch eine andere Passage sehr gut", sagte ich und rief auf meinem Laptop das Programm auf, mit dem ich die Sitzung aufgezeichnet hatte. „Hören Sie!"

„Reicht dir das Beispiel anderer Menschen, um zu lernen, oder musst du dazu alles selbst erleben?", erklang Alicias Stimme. „Genügt es dir, den Fehler einmal zu machen, oder musst du ihn wiederholen, bis du dir wirklich sicher bist? Wie gut wertest du deine Erfahrungen aus? Schiebst du alle Schuld auf andere oder bist du bereit, bei dir selbst zu suchen? Wie wach bist du, wie bereit, die Lektionen zu erkennen, die sich dir bieten?" Alicia nickte.

„Damit hat er wohl recht", bestätigte sie. „Doch was halten Sie von seinen Gedanken über den Schöpfungsplan? Sind die nicht zu esoterisch?" Ich zögerte mit der Antwort. Dann hatte ich mich entschieden.

„Im Rahmen der Geschichte sind diese Gedanken schlüssig. Wenn ich sie in den psychotherapeutischen Kontext übersetze, kann ich sie mit dem Weg eines Kindes vergleichen, das zuerst die Gebote der Eltern befolgt, dann immer mehr seine Grenzen austestet, um schließlich als erwachsener Mensch sein Leben selbstverantwortlich zu gestalten." Alicia nickte zustimmend. Das war also auch geklärt.

Jetzt fehlte mir nur noch ihre Verbindung zu Indien, insbesondere zu Krishna. Ich war fest davon überzeugt, dass sie sich mit diesen Themen genauso beschäftigt haben musste, wie mit den anderen Themen ihrer inneren Reisen. Deshalb fragte ich:

„Welche Beziehung haben Sie zu Indien und zu Krishna?"

„Ich spiele selbst Querflöte und war fasziniert von diesem indischen Gott, der mit meinem Instrument dargestellt wird. Von meiner Indienreise habe ich ein wunderbares Bild mitgebracht, das genau dieses Motiv darstellt: der flötespielende Krishna, umringt von bewundernden Mädchen. Ich habe es über mein Bett gehängt."

„Dann kennen Sie Indien?"

„Kennen ist zu viel gesagt. Ich habe Rajasthan besucht, das Taj Mahal und die Paläste von Jajpur. Der historische Krishna soll ganz in der Nähe, in Mathura, gelebt haben. Wahrscheinlich konnte ich mir die Geschichte deshalb so gut ausmalen." Das klang plausibel.

„Und das Ritual im Tempel? Sie kannten die Namen von indischen Gottheiten und wussten, wie Rituale zu ihren Ehren zelebriert werden."

„Ich habe bei der Reiseleitung die Teilnahme an einer Feuerpuja gebucht, einer Zeremonie zu Ehren des Feuergottes Agni. Wir Touristen wurden genauso miteinbezogen wie die Einheimischen. Im Anschluss daran haben wir zusammen Bhajans gesungen, heilige Lieder zu Ehren der Götter. Der Text war einfach: Om namaha shivaya shiva om."

Ich entspannte mich immer mehr. Auch für diesen Teil der Geschichte gab es also eine ganz natürliche Erklärung. Trotzdem war mir schleierhaft, wie sie es schaffte, so viele Einzelheiten zu nennen. Ihre Geschichten waren so genau beschrieben, dass ich mich dabei ertappte, ihre Berichte mit eigenen Bildern zu illustrieren. Ich riss mich zusammen. Zeit, mich an meine Profession zu erinnern.

„Wie denken Sie, wird sich diese Erfahrung auf Ihr Leben auswirken?", fragte ich, um ihr den psychotherapeutischen Nutzen der inneren Reise wieder ins Gedächtnis zu rufen.

„Ich bin Gott begegnet", antwortete sie, „und es ist mir gleich, wie er sich nannte. Was ich für Krishna empfand, fühle ich für Jesus. Diese Erfahrung hat mich sehr beglückt. Und ich habe erlebt, wie erfüllend es ist, für andere da zu sein. Ich glaube, dass ich die ungeliebte Hausarbeit anders tun werde, wenn ich daran denke, dass ich sie verrichte, damit sich meine Familie wohlfühlt. Diese Sitzungen tun mir gut. Ich bin viel ruhiger geworden. Mein Mann begrüßt es sehr, dass ich bei Ihnen bin."

„Das freut mich", antwortete ich und stand auf. „Wir sehen uns in der nächsten Woche."

Gut, dass ich Herausforderungen liebe! Die Arbeit mit Alicia begann, mich immer mehr zu faszinieren.

Kapitel 7 – Die Sehnsucht nach dem klaren Licht

„Es sei", flüsterte Alaia und blickte in den silbernen Spiegel. Und wieder fiel klares Licht aus der Öffnung im Dach auf die glatte Oberfläche, das sich langsam rosa färbte und sich gleichzeitig zu drehen begann. Immer rascher rotierte der Lichtwirbel und zog Alaia auf magische Weise mit sich. Erneut ergab sie sich willig seiner zielgerichteten Kraft und dann explodierte ein weiteres Mal das rosafarbene Licht der neuen Inkarnation.

Schneebedeckte Gipfel umgaben das weite Tal wie mit einem Schutzwall. Das kleine Dorf schmiegte sich an seine steilen Hänge: Von Steinmauern umgebene Häuser, in deren Höfe Ziegen und kleine, struppige Schweine gehalten wurden. Am Rande des Dorfes befanden sich die Stallungen und größere, von Mauern umgebene Koppeln, wo die Pferde und die Yaks überwinterten. Jetzt, im Frühsommer, hatten die Männer die Tiere auf die saftigen Weiden des Hochlandes getrieben. Sie würden erst im Herbst zurückkehren, wenn die Yaks so fett geworden waren, dass sie den Winter gut überstanden.

Frauen, Alte und Kinder waren im Dorf zurückgeblieben, um die kleinen Felder zu bestellen, auf denen Gerste, Erbsen und Bohnen angebaut wurden. Die Felder malten grüne Flecken in die graubraune Steinwüste. Dass hier überhaupt etwas wuchs, war dem Fluss zu verdanken, der in den Bergen hinter dem Dorf entsprang und genügend Wasser führte, um das angrenzende Land zu bewässern. So war beides möglich: Viehwirtschaft und Landwirtschaft, und aus diesem Grunde erfreute sich das Dorf eines bescheidenen Reichtums. Die Bewohner hatten genug zu essen, sie erwirtschafteten sogar Überschüsse und konnten diese gegen nützliche Güter, die sie selbst nicht herstellen konnten, eintauschen, wie zum Beispiel Salz, Kleiderstoffe und Haushaltsgerät.

Das Mädchen auf dem Gemüsefeld reckte und streckte seinen schmerzenden Rücken. Sie beschattete die Augen mit der Hand und begutachtete den Stand der Sonne. Richtig! Zeit für eine Pause. Seit dem frühen Morgen arbeitete sie nun schon auf dem Feld ihrer Eltern, hatte die Erde um die zarten Gemüsepflänzchen herum mit einem spitzen Holz gelockert, Unkraut gejätet und die Steine, die der Boden immer wieder aus der Tiefe herauswachsen ließ, auf die niedrige Steinmauer geschichtet, die das Feld umgab.

Tashima wischte sich den Schweiß von der Stirn. Heute brannte die Sonne besonders heiß vom Himmel. Aufatmend ließ sie sich auf die Mauer sinken, goss Wasser aus dem Schlauch in ihre hölzerne Trinkschale und trank. Die Luft war trocken im tibetischen Hochland, deshalb lernten schon die Kinder, wie wichtig es war, die verlorene Feuchtigkeit immer wieder zu ersetzen. Sie nahm einen Beutel aus ihrer Schürzentasche, schüttete geröstetes Gerstenmehl in eine kleine Schüssel, goss Wasser darüber und mischte mit den Fingern der rechten Hand einen dicken Brei. Aus dieser Masse formte sie kleine Bällchen, die sie sich geschickt in den Mund warf. Prüfend betrachtete sie das Feld. Weit mehr als die Hälfte der Arbeit war getan.

Sie könnte sich ein kleines Schläfchen gönnen. Ihr Blick fiel auf ein Gebüsch gleich hinter der Steinmauer, das genug Schatten vor der sengenden Sonne spendete. Sie kroch unter die schützenden Zweige, legte den Hut als Kissen unter den Kopf und schlief bald darauf ein.

Wilde Schreie drangen störend in ihre Träume und drängten sich immer lauter vor die inneren Bilder, bis sie erschrocken auffuhr. Das Dorf! Rauchwolken schraubten sich gen Himmel, Menschen kreischten und brüllten.

Was geschah dort?

Sie sprang auf, doch der Anblick war so schrecklich, dass sie sich in panischem Schrecken wieder auf den Boden warf und noch tiefer im Gebüsch verkroch. Die wilden Bergbewohner waren dabei, ihr Dorf zu überfallen! Da die Männer mit den Tieren auf den Weiden waren, hatten sie leichtes Spiel. Die Räuber ritten auf ihren kleinen Pferden johlend durch die Gassen, einige trieben das Vieh aus den Höfen zusammen, andere drangen in die Häuser ein. Sie schleppten alles heraus, was sie tragen konnten, und ihre dicken Holzprügel trafen jeden, der sie daran hindern wollte. Frauen und Kinder banden sie mit Stricken aneinander und rissen sie mit sich.

„Mutter", flüsterte Tashima, „Schwester, kleiner Bruder!" Ihre Stimme versagte und sie biss sich die Lippen blutig, um das Schluchzen, das sie zu schütteln drohte, zu unterdrücken. Um nichts in der Welt wollte sie diesen Männern in die Hände fallen, denn es war allgemein bekannt, dass sie sich zuerst an den Frauen vergnügten, um sie danach, wenn sie sie nicht selbst verwenden konnten, zusammen mit den Kindern in den Niederungen als Sklaven zu verkaufen. Der Busch, unter dem sie eingeschlafen war, hatte ihr das Leben gerettet, und er würde es auch weiter tun, wenn sie sich still verhielt.

Als die schrecklichen Geräusche verstummt waren, senkte sich Grabesstille über das Land. Tashima wartete, bis die Sonne hinter den Bergen versunken war, bevor sie es im letzten Licht der Dämmerung wagte, einen Blick auf ihr Dorf zu werfen. Einzelne Häuser brannten noch, doch sonst schien alles ruhig zu sein. Es war empfindlich kalt geworden und sie wusste, dass sie sich vor dieser Kälte schützen musste, wenn sie überleben wollte. Der Selbsterhaltungstrieb überwog ihr Entsetzen und so lief sie geduckt auf das Dorf zu, nutzte jeden Baum und jeden Strauch als Deckung, doch die Eindringlinge schienen den Ort der Zerstörung verlassen zu haben.

Das Licht war so schwach geworden, dass sie den Toten erst bemerkte, als sie mit dem Fuß gegen ihn stieß. Voller Entsetzen erkannte sie den Alten, der die Stallungen der Yaks in Ordnung gehalten hatte. Es würgte sie und sie verspürte einen fast unwiderstehlichen Drang, diesem Ort des Grauens zu entfliehen.

„Du wirst heute Nacht ebenfalls umkommen, wenn du dich nicht zusammenreißt!", befahl eine starke Stimme in ihrem Innern und so zwang sie sich, trotz ihrer Furcht weiterzugehen. Sie bewegte sich langsam und vorsichtig, denn überall lagen Tote mit zerschmetterten Schädeln, Menschen, mit denen sie heute Morgen noch gesprochen hatte.

Systematisch begann Tashima, die geplünderten Häuser nach Decken, Kleidung und Gerstenmehl zu durchsuchen. Sie hatte Glück. Die Männer hatten nur die wertvolleren Gegenstände mitgenommen. Einfache, aber warme Yakhaardecken hatten sie verschmäht. In einigen Tonkrügen fanden sich Reste von Mehl, mit denen sie ihren Vorrat ergänzte. Aus den Decken schnürte sie ein Bündel und band es sich auf den Rücken.

Mit äußerster Überwindung betrat sie das Haus ihrer Familie. Der erste Anblick bestätigte ihre Befürchtungen: Großmutter *und Großvater lagen erschlagen auf der Schwelle. Sie musste über sie hinwegsteigen, um ins Innere zu gelangen. Rasch durchwühlte sie die Kleidertruhe und fand den alten Fellmantel ihrer Mutter, abgetragen zwar, doch immer noch ein Schutz gegen die Kälte. Als sie ihn an sich presste, stieg ihr der Duft der Mutter in die Nase. Tränen schossen ihr in die Augen und strömten die Wangen hinab, doch sie erlaubte sich keinen Laut.*

Sie sprach ein kurzes Gebet bei den Leichnamen ihrer Großeltern und bat die Geister, deren Seelen zu begleiten. Das Schicksal dieser Menschen war besiegelt, doch sie selbst hatte es verschont! Sie sollte leben und sie würde dafür sorgen, dass dieses Leben ein gutes Leben würde. Zuerst würde sie ihren Vater, ihre Onkel und die anderen Männer des Dorfes auf den Weiden finden und benachrichtigen müssen. Der nächste Schritt würde sich dann finden.

Der Mond stand hell am Himmel und gab ihr Licht. Sie war gezwungen, die Nacht in der Nähe des Dorfes zu verbringen, denn um zu den Weiden der Männer zu gelangen, musste sie den hohen Pass überqueren. Bei Dunkelheit würde das einem Selbstmord gleichkommen: Zu unbeständig schien das Wetter und die Wege waren zu gefährlich, um sich ihnen im Mondlicht anzuvertrauen. So lief sie zurück zu ihrem Busch. Die niedrige Mauer gab ihr zusätzlich Schutz vor dem Wind, sie hüllte sich in den Fellmantel ihrer Mutter, legte Decken unter und über sich, und versuchte, ihre Erregung zu dämpfen. Der morgige Tag würde ihr viel abverlangen, deshalb war es wichtig, dass ihr Körper Ruhe fand.

Tashima war ein Kind ihres Volkes. Sie lebte mit einer Natur, die Fehler nur selten vergab. Gefühle wie heftige Trauer oder brennender Hass, die einen daran hinderten, die richtigen Entscheidungen zu treffen, konnte man sich hier nicht leisten. Spä-

ter, wenn die Umstände günstiger waren, würde sie darauf zurückkommen.

Tashima hatte Glück gehabt. Die Nacht war ruhig geblieben und sie hatte sogar etwas Schlaf gefunden. Sie erwachte noch vor Sonnenaufgang. Die letzten Sterne blinkten schwach am Himmel, doch es war schon so hell, dass sie rasch die Decken zusammenrollte und sich das Bündel auf den Rücken band. Der Himmel versprach gutes Wetter, den Geistern sei Dank! Im Dorf hatte sich nichts geregt und so füllte sie ihren Schlauch mit frischem Wasser und steuerte, ohne sich noch einmal umzublicken, das entgegengesetzte Ende des Tales an, wo ein schmaler Pfad hoch zum westlichen Pass führte. Den nächstgelegenen gleich hinter dem Dorf wagte sie nicht zu nehmen, da die Räuber diesen Weg zur Flucht benutzt hatten.

Tashima kam nicht schnell, doch gleichmäßig voran. So würde sie Stunden gehen können, ohne zu ermüden. Es war wichtig, dass sie den Pass noch vor Sonnenhöchststand erreichte, denn sonst würde die Hitze den Aufstieg sehr beschwerlich machen. Der schmale Pfad schraubte sich steil den Hang hinauf. Das Mädchen stieg unermüdlich Stunde um Stunde und hielt nur manchmal inne, um einen Schluck Wasser zu trinken. Das Tal unter ihr wurde immer kleiner, ihr Dorf verschwamm zu einem grüngrauen Fleck am hinteren Ende.

Zuerst verschwanden die Bäume, dann fehlten auch die Büsche, bis nur noch gelbe und dunkelrote Flechten und lichtgrüne Moose übrig blieben. Im Schatten der Felsblöcke hatten sich Schneereste gehalten und trotz der Sonne, die jetzt hoch am Himmel stand, war es empfindlich kalt. Noch kannte sie den Weg, denn die Kinder hatten das ganze Umland ihres Dorfes gründlich erforscht, doch was auf der anderen Seite des Berges lag, war ihr neu. Die Geister würden sie führen müssen und zu *ihren Ehren häufte sie an der höchsten Stelle des Passes einige Steine übereinander.*

Der Wind pfiff hier so eisig, dass sie rasch mit dem Abstieg begann. Unter ihr dehnten sich die unermesslich weiten Grasflächen des Hochlandes, auf denen die Männer ihres Dorfes irgendwo die Yakherden hüteten. Sie füllte ihren Wasserschlauch mit Schnee, denn sie wusste nicht, wann sie den nächsten Fluss erreichen würde. Langsam wurde die Luft wieder wärmer und die ersten Büsche zeigten ihr, dass es nicht mehr lange dauern konnte, bis sie ihr erstes Ziel erreichte. Aufatmend ließ sie sich auf ihrem Deckenbündel nieder und bereitete in ihrer Trinkschale etwas gesalzene Tsampa zu. Sie musste Menschen finden, Nomaden, die im Grasland zu Hause waren. Nur mit ihrer Hilfe würde es ihr möglich sein, die Männer ihres Dorfes zu finden. Wenn ihr das Schicksal dies verwehrte, würde sie sterben, denn alleine konnte hier niemand überleben.

Tashima verbrachte die Nacht im Schutz eines Felsens. Sie schlief sehr unruhig, denn hier draußen jagten Schneeleoparden und schwarze Bären, die als so angriffslustig galten, dass sich kaum ein Erwachsener ohne sein gebogenes Messer so weit ins Land hinauswagte. Beim ersten Morgengrauen brach sie auf, richtete sich nach dem Stand der Sonne und betete zu den Geistern um Schutz und Führung.

Das Schicksal schien sie weiter zu begünstigen, denn sie erspähte in der Ferne die unverkennbaren Rauchwolken von Herdfeuern. Aus Dank häufte sie rasch einige Steine übereinander und widmete sie den Geistern. Dann beschleunigte sie ihre Schritte, denn am Horizont ballten sich dunkle Wolken, ein untrügliches Zeichen für ein Unwetter. Der Weg war weiter, als sie gedacht hatte, schon jagte der Wind dunkle Wolkenfetzen über den Himmel und es wurde spürbar kälter. Sie konnte die

Zelte der Nomaden jetzt deutlich erkennen, doch zu Fuß würde es noch eine ganze Zeit lang dauern, bis sie diese erreichte. Man sah weit in der klaren Luft des Hochlandes. Die Leute bei den Zelten waren damit beschäftigt, sich auf das Unwetter vorzubereiten. Einige trieben die Tiere zusammen, andere arbeiteten an den Zelten.

Die ersten Regentropfen fielen und sie waren mit Schnee vermischt. Tashima wusste, dass ihr nicht mehr viel Zeit bleiben würde. Sie musste sich bemerkbar machen, denn in einem Schneesturm würde sie rasch die Orientierung verlieren, und es war mehr als wahrscheinlich, dass sie trotz der Nähe des sicheren Schutzes erfror. Sie legte die Hände zu einem Trichter um den Mund und rief. Dann schwenkte sie eine der Decken durch die Luft, in der Hoffnung, damit auf sich aufmerksam zu machen.

Die Männer mussten sie bemerkt haben, denn plötzlich stutzte einer und wies in ihre Richtung. Die anderen schauten jetzt ebenfalls auf, einer warf sich auf sein Pferd und galoppierte auf sie zu. Im immer dichter werdenden Schneetreiben lief das Mädchen ihm entgegen, er riss sie hinter sich aufs Pferd und presste dem Tier die Fersen in die Flanken, um es zu höchster Eile anzuspornen. Es schien die drohende Gefahr zu spüren, denn es flog den Zelten entgegen. Die Welt versank im eiskalten Wirbel der Schneemassen, die der heulende Sturmwind aus den dunklen Wolken herauszuprügeln schien. Urplötzlich tauchte das Lager vor ihnen auf, der Mann sprang ab, hob sie vom Pferd, drängte sie durch den Eingang eines Zeltes und verschwand, um das Pferd anzubinden.

Die Nomaden hatten sie freundlich aufgenommen. Zuerst boten sie ihr heißen Buttertee an, ein gesalzenes, fetthaltiges Getränk, das wärmte und nährte. Sie schenkten ihr immer wieder nach, da sie wussten, dass es lange her sein musste, seit sie warme Nahrung zu sich genommen hatte. Der Sturm zerrte an den Zeltbahnen und Tashima, die in einem Steinhaus großgeworden war, konnte ihre Ängstlichkeit nur schlecht verbergen. Doch die Nomaden lachten. Solche Stürme kamen hier oft vor und waren sicher kein Grund zur Unruhe. Außerdem überprüften die Männer immer wieder die Halteleinen. Da sich die Frauen unbeeindruckt der Zubereitung der Mahlzeit widmeten und trotz des wilden Tobens draußen wirklich nichts geschah, entspannte sich das Mädchen langsam.

Zum Essen hatten sie sich auf den niedrigen, fellbedeckten Bänken niedergelassen und die Frauen hatten die Schalen mit gekochtem Fleisch und Brühe gefüllt. Die Bewohner der anderen Zelte hatten sich ebenfalls eingefunden, denn die Rettung des fremden Mädchens war eine willkommene Abwechslung im einfachen Leben der Nomaden und jeder wollte wissen, warum sie so allein im Grasland wanderte.

Alle schauten sie erwartungsvoll an. Und so erzählte das Mädchen leise, was mit ihrem Dorf geschehen war und dass sie ihren Vater, ihre älteren Brüder, ihre Onkel und die anderen Männer finden musste, um ihnen die schreckliche Nachricht zu überbringen. Aufmerksam und betroffen hörten die Nomaden ihr zu und die Stille wurde nur dann und wann durch Ausrufe der Empörung und des Abscheus unterbrochen.

Als Tashima geendet hatte, wich ihre Anspannung ganz plötzlich einer tiefen Erschöpfung. Das Mädchen begann zu zittern und Tränen schossen ihr in die Augen. Die Frauen hüllten sie in warme Felle, halfen ihr auf ein weiches Lager und wachten bei ihr, bis sie eingeschlafen war. Die Männer berieten derweil, wie sie ihr bei der Suche helfen konnten. Hier im Hochland überlebten die Menschen nur, weil sie sich gegenseitig halfen. Gastfreundschaft und Hilfsbereitschaft galten allen als Gesetz.

Da sich das Wetter wieder beruhigt hatte, waren die Männer früh am nächsten Morgen aufgebrochen. Voller Mitgefühl für das Schicksal des Mädchens hatten sie die Yaks der Obhut der Frauen überlassen und stürmten zu Pferde über die weite Ebene. Als sie nach zwei Tagen zurückkehrten, brachten sie gute Nachrichten. Der benachbarte Stamm hatte tatsächlich gewusst, wo sich die Gesuchten gerade aufhielten. Drei Männer waren auf dem Weg dorthin und würden sie mit ihren Herden zu den Zelten führen. So lange durfte Tashima bleiben.

Yakherden ziehen langsam und so dauerte es einige Tage, bis die Kinder aufgeregt verkündeten, dass sich viele Menschen und Tiere dem Lager näherten. Das Mädchen lief ihnen entgegen und der Vater schloss es in die Arme, was er noch nie getan hatte und was man ihm nur aufgrund der besonderen Lage verzieh.

Rasch errichteten die Fremden im Lager ihre Zelte. Nachdem sie gegessen hatten, berichtete das Mädchen, was im Dorf geschehen war. In den Augen der Männer glühte etwas auf, was Tashima noch nie bei ihnen wahrgenommen hatte: Hass und Rache. Sie kamen mit den Nomaden überein, die Yaks bei ihnen zu lassen. Als Ausgleich sollten sie die Milch der Tiere verwenden und alle neugeborenen Jungtiere behalten dürfen. Auch das Zelt würden sie den Nomaden zum Gebrauch überlassen, denn gleich am nächsten Morgen würden sie losreiten und versuchen, Frauen und Kinder zu befreien und die Räuber zu bestrafen.

„Nehmt ihr mich mit?", fragte Tashima erwartungsvoll.

„Bist du von Sinnen?", entgegnete ihr Vater. „Dies hier ist Männersache und wir haben anderes zu tun, als uns auch noch um dich zu kümmern."

„Was wird denn dann aus mir?", rief sie, verzweifelt, dass sie

schon wieder Abschied nehmen sollte. „Kannst du mich nicht holen, wenn du die Mutter und die Geschwister befreit hast?" Der Vater sah sie bedauernd an.

„Ich weiß nicht, wie lange das dauern wird, und ich weiß auch nicht, ob ich die Kämpfe überleben werde. Du bist erwachsen, meine Tochter. Du musst selbst für dich sorgen." Er wandte sich den Pferden zu, legte Decken über ihre Rücken, um sie vor der nächtlichen Kälte zu schützen.

„Bei uns kannst du nur bleiben, wenn du einen der unseren zum Manne nimmst", sagte einer der Nomaden, der die Worte ihres Vaters gehört hatte, zu dem Mädchen. Tashima schauderte. Den Rest ihres Lebens mit den Nomaden verbringen? Sie war keine von ihnen und in einem Dorf aufgewachsen. Doch blieb ihr eine andere Wahl?

„Du könntest es beim Kloster versuchen", schlug ein alter Mann vor, der ihr Mienenspiel richtig deutete. „Wenn die dich dort nicht brauchen können, kannst du immer noch zu uns zurückkehren."

„Was ist das, ein Kloster?", fragte Tashima, dankbar für diesen Ausweg.

„Ein großer Tempel, zwei Tagereisen entfernt von hier in den Bergen", begann der Alte. „Dort leben heilige Männer und Frauen, die zum Wohle aller Wesen beten. Man nennt sie Lamas. Hast du noch nie von ihnen gehört?"

„Meinst du die Schwarzhüte, die durch die Dörfer ziehen und Geister und Dämonen beschwören?", fragte sie.

„Nein", antwortete der Alte, „es sind weder Schwarzhüte, noch Schamanen, und sie ziehen auch nicht durch die Dörfer. Stattdessen pilgern die Menschen zu ihnen, wenn sie krank sind, um sich von ihnen heilen zu lassen. Es scheinen gute Menschen zu sein, wenn ich auch nicht verstehe, wie man so lange still sit-

zen und beten kann. Vielleicht können sie noch jemanden in der Küche brauchen."

„Leben denn auch Frauen in diesem Kloster?", hakte das Mädchen nach, denn Schamanen wurden nur die Männer.

„Ja, Männer und Frauen", bestätigte der Alte, „wenn auch in verschiedenen Häusern. Soweit ich weiß, leben sie in einem Kloster, gehen jedoch getrennte Wege."

Tashima schaute den Vater an, doch der war mit seinen Gedanken schon beim nächsten Tag und meinte nur:

„Das musst du selbst wissen!"

„Morgen früh werde ich mich auf den Weg zum Kloster machen", entschloss sich das Mädchen, „und wenn ich dort nicht bleiben kann, werde ich einen der euren heiraten."

Der Abschied war kurz. Die Männer hatten sich auf die Pferde geworfen, ihr noch einmal zugenickt und waren davongeprescht. Mit brennenden Augen blickte ihnen Tashima nach. Wahrscheinlich würde sie keinen von ihnen wiedersehen. Rasch häufte sie einige Steine übereinander und bat die Geister um Wohlwollen und Schutz. Dann schnürte sie ihr Bündel und sagte den Nomaden Lebewohl. Die Kinder begleiteten sie noch ein Stück und zeigten immer wieder auf den Berg, über den der Weg zum Kloster führte. Dann blieben auch sie zurück und Tashima war wieder allein.

Sie hatte den schmalen Pfad, der sich in steilen Windungen den Berg hinaufzog, rasch gefunden. Die Geister schienen ihr gnädig gestimmt. Als sie den Pass am nächsten Tage überwunden hatte, sah sie das Kloster am gegenüberliegenden Hang liegen, ein großes Gebäude mit vielen verschieden hohen Dächern, von einer aufragenden Mauer umgeben. Die Sonne stand schon hoch am Himmel, als sie den Weg erreichte, der zur Eingangspforte führte.

Wildes Hundegekläff empfing sie, doch zum Glück waren es nicht die großen gefährlichen Mastiffs, die es sogar mit den schwarzen Bären aufnahmen, sondern kleine, langhaarige Geschöpfe, die nur laut bellten, aber nicht bissen. Sie machten einen derart gewaltigen Lärm, dass ein junger Mann durch das Tor schaute, die Hunde zur Ruhe rief und sie freundlich willkommen hieß. Er führte sie durch einen niedrigen, mit einer Decke verhängten Eingang in eines der Häuser, hieß sie auf einer Bank Platz nehmen und verschwand, um bald darauf mit Buttertee zurückzukehren.

Nachdem sie getrunken hatte, fragte er nach ihrem Anliegen. Sie erzählte von dem Überfall auf ihr Dorf, von der Wanderung zu den Nomaden, ihrem Aufenthalt dort und davon, dass die letzten Menschen, die sie kannte und denen sie vertraute, losgeritten waren, um an den Räubern Rache zu nehmen.

„Die Nomaden boten mir an, einen der ihren zu heiraten, doch ich möchte nicht für immer mit ihnen zusammenzuleben. Gibt es hier im Kloster eine Arbeit, die ich verrichten könnte?“, fragte sie. Der junge Mann schaute sie nachdenklich an.

„Das kann ich nicht entscheiden“, antwortete er. „Ich bin kein Lama. Meine Aufgabe ist es, am Tor zu wachen, die Besucher zu begrüßen und das Vieh zu versorgen. Tagsüber darf man die Lamas nicht stören. Doch wenn du warten willst, werde ich ihnen deine Bitte vortragen.“ Das Mädchen nickte dankbar. „Ich könnte dich in der Zwischenzeit ein wenig umherführen“, schlug Tenzin, der Wächter, vor. „Du könntest mir helfen, die Yaks zu füttern und zu melken.“

Tashima stimmte freudig zu. Sie hatte bei den Nomaden viel über Yaks gelernt und so war die Arbeit rasch getan. Dann zeigte ihr Tenzin das Klosterdorf, das aus einem Hauptgebäude und vielen kleineren Häusern bestand, wobei sich die Stallungen und die Häuschen derjenigen, die für das Kloster arbeiteten eher in den Randgebieten befanden. Dort gab es auch einen kleinen Garten, in dem Bohnen und Rettiche angebaut wurden. Die kleineren Häuser beherbergten die Lamas; auf der einen Seite wohnten die Nonnen, auf der anderen die Mönche. Im Hauptgebäude befanden sich die Räume des Oberhauptes, des Lama Sherab, die Meditationsräume, die Räume der Heilung und der Raum der Andacht.

„Was tun sie den ganzen Tag lang?", erkundigte sich Tashima neugierig.

„Sie meditieren", antwortete Tenzin und genoss sichtlich seine Rolle.

„Was ist das?"

„Sie sagen, dass sie ihre Gedanken beruhigen, bis sie ganz still sind."

„Und was soll das nützen?"

„Wenn sie sich ganz leer fühlen, erscheint ihnen wohl ein klares Licht. Dieses klare Licht scheint ihnen mehr wert zu sein als alles in der Welt! Es hilft ihnen, andere Menschen zu heilen, macht sie zufrieden und glücklich und ...".

„Das klare Licht ...", murmelte Tashima. Irgendwie schienen ihr diese Worte tief vertraut, doch wie sehr sie sich auch ihr Gehirn zermarterte, sie konnte sich nicht erinnern. Schweigend gingen sie jetzt nebeneinander her. Tenzin betrachtete die Fremde wohlwollend, sie war gut gewachsen und hatte ein hübsches, ebenmäßiges Gesicht, war außerdem freundlich und konnte zupacken. Er hoffte sehr, dass sie im Kloster bleiben durfte.

„Wenn du mehr über das klare Licht wissen willst, dann frage Lama Sherab", sagte er. „Er weiß am meisten darüber, denn er bringt es allen anderen bei. Ich weiß nur so viel, dass es furchtbar lange dauert und dass Männer und Frauen nicht beieinan-

derliegen dürfen, wenn sie danach streben. Deshalb ist mir dieses klare Licht egal. Ich möchte eine Frau und Kinder, und wie steht es mit dir, Tashima?"

„Ich weiß noch nicht, Tenzin", antwortete sie leise. „Ich habe alle Menschen verloren, die mir lieb gewesen sind, und möchte nichts als einen Ort, an dem ich bleiben kann." Er verstummte betroffen.

„Komm", sagte er schließlich, „ich zeige dir, wo du schlafen kannst, und bringe dir dein Essen."

Das Oberhaupt des Klosters hatte eingewilligt, das Mädchen gleich am frühen Morgen zu empfangen. Lange hatte er sie nur angeschaut, dann hatte er genickt.

„Es ist gut, Tashima, du kannst bleiben. Hilf den Frauen in der Küche und im Garten. Später sehen wir weiter." Das Mädchen hatte sich von Anfang an wohl gefühlt. Sie erstickte ihren Kummer in Arbeit und davon gab es hier genug. So half sie bei der Zubereitung der Mahlzeiten, lernte rasch das richtige Mischungsverhältnis beim Buttertee, und seit sie den Garten bearbeitete, wuchsen die Rettiche länger und dicker, und die Bohnenernte war reicher als in den Jahren zuvor. Tenzin folgte ihr mit sehnsüchtigen Blicken, denn in seinem Herzen formte sich der Entschluss, dieses Mädchen zu seiner Frau zu machen. Da er klug war, ließ er sie zufrieden. Wunden brauchten Zeit, um zu heilen.

Der Winter kündigte sich mit schweren Stürmen an. Dunkle Wolkenmeere entluden endlose Schneemassen auf das Land. Da der Garten ruhte, gab es weniger zu tun, und Tashima, der das klare Licht nicht aus dem Kopf gehen wollte, bat wieder um eine Unterredung mit Lama Sherab.

„Ich habe dich bereits erwartet", begann dieser. „Was bedrückt dein Herz, mein Kind?"

„Das klare Licht! Ich kenne diese Worte, doch ich vermag mich nicht zu erinnern, woher. Bitte, hilf mir, denn ich spüre, dass es für mich wichtig ist." Der Lama nickte nachdenklich.

„Das klare Licht kann man nur erfahren, nicht erklären. Das wenige, was man darüber sagen kann, weißt du bereits. Wenn du den wilden Bienenschwarm deiner Gedanken zur Ruhe gebracht hast, taucht es auf aus deinem innersten Bewusstsein, erfüllt dich mit seiner strahlenden Klarheit und seinem Frieden und lässt dich erkennen, wer du wirklich bist."

„Wer ich wirklich bin ...", murmelte sie nachdenklich.

„Überlege!", fuhr der Lama fort. „Du gibst dich so, wie du dich gerade fühlst. Mal geht es dir gut, mal schlechter, mal bist du traurig, mal fröhlich. Doch wer ist es, die dies alles fühlt, und wie empfindet dieser Kern? Um dies herauszufinden, müssen die Gedanken ruhen, denn wenn sie schweigen, sind auch die Gefühle ruhig, und dann kannst du das erfahren, was übrig bleibt. Dies zeigt sich uns als klares Licht."

„Es ist mir, als ob ich das alles schon wüsste, doch ein Schleier liegt darüber, den ich nicht lüften kann", sagte sie gedankenvoll. „Wie kann das sein?"

„Du weißt, dass du nicht nur einmal auf der Erde bist", antwortete er, und als sie nickte, fuhr er fort: „Wahrscheinlich erinnerst du dich an etwas, was du aus einem früheren Leben kennst."

„Ich will es wieder wissen, bitte!", rief Tashima.

„Dazu müsstest du Lama werden. Ist es dir wirklich so wichtig?" Das Mädchen nickte. „Es ist ein langer, schwerer Weg und du bist noch sehr jung, Tashima. Möchtest du nicht lieber einen Mann heiraten und Kinder aufziehen?"

„Ich habe Angst, sie wieder zu verlieren, wie ich meine Familie verlor", antwortete sie leise. „Bitte, lass es mich versuchen!" Er schwieg und sah sie lange an. Dann sagte er:

„Ich würde dir raten, zuerst den Weg der menschlichen Liebe zu gehen. Wenn du diesen gegangen bist, wähle den Weg zum klaren Licht."

„Dann lehnst du mich ab?", rief sie erschrocken.

„Nein, Tashima, ich rate dir nur", erwiderte er ruhig. „Wenn du ein Lama werden willst, dann werde ich dir dabei helfen."

„Ich will das klare Licht erfahren", sagte sie mit fester Stimme.

„So sei es! Finde dich morgen früh bei Sonnenaufgang im Hauptgebäude ein. Alles Weitere wird dir dort gezeigt."

„Noch eine Frage", rief sie rasch, denn er hatte sich erhoben, um sie zu verabschieden. „Ihr nennt euch nicht Schamanen und ihr beschwört auch keine Geister und Dämonen. Woher kommt das, was ihr hier lehrt?" Er lächelte.

„Einst gab es ein Land auf dieser Erde, das ‚Blühendes Land' genannt wurde. Die Menschen dort verwickelten sich in Kämpfe, die letztendlich dazu führten, dass das Land im Meer versank. Dies bewirkte eine große Flut, die alle Länder dieser Erde überschwemmte. Doch bevor es so weit kam, verließen einige der Hohepriester mit ihren engsten Vertrauten in Schiffen ihre Heimat und begaben sich an reine, hoch gelegene Orte, die das Wasser nicht erreichen konnte, um der Menschheit das hohe Wissen dieses Kontinents zu erhalten. Dort lebten sie und gaben ihre Erfahrungen an die Einheimischen weiter. Doch diese vermischten sie mit ihren Überzeugungen und daraus entstand schließlich das Schamanentum. Das reine Wissen des Blühenden Landes überdauerte nur an Orten wie diesem hier und auch wir verfügen längst nicht mehr über die Kenntnisse, die die Menschen damals hatten. Vielleicht erinnerst du dich ja an dieses Land, wenn dir das reine Licht so viel bedeutet?"

Tashima hatte ihm atemlos gelauscht. Ihre Augen brannten seltsam und sie verstand die Tränen nicht, die ihr über die Wangen liefen. „Es ist gut, mein Kind", beruhigte sie der Lama, „geh jetzt und komme morgen wieder."

Tenzin fühlte sich wie vor den Kopf geschlagen, als er erfuhr, welchen Weg Tashima gehen wollte. Er machte sich bittere Vorwürfe, ihr seine Liebe nicht schon früher gestanden zu haben. Doch noch war sie nicht endgültig in den Kreis der Lamas aufgenommen und so lange würde er nicht aufgeben. Es galt zu handeln, rasch zu handeln!

Tashima wusste nichts von seinen Qualen. Auch sie hatte sich zu dem freundlichen Manne hingezogen gefühlt, doch war sie noch zu unerfahren und zu jung, um seine Blicke richtig zu deuten. Mit Feuereifer stürzte sie sich auf die Aufgaben, die Lama Sherab ihr stellte, und übte unermüdlich. Sie machte rasche Fortschritte, rascher als je ein Schüler vor ihr, doch der Lama betrachtete diese Entwicklung voller Sorge. Sie war wie eine lodernde Flamme, leidenschaftlich angetrieben von dem Schmerz aus diesem Leben und dem Wissen aus vergangenen Zeiten. Würde es ihm gelingen, diese Kraft in ruhige Bahnen zu lenken, damit sie nicht daran verbrannte?

Tenzin wartete auf sie, als sie das Hauptgebäude verließ, um sich zur Nachtruhe in ihr Häuschen zu begeben.

„Ich habe auf dich gewartet, Tashima", begann er. „Du weißt jetzt so viel über das klare Licht. Bitte, lass mich an deinem Wissen teilhaben." Tashima zögerte.

War es ihr erlaubt, mit einem Mann allein zu sprechen?

„Bitte lieber einen männlichen Lama", antwortete sie deshalb.

„Wenn du etwas erklärst, verstehe ich es besser", ließ er nicht locker, „wogegen die anderen Lamas mich mit ihren Ausführungen eher verwirren. Bitte, ich kann nicht Lama werden. Wenn du *mich nicht erhörst, werde ich unwissend bleiben." Sie zögerte, doch schmeichelten ihr seine Worte. Die Verzweiflung in seiner Miene zeigte an, wie tief er dieses Wissen ersehnte.*

„Gibt es denn überhaupt einen Ort, an dem es mir erlaubt ist, dich zu belehren?", fragte sie.

„O ja, im Besucherhaus", rief er eifrig. „Soll ich es dir zeigen?" Sie willigte ein, ihn dorthin zu begleiten, und da er darauf bestand, berichtete sie ihm gleich, was sie in ihren Übungen erfuhr. Dass er jetzt jeden Abend versuchte, von ihr Belehrungen zu erhalten, erstaunte sie nicht weiter, schrieb sie es doch demselben Durst nach Erkenntnis zu, der sie selbst antrieb. Und so kamen sie sich langsam näher, denn Tenzin tat alles, um sich ihr von seiner angenehmsten Seite zu zeigen, versorgte sie nach einem anstrengenden Tag mit Buttertee und lauschte andächtig ihren Worten.

Auch Tashima taten die Begegnungen gut. Die Lamas pflegten nicht über ihre Erkenntnisse zu sprechen und da sie mit Abstand die jüngste unter den Frauen war, hatte sie noch keine Vertraute gefunden, mit der sie ihre Erlebnisse teilen konnte. Hier aber war ein Mensch, dem ihr Wissen wertvoll schien, ein wirkliches Gegenüber, das sie immer mehr zu schätzen begann.

Sie lernte jetzt eine neue Technik, mit der sie ihr Bewusstsein auf die Reise schicken konnte. Zu diesem Zwecke konzentrierte sie sich auf Amitabha, den Herrn des grenzenlosen Lichtes, bis er strahlend vor ihrem inneren Auge erschien. Diesem überantwortete sie ihr Bewusstsein und ließ sich von seiner großen Klarheit leiten. Immer rascher gelang es ihr, sich auf dieses Lichtwesen auszurichten, immer länger blieb ihr Geist mit ihm verschmolzen, und ihr inneres Feuer begann lodernd aufzuflammen. Die ungeheure Liebeskraft, die ihrem Herzen entströmte, drohte sie dabei fast zu überwältigen. Lama Sherab riet ihr, sich nicht zu lange zu versenken, doch der Drang in ihr war stärker, erlebte sie doch endlich wieder Liebe, wonach sie sich so sehr gesehnt hatte.

Tenzin verfolgte diese Entwicklung mit Sorge, denn er fürchtete, sie bald ganz an diesen Lichtgott zu verlieren. Er bat sie, ihm mehr von diesem zu erzählen, und dann glänzten ihre Augen, und er sah ein Lächeln, das er ihr nicht zu entlocken vermochte. Einmal hatte sie sich so auf diesen Lichtgott ausgerichtet, dass der Liebesstrom ihr Herz überquellen ließ. Plötzlich sah sie alles mit dieser leidenschaftlichen Liebe, und ihr Blick fiel auch auf Tenzin. Verwundert beobachtete der junge Mann ihr Mienenspiel, erfreut bemerkte er, wie ihre Augen ihn verschlangen. Verwunderung und Freude empfand auch Tashima, da dieser Mann die Liebe anders annahm als der Gott, der sie persönlich nie bedachte. Tenzin erwiderte die Blicke, er spiegelte ihr Strahlen, und als er ihre Hand berührte, durchfuhr es sie wie ein Blitz, ein angenehmer Schlag, und sie erschauerte. An diesem Abend ging sie rasch in ihre Hütte, nur um die Übung fortzusetzen, doch in die Liebe zu dem Lichtwesen mischte sich jetzt die Liebe zu einem Menschenwesen.

Da es einem weiblichen Lama nur erlaubt war, im offiziellen Besucherraum mit einem Mann zusammen zu sein, trafen sich die beiden außerhalb des Klosters, wann immer das Wetter es erlaubte. Tashima konnte dem Sog nicht widerstehen, der sie immer enger zu Tenzin zog. Schon war ihr das Zusammensein mit ihm genauso wichtig wie die Meditationen, und es schien ihr, als ob die Liebe zu ihm ihre Visionen bereicherte, als ob sie klarer, farbiger, strahlender würden. Und so ließ sie eines Abends zu, dass er sie umarmte, und genoss diese Umarmung, diese warme Nähe in vollen Zügen. Sie bemerkte nicht, dass sie mit dem Feuer spielte, und die anderen Lamas bemerkten es ebenfalls nicht, denn sie hatten sich an ihre leidenschaftliche Art gewöhnt und aufgegeben, daran etwas ändern zu wollen.

Die Luft war mild für diesen Teil der Erde. Tenzin hatte einen blühenden Zweig gebrochen und überreichte ihn ihr mit einer tiefen Verbeugung. Voller Freude umarmte sie ihn und unwillkürlich fanden ihre Lippen zueinander. Eine Stichflamme schoss in ihr empor, ihr Körper brannte, und dies Brennen schien von einer ganz bestimmten Stelle in ihrem Unterleib auszugehen. Auch er schien dieses Brennen zu verspüren, denn seine Augen blickten anders, voll Verlangen, und seine Hände tasteten sich unter ihre Kleider.

Wenn sie es wirklich gewollt hätte, hätte sie sein Begehren dämpfen können, doch das Gefühl war so übermächtig, dass sie ihm willig folgte, als er sie durch die Tür des nahegelegenen Yakstalls zog. Sie hatte nur ein Ziel: dies Brennen abzukühlen. Er schien zu wissen, was zu tun war, und so gab sie sich ihm hin. Das Brennen entlud sich in einer leidenschaftlichen Explosion, der Ruhe folgte, Ruhe und zärtliche Zufriedenheit. Sie verbrachte die Nacht in seinen Armen, und Tenzin sah sich am Ziel seiner Wünsche.

„Werde meine Frau", bat er sie am nächsten Morgen, doch sie antwortete erstaunt:

„Das kann ich nicht, ich bin ein Lama und das will ich bleiben!"

„So können wir nicht weitermachen", rief er verzweifelt. „Ich will dich in aller Offenheit und ich will Kinder. Wenn bekannt wird, was wir tun, werden wir bestraft, denn es ist gegen die Regel. Tashima, bitte, ich liebe dich, komm mit mir in mein Dorf!" Sie schwieg verwirrt.

„Ich, ich kann nicht", stammelte sie, „ich kann nicht weg!"

„Dann gehe ich, Tashima", rief er wild, „denn das ist mehr, als

ich ertragen kann. Entscheide dich! Willst du mich, oder willst du deinen Gott!"

„Ich will dich und den Gott", schluchzte sie. „Ich kann nicht weg von hier!"

„Du kannst nicht alles haben! Entscheide dich und wenn du nicht mit mir gehen willst, siehst du mich jetzt zum letzten Mal!"

„Lass mir Zeit!", bat sie ihn weinend.

„Nicht länger! Es ist zu spät. Wir sind zu weit gegangen heute Nacht. Jetzt führt kein Weg zurück!"

Sie brach zusammen. Vor ihr stand nicht mehr der liebevolle Mensch, der sie die ganze Zeit mit seiner Zärtlichkeit getragen hatte, sondern ein wütender, fordernder Mann, der einen Schritt von ihr verlangte, zu dem sie nicht bereit war.

„Ich kann nicht", flüsterte sie kaum hörbar, doch er hatte ihre Worte vernommen, schleuderte ihr: „Dann lebe wohl!", entgegen und stürzte davon, zuerst in seine Behausung, wo er sein Bündel schnürte, dann in die Küche, wo er sich mit Wasser und Tsampa versorgte, und danach zum großen Tor hinaus. Diejenigen, denen er begegnete, wagten nicht, ihn anzusprechen, denn sein Blick war wild, und Tränen liefen ihm die Wangen herab.

Als alle Lamas zur Meditation im großen Haus verschwunden waren, schlich sich Tashima zu ihrer Behausung und verkroch sich in ihren Decken. Der Frau, die später nach ihr schaute, sagte sie, sie fühle sich nicht wohl und brauche Schlaf. So ließ man sie zufrieden. Selbst das Oberhaupt des Klosters hatte das Drama nicht bemerkt.

Niemand brachte das merkwürdige Verschwinden Tenzins mit der Unpässlichkeit Tashimas in Verbindung. Auch den nächsten Tag über verbrachte Tashima in ihrem Bett. Die Frauen stellten ihr das Essen vor die Tür, doch Tashima nahm nur etwas Buttertee zu sich. Sie fühlte sich merkwürdig dumpf: Das Feuer in ihrem Herzen war erloschen. Als sie sich endlich am Morgen des dritten Tages zur Meditation aufraffte, tat sie dies nicht aus einem inneren Bedürfnis heraus, sondern weil sie wusste, dass man sie sonst näher untersuchen würde, um den Grund ihrer Krankheit zu ergründen und ein Heilmittel dagegen zu finden. Den anderen zeigte Tashima ein freundliches, ruhiges Gesicht, und wenn sich diese auch fragen mochten, wodurch das Mädchen auf einmal so still geworden war, verbarg sie den Aufruhr, der in ihr tobte, vor allen, die ihr hätten helfen können. Müde schleppte sie sich durch die Übungen. Ihre Gedanken schweiften unablässig ab und drehten sich im Kreise wie ein wilder Schwarm quälender Insekten.

Hätte sie nicht lieber mit Tenzin gehen sollen?

Doch was wäre dann aus dem klaren Licht geworden, aus ihrer unbändigen Liebe zu den Lichtwesen der höheren Sphären? Sie versuchte sich auf die Übungen zu konzentrieren, doch es gelang ihr nicht. Weder vermochte sie, sich lange genug zu versenken, noch wollte die lodernde Flamme in ihrem Innern aufflackern. Es blieb alles dumpf und gefühllos.

Zuerst schrieb Tashima diese Benommenheit ihrer körperlichen Schwäche zu, doch als sie sich nach einiger Zeit so kräftig fühlte wie zuvor und die Klarheit trotzdem nicht zurückkehrte, begann sie zu ahnen, dass etwas Grundsätzliches geschehen sein musste. Und plötzlich hatte sie Gewissheit: Der Gott, ihr strahlendes Lichtwesen, verweigerte sich ihr!

War er eifersüchtig auf den Menschen, dem sie sich hingegeben hatte?

Duldete er wirklich niemanden neben sich? Die Verzweiflung griff mit kalten Klauen nach ihrem Herzen. Tashima brauchte Gewissheit! Wenn sie auch nicht wagte, das Oberhaupt des Klosters zu befragen, fasste sie sich doch ein Herz und wandte sich an eine der älteren Frauen, die seit langer Zeit im Kloster weilte, und fragte diese beiläufig, warum es den Lamas untersagt sei, als Mann und Frau beieinander zu liegen.

„In jedem Menschen schlummert eine feurige Energie", erklärte diese, „die am unteren Teil der Wirbelsäule schläft. Wir Lamas wecken diese Kraft in uns und lenken sie durch unsere Übungen immer höher hinauf, bis sie uns zum klaren Licht führt. Du kennst die flammende Liebeskraft in dir, nicht wahr?" Tashima hatte bestätigend genickt.

„Wenn ein Mann bei einer Frau liegt und die beiden sich vereinigen, entlädt sich diese Kraft in einer gewaltigen Explosion. Sie ist so machtvoll, dass sie neues Leben schaffen kann, und die Menschen genießen diese lustvolle Energie. Viele geben sich ihr hemmungslos hin. So wird die kostbare Feuerkraft im sexuellen Akt vergeudet."

„Was würde geschehen, wenn ein Lama sich zu diesem Akt hinreißen ließe", fragte Tashima mit bebender Stimme. Später sollte sich die Ältere an dieses Beben erinnern und sie fragte sich, warum sie dies nicht hatte wachsam werden lassen, war Tashima doch jung, hübsch und unerfahren. Doch sie war nicht aufmerksam geworden und hatte stattdessen erklärt:

„Das wäre wirklich schlimm, denn die durch lange Arbeit aufgebaute Kraft würde sich mit einem Mal entladen, und solch ein Mensch müsste ganz von vorn beginnen. Er wäre hinter seinen Ausgangspunkt zurückgeworfen und viele Jahre wären nötig, um den letzten Stand wieder zu erreichen. Ob das überhaupt gelänge, wäre mehr als fraglich."

„Ich, ich danke dir", hatte Tashima gestammelt und war davongelaufen. Die Ältere hatte den Kopf geschüttelt, doch auch dieses Zeichen hatte sie nicht gewarnt, und so nahm das Schicksal ungehindert seinen Lauf.

Tashima stürmte in ihr Haus und warf sich schluchzend auf das Lager. Es war vorbei, endgültig aus! Sie hatte beide verloren, Tenzin und den Lichtgott. Bitter bereute sie jetzt, dass sie dem Mann nicht gefolgt war. Nie wieder würde sie die Liebe eines Menschen ausschlagen, denn die Liebe der Götter war grausam.

Die Sterne standen schon hoch am Himmel, als sie den alten Fellmantel ihrer Mutter überzog und das Kloster leise durch das Haupttor verließ. Sie nahm nichts mit, keine Decken, keine Nahrung, kein Wasser. Da der Lichtgott sie verlassen hatte, wandte sie sich wieder an die Geister. Wenn sie wollten, dass sie lebte, würden sie ihr Hilfe schicken, doch das überließ sie ihnen, denn sie hatte nichts dagegen, ihr Leben zu beenden.

Merkwürdig ruhig stieg sie den Pfad hinab und wandte sich dann nicht dem Grasland, sondern der langen Schlucht zu. Sie ging die ganze Nacht und den ganzen Tag über wie in Trance, bis ihr die Beine den Dienst versagten. Sie sank auf die Knie und ließ sich, wo sie gerade war, zu Boden fallen. Kaum spürte sie den quälenden Durst, den nagenden Hunger, und auch die düsteren Wolken, die sich am Horizont zusammenballten, erreichten sie nicht. Als die ersten Schneeflocken ihr Gesicht benetzten, schmiegte sie es in den Mantel ihrer Mutter, und als sie den vertrauten Duft roch, überzog ein Lächeln ihr Gesicht.

„Mutter", flüsterte sie, „Mutter", und vor ihrem inneren Auge erschien die Mutter und schloss sie in die Arme. In der Außenwelt tobte ein Schneesturm und die Wolken entluden ihre Last. Bald war ihr Körper mit einer dicken kalten Schicht bedeckt. Doch Tashima spürte nicht die eisige Kälte. Sie empfand nur wohlige Wärme, denn sie war bei ihrer Mutter. „Nimm mich mit", bat sie, und die Mutter nickte und nahm sie bei der Hand.

Im Kloster war ihr Verschwinden erst am Abend des nächsten Tages entdeckt worden. Als die Lamas erkannten, dass Tashi-

ma nicht einmal Decken mitgenommen hatte, befiel sie große Sorge. Der älteren Frau fiel es plötzlich wie Schuppen von den Augen und dann begannen einige, das jähe Verschwinden Tenzins mit Tashima in Verbindung zu bringen. Lama Sherab ließ einen Suchtrupp zusammenstellen, doch der Schneesturm verzögerte den Aufbruch um zwei Tage. Als die Lamas endlich ausschwärmten, hatten sie wenig Hoffnung, das Mädchen lebend anzutreffen. Sie fanden schließlich ihren Körper in der steinigen Schlucht und trugen ihn zurück zum Kloster.

„Sie ist lächelnd hinübergegangen", raunten sich die Lamas zu, „sie ist glücklich gestorben."

Dann vollzogen sie für Tashima die heiligen Riten.

Das Mädchen ließ sich von der Mutter durch den dunklen Tunnel führen. Die Frau schien den Weg durch die Dunkelheit zu kennen und Tashima vertraute der warmen Hand, welche die ihre hielt. Plötzlich sah sie einen hellen Punkt, der immer größer wurde: der Ausgang des Tunnels! Je näher sie ihm kamen, umso lichter wurde die Gestalt der Mutter, und als sie endlich hinaustraten, schaute sie in ein strahlendes Antlitz.

„Du bist ja der Engel!", rief sie erfreut.

„Und du bist Alaia", antwortete der Engel freundlich.

„Gut, dass es zu Ende ist", seufzte Alaia, „diesmal war es schwer."

„Es ist vorüber", sagte der Engel. „Willst du hier verweilen oder bist du bereit, weiterzugehen und mich zum Helfer zu begleiten?"

„Ich komme gern", antwortete Alaia und schickte sich an, ihm zu folgen. Erleichtert stellte sie fest, dass die Sonne schien und die Landschaft sich nicht verändert hatte. So schlecht konnte dieses Leben also nicht gewesen sein, obwohl es sie zutiefst verwirrte. Diesmal hatte sie viele Fragen an den Helfer. Er erwartete sie vor dem kleinen weißen Tempel und wie immer ließ sie sich in seine Arme sinken und erholte sich vom irdischen Sein. Dann führte er sie die Stufen hinauf und sie setzten sich auf die dicken festen Kissen.

„Ich bin verwirrt", begann Alaia. „Ich wusste nicht, dass Gott so eifersüchtig ist, dass er keinen Menschen neben sich duldet." Der Helfer lächelte.

„Du glaubst wirklich, dass der Eine eifersüchtig ist?"

„Warum sonst wies er mich ab, nachdem ich bei Tenzin gelegen hatte?"

„Alaia", erklärte der Helfer ernst, „der Eine ist zu solchen Gefühlen nicht fähig. So wie Er im irdischen Sinne nicht liebt, da Seine Liebe zu groß ist, um sie in irdische Begriffe zu zwängen, so kann er auch nicht eifersüchtig sein und auch nicht zornig. Weißt du", fügte er lächelnd hinzu, „der Eine ist auch nicht gut!"

„Nicht gut?", fragte Alaia bestürzt. „Wie ist Er, wenn nicht gut?"

„Um zu wissen, was gut ist, musst du Böses kennen", erklärte der Helfer. „Wenn du nicht weißt, was Recht ist, dann fehlen dir die Merkmale, um Unrecht davon zu unterscheiden. Diese Begriffe stammen alle aus der Welt der polaren Gegensätze. Der Eine steht weit über diesen Eigenschaften. Ihn kannst du damit nicht beschreiben, denn er befindet sich auf einer für irdische Menschen unfassbaren Seinsebene."

„Nennst du Seine Liebe deshalb Allliebe?", fragte Alaia.

„Ja", bestätigte der Helfer, „um Seine Liebe von irdischer Liebe zu unterscheiden. In gleicher Weise nenne ich Seine Macht ‚Allmacht' und Seine Güte ‚Allgüte'. Obgleich es dir auch dann nicht möglich ist, tatsächlich zu erfassen, wie Seine Liebe, Seine Macht und Seine Güte beschaffen sind, so wird dir immerhin bewusst, dass sich dies deinem Verständnis entzieht."

„Wenn Er nicht eifersüchtig ist, warum hat Er sich mir dann entzogen?", fragte sie.

„Das ist ein energetisches Problem, Alaia", erklärte der Helfer. „Die Liebesenergie entsteht durch langes Training. Als du bei Tenzin gelegen hast, entlud sich diese Energie vollständig. Dies geschieht bei jedem sexuellen Akt und deshalb war es den Lamas untersagt, sich zu verheiraten. Den Menschen, die den Weg des klaren Lichts nicht beschreiten, dient diese Energie als Zeugungskraft von neuem Leben."

„Warum lässt sich diese Kraft nicht wieder aufbauen?"

„Das wäre schon möglich", erläuterte der Helfer, „doch es dauert lange, und die meisten verkraften nicht, ganz von vorne anfangen zu müssen. Die Entladung geschieht im Gegenzug dazu in einem einzigen Augenblick."

„Dann muss ich mich also entscheiden, ob ich die Menschen liebe oder den Einen?", fragte Alaia, wobei Bitterkeit in ihrer Stimme schwang.

„Den Einen kannst du trotzdem lieben", berichtigte der Helfer, „doch musst du auf die Fähigkeiten verzichten, die mit dem klaren Licht zusammenhängen. Bedenke, dass auch die Liebe eines Menschen unendlich wertvoll ist. Wahres Menschsein kannst du nur erfahren, wenn du dich auch dieser Liebe hingibst, und wahres Menschsein brauchst du, um deinen Lebensplan zu erfüllen. Es wird einmal eine Zeit kommen, in der beides möglich sein wird, doch jetzt ist es noch nicht so weit. Du wirst wählen müssen."

„Was ist anders in jener Zeit, in der beide Formen der Liebe gemeinsam möglich sind?", fragte Alaia.

„An einem ganz bestimmten Punkt der Entwicklung, der noch nicht erreicht ist, wird sich ein Bewusstsein inkarnieren, welches so mächtig ist, dass es alle Menschen auf eine höhere Entwicklungsstufe heben wird. Der Mensch, der dieses Bewusstsein vollkommen verkörpert, wird Gottes Sohn genannt werden. Mit ihm wird es einen neuen Weg geben, Seine Liebe zu erfahren und zu verwirklichen. Dann werden sich Sexualität und das Sein im klaren Licht nicht mehr gegenseitig ausschließen. Die Form der körperlichen Vereinigung muss allerdings auch dann noch in der richtigen Weise vollzogen werden. Wird die Verbindung nicht von Liebe getragen, wird der Geschlechtsakt auch in Zukunft schwächen."

„Diente dieses Leben nur dem Zweck, mir diesen Umstand klarzumachen?", fragte Alaia.

„Nein", antwortete der Helfer, „dieses Leben bewirkte viel mehr. Als Medizinmann Enapay waren dir andere Menschen egal. Du liebtest nur die Macht. Als Mira liebtest du den Einen in Krishna und diese Liebe bestimmte allein dein Leben. Als Tashima fühltest du zum ersten Mal persönliche Liebe, zu deiner Mutter, deinem Vater, deinen Geschwistern und natürlich zu Tenzin. Er lehrte dich die körperliche Liebe und wenn dich das dem ersten Anschein nach auch viel gekostet haben mag, so hat es dich, bei längerem Betrachten, dem Menschsein unendlich viel nähergebracht. Wäre Tenzin nicht gewesen, hättest du ein zweites blaues, nur auf den Einen ausgerichtetes Leben geführt, doch dank seiner Hilfe kam die Farbe Orange hinzu, die sinnliche Erfahrung, und natürlich Gelb, die persönliche Entscheidung."

„Wieso Gelb? Ich konnte mich doch nicht entscheiden!"

„Für Alaia auf Atlantis gab es keine andere Wahl als den Willen des Einen", erklärte der Helfer, „Mira in Indien kannte ebenfalls kein persönliches Ziel. Erst Tashima nahm die andere, die persönliche Möglichkeit für ihr Leben wahr. So wählte sie das Kloster, statt bei den Nomaden zu bleiben, und sie entschied sich für das klare Licht, auch wenn sie durch Tenzin stark verunsichert wurde."

„Dann war das Leben ja gar nicht so schlecht, wie ich gedacht habe," stellte Alaia fest.

„Nein, denn die Erfahrungen dort haben dich viel gelehrt."

„Was hätte ich besser machen können?", fragte sie.

„Nichts", erwiderte der Helfer. „Wenn du Tenzin zum Mann genommen hättest, wäre dir viel Leid erspart geblieben, doch dann hättest du nicht Tashima mit der großen Sehnsucht nach dem klaren Licht sein dürfen. Es ist gut so, wie es war." Ihr Gesichtsausdruck spiegelte Erleichterung. Der Helfer lächelte aufmunternd: „Du machst es gut, Alaia, sorge dich nicht." Sie lehnte sich gegen ihren Helfer, denn sie wusste, dass es nicht mehr lange dauern würde, bis sie im rosafarbenen Wirbel einer neuen Inkarnation entgegenfliegen würde.

Ich beendete die Aufzeichnung. Langsam zählte ich rückwärts, meine Klientin dehnte und streckte sich und schlug die Augen auf.

„Alles in Ordnung?", fragte ich.

„Ich denke schon." Alicia richtete sich auf und schwang die Beine von der Liege auf den Boden. Langsam stand sie auf und ging die paar Schritte ins Beratungszimmer.

„Ich weiß immer noch nicht, was ich mit so viel Esoterik anfangen soll", sagte sie trocken und nahm einen kleinen Schluck von dem süßen Kräutertee, den ich ihr nach den Sitzungen zu kochen pflegte. „Dies Gerede von der Liebesenergie, die durch Sexualität unwiderruflich verloren geht ..."

„Alle mystischen Orden auf der ganzen Welt verbieten ihren Anhängern sexuelle Aktivitäten", gab ich zu bedenken. „Denken Sie nur an das Zölibat!"

„Das wurde doch nur deshalb eingeführt, damit sich die Kirche das Erbe der Priester einverleiben konnte“, entgegnete Alicia.

„Das mag sicher ein Grund gewesen sein“, entgegnete ich, „aber möglicherweise gab es dafür auch noch eine tieferliegende Ursache.“

„Weil Sexualität sündig ist?“, entgegnete Alicia hitzig. „Und wer ist daran schuld? Die Frauen natürlich, weil sich Eva damals im Paradies von der Schlange verführen ließ! Patriarchaler Blödsinn!“ Ich musste lachen.

„Das Thema bringt Sie ganz schön in Fahrt. Sie haben recht: Die Sexualmoral der Kirche hat im Laufe der Jahrhunderte für großes Leid gesorgt. Dass Sex auch Spaß machen darf, ist ja erst seit 1965 durch Papst Pius XII erlaubt worden. Aber ich glaube trotzdem, dass der Verzicht auf Sexualität für die Mönche und Nonnen einen anderen Hintergrund hat. Ich will Ihnen von einer eigenen Erfahrung erzählen. Vor einigen Jahren besuchte ich ein Schweigeseminar in einem Kloster. Eine Woche lang haben wir nicht nur geschwiegen, sondern es war uns auch untersagt, andere zu berühren. Ich habe mich selten so kraftvoll gefühlt! Als ich nach der Woche den ersten Menschen umarmte, spürte ich tatsächlich, wie meine Kraft wegfloss. Wenn dies schon bei einer bloßen Berührung geschehen kann, wie viel mehr geschieht dies beim Geschlechtsverkehr! Dann hätte der Verzicht tatsächlich einen Sinn.“

„Wir bekommen dabei doch auch Energie zurück“, widersprach Alicia.

„Wenn wir den Menschen lieben, mit dem wir schlafen, geschieht das“, bestätigte ich. „Wir merken das daran, dass wir uns danach gesättigt fühlen. Wenn man nur so miteinander schläft, bleibt man dagegen hungrig. Das höre ich zumindest von vielen jungen Frauen."

„Sind Sie dann der Meinung, dass man Sex nur zum Kinderkriegen haben sollte?", fragte Alicia entrüstet.

„Nein, natürlich nicht. Ich bin jedoch der Meinung, dass man sich selbst einen Dienst erweist, wenn man nur mit einem geliebten Menschen schläft. Da bin ich tatsächlich altmodisch. Abgesehen von der sicher interessanten Diskussion über Sexualität würde mich interessieren, was die Erfahrungen in dieser Geschichte mit Ihnen zu tun haben?"

„Sexualität ist für mich kein Problem. Ich schlafe nur mit meinem Mann. Ich glaube jedoch, dass ich insgesamt nicht sorgsam genug mit meinen Kräften umgehe", antwortete Alicia. „Es geschieht gar nicht so selten, dass ich Raubbau treibe. Ich mache beim Arbeiten kaum Pausen und bin dann abends vollkommen erledigt. Außerdem bewege ich mich zu wenig, trinke wahrscheinlich zu viel Alkohol, um mich runterzufahren, und sitze zu lange vor dem Fernseher oder mache Computerspiele. Dadurch schlafe ich zu wenig."

„Das sind alles Faktoren, die ein Burn-out tatsächlich begünstigen! Darum sollten Sie sich kümmern."

„Ich habe einfach keine Selbstdisziplin", jammerte Alicia.

„Die brauchen Sie auch nicht", antwortete ich.

„Warum nicht?", fragte Alicia erstaunt.

„Sie werden scheitern, wenn Sie versuchen, sich zu etwas zu zwingen. Erfolgversprechender wirkt, wenn Sie darüber nachdenken, welche wesentlichen Ziele Sie sich in Ihrem Leben setzen wollen. Damit meine ich nicht nur Ihren Beruf, sondern auch die anderen wichtigen Bestandteile Ihres Lebens: Ihre Gesundheit, Ihre Beziehungen und Ihre geistigen Interessen."

„Wenn ich an meine Gesundheit denke, müsste ich mich besser ernähren und mich mehr bewegen. Außerdem müsste ich abends früher zu Bett gehen“, überlegte Alicia.

„Wie wäre es, wenn Sie mit diesem Projekt beginnen würden“, fragte ich, „und mir das nächste Mal berichten, wie Sie Ihre Ziele umgesetzt haben? Ihr Körper wird es Ihnen danken.“

„Abgemacht“, stimmte Alicia zu. „Ich glaube, ich habe eine Fitness-App auf meinem Handy. Es wird Zeit, dass ich sie anwende.“ Das freute mich. Hier war er wieder möglich, der gute alte psychotherapeutische Transfer zwischen der Innenwelt und dem Alltagsleben!

Doch eine Frage hatte ich noch und sie betraf ihr Wissen über den Buddhismus. Schon nach der ersten Sitzung hatte ich den Eindruck gehabt, dass sie sich dort besser auskannte, als sie zugeben wollte. Dass es eine tibetische Hölle gab, die ‚Zwischenreich‘ genannt wurde und von Höllenwesen und hungrigen Geistern bevölkert war, gehörte nicht gerade zum Allgemeinwissen. Deshalb fragte ich:

„Welche Verbindung haben Sie zu Tibet? Wieso kennen Sie sich dort so gut aus?“

„Ich war in Ladakh“, antwortete Alicia, „dem westlichen Teil Tibets, der zu Indien gehört. Deshalb weiß ich, wie es dort aussieht. Ich habe eine Trekkingtour zu dem einsam gelegenen Kloster Hemis unternommen. Dort leben nicht nur die Mönche, sondern auch Handwerker und Bauern mit ihren Familien.“

„Und woher kennen Sie die Rituale?“

„Kennen ist zu viel gesagt“, berichtigte sie. „In Hemis bekamen mein Mann und ich die Erlaubnis, an der Morgenmeditation im Lhakang teilzunehmen. Wir waren die ersten im Tempel, denn die Mönche hatten sich verspätet. Typisch deutsch eben!" Sie lächelte. „Wir wurden danach zum Frühstück eingeladen: Es gab Buttertee mit Gerstenmehl – Tsampa."

„Wie schmeckt das?", fragte ich neugierig. Sie grinste.

„Eine kulinarische Köstlichkeit dürfen Sie nicht erwarten. Der Buttertee schmeckt nicht wie Tee, sondern wie Brühe. Das Mehl wird mit den Fingern darin vermischt. Wie man das macht, haben wir uns bei den Mönchen abgekuckt. Die Bällchen schmecken ähnlich wie die Klümpchen, die sich in einer Mehlsoße bilden, wenn man nicht gut genug umgerührt hat." Ich schauderte.

„Lecker klingt das nicht."

„Ist es auch nicht, aber es macht satt."

Langsam klärte sich, woher Alicias Unbewusstes die Informationen für seine wunderbaren Geschichten bezog. Mich interessierte jedoch eine ganz besondere Kleinigkeit, die intime Kenntnisse erforderte.

„Was sind Schwarzhüte?", fragte ich.

„Das sind Schamanen der Bön-Religion. Ich bin ihnen in Nepal begegnet", antwortete Alicia.

„Sie sind ja ganz schön herumgekommen", staunte ich.

„Nur in meiner Studentenzeit. Jetzt habe ich keine Zeit mehr für Fernreisen. Die Bön-Religion wurde vor dem Buddhismus bei den Völkern im Himalaja praktiziert. Es gibt sie immer noch und wir haben auf unserer Trekkingtour ganz zufällig an einer Zeremonie mit Schwarzhüten teilgenommen." Ich staunte. Alicia hatte eine Menge erlebt.

„Und was ist das klare Licht?"

„Darüber habe ich im Reiseführer gelesen. Es stand dort viel Wissenswertes über den tibetischen Buddhismus. In Tibet wird nicht nur der historische Buddha verehrt, sondern auch seine verschiedenen Aspekte. Es gibt also ähnlich viele Götter wie in Indien. Mich hat Amitabha angezogen, der Herr des grenzenlosen Lichts und der grenzenlosen Liebe."

„War Amitabha der Buddha, den Tashima verehrte?"

„Ich weiß schon, warum Sie mir diese Fragen stellen. Indem Sie den Bezug zu meiner Realität herstellen, wollen Sie mir beweisen, dass ich mich nicht an frühere Leben erinnere, sondern dass mein Unbewusstes diese Geschichten kreiert." Sie hatte ja so recht! Doch da gab es noch etwas, was ich unbedingt wissen wollte.

„Der Lama stellte eine Verbindung zwischen Atlantis und Tibet her. Wie kommen Sie darauf?"

„Knowing her fate, Atlantis sent out ships to all corners of the Earth. On board were the Twelve: The poet, the physician, the farmer, the scientist, the magician and the other so-called Gods of our legends", rezitierte Alicia und in mir ertönte Donovans wunderbarer Song.

„Hail Atlantis", sagte ich lächelnd. „Den Song muss ich mir unbedingt mal wieder anhören." Alicia schaute auf ihre Uhr und erhob sich.

„Die Zeit bei Ihnen vergeht immer wie im Fluge. Ich wünsche Ihnen eine gute Woche bis zu unserer nächsten Sitzung, Frau Hundhausen", sagte sie. „Die Stunden mit Ihnen tun mir gut."

Nachdem sich die Tür hinter meiner Klientin geschlossen hatte, rief ich meine Supervisorin an.

„Klara, diese Klientin, von der ich dir schon erzählt habe, ist ein Phänomen. Ich habe sie davon überzeugt, dass die Geschichten, die sie erlebt, Produkte ihres Unbewussten sind. Ich selbst bin mir da aber gar nicht mehr so sicher. Sie war jetzt vier Mal bei mir und jedes Mal geht die Geschichte an der Stelle weiter, an der sie in der letzten Sitzung aufgehört hat. Und das, was sie erlebt, hat immer einen logischen Bezug zu dem, was sie in der letzten Geschichte erfahren hat. Dieser Helfer scheint tatsächlich den Überblick zu behalten! Seine Erklärungen sind absolut schlüssig. Ich weiß nicht, was ich davon halten soll! Langsam fange ich an zu glauben, dass es vielleicht wirklich Erinnerungen an vergangene Leben sind!“

„Und was würde sich dadurch verändern?“, fragte Klara.

„Mein Weltbild! Die Art, wie ich mich und mein Leben beurteile! Meinen Glauben!“, rief ich erregt.

„Du beziehst das, was deine Klientin erlebt, auf dich, Maria!“, erwiderte Klara. „Doch ihre Erfahrungen sind nur für sie und für ihr Leben wichtig. Du wirst wissenschaftlich nie beweisen können, ob wir uns mehrfach inkarnieren oder ob wir nur einmal leben. Du kannst natürlich daran glauben, aber deine spirituelle Ausrichtung sollte sich nicht auf deine Arbeit auswirken. Deine Religion ist deine Privatsache!“

„Was glaubst du denn, Klara?“, fragte ich neugierig.

„Die Beantwortung dieser Frage ist für mein Leben unwichtig. Für mich ist nur relevant, was ich hier und jetzt erlebe und wie ich das Gelebte gestalte. Selbst wenn wir mehrmals gelebt haben sollten, scheint das aktuelle Leben, wenn ich dich richtig verstanden habe, die Auswertung aller bisher gemachten Erfahrungen zu sein. Wenn ein Kind laufen kann, sind die Schritte, die es gebraucht hat, um diese Fertigkeit zu erlernen, nicht mehr interessant. Viel wichtiger ist, welche neuen Räume es durch sein Laufen erkunden wird.“

„Du legst dich nicht fest“, konstatierte ich.

„Warum sollte ich?“, fragte Klara. „Ich lege mich in den Bereichen fest, die für mein Leben einen Unterschied machen. Ich kenne genügend Beispiele von Menschen, die sich aufgrund entgegengesetzter geistiger oder spiritueller Überzeugungen bis aufs Blut bekämpfen. Jesu Lehre von der Liebe reicht mir vollkommen aus. Beweisen lässt sich Religion sowieso nicht! Zum Glück ist es in diesem Land meine Privatsache, woran ich glaube oder ob ich überhaupt an etwas glaube. Dasselbe Recht haben meine Klienten. Wenn du weiterhin professionell arbeiten willst, dann solltest du Glaubensfragen entweder mit dir selbst, mit Gott oder mit deinem Seelsorger klären.“

„Und wen, glaubst du, symbolisiert die Figur des Helfers?“, fragte ich.

„In der systemischen Psychotherapie gehen wir davon aus, dass jeder Mensch Experte für sich selbst ist. Und das stimmt tatsächlich! Wenn du mit dem inneren Team eines Klienten arbeitest und dir seine Ressourcen, aber auch seine Schwächen benennen lässt, entsteht unwillkürlich die Frage, mit welchem der Teile er sich identifiziert. Ist es eine Ressource oder eine Schwäche? Und ist der Mensch nicht viel mehr als die Summe seiner Eigenschaften? Wie du weißt, biete ich meinen Klienten die Position des ‚Regisseurs‘ oder des ‚Piloten‘ an. Das ist der Teil des Menschen, der alle Teile des inneren Teams sieht und koordiniert.“

„Daran habe ich noch gar nicht gedacht. In meiner Praxis nennen viele ihr inneres Wissen ‚Bauchgefühl‘, andere bezeichnen diese Instanz als ‚Mitte‘ oder ‚höheres Selbst‘.“

„Dieser Teil verfügt tatsächlich über erstaunliches Wissen. Wenn mich meine Klienten fragen, wie das sein kann, vergleiche ich die Seele mit einem Rechner, auf dem alles

Erlebte gespeichert ist. Natürlich befinden sich diese Daten nicht sauber verpackt in Ordnern im Arbeitsspeicher des Bewusstscins, sondern im unbewussten Teil der Psyche. Wann immer es notwendig ist, stellt uns das Unbewusste diese Inhalte zur Verfügung. Nicht umsonst sagte der Hypnotherapeut Milton Erickson: ‚Dein Unbewusstes weiß eine Menge mehr als du.' Deshalb glaube ich, dass der Helfer deiner Klientin eine Personifizierung ihres wissenden Unbewussten ist. Aber du hast recht! Es ist ungewöhnlich, dass jemand einen so personalisierten Zugang zu dieser Instanz hat. Halte mich auf dem Laufenden. Dieser Fall ist sehr interessant."

„Ich danke dir, Klara", sagte ich. „Du bist so herrlich unemotional, wenn es um die Arbeit geht. Da kann ich noch viel von dir lernen." Sie lachte.

„Und ich lerne von dir, nicht in rationaler Professionalität zu erstarren, sondern mich berühren zu lassen. Wir sind eben ein gutes Team! Ruf mich an, wenn du meine Unterstützung brauchst."

Kapitel 8 – Menschenglück und Gottesliebe

„Du machst es gut, Alaia, sorge dich nicht“, sagte der Helfer. Sie lehnte sich gegen ihn, denn sie wusste, dass es nicht mehr lange dauern würde, bis sie im rosafarbenen Wirbel einer neuen Inkarnation entgegenfliegen würde.

„Was kommt als Nächstes auf mich zu?“, fragte sie leise.

„Werde Mensch“, antwortete der Helfer und deutete auf die blanke Oberfläche des Spiegels.

In den engen Gassen der kleinen Stadt herrschte dichtes Gedränge. Obwohl der Morgen jung war, schien die Sonne heiß vom wolkenlosen Himmel. Die Menschen begaben sich zur Arbeit: Frauen balancierten Krüge auf dem Kopf zum Brunnen, um Wasser zu holen, Männer trieben ihre Esel und Ochsen zu den Feldern vor der Stadt, ein Hirte war damit beschäftigt, seine stets hungrigen Ziegen davon abzuhalten, in den Innenhöfen der Häuser die Blumen abzufressen. Dazwischen huschten lachende Kinder umher, die noch zu klein waren, um ihren Eltern bei der Arbeit zu helfen. Die Stimmen der Menschen vermischten sich zu einem gleichmäßigen Raunen, unterbrochen von einzelnen lauten Ausrufen, den gelegentlichen Schreien der Tiere und dem Hämmern und Klappern der Handwerker, die zu beiden Sei-

ten der Gasse ihre Werkstätten betrieben. Ein unbeschreibliches Duftgemisch von blühendem Jasmin, Gewürzen, dem Geruch von Holzfeuern und gekochten Speisen erfüllte die Luft.

Einer der Esel auf der Gasse schien es besonders eilig zu haben. Seine Ohren wippten, die leeren Körbe auf seinem Rücken hüpften auf und nieder, und der junge Mann, der zu ihm gehörte, hatte sichtlich Mühe, ihm in dem Gewühl zu folgen.

„He! Lello!", rief er. „Was ist denn heute in dich gefahren? Du kannst die Arbeit wohl gar nicht erwarten!" Das Gedränge der Menschen schien den Esel nicht zu stören, er strebte vorwärts, und die Leute auf der Gasse versuchten, ihm Platz zu machen, denn seine Hufe waren scharf. Einige murrten ärgerlich, doch das Zwiegespräch des jungen Mannes, der atemlos hinter seinem Grautier herhastete, zog rasch die Aufmerksamkeit auf sich und verwandelte den Ärger in Spott.

„Lello! Lello, so warte doch auf mich! Das ist nicht recht von dir, dass du mich so hetzt. Ich habe dich immer gut behandelt! Wohin willst du denn? Lello!"

„Lello, bitte", ergänzte ein Mann grinsend, „so grausam kannst du doch nicht sein!"

„Nimm doch Rücksicht auf deinen armen jungen Herrn", rief ein anderer in gespielter Entrüstung.

„He, Eli, du hast es aber eilig!", feixte einer. „Die Frau, die auf dich wartet, muss sehr schön sein!" Die Umstehenden belohnten diesen Ausspruch mit schallendem Gelächter.

„Ich verfluche diesen Esel samt seinen Kindern und Kindeskindern!", rief der junge Mann, der langsam wütend wurde, und drohte mit der Faust. „Passt nur auf, sonst trifft mein Fluch auch euch!"

Unbeeindruckt von höflichen Ermahnungen und Drohungen stieß der Eselhengst zu allem Überfluss einen markerschüttern-

den Schrei aus und fing an zu galoppieren. Verzweifelt rang der junge Mann die Hände und brüllte:

„Lello, du blökendes, stinkendes Ungeheuer, du Sohn eines Dämons! Wenn ich dich erwische, prügele ich den bösen Geist aus dir heraus!", schrie er und stürzte, vom anfeuernden Gejohle der Leute begleitet, hinter dem wildgewordenen Grautier her.

Der Esel jedoch roch etwas anderes als die Menschen auf der Gasse, weder Jasmin noch Holzfeuer noch Gewürze, und auch die Speisen ließen ihn kalt. Das, was ihm in die Nase stieg, war zu verführerisch, um ihm zu widerstehen, und er folgte diesem Duft, wohin dieser ihn auch führen mochte, ohne auf seinen wild gestikulierenden, schreienden Herrn zu achten.

Der Schweiß lief dem jungen Mann in Strömen den Rücken hinab. Warum musste es ausgerechnet heute so besonders heiß sein! Vom Grölen der Wächter begleitet, stürmte das Tier durch das Stadttor und raste schnurstracks einem alleinstehenden Haus dicht am Ufer des großen Flusses entgegen.

„Glücklicherweise bin ich wenigstens die Leute los", dachte Eli, doch hier, außerhalb der Stadt, wirbelten Lellos Hufe dichte Staubwolken auf, die den jungen Mann husten und seine Augen tränen ließen, und er hoffte inbrünstig, der Esel möge vor Anstrengung auf der Stelle zusammenbrechen.

„Lello, wenn du dein Leben liebst, dann bleib stehen!", gab er dem Esel keuchend eine letzte Chance. Unbeeindruckt setzte das Grautier, das die umzäunte Koppel des Hauses erreicht hatte, über das Gatter und gelangte ans Ziel seiner Sehnsucht, einer Eselin, der er augenblicklich und ohne Zweifel an seiner Absicht zu lassen, den Hof machte.

„Du brünstiger Bock!", schimpfte Eli, der erst in diesem Augenblick den Grund für den Ausbruch des sonst so folgsamen Tieres erkannte, sprang ebenfalls über das Gatter und schlug

mit einer Gerte wütend auf den Esel ein, ohne dass dieser sich davon beeindrucken ließ. Eli riss an dem Strick, der um den Hals des Grautieres befestigt war, doch die Eselin hintertrieb den Versuch des jungen Mannes, Lello von der Untat abzuhalten, indem sie diesem verführerisch ihr Hinterteil bot, was dem Eselhengst ungeahnte Kräfte verlieh. Er riss sich los und machte Anstalten, diese deutliche Einladung umgehend anzunehmen.

„Du Sohn einer Hure!", brüllte der junge Mann seinen Esel an und zerrte, da er den Strick verloren hatte, wütend am Schwanz des Tieres, „du verfluchtes Vieh ...". Ein helles Lachen ließ ihn innehalten. Er fuhr herum und erblickte ein junges Mädchen, das aus der offenen Tür des Hauses getreten war und sich, die Hände in die Hüften gestützt, köstlich zu amüsieren schien.

Das Mädchen hatte im Haus gearbeitet, doch der wilde Schrei des Esels hatte sie aufgeschreckt, und sie war neugierig ans Fenster getreten. Zuerst hatte sie den Eselhengst auf ihre Eselin zustürmen sehen, dann bemerkte sie den jungen Mann, der dem Tier in einem wilden Satz über den Zaun gefolgt war. Das von Staub und Schweiß völlig verschmierte Gesicht des Mannes spiegelte seinen Ärger und seine Verzweiflung und diesen Gefühlen verlieh er lautstark Ausdruck. Gewöhnlich verirrte sich nur selten jemand zu ihrem Haus, denn sie führte ein sehr zurückgezogenes Leben. Umso mehr genoss sie das komische Schauspiel, das sich ihr jetzt bot: den jungen Mann, der heftig am Schwanz seines Grautiers zerrte, und ihre eigene Eselin, die alles tat, um den Hengst in seiner Brunst zu ermutigen. Und so konnte sie gar nicht anders: Lachend trat sie vor die Tür.

„Was gibt's denn da zu lachen?", rief Eli ärgerlich. „Siehst du nicht, was mein Esel tut?"

„Lass ihn doch", prustete das Mädchen, „das wird ein gutes, kräftiges Fohlen geben", und dann schüttete sie sich wieder aus

vor Lachen. Eli wusste nicht, worüber er sich mehr ärgern sollte: Über Lello, der sich eifrig über die Eselin hermachte, oder über das lachende Mädchen. Sie sah sein wütendes Gesicht und bemühte sich, ihre Ausgelassenheit zu unterdrücken.

„Verzeih meine Heiterkeit. Du... ich meine, ihr... ich meine, du und dein Esel, ihr kamt so unerwartet. Wenn ich dich mit meinem Lachen erzürnt habe, tut es mir wirklich leid." Besänftigt fragte er:

„Es macht dir wirklich nichts aus, was mein Esel da treibt?"

„Nein, überhaupt nicht", antwortete sie. Obwohl sie ihn noch nie gesehen hatte, fühlte sie sich zu diesem jungen Mann merkwürdig hingezogen. Der Gedanke, dass er gleich wieder gehen und wahrscheinlich nie zurückkommen würde, versetzte ihrem Herzen einen Stich. Sie musste sich schleunigst etwas einfallen lassen.

„Die wilde Jagd muss dich ermüdet haben", sagte sie deshalb freundlich. „Vielleicht möchtest du dich waschen und etwas trinken?", und sie winkte ihn einladend zu sich auf den mit Steinen gepflasterten, von Weinranken beschatteten Vorplatz des Hauses. Er zögerte, denn eigentlich war es nicht schicklich, dass ein junger Mann und ein junges Mädchen alleine miteinander sprachen. Dies Zögern gab dem Mädchen zu erkennen, dass er sie achtete. Obwohl ihr das gut gefiel, fragte sie sich, ob sie ihn wirklich, der Sitte wegen, einfach so ziehen lassen sollte. Was tun? Zu ihrem eigenen Erstaunen hörte sie sich sagen:

„Na, komm schon, du wirst mich doch nicht fressen! Außerdem werden wir dank unserer Esel sowieso bald fast verwandt miteinander sein." Im gleichen Augenblick ärgerte sie sich über sich selbst. Wie hatte sie nur so etwas Dummes sagen können! Verwandt miteinander! Doch zu ihrer grenzenlosen Erleichterung schien er dies lustig zu finden, denn er lachte, sprang über

den Zaun und ließ sich im Schatten der Weinreben nieder. Sie eilte ins Haus, brachte ihm eine Schüssel Wasser zum Waschen, und als er sein staubiges, verschmiertes Gesicht darin erblickte, grinste er und meinte:

„So wie ich aussehe, solltest du dich vor mir fürchten. Vielleicht bin ich ja genauso wie mein Esel!"

„Dazu fehlen dir die langen Ohren!", antwortete sie heiter und staunte wieder über ihren Mut, doch dem jungen Mann schien es zu gefallen, denn er lächelte und wusch sein Gesicht. Sie goss aus einem Krug den Saft frischer Orangen in zwei Becher und setzte sich ihm gegenüber. Erst jetzt nahm er sie wirklich wahr und bemerkte staunend ihre Schönheit, das ebenmäßige Gesicht, von dunklen Locken umrahmt, volle Lippen und Augen, in denen er zu versinken schien. Eli schaute und vergaß darüber alles andere.

„Dein Esel heißt Lello, das sagtest du bereits, und wie heißt du?", unterbrach sie seine Versenkung.

„Verzeih mir", antwortete er schuldbewusst und spürte, dass er rot wurde, was ihn ärgerte. „Ich heiße Eli. Und wie ist dein Name?"

„Hannah", antwortete sie und der Vollständigkeit halber fügte sie hinzu: „und meine Eselin heißt Fina."

„Lebst du hier ganz allein?", fragte Eli, dem es seltsam erschien, dass trotz seiner Anwesenheit niemand aus dem Haus getreten war.

„Ich wohne hier mit meiner alten Großmutter, doch sie ist alt und krank und kann das Bett nicht mehr verlassen."

„Wo sind deine Eltern?"

„Sie erkrankten und starben, als ich noch ein Kind war", berichtete das Mädchen. „Ich kann mich nicht mehr an sie erinnern."

„Das tut mir leid", sagte Eli bestürzt.

„Das muss es nicht, es ist schon so lange her und ich habe mich daran gewöhnt. Was treibst du, wenn du nicht gerade hinter deinem Esel herjagst?"

„Jeden Morgen gehe ich zum Fluss, sammle die Wäsche ein, die die Frauen dort gewaschen haben, und befördere sie auf dem Rücken meines Esels zurück zu den Häusern meiner Kundinnen in der Stadt. Damit verdiene ich mir etwas Geld." Plötzlich erschrak er und blickte zum Himmel, wo ihm der Stand der Sonne verriet, dass der Morgen schon weit fortgeschritten sein musste. Rasch leerte er seinen Becher, sprang auf und rief:

„Ich habe die Zeit vollkommen vergessen, es ist schon später, als ich dachte. Ich muss dringend los, Hannah, sonst sind meine Kundinnen ärgerlich. Verzeih mir den überstürzten Aufbruch!"

Sie erschrak, ohne es sich anmerken zu lassen. Nichts konnte sie tun, um ihn zu halten, ohne leichtfertig zu wirken. Eli trat vor sie hin und nahm ihre Hände zum Abschied in die seinen. Plötzlich war ihm, als schließe sich ein Kreis, als komme etwas zusammen, das zusammengehörte. Er schaute sie verwundert an und in ihren Augen sah er, dass auch sie spürte, dass etwas geschehen war, etwas, das man nicht rückgängig machen konnte. Ernst sagte er:

„Ich komme wieder!", lief zur Koppel, fing seinen Esel ein, der sich jetzt willig führen ließ, und schlug den Weg zum Fluss ein. Hannah blieb verwirrt zurück.

Lammfromm zockelte das Grautier jetzt hinter Eli her, und er beschloss, ihm zu verzeihen, da er ohne die Untat des Esels die schöne Hannah nie kennengelernt hätte. Es blieb ihm nicht viel Zeit, darüber nachzudenken, was gerade mit ihm geschehen war. Er wusste nur, dass dieses Etwas viel Kraft besaß, vielleicht so viel, um sein gesamtes Leben zu verändern. Als er den Wasch-

platz erreichte, warteten die Frauen bereits mit der sauber gewaschenen Wäsche.

„He, Eli, du kommst so spät. Warst du bei deiner Liebsten?", neckte ihn die eine.

„Sag uns, ist sie schön?", fragte eine andere.

„Wie heißt sie, Eli, sag uns doch ihren Namen!", bat eine dritte, doch Eli lachte nur, ohne zu antworten. Er schichtete die nassen, schweren Kleidungsstücke sorgfältig in die Körbe, winkte den Frauen zu und trieb seinen Esel dem Städtchen entgegen.

Die Stadt war von hohen Mauern umgeben, die vor Urzeiten zum Schutz vor vagabundierenden Räuberbanden erbaut worden waren. Mehrere Tore, die des Nachts geschlossen wurden, führten in das Innere. Jetzt standen sie weit offen und Eli nickte den Wächtern freundlich zu, die sich Bemerkungen wie: „Na, jetzt hast du wohl mehr Zeit, Eli", nicht verkneifen konnten.

Er zog langsam durch die Gassen, von denen zu beiden Seiten Türen in die von hohen Mauern geschützten Innenhöfe der Häuser führten. Innerhalb dieser Höfe wuchs herrlich duftender Jasmin, rankten sich purpurfarbene Bougainvilleen an den Häuserwänden empor und wiegten sich Palmen im Winde. Eli machte seine Runde, lieferte die Wäsche ab und zog dann zurück zum Haus seiner Eltern.

Nach dem Essen saß der Vater mit den Söhnen beim Wein, während die Frauen die Reste der Mahlzeit versorgten und Teller und Töpfe säuberten.

„Na, Eli", begann der Vater lächelnd, „ich hörte, du hättest es heute besonders eilig gehabt." Die Brüder kicherten.

„Lello war nicht zu bändigen", antwortete Eli mit säuerlicher Miene, da ihm die Neckerei langsam auf die Nerven ging. „Die Eselin war in Hitze und nichts und niemand auf der Welt konnte Lello daran hindern, sie zu bespringen."

„Er hat es getan?", staunte der ältere Bruder.

„Was haben die Besitzer der Eselin dazu gesagt?", fragte der Vater erschrocken.

„Wirklich, Vater, ich habe getan, was ich konnte, um es zu verhindern, doch das Mädchen lachte nur und sagte, ich solle Lello lassen, es würde ein starkes Fohlen geben", antwortete Eli.

„Wer ist sie?", fragte der Vater.

„Sie heißt Hannah und wohnt mit ihrer alten kranken Großmutter in einem Haus am Flussufer", berichtete Eli. „Ihre Eltern sind schon lange tot."

„Du weißt ja bereits eine ganze Menge", stellte der älteste Bruder fest. „Hast du etwa allein mit ihr gesprochen? Das wäre unschicklich, oder ist sie eine von den Frauen ...?", und er grinste süffisant. Elis Gesicht färbte sich dunkelrot, doch ehe er den Mund aufmachen konnte, schaltete sich der Vater ein und wies seinen Ältesten zurecht:

„Hüte dich, David, denn du sollst nicht falsch Zeugnis reden wider deinen Nächsten. Wenn du dem Mädchen unrecht tust, versündigst du dich am Herrn!" Dankbar blickte Eli seinen Vater an.

„Was wird aus dem Fohlen, wenn die Eselin trächtig ist?", lenkte der zweite Bruder das Gespräch in eine ungefährliche Richtung.

„Darüber haben wir nicht gesprochen", musste Eli zugeben.

„Das sieht dir ähnlich, Kleiner", neckte ihn der älteste Bruder, „du solltest bald zu ihr gehen und es aushandeln."

„Gewiss, das tue ich gern", antwortete Eli rasch und bemühte sich vergebens, seine Freude zu verbergen.

„Sie ist wohl hübsch, deine Hannah?", fragte der zweite Bruder, dem Elis glückliches Lächeln nicht entgangen war. Eli schwieg verlegen.

„Hört auf damit", beendete der Vater das Thema. „Ich habe Wichtigeres mit euch zu bereden. Habt ihr von dem Prediger Jochanan gehört, der unten am Fluss zu den Menschen spricht?"

„Meinst du den, der sein ganzes Leben in der Wüste verbracht hat und nur wilden Honig und Heuschrecken isst?", fragte der älteste Sohn und schüttelte sich, da er gute Speisen besonders schätzte.

„Und der den Menschen so lange ins Gewissen redet, bis sie sich von ihm im Jordan taufen lassen?", ergänzte der zweite Sohn.

„Ja, den meine ich", antwortete der Vater. „Hast du ihn nicht gesehen, Eli? Du warst doch unten am Fluss." Eli schüttelte verneinend den Kopf.

„Der Kleine hatte nur Augen für Hannah", lästerte der Älteste, doch zu Elis Erleichterung schenkten die anderen seinen Worten keine Beachtung.

„Er scheint ein starker Mensch zu sein, dieser Jochanan", fuhr der Vater fort. „Er ist Sohn des Hohepriesters Zacharias, der damals unter merkwürdigen Umständen im Tempel umkam."

„Munkelten die Leute nicht, dass die anderen Hohepriester ihn ermordeten, weil er ihnen unbequem wurde?", fragte der zweite Sohn.

„Die Leute reden viel. Außerdem ist es nicht klug, sich mit den Pharisäern anzulegen, Joshua, und dazu gehört, solche Verdächtigungen nicht auszusprechen", warnte der Vater. „Der Tempel ist sehr mächtig und hat seine Ohren überall!"

„Das scheint diesen Jochanan wenig zu stören", entgegnete der zweite Sohn. „Er nennt die Pharisäer ‚Schlangenbrut'." Der Vater wiegte nachdenklich den Kopf.

„Noch ist die Geschichte nicht zu Ende", wandte er ein. „Wir wollen hoffen, dass Jochanan diese Worte überlebt. Mögt ihr

mich morgen zu ihm begleiten? Ich möchte selbst hören, was er zu sagen hat." Die beiden älteren Söhne stimmten sofort zu, doch Eli spürte ein seltsames Unbehagen, das er selbst nicht verstand.

„Ich kümmere mich lieber um meine Arbeit", antwortete er. Danach wandten sie sich anderen Themen zu.

Eli wartete einige Tage, ehe er das Mädchen besuchte. Er wollte herausfinden, welcher Art das Gefühl war, das sich in sein Herz gebrannt hatte. Doch nach einer Woche war das Brennen so stark geworden, dass er an nichts anderes als an Hannah denken konnte. Deshalb beschloss der junge Mann, das zu erwartende Eselfohlen als Vorwand für einen Besuch im Haus vor den Toren der Stadt zu nutzen.

Gleich nach der Arbeit hatte er sich gewaschen und sein bestes Gewand angezogen. Als er sogar nach einem Kamm fragte, schaute ihn die Mutter seltsam wissend an, und die Brüder grinsten frech. Doch Eli zählte fast siebzehn Jahre und war alt genug, sich eine Frau zu suchen. Er brach im Hof einen Zweig blühenden Jasmins und machte sich auf den Weg.

Hannah war gerade damit beschäftigt, Wasser aus dem Fluss zu holen, um das Gemüse im kleinen Garten hinter dem Haus zu gießen. Sie hielt den großen Krug in die Strömung und wartete, bis er voll war. Dann mühte sie sich ab, das schwere Gefäß ans Ufer zu schleppen, um es in den Tragekorb ihrer Eselin zu wuchten. Diese Arbeit fiel ihr nicht leicht, jedes Mal schmerzte ihr danach der Rücken, doch es war niemand da, der es an ihrer Stelle hätte tun können. Als Eli sah, wie sie sich mit dem schweren Krug plagte, begann er zu rennen.

„Warte, Hannah, ich helfe dir!", rief er und schwenkte die Arme. Hannah schaute erstaunt auf und ihr Herz machte einen

Sprung, als sie den jungen Mann erblickte. Das Wasser spritzte auf, als er atemlos zu ihr in den Fluss stürmte, so dass sie beide nass wurden. Er war so begierig, ihr zu helfen, dass er den blühenden Zweig, den er immer noch hielt, völlig vergessen hatte. Erst als er den Krug fassen wollte, merkte er, dass ihm nur eine Hand zur Verfügung stand. Verlegen richtete er sich wieder auf und überreichte ihr sein Geschenk. Das Lächeln verschwand von Hannahs Gesicht und er erschrak, denn Tränen rannen über ihre Wangen.

„Hab ich etwas falsch gemacht?", fragte er ängstlich. „Magst du keinen Jasmin?" Sie lächelte unter Tränen und schüttelte den Kopf.

„Nein", sagte sie leise, „es ist nur ... es hat mir noch nie jemand etwas geschenkt." Er schaute sie an, und plötzlich konnte er klar benennen, was er seit einer Woche fühlte: Er liebte dieses Mädchen! Jetzt, als er wusste, dass er sie wollte, wurde er ganz ruhig. Er schleppte den Krug aus dem Fluss, füllte auch den zweiten, hob beide Gefäße in die Tragekörbe der Eselin, streckte dem Mädchen, das immer noch im Wasser stand, lächelnd die Hand entgegen und fragte:

„Komm heraus, Hannah, oder willst du Wurzeln schlagen?" Sie ergriff seine Hand, ohne auf den Scherz einzugehen, und folgte ihm zum Haus. Schweigend sah sie zu, wie er für sie den Garten wässerte. Als er fertig war, fragte sie ihn ernst:

„Eli, was willst du von mir? Ich bin zwar eine Waise und arm, aber ich bin nicht eine von den Frauen, die ..."

„Hannah", unterbrach er sie erschrocken, „sei still! Ich wäre nie zurückgekommen, wenn ich so von dir denken würde. Es ist allein meine Schuld! Was musst du von mir denken? Ich hätte dich nicht allein besuchen dürfen! Das nächste Mal bringe ich meine Schwester mit. Verzeihst du mir?"

„Du willst wirklich wiederkommen?“, entgegnete sie, ohne seine Frage zu beantworten, und ihre Augen begannen zu leuchten.

„Wenn du es wünschst“, antwortete er.

„Ich wünsche es mir“, flüsterte sie und wagte nicht, ihn dabei anzuschauen.

„Dann gehe ich jetzt wohl besser“, sagte er und wollte ihr die Hand zum Abschied reichen, als ihm plötzlich einfiel, weswegen er gekommen war. „Jetzt hätte ich fast etwas Wichtiges vergessen. Was wird eigentlich aus dem Eselfohlen, wenn deine Stute trächtig ist?“ Sie lächelte.

„Ich dachte, ihr gebt mir das Futter für die Eselin“, antwortete sie, „und bekommt dafür das Fohlen.“

„Das scheint mir eine gute Lösung“, meinte Eli, „ich werde sie meinem Vater vorschlagen. Leb wohl für heute, Hannah, das nächste Mal wirst du keinen Anlass finden, mich zu tadeln.“ Er reichte ihr die Hand und sagte: „Es wird alles gut werden“, und sie blieb zurück und überlegte, was er damit gemeint haben könnte. Der Hoffnung, die in ihrem Herzen aufkeimte, wagte sie nicht nachzugeben.

Die Wächter waren bereits dabei, die schweren Flügeltüren zu schließen. Eli schlüpfte gerade noch hindurch und eilte nach Hause. Die Mutter hatte ihm etwas zu Essen aufgehoben und er setzte sich mit seinem Teller und einem Becher Wein zum Vater und den Brüdern, die sich gerade über ihren Besuch beim Prediger Jochanan unterhielten.

„Stellt euch vor“, erzählte der älteste Bruder, „er steht da mit wirrem Haar und brennenden Augen und fordert die Menschen zur Umkehr auf. ‚Tut Buße‘, schreit er, ‚denn das Himmelreich ist nahe!‘, was immer das auch bedeuten soll.“

„Ich denke, dass er damit die Ankunft des Messias meint", erklärte der Vater. „Er fühlt sich dazu berufen, ihn anzukündigen."

„Meinst du nicht, dass er selbst der Messias ist?", fragte der zweite Bruder.

„Das glaube ich nicht", antwortete der Vater, „obwohl ihn seine Jünger wie einen solchen verehren. Jochanan glaubt, er sei der Bote, von dem Jesaja sagt, dass er den Weg für den Messias bahne. Von sich selbst sagt Jochanan dagegen, er sei es nicht wert, diesem die Schuhe auszuziehen. Ihr habt doch auch gehört, dass er am Jordan auf ihn wartet, um ihn zu taufen."

„Glaubst du etwa auch an den Unsinn mit dem Messias?", rief der Älteste. „Und dass er der Bote sei, von dem Jesaja kündet? Ich meine dagegen, dass ihm die Heuschrecken und die Hitze in der Wüste nicht sonderlich gutgetan haben können. Ein Bad, angemessene Kleidung und anständiges Essen würden sicher viel dazu beitragen, ihn von seinem Wahn zu heilen."

„So abfällig solltest du nicht über ihn sprechen", wandte der zweite Bruder ein. „Selbst wenn er sich in Bezug auf den Messias irrt, beweist er sehr viel Mut. Heute hat er die Pharisäer und Schriftgelehrten ‚Otterngezücht' genannt und sie wegen ihrer schlimmen Taten vor dem Gericht Gottes gewarnt. Und selbst den König nimmt er nicht aus! Ich traute meinen Ohren kaum, als er öffentlich angeprangerte, dass Herodes bei der Frau seines Bruders liegt!" Der Vater wiegte nachdenklich den Kopf und meinte:

„Ich glaube, Jochanan ist ein wirklich großer Prediger, und er lebt sicher ein gottgefälligeres Leben als die Pharisäer, doch ob es unbedingt klug ist, ihnen das auf diese Weise zu sagen, sei dahingestellt. Ich persönlich halte es eher für dumm, besonders aber, den König in dieser Weise zu tadeln, obwohl in den Gesetzen Moses steht, dass ein Mann, der bei einer verheirateten Frau

liegt, sterben muss. Ich glaube allerdings nicht, dass Herodes sich dies von einem Wüstenprediger sagen lässt." Er wandte sich an seinen jüngsten Sohn: „Eli, warum kommst du morgen nicht nach deiner Arbeit mit uns zum Jordan? Ich meine, du solltest diesen Jochanan kennenlernen." Eli spülte den letzten Bissen seines Essens mit einem Schluck Rotwein hinunter.

„Ich weiß nicht so recht", antwortete er verlegen, „es zieht mich nichts zu diesem Menschen hin."

„Recht hast du, kleiner Bruder", bekräftigte der Älteste, „dieser Mensch ist ein Eiferer, und das, wofür er sich ereifert, gefällt mir nicht."

„Du lebst ja sowieso nur für deinen Bauch und deine Bequemlichkeit, David", gab der zweite Bruder zurück, „hör nicht auf ihn, Eli. Dieser Jochanan ist äußerst mutig und das gefällt mir am meisten an ihm."

„Und er ist ein gläubiger Jude", fügte der Vater hinzu. „Das, was er fordert, ist die Erfüllung der Gesetze Mose, und darin sehe ich nichts Unrechtmäßiges." Er senkte seine Stimme zu einem Flüstern und fuhr fort: „Der Tempel bürgt schon lange nicht mehr für die Reinheit des Judentums und seit Zacharias tot ist, wird es immer ärger. Die Pharisäer verlangen immer unverschämtere Abgaben von uns. Jochanan spricht die Wahrheit. Du solltest ihn dir wirklich anhören, Eli. In alten Zeiten sandte Gott stets einen Propheten, wenn sein Volk in Gefahr geriet. Möglicherweise ist Jochanan solch ein Prophet, doch ich fürchte, dass man ihn nicht mehr lange in Freiheit reden lässt."

„Also gut", willigte Eli ein, doch nicht aus wirklichem Interesse, sondern um den Vater zufriedenzustellen, „morgen komme ich mit." Und dann fuhr er fort: „Vater, könnte ich etwas mit dir besprechen? Mit dir allein", fügte er rasch hinzu, als er die neugierigen Blicke der Brüder sah. Der Vater machte zum Missfallen

der beiden Älteren eine unmissverständliche Handbewegung und so erhoben sich die Brüder und verschwanden im Haus.

„Was ist, mein Sohn?", fragte der Vater.

„Ich liebe dieses Mädchen, Hannah, und möchte sie zur Frau nehmen", antwortete Eli ohne Umschweife. Der Vater rieb sich nachdenklich das Kinn.

„Du kennst sie doch erst seit kurzer Zeit", wandte er ein. „Wie kannst du dir da schon so sicher sein?"

„Ich weiß nicht warum und doch bin ich mir sicher!", antwortete Eli mit Nachdruck.

„Hast du sie schon gefragt?", fragte der Vater.

„Noch nicht", erwiderte Eli, „doch denke ich, dass sie mir nicht abgeneigt ist."

„Eli", sagte der Vater ernst, „du bist alt genug, um eine solche Entscheidung zu treffen. Doch bedenke, es ist das erste Mal, dass du dich für ein Mädchen begeisterst. Es gibt noch andere Frauen, die sich wünschen würden, zu unserer Familie zu gehören. Wäre es nicht klüger, noch eine Weile abzuwarten?"

„Nein!", widersprach Eli entschieden. „Ich will auf gar keinen Fall warten, denn ich weiß, dass sie es ist und keine andere." Der Vater betrachtete ihn schweigend.

„Es ist gut, mein Sohn", antwortete er schließlich, „es gibt so etwas wie ein Wissen um die Richtige. Auch unserem Stammesvater Jakob ging es so mit unserer Stammesmutter Rahel. Wenn du dir so sicher bist, dann nimm morgen, der Schicklichkeit wegen, deine Schwester Sarah mit und frage Hannah, ob ich ihre Großmutter in dieser Sache sprechen kann." Obwohl es seinem Alter keineswegs entsprach, fiel Eli dem Vater um den Hals und küsste ihn.

„Ich danke dir, Vater!", rief er glücklich. Wenn die Stadttore nicht schon geschlossen gewesen wären, hätte er Hannah am

liebsten gleich aufgesucht. So wälzte er sich auf seinem Lager von einer Seite auf die andere, ohne Schlaf finden zu können.

Am nächsten Morgen stand Eli mit der Sonne auf und legte sein bestes Gewand an. Auf dem Weg zum Haus vor der Stadtmauer hatte er seiner Schwester Sarah zu verstehen gegeben, dass er ihre Anwesenheit der Schicklichkeit wegen zwar schätze, es aber vorziehen würde, wenn sie sich im Hintergrund hielte, damit er allein mit dem Mädchen reden könne. Die Schwester, selbst schon verheiratet und Mutter zweier Kinder, hatte lächelnd zugestimmt.

Hannah, die im Garten beschäftigt gewesen war, eilte aufgeregt vor das Haus, als sie die vertraute Stimme hörte. Sie lief ihnen zur Begrüßung entgegen und lud sie ein, im Schatten der Weinranken Platz zu nehmen. Die Schwester erkundigte sich eingehend nach dem Befinden der Großmutter und ließ nicht eher locker, bis Hannah ihr erlaubte, dieser einen Besuch abzustatten.

„Hannah“, begann Eli leise, „als ich dir zum ersten Mal begegnete, ist etwas mit meinem Herzen geschehen, etwas, das ich noch nie zuvor erlebt habe.“ Er stockte und forschte ängstlich in ihrem Gesicht, wie sie das Gesagte aufnehmen würde. Doch das, was er am meisten fürchtete, Ablehnung oder gar Spott, konnte er nicht entdecken, und so fuhr er fort: „Wir sind uns erst zwei Mal begegnet, und doch bin ich mir sicher, dass du es bist, mit der ich mein Leben verbringen will. Wenn es dir recht ist, wird mein Vater mit deiner Großmutter alles Nötige besprechen.“ Das Mädchen erstarrte.

„Willst du mich nicht, Hannah?“, fragte er erschrocken.

„Eli“, antwortete sie leise, „ich bin arm, ich habe keine Mitgift, ja nicht einmal einen Vater oder einen anderen männlichen Verwandten, der mich dir übergeben könnte. Du bist ein Sohn aus besserem Hause. Ich fürchte, ich passe nicht zu dir.“

„Ich bin der jüngste Sohn", erwiderte er trocken, „ich habe zwei ältere Brüder und drei Schwestern. Für mich wird sowieso nichts bleiben, außer dass Ich von meinen Brüdern geduldet werde. Doch du hast meine Frage nicht beantwortet, Hannah. Willst du mich nicht?" Sie schlug die Augen nieder und sagte leise:

„Ich fühle so wie du, Eli. Mir wäre nichts lieber, als deine Frau zu werden. Doch wird dein Vater dieser Verbindung wirklich zustimmen?"

„Mach dir darum keine Sorgen", erwiderte der junge Mann, „ich habe bereits mit ihm gesprochen."

„Ich kann es fast nicht glauben", antwortete sie, doch ihre Augen strahlten. Drinnen hatte Elis Schwester Sarah die alte Frau auf die Hochzeit ihrer Enkelin vorbereitet. Die Großmutter war erleichtert und froh, die Enkeltochter gut versorgt zu wissen, und ließ Elis Vater ausrichten, sie erwarte seinen Besuch. Die Schwester umarmte Hannah zum Abschied und nannte sie Schwägerin, Eli hielt sich, der Sitte gemäß, im Hintergrund, doch er fühlte sich so glücklich wie noch nie in seinem Leben.

Am frühen Nachmittag brachen die Männer von Elis Familie auf, um den Prediger Jochanan zu hören. Sie nahmen die Furt, um auf die andere Seite des Flusses zu gelangen, wo eine große Menschenmenge bereits versammelt war. Der Prediger hatte sich auf einen Stein gestellt, um von allen gesehen zu werden. Der älteste Bruder hatte nicht übertrieben: Jochanan wirkte wild mit seinem wirren Haar, den brennenden Augen und dem härenen Gewand. Er sprach mit lauter Stimme:

„Kehret um, bereuet eure Sünden, denn der Herr straft die, die seine Gesetze missachten. Glaubt nicht, dass es ausreicht, dass ihr Kinder Abrahams seid. Nein! Dem Herrn wäre es ein Leich-

tes, aus diesen Steinen hier", und er holte mit dem Arm weit aus, „Kinder Abrahams zu machen. Gott, der Herr, wird jeden die Früchte seiner Taten schmecken lassen, und jeden Baum, der keine guten Früchte trägt, wird er fällen, ob Jude oder Heide. Wahrlich, ich sage euch, das Himmelreich ist nahe, denn bald schon wird der kommen, der die Schaufel hält, um den Weizen von der Spreu zu trennen. Der Weizen wird unter seinem Schutze wohl gedeihen, doch die Spreu wird er in einem nie erlöschenden Feuer verbrennen. Der, den ich meine und der nach mir kommt, ist der Messias, von dem Jesaja sagt: ‚Er ist das Heil, das von Gott kommt.' Ich taufe euch mit Wasser, doch der Messias wird euch mit dem heiligen Geist und mit Feuer taufen." Die Menschen drängten sich um Jochanan und fragten:

„Bist du der Verheißene? Bist du der Messias?"

„Wie oft soll ich es euch noch sagen", rief Jochanan, „ich bin der, der ihm den Weg bereitet. Er wird kommen, der Messias, und ihr werdet wissen, dass er es ist, denn eure Herzen werden brennen! Deshalb lasset euch taufen, damit euch eure Sünden vergeben werden."

„Taufe uns, Jochanan, taufe uns!", schrien die Menschen und der Prediger führte sie mit einigen seiner Jünger in den Fluss und tauchte sie im Wasser unter.

„Willst du nicht auch gehen?", flüsterte der zweite Bruder Eli ins Ohr.

„Nein, ganz gewiss nicht!", antwortete dieser bestimmt.

„Ich möchte schon", gab der zweite Bruder zurück, „doch ich wage es nicht, noch nicht!" Als der größte Ansturm vorüber war, stieg Jochanan wieder auf den Stein und fuhr fort:

„Sündiget von nun an nicht mehr, seid mildtätig und sanftmütig, gebt den Armen und ehret Gott den Herrn. Misshandelt nicht die, über die ihr Gewalt habt, entlohnt eure Arbeiter ge-

recht und begnügt euch mit dem, was ihr habt." Er ließ seinen Blick über die Menge schweifen und erblickte einige Pharisäer unter den Anwesenden. Er deutete unmissverständlich mit der Hand auf sie und rief:

„Höret, ihr Herren des Tempels, ihr Schlangenbrut und Otterngezücht, wisset, dass Gott eure Missetaten kennt! Er wird euch zur Rechenschaft ziehen für den Mord an meinem Vater und an so vielen anderen, die euch an eurem lästerlichen Tun hindern wollten! Ihr quält das Volk und beugt das Gesetz Mose, so wie es euch gefällt. Der Herr ist schon lange nicht mehr mit euch. ‚Die Rache ist mein', spricht Gott der Herr und wisset, dass es nicht mehr lange währen wird, bis ihr sie schmeckt!"

Ein Raunen ging durch die Menge. Die Pharisäer steckten die Köpfe zusammen und tuschelten. Der zweite Bruder stieß Eli mit dem Ellenbogen in die Rippen und machte eine Handbewegung, die seine Anerkennung ausdrückte. Doch das Gesicht des Vaters spiegelte seine Sorge.

„Und auch du, König dieses Volkes, du, Herodes, wirst nicht verschont beim ewigen Gericht!", fuhr Jochanan fort, ohne sich um die Pharisäer zu kümmern. „Du knechtest das Volk und nimmst dir, um deinem Überfluss zu frönen. Doch wisse, dass Gott dieses Volk regiert und nicht du, Herodes! Du liegst bei der Frau deines Bruders und das ist gegen das Gesetz Mose, das dieser vom Herrn auf dem Berge Sinai empfing. Auch wenn es dir nicht gefällt, gilt dieses Gesetz auch für dich, Herodes, und so wird dich der Herr strafen für deine Untaten, dich besonders, denn du solltest dem Volk ein Vorbild sein und kein Abbild des Bösen! Nach dem Gesetz Mose musst du sterben, du und die Frau, die bei dir liegt!"

Wieder ging ein Raunen durch die Menge, doch diesmal bemerkte auch Eli, dass einige Pharisäer rasch den Platz verließen.

Er selbst fühlte sich äußerst unbehaglich und wäre am liebsten ebenfalls verschwunden. Doch Jochanan ließ nicht locker.

„Volk Israel, tue Buße, kehre um, denn das Himmelreich ist nahe", rief er flammend. „Ihr Kinder Abrahams, Isaaks und Jakobs, lasset euch taufen, auf dass euch eure Sünden vergeben werden!"

„Taufe uns, taufe uns", schrien die Menschen und strömten zum Fluss. Auch der zweite Bruder konnte nicht mehr an sich halten, schloss sich ihnen an und kehrte nass und glücklich zurück. Der Vater hätte sich am liebsten ebenfalls taufen lassen, doch gerade noch rechtzeitig sah er den Pharisäer, der ihn scharf beobachtete, und deshalb ließ er es aus Klugheit und aus Sorge um das Wohl seiner Familie.

Jochanan schien länger im Fluss beschäftigt zu sein, deshalb beschlossen sie, nach Hause zurückzugehen. Der zweite Bruder, dessen Kleider in der heißen Sonne bereits wieder getrocknet waren, schwärmte mit leuchtenden Augen:

„Ich fühle mich vollkommen neu! Vater, ich möchte am liebsten ein Jünger des Jochanan werden!" Der Vater erschrak.

„Das werde ich nicht zulassen. Du hast eine Frau und einen kleinen Sohn! Wie stellst du dir das vor, Joshua?" Der junge Mann senkte den Kopf und schwieg und der Vater ließ es dabei bewenden. „Und wie steht es mit dir, Eli?", fragte er nach einer Weile.

„Jochanan ist ein großer Prediger", antwortete er, „doch er ist nicht wirklich einer von uns. Wie kann er wissen, womit wir uns herumschlagen und was uns bedrückt, wenn er nur in der Wüste lebt?"

„Er weiß es trotzdem, denn er ist ein Prophet", rief der zweite Bruder flammend.

„Jetzt sprichst du schon genau wie er", stellte Eli trocken fest.

„Trotzdem glaube ich, dass es nicht mein Weg ist, wilden Honig und Heuschrecken zu essen und in der Wüste zu leben. Gott ist der Herr und ich fürchte ihn und bemühe mich, seinen Gesetzen zu folgen, doch", fuhr er mit einem scheuen Lächeln fort, „ich liebe Hannah, und kein Prediger der Welt wird mich dazu bewegen können, sie zu verlassen, um ihm nachzufolgen. Außerdem befürchte ich, dass es mit Jochanan kein gutes Ende nehmen wird. Habt ihr nicht gesehen, wie die Pharisäer tuschelten?" Der Vater nickte bedrückt.

„Vielleicht ist es besser, wenn wir nicht mehr zu ihm gehen", sagte er nach einer Weile. „Ich hatte den Eindruck, als ob sich die Pharisäer wie Spione unter das Volk mischten, um herauszufinden, wer den Worten Jochanans zustimmte. Ihr wisst", fuhr er, nachdem er sich nach allen Seiten umgesehen hatte, mit gedämpfter Stimme fort, „dass der Tempel so mächtig ist, dass er unliebsame Personen einfach verschwinden lassen kann. Joshua", wandte er sich an seinen zweiten Sohn, „hast du mich verstanden? Ich wünsche nicht, dass du noch einmal zu Jochanan gehst, oder möchtest du deinen Sohn zum Waisen und deine Frau zur Witwe machen und Unglück über unsere Familie bringen?" Der zweite Bruder schüttelte traurig den Kopf.

„Nein", sagte er, „das will ich nicht, doch der Herr strafe die Pharisäer für ihr Tun!"

„Das wird er", antwortete der Vater ruhig.

Die Zeit bis zur Hochzeit verging wie im Fluge. Der Vater erfuhr von der Großmutter, dass das Haus vor den Mauern der Stadt Hannahs Eltern gehört hatte und als ihre Mitgift dienen konnte. Die Bezahlung, die der Tempel für die Eheschließung forderte, übernahm Elis Familie, ebenso das große Festmahl, zu dem alle Nachbarn eingeladen waren.

Die Luft roch nach Jasmin und Rosen, der Wind streichelte sanft die Haut, die Nächte waren wie geschaffen für die Liebe, und Eli genoss sie in den Armen seiner jungen Frau. Nur flüchtig hatte er vernommen, dass derjenige, den Jochanan ankündigen sollte, tatsächlich gekommen sei. Er habe ihn getauft, und die Leute berichteten von einer Taube, die zur gleichen Zeit vom Himmel herabgeflogen sei. Dieser Mann heiße Jesus und sei ein Zimmermann aus Nazareth.

Hannah ging einige Male zu ihm und kam stets beglückt zurück, doch Eli weigerte sich beharrlich, den sogenannten Messias kennenzulernen, und so blieb auch Hannah zu Hause, denn sie bemerkte, dass ihr Mann ihre Ausflüge nicht gerne sah. Wenig später hörten sie, dass selbst Jochanan bezweifelte, ob dieser Jesus wirklich der Messias sei. Zu offen ging dieser auf die Menschen zu, zu bedenkenlos mischte er sich unter das Volk.

Der König rächte sich bald darauf an Jochanan für dessen freimütige Rede und ließ ihn ins Gefängnis werfen. Dass er ihn später sogar köpfen ließ, erstaunte Eli nicht, und er beglückwünschte sich insgeheim zu seiner Entscheidung, sich aus solchen Dingen besser herauszuhalten.

Das junge Paar lebte zufrieden in dem kleinen Häuschen. Hannah wurde schwanger und sie bekamen einen Sohn, den sie nach dem Vater ‚Eli' nannten. Das zweite Kind wurde eine Tochter, eine kleine Hannah. Eli genoss das Leben, genoss die Liebe, freute sich an seinen Kindern, baute Gemüse im Garten an und transportierte immer noch die gewaschene Wäsche der Frauen auf dem Rücken seines Esels Lello in das Städtchen. Sie hörten zuweilen von dem Rabbi Jesus, der sich ‚Gottes Sohn' nannte, Kranke heilte und Blinde sehen machte, doch etwas Geheimnisvolles, das er selbst nicht verstand, hielt Eli stets davor zurück, sich diesem Mann zu nähern.

Hannah war zum dritten Male schwanger und sie freuten sich auf dieses neue Kind, als der zweite Bruder sie eines Abends besuchte.

„Stellt euch vor, was geschehen ist!", begann er seine Rede. Hannah, die die Kinder zu Bett gebracht hatte, trat aus dem Haus und hörte aufmerksam zu.

„Dieser Jesus von Nazareth ist gestern in Jerusalem gekreuzigt worden!" Hannah stieß einen Schrei aus.

„Warum?", fragte sie erregt. „Warum er? Was hat er getan? Was kann er getan haben, ein Rabbi wie er?"

„Er hat behauptet, er sei der König der Juden", fuhr der zweite Bruder fort, „und das hat ihm Herodes nicht verziehen."

„Aber die Römer haben doch die Gesetzesmacht! Wie konnten sie es zulassen, dass dieses Urteil vollstreckt wurde?", fragte sie tonlos, wobei ihr Tränen die Wangen hinunterliefen.

„Das Volk scheint es so gewollt zu haben", erzählte der zweite Bruder. „Man berichtete mir, dass die Menschen ‚Kreuziget ihn!' brüllten, doch man darf nicht vergessen, dass es in Jerusalem geschah, und dort hat der Tempel viel mehr Macht als hier bei uns. Ich glaube, die Pharisäer haben die Menschen aufgehetzt oder sogar eingeschüchtert."

„Sie haben ihn ermordet", schluchzte Hannah, „ihn, die Liebe selbst!", und sie lief ins Haus und warf sich auf ihr Bett. Eli folgte ihr und nahm sie in die Arme. Lange hielt er sie einfach nur und wartete, bis sie sich beruhigt hatte.

„Bewahre ihn in deinem Herzen, Hannah", sagte er leise, „das ist das einzige, was zählt." Die kleine Tochter begann zu weinen, und Hannah sprang auf, um sie zu beruhigen. Zärtlich betrachtete Eli seine Frau und seine Tochter.

„Ich liebe euch", flüsterte er, „ich liebe euch mehr als mein Leben."

Vor dem kleinen Tempel sank Alaia glücklich in die Arme des Helfers und genoss den Halt und den Frieden, den er ihr mit seiner Umarmung gab. Danach ließen sie sich auf den dicken Bodenkissen nieder. Er betrachtete sie liebevoll und sagte:

„Willkommen in der Welt der Menschen, Alaia."

„Diesmal habe ich es wirklich geschafft", antwortete sie freudestrahlend, „und es war schön! Ich hätte nie gedacht, dass das Leben auf der Erde so erfüllend sein kann, besonders aber die Liebe zwischen Mann und Frau."

„Es ist dir wirklich gut geglückt", bestätigte der Helfer. „Was glaubst du, welche Farbe aus dem Kaleidoskop hast du in diesem Leben verwirklicht?" Alaia überlegte einen Augenblick. Dann sagte sie:

„Wenn ich mich richtig erinnere, muss es Orange gewesen sein, denn diese Farbe symbolisiert die Freude an der irdischen Verkörperung."

„Du erinnerst dich richtig", bestätigte der Helfer. „Das persönliche Ich, ausgedrückt durch die gelbe Farbe, verschmilzt mit dem Rot, der Farbe der Materie. Wenn diese Verbindung glückt, entsteht Freude und Genuss: ein Fest der Sinne, und das hast du in jenem Leben gefeiert."

„Ein Fest der Sinne", wiederholte Alaia träumerisch, „das ist wahr. Noch nie habe ich die Eindrücke der Sinne so genossen: den Duft von Jasmin und blühenden Orangenbäumen, den warmen Wind auf meiner Haut, das Blau des Himmels, in das ich mich versenken konnte."

„Die Schönheit der Schöpfung offenbarte sich dir und diesmal warst du bereit, sie aufzunehmen", bestätigte der Helfer.

„Es war ein überwiegend schönes Leben. Es ist nichts geschehen, was mich über die Maßen erschreckt oder geängstigt hätte. Selbst der Tod Hannahs, so schmerzlich er auch war, kam doch nicht unerwartet, und außerdem standen mir die Kinder zur Seite. Hannah", sagte sie nachdenklich, „sie war mir gleich von Anfang an so vertraut, als ob ich sie schon lange kennen würde." Der Helfer lächelte.

„Gibt es jemanden, an den sie dich erinnert?", fragte er. Alaia überlegte. Plötzlich erschien vor ihrem inneren Auge eine vertraute Gestalt, weiß gekleidet, die Hände in der grüßenden Haltung der Priester von Atlantis zusammengelegt.

„Riona", rief sie überrascht, „es war Riona. Deshalb wussten wir so viel voneinander, als wir uns bei den Händen hielten! Wie wunderbar, dass ich sie wiedersehen durfte!"

„Es gab niemanden, der dir das Menschsein, besonders aber die Liebe zwischen Mann und Frau so einfühlsam hätte nahebringen können wie sie", erklärte der Helfer.

„Ich hätte gern gewusst, dass es Riona war. Ist es möglich, dass ich Menschen wiedererkenne, die mir in anderen Leben lieb geworden sind?"

„Es ist dann möglich, wenn du diese Erinnerungen in der richtigen Weise nutzen kannst. Bedenke, was das für dich bedeuten würde. Zuerst einmal müsstest du wissen, wer du wirklich bist. Was glaubst du, hätte dir dieses Wissen in der letzten Verkörperung gebracht?"

„Ich fürchte, es hätte mich davon abgehalten, mich dem Menschsein so vollkommen hinzugeben, wie ich es getan habe."

„Und was hätte es bewirkt, wenn du gewusst hättest, dass Hannah die Priesterin Riona von Atlantis war?" Alaias Gesichtsausdruck wurde nachdenklich. Sie dachte an die Geschlechtslosigkeit der Planetarierin Alaia in Atlantis und ihre männliche Verkörperung als Eli in Palästina und gab zu:

„Es hätte unsere Beziehung kompliziert gemacht."

„Deine eigene Geschichte hätte dich tatsächlich davon abgehalten, das zu tun, was in jenem Leben getan werden musste. Sie hätte deine Entwicklung auf der Erde nur behindert. Und auch Hannah glich der Priesterin Riona nur noch in ihrer innersten unveränderlichen Essenz, denn auch sie ging in der Zwischenzeit ihren Weg. Begreifst du, was du einem Menschen antust, wenn du ihn auf seine Rolle in einer früheren Inkarnation festlegst? Der Entwicklungsweg dieses Menschen wäre eingeschränkt, das Neue könnte sich nicht entfalten, und daraus entsteht Unzufriedenheit und Unglück. Deshalb legt sich der Schleier des Vergessens über die Vergangenheit."

„Du hast doch früher einmal gesagt, dass ich die wichtigsten Erkenntnisse aus einem Leben in das nächste mitnehme", wandte Alaia ein. „Wie ist das möglich, wenn ich so viel vergesse?"

„Dieser Schleier bewirkt nicht, dass die verschiedenen Verkörperungen isoliert nebeneinander stehen und nichts miteinander zu tun haben", erläuterte der Helfer. „Er bewirkt einfach, dass dir in dem jeweiligen Leben nicht bewusst ist, warum du bestimmte Dinge ablehnst oder bevorzugst, dich zu einem Menschen hingezogen und von einem anderen abgestoßen fühlst."

„War dieses merkwürdige Unbehagen, das sich in jenem Leben stets grundlos einstellte, wenn es um den Prediger Jochanan oder um Jesus ging, ein solches Gefühl?", erkundigte sich Alaia. Der Helfer nickte bestätigend und sagte:

„Erinnere dich an dein Leben in Tibet. Dort hattest du dir geschworen, nie wieder die Liebe zu einem Menschen der Liebe zu Gott zu opfern, und obwohl du dich an diesen Vorsatz nicht erinnern konntest, wirkte er in dir und beeinflusste nachhaltig dein Leben. Wenn du in Tibet anders entschieden hättest, hätte dein Leben zu diesem Zeitpunkt der Menschheitsgeschichte und vor allem an diesem besonderen Ort einen vollkommen anderen Verlauf nehmen können."

„Ist es denn immer so, dass sich die Vorsätze, die man in einem Leben trifft, in den folgenden Inkarnationen auswirken?", fragte Alaia.

„Nur wenn sie aus vollem Herzen getroffen werden, unabhängig davon, ob sie dir in einem neuen Leben dienen oder dich eher behindern. Du spürst dann nur ein unbestimmtes Gefühl, das dich im positiven Sinne davon abhält, einen bestimmten Fehler zu wiederholen. Doch es kommt auch vor, dass der zu dem Gefühl gehörende Vorsatz zwar für das aktuelle Leben passen mochte, nicht aber für die neue Inkarnation. Dann hindert er dich daran, die Möglichkeiten des aktuellen Lebens wirklich auszuschöpfen."

„Ist mir dies in Palästina passiert?", fragte Alaia besorgt.

„Nein", antwortete der Helfer beruhigend, „obwohl zu diesem Zeitpunkt der Menschheitsgeschichte genau vor deiner Nase entscheidende Veränderungen stattfanden. Doch du hattest eine andere Aufgabe: Du solltest das Menschsein in seiner ganzen sinnlichen Fülle erfahren, dich dem Zauber der Materie hingeben, ohne dich von den verlockenden geistigen Anregungen zu jener Zeit in Palästina ablenken zu lassen. Die Instanz in dir, die alles weiß, sorgt dafür, dass du den richtigen Weg nimmst."

„Die Luft schien mir weicher, die Blumen dufteten süßer, und die Vögel sangen lieblicher, wenn dieser Jesus von Nazareth unten am Fluss lehrte, und Hannah liebte ihn. War er wirklich der Messias?"

„Jesus von Nazareth war der von den Propheten angekündigte Messias", bestätigte der Helfer.

„Warum hat Jochanan dann später daran gezweifelt?"

„Das ist eine längere Geschichte, doch sie ist sehr wichtig, um das Neue zu verstehen, das Jesus den Menschen ermöglichte. Jochanan war Asket. Dieser Weg erfordert, sich möglichst wenig mit der irdischen Welt einzulassen. Du weißt aus Atlantis und aus Tibet, was du auf diesem Weg zu leisten hattest."

„Ich meditierte, machte unablässig meine Übungen, aß und schlief recht wenig, nahm nicht am Leben der gewöhnlichen Menschen teil und hätte der körperlichen Liebe entsagen sollen."

„Eine asketische, dem Weltlichen abgeneigte meditative Lebensweise war vor Jesus der einzige Weg, sich Gott zu nähern", bestätigte der Helfer. „Jochanan hatte diesen Weg vollendet. Da er sich schon in jungen Jahren jeder irdischen Ablenkung entzogen hatte, konnte er sich vollständig seiner Lebensaufgabe zuwenden: den Messias anzukündigen."

„Dann verwirklichte Jochanan das klare Licht!", stellte Alaia fest.

„In großer Vollkommenheit. Er entsprach in seinem geistigen Vermögen den Hohepriestern von Atlantis."

„Wieso wurde dann nicht er der Messias, sondern Jesus von Nazareth?"

„Jochanan vollendete den alten Erleuchtungsweg, doch du weißt selbst, wie viel Disziplin und Willen dies erfordert", sagte der Helfer. Alaia nickte und dachte an ihr eigenes Scheitern in Tibet. „Es gab natürlich immer einzelne, die diesen Weg erfolgreich beschritten haben", fuhr er fort, „und es wird sie immer geben. Für die große Mehrheit der Menschen ist dieser Weg indes zu schwer. Außerdem taten die Asketen alles, um den Keim ihrer Individualität auf das geringstmögliche Maß schrumpfen zu lassen. Sie strebten einzig und allein danach, wieder in den Zustand, von dem sie einst ausgegangen waren, zurückzukehren.

Nun ist es aber so, dass der Eine nichts grundlos erschafft. Die so mühsam errungene Identität mit ihrem freien Willen muss unbedingt vollendet werden."

„Dann gibt es einen anderen Weg zu Gott?", fragte Alaia erstaunt.

„Dieser neue Weg wurde mit Jesus möglich. Zum Zeitpunkt seiner Geburt war jeder Mensch in seinem Ich gefangen. Wie du selbst erfahren hast, besitzt die Dualität ihren eigenen Zauber. Die Wunder der Schöpfung hielten die Mehrzahl der Menschen gefesselt. Deshalb spaltete der Eine einen Teil von sich ab und ermächtigte ihn mit dem höchsten Bewusstsein, das zu jener Zeit auf Erden möglich war: dem Christusbewusstsein."

„Nannte sich Jesus von Nazareth deshalb ‚Sohn Gottes'?", fragte Alaia.

„Ja, weil er in seinem Bewusstsein dem Einen so nahe war, wie noch niemals ein Mensch vor ihm. Dieses Bewusstsein hatte er sich, im Gegensatz zu Jochanan, nicht über viele Inkarnationen in der Einsamkeit erarbeitet. Der hohe Geist, der sich als Jesus verkörperte, war so außergewöhnlich, dass er sich einfach manifestierte. Jesus musste nichts dafür tun, um ihn zu erhalten. Er lebte mit den Menschen, befolgte keine besondere Diät und verrichtete keine Rituale, um sich rein zu halten. Das Christusbewusstsein war so machtvoll, dass es jeden verwandelte."

„Was ist anders an dem neuen Weg?"

„Die Menschen behalten ihr Ego. Es wird durch die bedingungslose Liebe verwandelt, die Jesus lehrt, bis jede einzelne Facette in allen Regenbogenfarben leuchtet und den Einen in seiner Herrlichkeit zum Ausdruck bringt. Die starren intellektuellen Strukturen werden aufgeweicht, so dass die Menschen schließlich erkennen, dass es nicht nur der Verstand ist, der ihr Schicksal gestaltet. Er erhält die Aufgabe, die ihm gebührt: die Regelung der Angelegenheiten der materiellen Schöpfung. Für diese Aufgabe ist er unersetzbar, sonst hätte der Eine die Menschen nicht damit ausgestattet. Je mehr sie jedoch erkennen, dass sie durch die göttliche Quelle leben, umso mehr gewinnen sie die Fähigkeit der bedingungslosen Liebe. Es ist nicht mehr nötig, einen schwierigen asketischen Erleuchtungsweg zu gehen. Die Ausrichtung auf Jesus Christus reicht aus."

„Und es ist vollkommen gleich, welche Menschen sich in seinem Namen versammeln?", fragte Alaia verwundert.

„Beim alten Weg schwächten die Fehler des einen auch den anderen. Deshalb vermieden die Anhänger dieses Weges die Gemeinschaft anderer Menschen, die nicht ebenso rein waren wie sie selbst. Beim neuen Weg spielt dies keine Rolle. Die Menschen sind sich ihrer Schwäche sogar bewusst, doch wenn sie sich versammeln und Christus um Hilfe bitten, bedient sich diese gewaltige Kraft aller Anwesenden, und die Menschen vollbringen Dinge, die weit über sie hinausgehen."

„Das ist ja im Grunde dasselbe, was wir in Atlantis mit der kosmischen Kraft des Gitternetzes taten!", rief Alaia erstaunt. „Allein hätte es niemand von uns geschafft, doch gemeinsam waren wir in der Lage, die freie Energie zu nutzen."

„Die Menschen müssen heute dazu keine Hohepriester mehr sein", fuhr der Helfer fort, „und sie brauchen auch keine Kristalle und keine Rituale. Jesus gab nur wenige Regeln. ‚Liebe deinen Nächsten wie dich selbst', ist eine der wichtigsten. Sie klingt ganz einfach, jeder kann sie verstehen. Er meinte damit die reine, bedingungslose Liebe, die für jeden erfahrbar werden kann, der sich an ihn richtet."

„Das muss Jochanan verwirrt haben", stellte Alaia fest.

„Dieser neue Weg hat ihn so verwirrt, dass er es vorzog, sich von den Häschern des Königs fangen und köpfen zu lassen. Stell dir vor, was der neue Weg für einen Meister des alten Wegs bedeutete: Die Weltlichen, die er in seiner Reinheit stets gemieden hatte, zu Gefährten zu erklären, mit ihnen zusammenzuleben und die asketische Lebensform als überflüssig abzulegen! Als Jochanan Jesus taufte, erkannte er in aller Tiefe, wer da vor ihm stand. Dass sich dieser größte aller Meister so unbedingt mit den Menschen verbinden wollte, war mehr, als er ertragen konnte. Deshalb begann er zu zweifeln und mit diesen Zweifeln begann das Fundament zu wanken, auf das er sein Leben gebaut hatte."

„Wenn Jesus so ein großer Meister war, dass er sich Sohn Gottes nennen konnte, warum ließ er sich fangen und starb am Kreuz?", fragte Alaia.

„Das war von Anfang an so vorgesehen."

„Von Anfang an? Das verstehe ich nicht."

„Auch die Kreuzigung ist ein Sinnbild, das es zu begreifen gilt", sagte der Helfer. „Das Kreuz ist ein Symbol für die Materie. Die beiden Balken, aus denen es gebildet wird, stehen für die Raum- und die Zeitachse. Jesus, der Träger des höchsten Bewusstseins, ließ sich tatsächlich kreuzigen, doch mit seiner Auferstehung zeigte er den Menschen, dass dieses Kreuz zu überwinden ist."

„Dann stimmten die Gerüchte tatsächlich?", fragte Alaia überrascht. „Es kursierten damals so viele unglaubliche Geschichten um diesen Jesus von Nazareth, dass ich dieser letzten erst recht keinen Glauben schenkte."

„Es war die Wahrheit", bestätigte der Helfer. „Am Kreuz begab sich Jesus, der das hohe Bewusstsein Gottes in so außerordentlichem Maß verkörpert hatte, so tief in das Menschsein hinein, dass er die Trennung von Ihm leidvoll erfuhr. Deshalb rief er: ‚Mein Gott, warum hast du mich verlassen!' Um das zu vollbringen, weswegen er sich auf der Erde verkörpert hatte, musste er auch den Zustand der Trennung erfahren. Als er starb, verdunkelte sich die Sonne drei Stunden lang."

„Die Pharisäer waren zutiefst beunruhigt, denn die Sternenkundigen des Tempels hatten keine Sonnenfinsternis vorhergesagt."

„Du kannst auch dieses Ereignis symbolisch deuten", erläuterte der Helfer. „Der Mensch, der sich vollständig in der Gefangenschaft von Raum und Zeit befindet, nimmt das Licht Gottes nicht mehr wahr. Darum vermieden die alten Meister die Verlockungen der Materie. Die Lösung, die Jesus durch sein Beispiel gab, war dagegen eine ganz andere, eine neue."

„Die Auferstehung?"

„Ja, die Auferstehung", antwortete der Helfer. „Jesus durchlitt den physischen Tod, das Gericht der Materie, überwand ihn und erschien den Menschen als tastbares, körperliches Wesen. Dieser physische Leib unterschied sich von allen anderen, denn er verfügte über besondere Eigenschaften. Jesus konnte ihn zum Beispiel manifestieren und wieder auflösen, und einige Zeugen berichten, dass er von besonderer Leuchtkraft gewesen sei."

„Was meinst du mit ‚Gericht der Materie'?", fragte Alaia.

„Die Materie ist nicht frei. Sie folgt Naturgesetzen, die der Eine in seiner unendlichen Weisheit festlegte. Auf der Erde endet das physische Leben mit dem Tod. Der Körper, der irdische Teil des Menschen, geht damit den Weg alles Materiellen und unterscheidet sich nicht von Pflanzen oder Tieren. Damit untersteht er dem Gesetz, dem Gericht. Frei ist nur der Geist."

„Dann hätte Jesus mit der Auferstehung den Plan des Einen als erster vollbracht: den Geist mit der Materie zu vereinen!"

„So ist es", bestätigte der Helfer lächelnd. „Durch seinen freiwilligen Tod am Kreuz und seine Auferstehung zeigte uns Jesus, dass die Gesetzmäßigkeiten der Materie durch bedingungslose Liebe zu überwinden sind. Die Seele kann sich retten."

„Wie sollen die Menschen dieses Mysterium jemals verstehen, wenn so viele von ihnen nicht einmal an Gott glauben?", fragte Alaia.

„Es ist kaum zu erwarten, dass dieser Weg ohne Schwierigkeiten verlaufen wird", bestätigte der Helfer. „Doch verzage nicht, denn du bist in Seiner Hand. Vertraue der weisen Führung Gottes. Und jetzt wird es Zeit, eine neue Reise zu beginnen."

„Ich glaube, ich soll mich gleich wieder inkarnieren", sagte Alicia mit ihrer normalen Stimme. „Das möchte ich nicht, deshalb komme ich zurück." Sie atmete tief, dehnte und streckte sich und schlug dann die Augen auf.

„Sie machen mich arbeitslos", bemerkte ich lächelnd.

„Sicher nicht!", widersprach sie, setzte sich auf und schwang die Beine von der Liege. „Ihr Part folgt gleich." Ich kochte Tee und brachte die Becher in das Beratungszimmer. Alicia sah nachdenklich aus.

„Wer ist, Ihrer Meinung nach, der Helfer?", fragte sie. „Er erscheint mir wie ein Wesen aus einer anderen Dimension."

„Das halte ich eher für unwahrscheinlich", antwortete ich. „Ich glaube, dass er die Verkörperung des Wissens ist, dass Sie im Laufe Ihres Lebens gesammelt und vielleicht wieder vergessen haben. Es würde mich wirklich wundern, wenn das Thema ‚Religion' in Ihrem Leben keine Rolle spielen würde. Ich kenne kaum jemanden, der sich sowohl in der hinduistischen Götterwelt als auch im tibetischen Buddhismus so gut auskennt."

„Sie haben recht", bestätigte Alicia. „Natürlich wurde auch ich als Kind getauft. Als Erwachsene wollte ich mich jedoch bewusst entscheiden, welchem Glauben ich angehöre. Deshalb habe ich mich intensiv mit allen Religionen befasst. Eine Zeit lang habe ich mit dem Buddhismus geflirtet. Doch dann habe ich mich für das Christentum entschieden."

„Dann hat Ihr Helfer Ihr Wissen vielleicht nur zusammengefasst?", fragte ich. Alicia überlegte.

„Das ist durchaus möglich. Ich habe mich ja deshalb für den christlichen Glauben entschieden, weil Jesus etwas Neues in die Welt brachte. Und die Verbindung von seinem Bewusstsein mit der Materie kenne ich aus der Legende vom Heiligen Gral."

„Die Suche nach dem Heiligen Gral", sagte ich lächelnd, „kenne ich nur aus dem Film von Monty Python. Sicher haben Sie andere Quellen."

„Die Ritter der Kokosnuss!" Alicia lachte. „Das ist ein großartiger Film! Doch ich meine eher die Geschichte Parzivals, die Wolfram von Eschenbach aufgeschrieben hat."

„Erzählen Sie mir davon", bat ich.

„Ich liebe dieses Buch", schwärmte Alicia. „Wenn man das Mittelalter in all seiner farbigen Pracht kennenlernen möchte, dann sollte man dieses Buch lesen. Es handelt nicht nur von Parzival, sondern auch von den anderen Rittern der Tafelrunde. Die wichtigste Geschichte erzählt, wie der junge Parzival zur Gralsburg Munsalvaesche geführt wird, die auch ‚Burg Gottes' genannt wird. Dort wird er herzlich aufgenommen und trifft seinen Onkel Amfortas, der durch einen Speer schwer verletzt wurde und an einer Wunde leidet, die nicht heilt. Abends wird der Gral – des Paradieses

Glück – hereingetragen. Sein Anblick verleiht den Anwesenden eine Woche lang Unsterblichkeit. Für Amfortas bedeutet dies jedoch die Verlängerung seiner Qualen. Parzival, der sieht, welche Schmerzen sein Onkel leidet, wagt nicht, sich nach dessen Befinden zu erkundigen. Wegen dieses Versäumnisses wird er am nächsten Morgen mit Schimpf und Schande von der Burg gejagt."

„Warum?", fragte ich verwundert.

„Weil er mit dieser Frage seinen Onkel geheilt hätte. Wenn ich mir das recht überlege, hat er seine höfische Erziehung, die nicht erlaubt, dass sich ein tiefer Gestellter an einen Höheren wendet, dem christlichen Gebot der Nächstenliebe vorgezogen. Hätte er christlich gehandelt, wäre sein Onkel geheilt gewesen und er wäre Herr der Gralsburg geworden. Erst nach vielen Jahren konnte er seinen Fehler korrigieren."

„Wenn Sie sich so tief damit befasst haben, ist es kein Wunder, dass Ihr Helfer diese Geschichte aufgreift. Und es ist nachvollziehbar, dass sie in Palästina spielt. Wann waren Sie in Israel?" Alicia lachte.

„Da war ich tatsächlich noch nie. Aber ich habe genügend Filme gesehen und ich bin viel im Mittelmeerraum gereist, in Griechenland und in der Türkei. So viel anders sieht es in Palästina auch nicht aus."

„Warum, glauben Sie, sind Sie in Ihrer Geschichte Jesus nicht begegnet? Bei Krishna hatten Sie keine Berührungsängste. Stattdessen befassen Sie sich mit Johannes dem Täufer und seiner Funktion."

„Jesus begegnen?!" Alicia schauderte. „Das traue ich mich noch nicht einmal in der Vorstellung! Mit Johannes bleibe ich auf sicherem Terrain." Ich nickte. Das konnte ich gut verstehen.

„Und warum hielt es Ihr Unbewusstes für so wichtig, eine gänzlich auf das irdische Glück ausgerichtete Geschichte zu erschaffen?"

„Weil ich zum Extremen neige", antwortete Alicia wie aus der Pistole geschossen. „Ich gebe mich nur zufrieden, wenn ich eine perfekte Leistung abgeliefert habe. Die Freuden des Lebens zu genießen, wäre tatsächlich etwas Neues für mich."

„Ihr Körper wird es Ihnen danken", bestätigte ich. „Mir sind außerdem noch einige systemische Zusammenhänge aufgefallen."

„Welche?", fragte Alicia interessiert.

„Es geht um die Glaubenssätze, die wir befolgen, ohne dass wir uns daran erinnern können, woher diese stammen. Ich denke, dass Ihr Helfer mit den ‚Entscheidungen aus früheren Leben' die Regeln meint, die wir alle in unserer Kindheit lernen und unbewusst im erwachsenen Leben anwenden."

„Ich erinnere mich, dass Sie dies in einer früheren Sitzung schon einmal angesprochen haben", sagte Alicia. „Wie komme ich diesen alten Regeln auf die Schliche?"

„Indem Sie zum Beispiel reflektieren, wie die Mitglieder Ihrer Familie miteinander umgingen."

„Meine Eltern waren eigentlich nie zusammen", sagte Alicia trocken. „Mein Vater war geschäftlich unterwegs oder befasste sich mit seinen unzähligen Hobbys, und meine Mutter fühlte sich überfordert. Ich übernahm ihre Aufgaben und fühlte mich ebenfalls überfordert."

„Sie haben also gelernt, dass Sie sich nur auf sich selbst verlassen können."

„Das stimmt", bestätigte Alicia. „Ich habe auch im Beruf Mühe, Aufgaben zu delegieren. Gleichzeitig fühle ich mich ständig am Ende meiner Kräfte."

„Ihr Perfektionismus, kombiniert mit der Überzeugung, alles selbst machen zu müssen sind der beste Nährboden für ein Burn-out-Syndrom. Vielleicht war die Diagnose Ihres Hausarztes ja gar nicht so falsch?"

„Ich hab schon etwas verändert: Ich bin früher ins Bett gegangen und habe das abendliche Glas Wein durch einen Becher Kräutertee ersetzt." Alicia seufzte. „Der Wein hat mir besser geschmeckt!" Ich lachte.

„Sie werden den Wein umso mehr genießen, wenn Sie ihn seltener trinken. Genauso wichtig ist Ihr Umgang mit den an Sie gestellten Anforderungen. Und das hat tatsächlich sehr viel mit Ihrer Kindheit zu tun. Wenn Sie als Kind die Aufgaben von Erwachsenen übernehmen mussten, waren Sie dadurch natürlich überfordert. Heute stellt sich dasselbe Gefühl der Überforderung automatisch immer dann ein, wenn Sie einer Anforderung entsprechen müssen. Sie haben dann nicht mehr die Möglichkeit, auf Ihre erwachsenen Ressourcen zurückzugreifen, und reagieren wie ein überlastetes Kind." Alicias Gesicht spiegelte eine Mischung aus Überraschung und Erkenntnis. Ihr war gerade offensichtlich ein Licht aufgegangen.

„Und deshalb fühle ich mich plötzlich depressiv und hoffnungslos! Statt Lösungen zu finden, ziehe ich mich zurück. Keine besonders zielorientierte Strategie!"

„Sie sagen es", bestätigte ich.

„Wie kann ich das verändern?", fragte Alicia.

„Der erste Schritt besteht darin, dass Sie es bemerken. Wenn Ihnen das gelingt, sind Sie einen großen Schritt weitergekommen. Nur das, was Ihnen bewusst ist, können Sie verändern."

„Dann hatte ich also doch so etwas wie ein Burn-out?"

„Der Auslöser Ihrer Erschöpfung hatte, meiner Meinung nach, psychische Ursachen, die sich natürlich umso stärker auswirken können, wenn Sie Ihr Energiemanagement nicht optimal betreiben. Ich habe sehr gute Erfahrungen damit gemacht, das Problem ganzheitlich anzugehen. Wir kümmern uns sowohl um die körperliche Seite, als auch um die hinderlichen Glaubenssätze. Der dritte Faktor ist das auslösende Ereignis, wodurch Ihr Energiemanagement überfordert wurde. Wenn Sie einverstanden sind, arbeiten wir an allen Fronten."

„Damit bin ich sehr einverstanden. Eine Frage habe ich noch, aber ich bin mir nicht sicher, ob Sie darauf eingehen werden." Jetzt hatte Sie mich neugierig gemacht.

„Wollen Sie das Risiko eingehen?", fragte ich. Sie nickte.

„Der Helfer sagte, dass es möglich ist, Freunde aus früheren Leben wiederzutreffen. Es ist manchmal ja tatsächlich so, dass man Menschen trifft und glaubt, sie schon ewig zu kennen, oder?" Sie schaute mich unsicher an.

„Wenn es frühere Leben gibt ...", sagte ich. „Ich habe eine andere Erklärung, die wesentlich weniger romantisch klingt. Wollen Sie sie hören?" Alicia nickte.

„Menschen, die wir schon ewig zu kennen glauben, haben häufig dieselben Verhaltensmuster, die wir aus unserer Kindheit kennen. Zuerst wirkt dies sehr anziehend, birgt jedoch gleichzeitig die Gefahr, dass wir dieselben Probleme wie im Elternhaus bekommen. Diesem Phänomen begegne ich täglich in der Paarberatung." Sie schüttelte sich.

„Die andere Erklärung wäre mir lieber", sagte sie, stand auf und reichte mir die Hand. „Die Zeit ist schon wieder vorbei. Sie vergeht immer wie im Fluge."

Mir ging es genauso, doch das sagte ich nicht.

Kapitel 9 – Die Macht des Schicksals

Seufzend blickte Alaia in den Spiegel. Der rosafarbene Wirbel erfasste sie und zog sie unaufhaltsam hinab in eine neue Inkarnation.

„Verbinde Materie und Geist", hörte sie die Stimme in ihrem Innern. Dann explodierte das rosafarbene Licht.

Die Sonne stand niedrig über den Hügeln von Glenmore und das fahle Abendlicht überzog die Landschaft mit mattem Glanz. Aus den Tälern stieg Dunst und verwischte die Konturen der Bäume zu einem dunklen, träge wogenden Meer. Der alte Mann, der mit erhobenen Armen unter der mächtigen Eiche stand, sog prüfend die Luft ein: Sie roch nach Tang. Der Wind, der die mächtige Wolkenfront vor sich hertrieb, kam also von Norden. Es würde bald regnen, noch heute Nacht.

Gwyndon blickte zufrieden über das Land, sein Land, nicht etwa in dem Sinne, dass er es besäße, denn er war kein Chief, sondern Druide. Im Gegensatz zum Chief, der die Grenzen des Stammesgebietes gegen räuberische Banden sicherte und von den Leuten dafür Abgaben forderte, sorgte er dafür, dass das Gleichgewicht von Mensch und Natur erhalten blieb. Dafür gaben ihm die Leute freiwillig, was sie erübrigen konnten.

Der Wind rauschte in den Blättern der alten Eiche und der Druide begrüßte ihn. Die Wesen der Natur waren bereit, den Menschen zu helfen, wenn diese ihnen Achtung entgegenbrachten. Er, Gwyndon, war Mittler zwischen den Naturgeistern und den Menschen. Das war seine Aufgabe als Druide, eine heilige Pflicht, die ihn auch jetzt noch, da er alt geworden war, zutiefst erfüllte. Er lehnte sich an den Stamm des großen Baumes und schloss die Augen. Die vertraute Kraft strömte in ihn ein und er saugte sie in sich hinein, bis er nicht mehr sagen konnte, wo er, Gwyndon, aufhörte und der Baum anfing.

Als er die Augen wieder öffnete, offenbarte sich ihm das pulsierende Strömen in den Lebensbahnen der Pflanzen, das diese gleich Adern durchzog: Das rasche Fließen in den kleineren Gewächsen und das majestätisch langsame in den großen Bäumen. Er schaute die farbigen Lichthüllen, die alle Lebewesen, nicht nur die Pflanzen, wie mit einem Mantel umgaben. Die Farben dieser Hüllen zeigten Gwyndon die innere Beschaffenheit ihres Wesens. So offenbarten ihm die Pflanzen die Art ihrer Heilkraft, die Tiere zeigten ihm ihren Platz im Schöpfungsplan und die Menschen die Eigenschaften ihres Gemüts und die Art ihrer Krankheit.

Gwyndon lächelte. Heute hatten sich viele der hellen Wesen versammelt, die dafür sorgten, dass niemand das Pulsieren störte. Den Augen der gewöhnlichen Menschen blieben diese feinstofflichen Geister verborgen. Nur gelegentlich war ein Kind in der Lage, sie zu sehen, doch diese Fähigkeit verlor sich oft, wenn es älter wurde. Behielt es jedoch diese Gabe, wäre es zum Druiden geboren. Dass es in seinem Stamm noch kein solches Kind gab, beunruhigte Gwyndon nicht. Er fühlte sich trotz seines hohen Alters stark und gesund. Wenn er sich in diesem hellsichtigen Zustand befand, konnte er sich mit allen Wesen verstän-

digen, und sie berichteten ihm, was im weiten Land geschah. Sie waren so unmittelbar mit ihresgleichen verbunden, dass das Wissen des einen im selben Augenblick auf alle anderen überging. So wusste der Druide, dass an der fernen Südküste Schiffe gelandet waren, dass Fremde durch das Land zogen, die die heiligen Eichen fällten. Sie verkündeten einen neuen Gott und trugen dadurch Unfrieden in die Stämme. Doch dies geschah im fernen Süden und Gwyndon glaubte nicht, dass sich diese Leute so weit nach Norden bis in diese Berge trauen würden. Und selbst wenn sie so weit kämen, würde ihnen der Chief im fernen Glenmore Castle sicher Einhalt gebieten. Sie brauchten keinen neuen Gott. Alles war gut so, wie es war. Er streckte der untergehenden Sonne die Arme entgegen.

„Ich danke dir für das Licht und die Wärme, die du uns heute spendetest und ohne die unser Leben nicht möglich wäre", sprach er feierlich. Er kreuzte die Arme und bildete so die Rune Gibo X, um die Verbundenheit der Erde und all ihrer Bewohner mit der Sonne darzustellen. „Für diese Gabe ehren wir dich." Dann bückte er sich und legte zu Ehren der Sonne und ihrer Leuchtkraft mit seinen Runenstäben die Rune Dagaz ᛞ auf einen flachen Stein vor der Eiche.

„Dein Licht sei uns Sinnbild für das innere Licht, das unseren Geist erhellen möge." Er legte die Hände vor dem Herzen zusammen und verweilte andächtig, bis der letzte lichte Schimmer des Sonnenrundes hinter den Hügeln verschwunden war. Fröstelnd hüllte sich der Druide enger in seinen Umhang, verabschiedete sich von den Naturgeistern und stieg langsam den schmalen Pfad zum Dorf hinab.

Der Dorfplatz war menschenleer. Die Kühle hatte die Leute in die Hütten getrieben, wo sie sich an den Herdfeuern wärmten und, dem Geruch nach zu urteilen, die abendliche Mahlzeit ein-

nahmen. Nur die Hunde meldeten kläffend seine Ankunft und er stieß einen leisen Pfiff aus, worauf sie ihn erkannten und ihr Bellen in freudiges Winseln überging. Ein Mann trat aus seiner Behausung und fragte:

„Wie wird der Tag morgen, Gwyndon? Bleibt mir vor dem Regen noch Zeit zum Einsäen?"

„Es wird heute Nacht schon zu regnen beginnen", antwortete Gwyndon und zeigte auf den Himmel und die von Norden aufziehenden Wolken. „Der Regen wird zwei Tage dauern, dann erst kannst du säen."

Der Mann bedankte sich und schlüpfte in die behagliche Wärme seiner Hütte zurück. Die Wettervoraussage war eine der Pflichten, die ein Druide für seinen Stamm leisten musste. Aus Wolken und Wind vermochte er vorherzusagen, was der Himmel am nächsten Tage bringen würde, und so gab er den Bauern wertvolle Hinweise. Doch dies war eine Kunst, die er jedem klugen Menschen hätte beibringen können. Das, was einen wirklichen Druiden ausmachte, war viel mehr.

Aus den Lichthüllen der Pflanzen konnte er auf deren Wirkung schließen, doch wie man sie am besten zubereitete, hatte er von seinem Meister gelernt. Er wusste, welche Bestandteile der Pflanzen – Blätter, Blüten, Stängel, Wurzel oder das ganze Kraut – am besten halfen, ob man ihren Saft pressen oder sie in Wasser kochen musste, ob sie gut wirkten, wenn sie frisch als Tee getrunken oder lange der Sonne ausgesetzt und danach tropfenweise eingenommen wurden oder ob man sie auf verletzte Stellen auflegen musste. Außerdem kannte er viele geheime Beschwörungen, mit denen er die Geister vertrieb, die die Krankheit für ihre Zwecke nutzten. Krankheit war nichts anderes als ein Ungleichgewicht zwischen Mensch und Natur und dieses vermochte Gwyndon auszugleichen.

Wenn es Schwierigkeiten bei der Geburt eines Kindes gab, setzte sich der Druide mit dessen Geist in Verbindung, und die Geburt nahm dann einen guten Verlauf. Die Sterbenden geleitete er sanft hinüber in das andere Reich und sie ließen ihren Körper mit einem Lächeln zurück. Dafür liebten ihn die Menschen. Er heilte nicht nur ihre Krankheiten, sondern hatte stets ein offenes Ohr für ihre Sorgen und half ihnen, wo er konnte, indem er ihnen die Runen warf und diese zu ihrem Besten auslegte.

Der Druide verstand es auch, den Flug der Vögel zu deuten, besonders aber den der großen schwarzen Raben. Den Menschen seines Stammes schien es, als ob diese Vögel eine besondere Zuneigung zu Gwyndon gefasst hätten, denn zuweilen landete einer der Raben sogar auf dem Dach seiner Hütte, um ihn zu rufen. Dann legte der Druide jedes Mal seinen dunkelvioletten Umhang um und bestieg den Hügel, auf dessen Kuppe die heilige Eiche stand. Was er dort tat, wussten die Menschen nicht. Dem Druiden dienten die Vögel als Kundschafter. Das, was die feinstofflichen Wesen ihm nicht meldeten, erfuhr er von ihnen. Sie hatten aufgrund ihrer grobstofflichen Verkörperung eine andere Sichtweise als die Naturgeister und so gewann Gwyndon sein Wissen aus unterschiedlichen Blickwinkeln.

Mit einem Ruck schob er das Tierfell beiseite, welches den Eingang seiner Hütte verschloss. Der dicke Klotz, den er mittags auf das Feuer gelegt hatte, glomm noch, und er schichtete trockene Hölzer über die Glut. Bald züngelten die Flammen, und er erkannte in ihrem Lichtschein erfreut, dass ihm die Dorfbewohner Hasenfleisch neben die Kochstelle gelegt hatten. Sorgfältig fädelte er die Fleischstücke auf einen Spieß, briet sie über den Flammen und aß mit gutem Appetit. Dann deckte er das Feuer sorgfältig ab, damit die Wärme bis zum nächsten Morgen hielt, und ließ sich müde auf sein Lager sinken.

Dunkles Wasser überflutete das Land. Es brandete nicht in zerstörerischen Wogen ans Ufer, sondern sickerte langsam, aber beständig aus unsichtbaren Quellen hervor. Bäume sanken nieder, denn das Wasser höhlte den Boden aus, auf dem sie wuchsen und entzog ihren Wurzeln die Lebensgrundlage. Immer höher stiegen die Wasser und erfassten jetzt auch Menschen. Viele ließen sich vertrauensvoll treiben, anderen stieg es dagegen bis zum Hals, und sie versanken. Auch Gwyndon hatten die Fluten ergriffen. Der sichere Grund, auf dem er bisher gestanden hatte, begann zu wanken. Das Wasser schlug über ihm zusammen.

„Es ist zu Ende“, dachte er, und eine unendliche Trauer übermannte ihn.

Schweißgebadet fuhr der Druide vom Lager auf. „Es ist zu Ende! Es ist zu Ende! Zu Ende! Zu Ende!“, kreisten die letzten Worte des Traumes in seinem Kopf. Er stand auf und goss etwas Wasser in sein Trinkgefäß. Das kalte Getränk half ihm, den quälenden Gedankenstrom zu beenden.

Was war zu Ende?

Und was bedeutete das dunkle Wasser, das sanft und doch unwiderstehlich das Land überflutete? Gwyndon fröstelte. Er hüllte sich in seinen Umhang und versuchte sich zu sammeln.

Warum hatte es nur einigen den Tod gebracht, wohingegen andere sich von ihm tragen ließen?

Warum war er selbst darin versunken? Der Druide erwog kurz, sich gleich die Runen zu legen, doch zu seinem eigenen Erstaunen war seine Verwirrung zu groß für ein solches Ritual. Die Runen würden keine klare Botschaft geben können. Gleich am nächsten Morgen würde er sich mit diesem Traum befassen müssen. Es war klüger, sich bei Tag mit den Geistern der Nacht auseinanderzusetzen.

Ein kleines Lamm weidete auf einer grünen Wiese. Viele Menschen kamen und streichelten sein weiches Fell. Das Lamm rieb seinen Kopf an jedem dieser Menschen, was diese glücklich zu machen schien.

Plötzlich entwickelte es einen ungeheuren Appetit. Es lief über das Land, doch es fraß nicht nur Gras, sondern verschlang ganze Bäume, vor allem die großen Eichen. Deren Naturgeister schwebten klagend daneben, doch das Lamm kümmerte sich nicht um ihren Schmerz.

Erschrocken stellte Gwyndon fest, dass das Tier auch seinen Baum nicht verschonen wollte. Mutig stellte er sich ihm in den Weg, doch es ging einfach an ihm vorbei, und er sah die heilige Eiche stürzen und im Maul des Lammes verschwinden. Der Schmerz in seinem Herzen war scharf und stechend. Er fühlte, wie ihn alle Lebenskraft verließ.

„Das ist das Ende", dachte er verzweifelt.

Wieder schreckte der alte Mann von seinem Lager hoch. Tränen liefen ihm über die Wangen. Entsetzt erkannte er, dass sich der Traum wiederholt hatte. Es war also ein bedeutungsvoller Traum, der Verderben verhieß, Verderben für die heiligen Bäume und Tod für ihn selbst! Ihn schauderte und auch sein Umhang konnte ihn nicht wärmen. Er stand auf, schlug das Fell vor der Tür zurück und schaute hinaus. Der Wind hatte sich gelegt, doch es regnete, wie er vorhergesehen hatte, in einer Weise, die kein baldiges Ende verhieß. Schaudernd lief er zum Fluss, zog sich rasch unter einem schützenden Felsvorsprung aus und tauch-

te im eisigen Wasser unter. Die Kälte verschlug ihm den Atem und er schnappte nach Luft; doch nachdem er sich wieder angezogen hatte, wurde ihm warm, und er fühlte sich klarer, klar genug, um beim heiligen Baum die Deutung seiner Träume zu versuchen.

Zum ersten Mal spürte er sein Alter. Der Aufstieg zum Hügel erschien ihm mühselig und steil, der Pfad schlüpfrig und unberechenbar. Auf der Kuppe angelangt, sah er in die Runde. Im Osten kündete sich die Dämmerung an, doch nicht durch einen rötlichen Schimmer, sondern dadurch, dass das dunkle Grau der Regenwolken dort etwas heller schien. Das dichte Blätterdach der Eiche gab etwas Schutz vor dem Regen und so lehnte er sich aufatmend an den Stamm. Er nestelte den Beutel mit den Runensteinen vom Gürtel und als er ihn öffnen wollte, bemerkte er erschrocken, dass seine Hände zitterten.

Was war mit ihm geschehen?

Welcher Schrecken kündigte sich durch diese dunklen Träume an? Er schloss die Augen, entspannte sich und es gelang ihm, die vertraute Kraft des Baumes in sich aufzunehmen. Als er die Augen wieder öffnete, sah er das wunderbare Wesen neben sich, das diesen Baum belebte.

„Du bist betrübt, mein Freund“, stellte es mitfühlend fest.

„Ich bin alt und müde“, wich der Druide aus, obwohl er wusste, dass der Naturgeist in seiner Lichthülle mehr las, als er mit Worten hätte ausdrücken können.

„Nicht älter und müder als gestern“, entgegnete der Naturgeist. „Magst du dich mir anvertrauen, Menschenfreund, oder ziehst du es vor, dass ich mich entferne?“

„Es ist zu Ende“, murmelte Gwyndon, „und ich weiß nicht, worum es sich handelt. Die Träume künden von Verderben und Tod, meinem Tod!“

„Jeder Tod ist auch ein Neubeginn", antwortete der Naturgeist, „Elhaz ᛉ ist nicht nur Ende, sondern auch Anfang." Der Druide nickte schweigend. Das Wesen berührte seine Stirn und die Verwirrung fiel von ihm ab wie eine überreife Frucht.

„Leg dir die Runen", empfahl das Wesen, „jetzt gleich! Wenn du willst, dann helfe ich dir, sie zu deuten."

„Ich danke dir", sagte Gwyndon, „für die Klarheit und die Hilfe." Der Naturgeist nickte lächelnd. Der Druide griff in den Beutel, zog einen Stein heraus und legte ihn vor sich auf den Felsen: Hagalaz ᚺ! Es würden also tatsächlich einschneidende Veränderungen eintreten, die Not und Elend bringen konnten, und es würde ganz plötzlich geschehen. Er legte den nächsten Stein: Perthro ᛈ, und die Rune stand auf dem Kopf! Die Veränderungen waren also schicksalhaft und durch nichts aufzuhalten.

„Was bedeuten diese Veränderungen für mein Volk?", fragte der Druide und legte den nächsten Stein: Naudiz ᚾ, zum Glück nicht auf dem Kopf stehend. So würden die Veränderungen nicht einfach zu verkraften sein, doch das Volk würde sie aufgrund seiner Zähigkeit überstehen. Es konnte sich also nicht um einen Einfall räuberischer Banden handeln, die das Land mit Krieg überzogen.

Doch was war es dann? Er zog die Rune Raido ᚱ. Überrascht hielt er inne. Raido stand für einen geistigen Entwicklungsweg, der unter großen Entbehrungen einem bestimmten hohen Ziel zustrebte.

Konnte es der neue Gott sein, für den die Fremden im fernen Süden warben und dem sie alle heiligen Bäume opferten?

„Was bedeuten diese Veränderungen für mich?", fragte er und seine Hand zitterte ein wenig, als er die Hand in den Runenbeutel steckte. Es war Elhaz ᛉ. Er selbst würde diese Veränderungen also nicht überleben und obwohl ihm seine Träume diesen Ausgang angekündigt hatten, fiel es ihm schwer, die Bestätigung durch die Rune anzunehmen.

„Was willst du, Gwyndon", fragte er sich, „du hast ein langes, erfülltes Leben geführt, du warst nie krank und musstest auch nicht leiden. Warum zögerst du, diesen Körper zu verlassen und in die andere Welt zu wechseln?"

„Nimm noch eine Rune", flüsterte das Baumwesen, das die ganze Zeit über schweigend neben ihm gestanden hatte.

Der Druide steckte zögernd die Hand in den Beutel. Was gab es jetzt noch zu fragen? Langsam legte er den letzten Stein neben Elhaz. Es war die Rune Othala ᛟ.

ᚺᛈᚾᚱᛉᛟ

„Es ist deshalb zu Ende für dich, weil du vollendet bist, Menschenfreund", erklärte das Baumwesen, „und das betrifft nicht nur dich, sondern unsere ganze wunderbare Kultur. Du und ich, wir werden diese Erde verlassen, denn in der neuen Strömung, die dieses Land unwiderstehlich überflutet, ist für uns kein Platz.

Wir befinden uns auf dem Gipfel unseres Wissens und um etwas noch Höherstehendes zu erschaffen, müssen wir weichen, damit die Menschen nicht bei uns verweilen, sondern weitergehen können. Das Wissen, das wir hüten, geht der Menschheit mit uns für lange Zeit verloren, doch nicht für immer, denn in ferner Zukunft kehren wir zurück, dann, wenn die Menschen den neuen Schritt gegangen sind. Ich werde mit dir weinen, Gwyndon, und doch muss es sein. Wenn du bereit bist, deinen Körper zu verlassen, werde ich dir in den anderen Welten Führer sein." Damit legte das Wesen seine Hand abschiednehmend auf die Stirn des alten Mannes und dankbar empfand dieser den Trost der Berührung seines feinstofflichen Freundes.

Tieftraurig kehrte der Druide in seine Hütte zurück. Er hängte den tropfnassen Umhang über eine Dachsparre und bemerkte, dass die Frauen das Feuer wieder entfacht und darüber einen Kessel aufgehängt hatten, in dem Getreidebrei einladend blubberte. Er schöpfte die heiße dicke Suppe in eine Schüssel und aß, ohne auf den Geschmack zu achten.

Hatte er das Wesen richtig verstanden?

War die alte Kultur der Druiden, die innige Verbundenheit zwischen der Natur und den Menschen, der Erde und dem Geist des Einen, dem Untergang geweiht?

Was konnte höher stehen als eine solche achtungsvolle Verbindung?

Welchem neuen Gott mussten sie den Platz räumen? Gwyndon spürte, wie Verbitterung in ihm aufstieg.

Dem dunklen Wasser, dem gefräßigen Lamm sollte er weichen?

Und mit ihm die heiligen Bäume und die wunderbaren Wesen, die diese Bäume belebten? Das würde einen unglaublichen Verlust für die Menschen und die Erde bedeuten, denn diese Wesen bildeten eine kraftvolle Schaltstelle zwischen den Energien des Himmels und denen der Erde. In den Blättern speicherten sie lebenspendende Schwingungen, die sie durch die Wurzeln langsam in den Boden leiteten. Dies war ein Prozess, der ganz natürlich in jeder Pflanze vor sich ging, doch die Hüter der großen heiligen Bäume vermochten Schwingungen durch diese hindurchzuleiten, zu denen die anderen nicht im Stande waren. Wenn die Baumwesen den Planeten verließen, würde die Erde viel weniger kraftvoll sein, die Menschen würden krank und schwächlich.

Welch eine Torheit von diesem neuen Gott, oder waren nur jene Toren, die ihn verkündeten?

Wussten die, welche die Bäume fällten, um den Preis, den alle Menschen dafür zahlen mussten?

Nur mühsam entfloh der Druide seinen Grübeleien. Kaum vermochte er sich zu sammeln, um seinen Pflichten nachzugehen. Tagelang durchstreifte er die Wälder auf der Suche nach Antworten, die er nirgends fand. Doch von jenem Tage an hatte er es sich zur Gewohnheit gemacht, die Runen täglich zu befragen, und als die Strahlen der aufgehenden Sonne ihm eines Morgens Hagalaz **H** *zeigten, die Rune der plötzlichen Veränderung, wusste er, dass die Zeit gekommen war. Langsam verrichtete er sein Ritual, langsam stieg er ins Dorf hinab, als ob er die Ereignisse dadurch verzögern könnte.*

Die Fremden standen auf dem Dorfplatz. Es waren zwei Männer in langen wollenen Umhängen. Sie trugen keine Schwerter, doch in ihren Augen brannten Feuer, die wie Klingen blitzten. Der Druide hielt sich abseits und versetzte sich in Trance, um die Lichthüllen der Männer zu betrachten. Sie loderten in violetter Gottesliebe, doch diese Flammen schienen alles zu verzehren, was sich ihnen in den Weg stellte. Die gelbe Farbe des persönlichen Willens war ebenfalls stark ausgeprägt, weniger dagegen die grüne Sanftmut und die blaue Hingabe, doch es gab auch rote Leidenschaft. Es waren gute Menschen, überzeugt von ihrer Mission, und ihrem Gott vollkommen ergeben, den sie Jesus nannten.

Die Dorfbewohner hatten sich um sie versammelt und lauschten ihren Worten. Als sie den Druiden erblickten, wurden sie unruhig. Doch Gwyndon gesellte sich einfach zu ihnen und zeigte ihnen damit, dass er nichts dagegen einzuwenden hatte, dass sie den Worten der Christen lauschten. Einer der beiden Männer, der sich John nannte, redete in ihrer Sprache, die er leidlich gut beherrschte.

„... und deshalb schickte Gott seinen Sohn, seinen eigenen Sohn auf die Erde, denn er sah, dass die Menschen Not litten, und wollte ihnen helfen. Dieser Sohn, den sie Jesus nannten, wurde in einem fernen Land im Süden geboren, viele Wochen und Monate entfernt von hier."

„Was hat er dann mit uns zu schaffen?", wollte einer der Dorfbewohner wissen.

„Nun, er musste irgendwo geboren werden, und Gott ließ es an einem Ort geschehen, wo sein Leben große Wirkung entfalten konnte", fuhr John fort, „doch uns kann es gleich sein, wo es geschah, denn Jesus sagte, dass er gekommen sei, um alle Menschen zu erlösen. Und deshalb hat das, was er sagte, auch mit euch zu schaffen. Begreift ihr das, Leute? Oder habt ihr noch von keinem Gott gehört?" Die Leute murrten empört.

„Was denkst du von uns?", rief einer der Männer. „Wir sind doch keine Wilden! Wenn du Dagda und Danu meinst, Mutter und Vater Gott, wissen wir, von wem du sprichst."

„Dann ist es ja gut", beschwichtigte John, „ich hatte es auch nicht anders erwartet. Gott oder Dagda, wie ihr ihn nennt, wacht über seine Kinder auf der Erde." Die Dorfbewohner nickten zustimmend. „Doch er sah, dass sie unglücklich wurden", fuhr John fort, „denn sie hatten vergessen, wie sie leben sollten. Sie achteten seine Gesetze nicht mehr und deshalb beschloss er, seinen eigenen Sohn zu ihnen zu schicken, damit dieser sie lehren konnte, welche Art von Leben Gott gefiel. Denn nur, wer ein gottgefälliges Leben führt, wird wahrhaftig glücklich. Und Danu, die ihr Mutter nennt, ist die Mutter Jesu Christi, und sie heißt Maria."

„Was du uns da erzählst, war schon unseren Vorvätern bekannt. Bei uns sorgt der Druide dafür, dass wir uns an die heiligen Gesetze halten, wenn wir das vergessen sollten", rief ein

Mann. „Gwyndon, sag du ihnen endlich, dass wir unseren Gott haben und seinen Sohn nicht brauchen!“ Alle Augen richteten sich auf den Druiden. Doch der alte Mann blickte zu Boden und schwieg.

Was wussten sie von Perthro ᛈ? Er fühlte sich merkwürdig gelähmt, hatte ihm diese Rune doch offenbart, dass sich das Schicksal erfüllen würde, was immer er auch dagegen unternahm. Widerstand war vollkommen zwecklos. Die Dorfbewohner blickten ihn erstaunt an.

„He, was ist los, Gwyndon, hast du die Sprache verloren?“, rief einer. „Du bist doch sonst nicht so schweigsam!“

„Wir wollen die Gesetze der Gastfreundschaft beachten und die Männer sagen lassen, was sie zu sagen haben, ohne sie unziemlich zu unterbrechen“, redete sich der Druide lahm heraus, und da er sich selbst nicht glaubte, glaubten ihm auch die anderen nicht.

Was war bloß mit Gwyndon los? Einige der Älteren überlegten, dass er schon für den Stamm gesorgt hatte, als sie selbst noch Kinder waren. Vielleicht machte ihm das Alter tatsächlich langsam zu schaffen.

Jetzt schaltete sich der andere, der sich Paul nannte, in das Gespräch ein:

„Gott, oder wenn ihr unbedingt wollt, Dagda, sandte seinen Sohn deshalb zu uns, weil er alle Menschen liebt, und sein Sohn Jesus liebt uns ebenfalls, sonst wäre er bei seinem Vater im Himmel geblieben. Dort wäre es ihm viel besser ergangen, das könnt ihr mir wohl glauben, doch aus Liebe zu uns willigte er ein, die Menschen auf der Erde zu erlösen. Versteht ihr, er liebt jeden einzelnen von euch, auch dich und dich“, und damit wies er mit dem ausgestreckten Zeigefinger auf die einzelnen Dorfbewohner. Die Leute schauten einander erstaunt an.

„Er kennt uns nicht. Wie kann er uns lieben?", wandte ein Mann ein. John lächelte nachsichtig.

„Weil er der Sohn Gottes ist, verstehst du? Gott kann alles, er sieht alle Menschen, kennt und liebt jeden einzelnen, auch dich. Und sein Sohn kann natürlich, was der Vater kann, oder ist dein Sohn etwa ein Schlappschwanz?"

„Nein, natürlich nicht!", erwiderte der Mann entrüstet.

„Na, siehst du", fuhr John fort, „das hatte ich auch nicht anders erwartet bei so einem starken Kerl wie dir." Der Mann freute sich sichtlich über dieses Lob und Gwyndon musste zugeben, dass John es verstand, Menschen für sich einzunehmen.

„Jesus kam deshalb zu uns auf die Erde, weil er uns lehren wollte, wie wir glücklich werden können. Er gab nur ganz wenige Regeln, und eine der wichtigsten ist, dass wir einander lieben sollen, so wie er uns liebte", übernahm Paul. „Wir sollen jeden anderen Menschen so sehr lieben, wie wir uns selbst lieben. Deshalb lautet die Regel: ‚Liebe deinen Nächsten wie dich selbst.'"

„Aber bestimmt nicht die Gorns aus der Schlucht", rief ein Mann und die Dorfbewohner zollten diesen Worten geräuschvollen Beifall, denn die Gorns waren dafür bekannt, viel Alkohol zu trinken und Vieh zu stehlen. Der Druide lachte still in sich hinein. Er war gespannt, wie John und Paul diesen praktischen Einwand entkräften würden.

„Auch die Gorns", erwiderte Paul bestimmt. „Sie sind genauso Kinder Gottes, wie ihr es seid. Wenn sie Unrecht tun, müsst ihr sie mit Worten überzeugen, dass es besser ist, Gutes zu tun, denn nur die Guten halten Einzug ins Himmelreich."

„Jesus kannte die Gorns nicht", widersprach der Mann, „da ist Reden aussichtslos, da helfen nur Prügel!"

„Mit den Gorns reden", lachte ein anderer, „das ist ein guter Witz, wirklich komisch!"

„Versucht es doch mal", prustete ein anderer, „wenn ihr ihr Land betreten habt, ohne dass sie euch die Schädel einschlagen, wollen wir euch gerne glauben." John hielt es für angebracht, das Thema zu wechseln.

„Das wollen wir gern probieren", antwortete er freundlich, „und mit der Kraft des Lammes wird es uns gelingen." Der Druide fuhr zusammen. Das Lamm!?

„Welches Lamm?", fragte ein Dorfbewohner. „Was meinst du mit der Kraft des Lammes?"

„Jesus wird das Lamm Gottes genannt", erklärte Paul, „denn er ist sanftmütig wie ein Lamm, und doch ist er unwiderstehlich stark. Nicht Gewalt wird die Menschen erlösen, sondern die Liebe Jesu. Er liebte so sehr, dass er für die Menschen starb. Er nahm ihre Sünden auf sich und sühnte sie durch seinen Tod."

„Das wäre nicht nötig gewesen, nicht für mich", rief ein Mann. „Für mich muss niemand sterben! Ich regle meine Angelegenheiten selbst und wenn ich Rat brauche, dann befragt Gwyndon, unser Druide, die Runen für mich."

„Du brauchst keinen Druiden und keine Runen mehr, wenn du Jesus hast", erwiderte John, „denn Jesus ist der Sohn Gottes, und durch ihn kannst du viel mehr bewirken als durch jeden Druiden. Glaube mir, wenn du dich in seinem Namen taufen lässt, wirst du über Runen und heilige Bäume lachen!" Gwyndon spürte, wie ihm das Herz eng wurde. Etwas Schweres, Drückendes legte sich auf seine Brust. Er hatte genug gehört. Mehr konnte er beim besten Willen nicht ertragen und so zog er sich in seine Hütte zurück.

Die Männer blieben im Dorf. Sie halfen den Bewohnern bei der Arbeit und taten nichts, um den Druiden zu stören. Sie begegneten ihm freundlich und erkundigten sich sogar nach seinen

Göttern, ein Ansinnen, auf das er selbstverständlich nicht einging. Die Christen waren tatsächlich vollkommen unwissend, denn sie schienen zu glauben, dass er zur großen Eiche betete!

Wie hätte er ihnen verständlich machen sollen, dass in diesem Baum ein wundervolles lichtes Wesen wohnte, mit dem er sich täglich beriet?

Wie erklären, dass solch ein feinstoffliches Wesen den Schöpfungsplan Dagdas für die Natur ganz unmittelbar in sich erlebte und dies Wissen den Menschen zur Verfügung stellte?

Wie sollte er diesen Blinden die Farben beschreiben, die er um jedes lebendige Wesen, ja sogar um sie selbst herum wahrnahm?

Wie hätte er ihnen das lebendige Netz erklären sollen, durch welches Mensch und Natur mit Dagda verbunden waren?

Und wie ihnen verständlich machen, dass er natürlich nicht die feinstofflichen Wesen anbetete, die sie gar nicht sahen, sondern nur Dagda, den Vater aller Götter?

Schon begannen die ersten Dörfler zu schwanken. Die Christen berichteten täglich vom Paradies, einer wunderbaren Welt nach dem Tode, die nur für jene aufgespart blieb, die sich im Namen Jesu Christi taufen ließen. In glühenden Farben schilderten sie die Freuden, die dort auf die Christen warteten, und ebenso drastisch beschrieben sie die Hölle, jene Welt, die auf die anderen wartete, jene, denen Jesus die Sünden nicht abgenommen hatte. Doch um gerecht zu sein, musste Gwyndon anerkennen, dass sie tatsächlich vorlebten, was sie predigten. Sie achteten ihre Mitmenschen, halfen ihnen unermüdlich und waren immer zur Stelle, wenn sie gebraucht wurden, ohne etwas als Gegenleistung für sich zu verlangen.

Das, was die Dörfler am meisten beeindruckt hatte, war die wunderbare Verwandlung der Gorns. Die Christen hatten die-

sen wilden Clan tatsächlich gezähmt, wenn der Druide auch nicht sicher war, ob es durch die Liebe Jesu geschehen war oder durch die genüsslichen Schilderungen der Höllenfeuer und der Qualen derer, die sich nicht zu ihm bekehrten.

Mit der Zeit bemerkte Gwyndon, dass er immer einsamer wurde. Die Menschen im Dorf scheuten seine Anwesenheit und er hätte nicht mit Bestimmtheit sagen können, dass er sich nicht auch von ihnen zurückzog. Er fürchtete die Entscheidung, welche die Dörfler einst würden treffen müssen, und nahm sie mit seinem Verhalten geradezu vorweg. Perthro, die Schicksalsrune, hielt ihn in ihren Klauen, und er vermochte nicht, sich aus ihrer lähmenden Umklammerung zu lösen. Er glaubte sicher zu wissen, dass er untergehen würde. So gab er den Kampf auf, bevor er überhaupt begonnen hatte, und überließ den Christen das Feld, das er so lange Jahre hingebungsvoll bestellt hatte.

Es kam der Tag, den der Druide so sehr gefürchtet hatte. Am Abend zuvor hatten John und Paul die Dorfbewohner einzeln aufgesucht und für den nächsten Morgen auf den Platz eingeladen, da sie etwas äußerst Wichtiges zu sagen hätten. Auch an Gwyndon war die Einladung ergangen und deshalb war er anwesend, obwohl die Rune Elhaz ᛉ, die Rune des Todes, die er heute Morgen gezogen hatte, das Schlimmste verhieß. Die beiden Christen hatten helle Gewänder angelegt. Jeder von ihnen trug ein Kreuz. Sie begannen die Versammlung mit einem Gebet. Andächtig sanken sie auf die Knie, legten die Hände zusammen und sprachen:

„Wir beten zur Dir, Gott, unserem heiligen Vater, und zu Jesus Christus, Deinem eingeborenen Sohn. Gib uns heute die Kraft zu beweisen, dass Du allein der Gott bist und niemand außer Dir. Lass die Liebe des Lammes in uns einströmen, damit die Menschen hier durch Deine Liebe gerettet werden. Statte uns mit der

Vollmacht aus, nach vollbrachter Tat in Deinem Namen all diejenigen zu taufen, welche die heilige Taufe begehren. Heiliger Vater, gib uns Deinen Segen!" Die Dörfler hatten ihnen schweigend gelauscht. Der Druide bemerkte, dass fast alle die Köpfe andächtig geneigt hatten. Die beiden Christen erhoben sich. John begann:

„Wir wollen euch beweisen, dass Jesus, der Gott der Christenheit, stärker ist als eure Götter", begann John, wobei er den Druiden bedeutungsvoll anblickte. „Ihr betet diese alte Eiche an, doch eine Eiche ist ein Baum und nicht mehr, ein Baum, aus dessen Holz man Häuser bauen könnte, zum Beispiel ein Haus Gottes. Zum Beweis dafür, dass die Liebe des Lammes unbesiegbar ist, werden wir, wenn ihr einverstanden seid, heute diesen Baum auf der Kuppe des Hügels fällen." Ein Raunen ging durch die Menge. Die Menschen blickten unsicher zu ihrem Druiden hinüber.

Wie würde er reagieren? Doch Gwyndon schwieg auch jetzt. Es schien, als sei sein inneres Feuer erloschen. Er wirkte wie ein alter gebrochener Mann und nichts erinnerte mehr an den leuchtenden Blick, die aufrechte Haltung und die strahlende Kraft, die sonst von ihm auszugehen pflegte. Nicht nur, weil John und Paul sie überzeugten, sondern auch wegen des sichtlichen Verfalls ihres Priesters, der sich seit der Anwesenheit der Christen rasend schnell vollzogen hatte, flüsterten die Menschen hinter vorgehaltenen Händen:

„Dieser Jesus scheint tatsächlich stärker zu sein als der Gott unseres Druiden."

„Wenn dies vollbracht ist, werden wir hinunter zum Fluss ziehen und im Namen Jesu Christi alle taufen, die den alten Göttern entsagen und nur noch Jesus anbeten wollen. Seid ihr damit einverstanden, Leute?", fragte Paul. Erst riefen nur einzel-

ne ihre Zustimmung, doch die anderen ließen sich anstecken. Paul, das Kreuz in der rechten Hand haltend, blickte auffordernd in die Runde und tat die ersten Schritte in Richtung des Hügels. Die Menschen schauten einander an, wagten noch einen letzten Blick auf ihren Druiden, doch da dieser keine Regung zeigte, setzte sich der Zug der Leute in Richtung des Hügels in Bewegung.

Später sollte sich Gwyndon oft fragen, warum er sich von Perthro in diesem Ausmaß hatte lähmen lassen. Die Rune bedeutete schließlich nicht nur Schicksal, sondern auch die Auseinandersetzung mit den Ereignissen, die zu diesem Schicksal gehörten. Vielleicht hätte er das Blatt wenden können, indem er das Gespräch mit den Christen suchte und sich mit ihnen und den Dorfbewohnern auseinandersetzte, statt sich gänzlich von ihnen abzuwenden. Möglicherweise hätte die Geschichte für den Druiden anders ausgehen können, versöhnlicher und nicht so verzweifelt, wie es schließlich geschah.

„Wie steht es mit dir, Gwyndon?", fragte John, der bei dem einsamen alten Mann zurückgeblieben war. „Willst du dich nicht auch zu uns gesellen? Jesus wird dir deinen Götzendienst verzeihen, wenn du dich in seine Obhut begibst."

Der Druide antwortete nicht, doch der Blick, der den Christen traf, war so traurig, so in sein Schicksal ergeben, dass John nicht anders konnte und ihm mitfühlend die Hand auf die Schulter legte. Nach dieser Geste der Menschlichkeit eilte er hinter den Dorfbewohnern her, die bereits einen guten Teil des Weges zurückgelegt hatten. Gwyndon folgte ihnen nicht. Er hörte die Schläge, mit denen sie den Baum fällten, und selbst das war mehr, als er ertragen konnte. Es hätte wohl in seiner Macht gestanden, sie mit Gewalt daran zu hindern, doch davon hielt er nichts. Blind vor Tränen stürzte er in seine Hütte, wo ihn sein

Freund, der feinstoffliche Hüter der Eiche, bereits erwartete. Gemeinsam beweinten sie das Ende ihrer Zeit. Auch die Raben kreisten klagend über dem Hügel und manch einen Dorfbewohner verfolgte dieses Klagen noch lange in seinen Träumen.

„Ich werde diese Erde jetzt verlassen", sagte das Wesen, als sie keine Tränen mehr hatten. „Die höheren Naturgeister werden mich begleiten, denn ohne Achtung wird ihnen das Leben hier gleichermaßen unerträglich. Wir erwarten dich, wenn du die Ebene gewechselt haben wirst. Sei dir unserer Unterstützung gewiss! Doch auf der Erde musst du jetzt allein bestehen, Gwyndon. Lebe wohl!"

Und mit diesen Worten verblasste sein Freund ganz einfach und war nicht mehr vorhanden. Einsam blieb der Druide zurück. Dann begann er sein Bündel zu schnüren: sein Essgeschirr, die Felle und Decken, auf denen er zu schlafen pflegte, und einige Nahrungsmittel als Wegzehrung. Als er seine Hütte nach einem letzten Blick des Abschieds verließ, hallte die Luft wider vom triumphierenden Geheul der Dorfbewohner, die auf der Kuppe des Hügels um den gefällten Baum herumtanzten. Gwyndon verließ das Dorf, in dem er ein Leben lang gewirkt hatte, ohne dass die, für die er sich eingesetzt hatte, es bemerkten.

Das Fest erreichte seinen Höhepunkt mit der feierlichen Taufe aller Dorfbewohner. Es erstaunte niemanden, dass der Druide seine Hütte verlassen hatte. John und Paul übernahmen sie als ihre Wohnstatt. Auf dem Hügel erbauten sie aus dem Holz der großen Eiche ein Gotteshaus, das sie Kirche nannten.

Gwyndon schlug den Weg zum fernen Glenmore Castle ein, denn er wollte wissen, ob der Chief von dieser Entwicklung in seinem Land wusste und wie er dazu stand. Der Wald schien ihm leer, die Natur wie verwaist. Nur die Naturgeister, die das einfache Überleben der Pflanzen sicherten, waren geblieben. Diejenigen aber, die die höheren Schwingungen der göttlichen Liebe herabgeleitet hatten, gab es auf dieser grobstofflichen Ebene nicht mehr.

Wie würden die Wälder überleben, ohne den Schutz ihrer Hüter?

Wer würde den Menschen Einhalt gebieten, wenn sie mehr Bäume fällten, als es dem Gleichgewicht der Natur guttat?

Und wie würde sich ein solches Tun am Ende auf den ganzen Planeten auswirken? Gwyndon spürte, dass er in dieser leeren Welt nicht weiterleben wollte. Nach seinem Besuch beim Chief würde er sich in die kleine Hütte im dichten Wald, die nur er allein kannte, zurückziehen, um dort zu sterben.

Glenmore Castle war ein Haus aus Stein, nicht aus Holz und Lehm wie die Hütten, die sich Schutz suchend an die Außenmauern des großen Bauwerks drängten. Ein mit schweren hölzernen Flügeln geschütztes Tor führte in den Innenhof des Gebäudes. Als der Druide hindurchgehen wollte, versperrten ihm zwei bewaffnete Krieger den Weg.

„Was willst du, Fremder?", fragte der eine.

„Ich bin Gwyndon", antwortete der Druide, „und ich begehre, meinen Chief zu sprechen." Der Bewaffnete rief etwas in den Hof hinein.

„Warte!", sagte er dann. „Wenn der Chief dich sehen will, wird er es dir mitteilen lassen." Danach verschloss der Krieger seine Miene und hüllte sich in Schweigen. Nach kurzer Zeit erschien ein Bediensteter am Tor und der Krieger bedeutete dem Druiden mit einer kurzen Geste, dass er eintreten dürfe. Rasch folgte er dem Diener, der den von Gesinde und Vieh wimmelnden Hof schon zur Hälfte überquert hatte, ohne sich darum zu kümmern, ob der alte Mann ihm folgen konnte. Gwyndon hielt dies

für kein gutes Zeichen. An der Farbe seines Umhangs konnte jeder im Land erkennen, dass er Druide war, denn das dunkle Violett war nur den Priestern vorbehalten. Früher war man ihm mit Ehrerbietung begegnet. Er machte sich auf das Schlimmste gefasst.

Glenmore Castle war ein düsteres Haus mit dicken Mauern, kleinen Fenstern, zugigen Gängen und vor Schmutz starrenden Räumen. Die Dorfbewohner hatte der Druide gelehrt, dass Sauberkeit Krankheiten verhinderte. Er hatte sogar eine etwas vom Dorf und vom Fluss abgelegene Stelle für das Verrichten der Notdurft bestimmt. Diese Praxis hatte sich nicht bis hierher durchgesetzt. Es stank und wie jedes Mal kämpfte Gwyndon gegen einen starken Würgereiz.

Der Bedienstete führte ihn zu einem Eingang, der mit einem dicken Vorhang verhängt war, und wies den Druiden an, hindurchzutreten. Der Raum war kahl und düster. Einige Teppiche hingen an den Wänden, doch wirkten sie wie kleine Flicken an den kalten grauen Steinwänden. Gwyndon erschrak, als er den Chief sah. Es war höchstens drei Jahre her, seit er ihn zum letzten Mal aufgesucht hatte. Der einstmals kühne Kämpfer wirkte wie ein Schatten seiner selbst und rekelte sich in einer Ecke auf einem steinernen Sitz. Seine Kleider waren so verschmutzt, dass die eigentliche Farbe nicht mehr zu bestimmen war. Es stank nach Erbrochenem und sein Atem verriet, dass er dem Branntwein entschieden zugesprochen haben musste. Sein Kopf war kahl geworden, die Wangen schlaff und der Bauch fett. Mit glasigen Augen starrte er den Druiden an.

„Was willst du, Gwyndon?“, lallte er und rülpste geräuschvoll.

„Chief, braucht ihr meine Hilfe?“, fragte der Druide, dem die Lichthülle seines Gegenübers nichts Gutes verhieß.

„Lass mich in Ruhe, Alter“, antwortete der Chief. „Stiehl mir *nicht meine Zeit, sondern sag mir, was du willst, und dann verzieh dich wieder." Gwyndon schauderte. Die Geister der Krankheit und des Unfriedens hatten bereits Besitz von diesem Menschen ergriffen.*

„Es ziehen Männer im Land umher, die einen neuen Gott verkünden, den sie Jesus nennen. Sie fällen unsere heiligen Bäume und entzweien die Stämme. Wisst ihr davon, Chief?", fragte er.

„Wegen solch einer Kleinigkeit wagst du es, mich zu behelligen?", brüllte dieser und die Stirnadern schwollen ihm derartig an, dass Gwyndon fürchtete, ihn würde gleich der Schlag treffen.

„Es ist keine Kleinigkeit", antwortete er mit ruhiger Stimme, „Chief, es verändert unser Land von Grund auf. Die Naturgeister verlassen die Wälder..."

„Naturgeister!", unterbrach der Chief grölend. „Du hast gar nichts kapiert, Gwyndon, überhaupt nichts! Es geht nicht mehr um dich und deine grünen Geister, es geht um viel mehr. Was weißt denn du von Politik? Die Chiefs im Süden beten zu dem neuen Boss im Himmel, zu diesem Jesus, und sie bieten Handel und Soldaten all denen, die den Neuen anerkennen. Verstehst du Gwyndon, der Neue bringt uns Reichtum und Macht. Was scheren mich die Geister?"

„Gilt euch ein Druide gar nichts mehr?", fragte Gwyndon, dem es immer schwerer fiel, seine Erregung zu dämpfen.

„Ein Druide?", kicherte der Chief boshaft. „Willst du wirklich wissen, was mir ein Druide gilt? Das sollst du gleich erfahren, Gwyndon, du Dummkopf. Wache!", brüllte er. „Schmeißt diesen Kerl da raus. Er wagt es, mir die Zeit zu stehlen!"

Zwei Männer ergriffen den Druiden und zerrten ihn aus dem Raum. Sie stießen ihn unter dem Gejohle und Gepfeife des Gesindes über den Hof und gaben ihm am Tor einen solchen Stoß, dass er auf den kotigen Boden stürzte. Bevor sich der alte Mann aufrappeln konnte, leerten die Männer johlend einen Kübel Unrat über ihm aus.

„Lass dich hier nie wieder blicken", schrie eine der Wachen. „Das nächste Mal lass ich mir aus deiner Haut ein neues Wams nähen." Mit allerletzter Kraft rappelte sich Gwyndon auf. Tränen liefen ihm über die Wangen und so schnell er konnte entfernte er sich von diesem Ort seiner äußersten Demütigung. Schützend nahm der Wald ihn auf und dankbar bemerkte der Druide, dass die verbliebenen Naturgeister sich nach Kräften um ihn kümmerten. Einige wiesen ihm den Weg zum nächsten Fluss, wo er sich und seine Kleider vom Unrat reinigte. Sie zeigten ihm trockenes Holz und eine Höhle, in der er ein Feuer entfachte, die Kleider trocknete und die Nacht verbrachte. Früh am nächsten Morgen brach er auf. Sein Körper war wieder rein, doch in seiner Seele fühlte er sich beschmutzt.

„Nie wieder werde ich meine Fähigkeiten für die Menschen einsetzen", beschloss er verbittert. „Sie sind so standhaft wie Blätter im Wind. Um ihres eigenen Vorteils willen sind sie bereit, denjenigen zu verraten, der ihnen ein Leben lang diente." Er warf ihnen nicht vor, dass sie sich für einen anderen Gott entschieden hatten, denn das war etwas, was jeder Mensch für sich allein entscheiden musste.

Was er ihnen nicht verzieh, war, dass sie aufgehört hatten, ihn als den zu achten, der er war! Das war mehr, als er ertragen konnte. Die Behandlung durch den Chief hatte das Geschwür, das an seiner Seele fraß, aufbrechen lassen. Keiner der Dorfbewohner war von sich aus zu ihm gekommen, hatte sich nach seinem Wohlergehen erkundigt! Johlend waren sie den Hügel hinaufgezogen, um den heiligen Baum zu fällen. Nicht einer hatte zurückgeblickt auf den Druiden Gwyndon!

Der alte Mann richtete sich in der kleinen Hütte ein, die er vor langer Zeit an einer nur ihm bekannten Stelle tief im Wald errichtet hatte. Früher hatte er sich dorthin zurückgezogen, wenn er Stille brauchte. Jetzt diente sie ihm als Zuflucht, als Zuhause, wo er die ihm noch verbleibende Zeit verbringen wollte. Viele Stunden hielt er dort Zwiesprache mit Dagda, den er in seinem Innern vernahm. Schließlich fand er Frieden. Die Zeit und die Stille halfen ihm, zu erkennen, dass er die Dorfbewohner mit seiner Zurückhaltung nicht gerade ermutigt hatte, sich an ihn zu wenden. Selbst mit seiner Körperhaltung hatte er ihnen gezeigt, dass er sich als Verlierer fühlte. Er verzieh ihnen, denn wenn er ehrlich war, konnte er ihnen nicht verdenken, dass sie sich den strahlenden, siegesgewissen Christen angeschlossen hatten.

Als der erste Schnee fiel und das Land mit einer kalten hohen Schicht zudeckte, bereitete sich der Druide darauf vor, seinen Körper zu verlassen. Seine Zeit war gekommen, dessen war er sicher, denn in seinen Träumen erschien ihm jede Nacht der Hüter des heiligen Baumes und sprach von einem baldigen Wiedersehen. Immer schwächer wurde der Körper des alten Mannes, immer stärker seine Seele. Lächelnd blickte er dem Tod ins Angesicht, denn er schaute die lichtvollen Gestalten auf der anderen Seite des Tunnels. So verließ er glücklich seinen Körper, geleitet von seinen treuen Freunden, und mit ihm ging die reine Form des Druidentums zu Ende.

Gwyndon blieb eine ganze Weile im Zwischenreich der Naturgeister. Er kostete den Zustand aus, sich unmittelbar und auf gleicher Ebene mit ihnen verständigen zu können, und gemeinsam erfreuten sie sich an den Möglichkeiten, die ihnen dieses Miteinander gab. Immer seltener erfasste ihn die Trauer um den Untergang des Druidentums und den Niedergang der Wälder. Immer weiter entfernte er sich von seinem Leben auf der Erde und der Rolle, die er in jenem Leben gespielt hatte. Es kam der Tag, da ihm sein innigster Freund, der Hüter der Eiche, empfahl, diese Ebene des Zwischenreichs zu verlassen.

„Du bist ein Mensch, Gwyndon", sagte er, „dir stehen ganz andere Möglichkeiten offen als uns, denn wir sind von Dagda ausschließlich dazu bestimmt, der Natur zu dienen. Verstehst du, Freund, wir können nicht anders, als diesen Auftrag zu erfüllen. Das ist unser Lebenssinn, wir haben keine Wahl. Du dagegen darfst frei entscheiden, wie du leben willst. Auf dieser Stufe hier bist du bereits vollendet. Denke an die Rune Othalan! Es gibt nichts Neues mehr für dich. Jetzt soll dir Elhaz ihren wahren Sinn offenbaren. Erinnerst du dich, was ich dir damals bei der Eiche sagte, als du die Runen legtest, um den tieferen Sinn deiner Träume zu begreifen?"

„Elhaz ist nicht nur Tod, sondern auch Neubeginn", antwortete Gwyndon nachdenklich.

„Dann lebe jetzt den Neubeginn", empfahl ihm das Wesen. „Bist du dazu bereit?" Gwyndon schwieg.

Das bedeutete, dass er Abschied nehmen musste von den Wesen, denen er sich verbunden fühlte, von dieser Sphäre, in der er sich wohl fühlte, um wohin zu gehen?

Wartete ein neuer Kampf auf ihn, sollte er in einem neuen Leben wieder das, was ihm am Heiligsten war, aufgeben, noch einmal diesen tiefen Schmerz erleiden? Doch tief in seinem Innern wusste er, dass der Freund recht hatte. Hier würde er stehen bleiben, auf einer angenehmen Stufe zwar, im Zustand der Vollendung.

„Ich bin bereit", hörte er sich sagen, und obwohl er erschrak, dass sich seine Seele schon entschlossen hatte, fühlte er, dass es richtig war.

„Dann lebe wohl, geliebter Menschenfreund", sprach das We-

sen. „In dieser Form werden wir uns nicht mehr begegnen. Doch sei gewiss, dass unsere Liebe uns in alle Ewigkeiten miteinander verbindet. Ich werde mich dir, wenn die Zeit gekommen ist, wieder offenbaren. Dann werden wir beide allerdings nicht mehr die sein, die wir jetzt sind." Er umarmte den Druiden und berührte ihn an der Stirn. Gwyndon empfand eine selige Müdigkeit.

„Schlafe jetzt ein", hörte er das Wesen flüstern, „schlafe ein als Druide Gwyndon und erwache als ..."

Alaia öffnete die Augen. Sie lag auf weiches Moos gebettet im Schatten der Bäume vor dem weißen Tempel. Erstaunt richtete sie sich auf. Wie war sie hierhergekommen? Der Helfer schritt gerade die Treppe herab und trat auf sie zu.

„Willkommen", begrüßte er sie strahlend. Sie sprang auf und sank in seine Arme.

„Wie komme ich hierher? Wieso hat mich diesmal kein Engel zu dir geführt?", fragte sie nach einer Weile.

„Weil du dich lange in einem anderen Teil des Zwischenreiches aufgehalten hast", erklärte der Helfer. „Nachdem du bereit warst, dich von den Naturwesen zu lösen, hat dich dein eigener Wunsch hierhergetragen. Komm mit in den Tempel, damit wir gemeinsam die Fäden dieses Lebens mit den anderen verknüpfen können."

An seiner Seite erklomm sie die Stufen und sah sich voller Wiedersehensfreude in dem vertrauten Raume um. Das Licht zu Ehren des Einen brannte wie immer still auf dem schlichten Altar, doch waren einige der Fenster plötzlich farbig, und die hindurchscheinende Sonne malte leuchtende Flecken auf den hellen Steinboden.

„Die Farben dieser Fenster sind wunderschön."

„Es sind jene Farben deiner Seele, die du auf der Erde gelebt hast. Je mehr Farben du verkörperst, um so prächtiger leuchtet dieser Tempel, denn er ist ein Spiegel deines Seins. Hast du das noch nicht bemerkt?" Überrascht schüttelte Alaia den Kopf. „Du hast in deinem letzten Leben viele Farben hinzugefügt", fuhr der Helfer fort. „Weißt du, um welche es sich handelte?"

„Ich habe die Erde diesmal nicht nur genossen, sondern bin ihrem geistigen Sein sehr nahegekommen, besonders den Bäumen und ihren Hütern. Deshalb muss es die grüne Farbe sein", antwortete Alaia.

„Grün, die vollkommene Verbindung von Blau und Gelb: der Wille des Menschen, der sich mit dem göttlichen verbindet, um Seiner Schöpfung, der Natur, zu dienen. Diese Aufgabe hast du erfüllt, denn du erkanntest nicht nur die irdische Natur, sondern auch den göttlichen Schöpfungsplan, der hinter allen Manifestationen wirkt. Nachdem du dich in Palästina ganz dem sinnlichen Erleben der materiellen Wunder hingegeben hattest, gelang es dir als Druide, den Geist zu ergründen, der lenkend hinter der Materie steht. Du erfuhrst die geistige Kraft nicht nur in den großen Kreisläufen der Natur, sondern in jeder noch so kleinen Pflanze, in jedem Tier und natürlich in den feinstofflichen Wesen. Du liebtest diese Vielfalt, sie war dir Ausdruck der Vollkommenheit und du dientest ihr gern. Es gibt eine Farbe im Kaleidoskop, welche die Vielfalt der irdischen Schöpfung ausdrückt.

„Die Vielfalt aller Farben, vereint in einer?", fragte Alaia. Der Helfer nickte und fuhr fort:

„Es ist Magenta, die Farbe des Umhangs der Druiden. In dieser Farbe wird die Liebe des Einen zu seinen Geschöpfen sichtbar, fühlbar und erlebbar."

„Wenn du es so beschreibst, klingt es wunderbar", sagte Alaia, „doch wie passt das Ende dieses Lebens in das Bild?"

„Magenta ist auch die Farbe opferbereiter Liebe", erklärte der

Helfer, „denn wer dem Höchsten dient, der muss zuweilen Opfer bringen, auch solche, die ihm nicht unbedingt einleuchten mögen."

„War es denn wirklich notwendig, dass die Christen die heiligen Bäume fällten und die Hüter der Bäume damit verjagten?", fragte Alaia traurig. „Verlangt das Christusbewusstsein tatsächlich solch ein Opfer?"

„Nein", erwiderte der Helfer, „denn dieses Bewusstsein ist höchste Wahrheit und umfasst alles und natürlich auch das Wissen um die Natur. Doch Jesus stellte die Vermittlung dieses Wissens nicht in den Vordergrund. Ihm war es wichtiger, den Menschen die grundsätzlichen Regeln zu geben, die ein Weiterleben auf diesem Planeten und ein Zurück zur göttlichen Quelle ermöglichten. Diejenigen seiner Nachfolger, die seine Lehre verbreiteten, hielten sich ausschließlich an die Kernbotschaft: das Mysterium von Jesu Kreuzigung und Auferstehung und die wichtigen Gebote der Liebe und der Gemeinschaft. Ganz abgesehen davon kannten die meisten gar nichts anderes, und vorsichtig mieden sie alles, was nicht dazu gehörte."

„Warum nur?", fragte Alaia. „Das Wissen der Druiden hätte ihrer Lehre nicht geschadet. Im Gegenteil! Es hätte sie bereichert. Vielleicht hätte ich mich ihrem Jesus sogar angenähert, wenn sie mich geachtet hätten."

„Vergiss nicht, dass sich das Christentum aus dem alten Judentum entwickelte", erklärte der Helfer, „und dort gibt es unzählige Vorschriften. ‚Jehova', der Gott der Juden, war ein strenger Gott. Er nannte das Volk Israel ‚sein Volk' und verbot diesem, sich mit den religiösen Bräuchen anderer Völker einzulassen oder diese gar zu übernehmen. Wenn die Israeliten ihm nicht gehorchten, strafte er sie schrecklich. Die Christen folgen in diesem Punkt dem Beispiel der Juden: Vorsichtshalber meiden sie alles, was ihrer Meinung nach nicht genau der Lehre ihres Herrn entspricht. Doch das ist menschliche Unzulänglichkeit und hat mit der eigentlichen Wahrheit nichts zu tun."

„Sie hätten das Druidentum meiden können", rief Alaia erregt, „ich wollte sie nicht zu meinem Glauben bekehren. Es gibt nur einen Schöpfer des Universums! Jeder hätte Gott auf seine Art verehren können. Warum nur erklärten sie ihren Glauben für wahr und den meinen für falsch? Ich konnte sie in ihrer Religion gelten lassen, warum sie mich nicht in meiner?" Der Helfer nickte verständnisvoll.

„Ich verstehe deine Erregung, Alaia", antwortete er, „denn du sprichst einen wirklich wichtigen Punkt an. Als sich die in menschliche Körper gekleideten Funken aus dem unendlichen Bewusstsein Gottes auf der Erde inkarnierten, erfuhren sie die Dualität mit all ihren Gesetzen. Dualität ist Gegensätzlichkeit: warm und kalt, hell und dunkel, gut und böse, richtig und falsch. Diese Gesetze sind ewige Naturgesetze, doch sie gelten nur der Materie, nicht dem Geist! Die Menschen, die ihre göttliche Abstammung im Laufe der Jahrtausende vergaßen, begannen schließlich, die Gesetze der Materie auch auf den Geist anzuwenden. Das bedeutet: Wenn das eine richtig ist, muss das andere falsch sein! Verstehst du, Alaia? Wenn Christus recht hat, muss nach diesem falsch angewandten Gesetz der Dualität jeder andere Glaube falsch sein! Doch das ist nur menschliche Unzulänglichkeit, die nichts mit Christus zu tun hat."

„Dann war das Opfer, das ich brachte, gar nicht nötig", rief Alaia bitter.

„Nein", bestätigte der Helfer, „in dieser Form war es sicher nicht nötig, denn du warst deinem Schicksal nicht machtlos ausgeliefert, du, ein Eingeweihter, ein Druidenpriester! Du selbst hast eine Menge dazu beigetragen, dass das Schicksal in dieser Weise seinen Lauf nehmen konnte." Alaia schwieg verwirrt.

„Hätte ich es besser machen können?", fragte sie nach einer Weile. Der Helfer nickte schweigend. Sie dachte angestrengt nach.

„Die Rune Perthro und ihre Macht über mich", murmelte sie schließlich.

„Wir haben uns verstanden", bestätigte der Helfer lächelnd. „Du gabst dieser Rune die Macht, dich so sehr zu lähmen, dass du deinen freien Willen nicht mehr einsetzen und dein Schicksal nicht mehr tatkräftig in die Hände nehmen konntest."

„Ich gab ihr keine Macht, Perthro hatte die Macht!", widersprach Alaia.

„Kein von Menschen gemachtes Ding verfügt über eigene Macht", entgegnete der Helfer. „Nur der Eine ist in der Lage, seine Geschöpfe mit lebendiger Kraft zu beseelen."

„Das verstehe ich nicht", protestierte Alaia. „Ich spürte die besondere Kraft der Runen, ihre unterschiedlichen Botschaften waren für mich lebendige Wirklichkeit!"

„Ich will es dir erklären", antwortete der Helfer. „Wenn ein Mensch einen Gegenstand mit besonderer Hingabe fertigt, möglicherweise unter Beschwörungen oder Gebeten, verbinden sich die Gedanken und Wünsche dieses Menschen mit dem Gegenstand. Sie haften ihm an und wenn es starke Gedanken sind, können sie auch von anderen Menschen wahrgenommen werden. Die Runen und ihre Botschaften wurden von erleuchteten Druiden als Hilfe für die Menschen geschaffen. Sie existieren bereits einige hundert Jahre und in dieser Zeit haben sich ihrer viele Druidenpriester bedient. Je mehr Menschen sich gedanklich in gleicher Weise mit solch einem rituellen Gegenstand beschäftigen, umso mehr wird dieser aufgeladen. Die

Kraft, die du den Runen zuschriebst, war nichts anderes als die von vielen Menschen auf ein bestimmtes Ziel gerichteten Gedanken und Wünsche."

„Dann hätten Gedanken ja ein Eigenleben!", rief sie überrascht.

„Das haben sie, doch nur solange, wie sie immer wieder von Menschen aufgeladen werden", erklärte der Helfer. „Es ist nicht egal, was Menschen denken."

„Die Runen sagten mir nichts Falsches. Das Schicksal erfüllte sich genauso, wie sie es vorhersagten", wandte Alaia ein.

„Das ist richtig", antwortete der Helfer, „die Runen, die du dir legtest, zeigten dir den Verlauf des Schicksals richtig auf. Die Veränderungen kamen plötzlich, waren für die geistige Entwicklung der Menschen wichtig und nicht abzuwenden. Für dich jedoch zogst du daraus die falschen Schlüsse. Der Hüter des Baumes versuchte vergeblich, dich darauf aufmerksam zu machen: die doppelte Bedeutung der Rune Elhaz, Tod und Neubeginn. Das Alte muss zu Ende gehen, um dem Neuen Platz zu machen, so wie jedem Frühling ein Winter vorausgehen muss. Doch du sahst nur den Tod, nur das Ende und diesem Schicksal liefertest du dich ohnmächtig aus!"

„War es denn nicht so vorbestimmt?", fragte Alaia, die immer noch nicht ganz überzeugt war.

„Du hättest deinem Schicksal würdevoller begegnen und es somit ändern können. Deine Rolle in diesem Spiel kannst du formen, unabhängig von der Aussage der Runen oder anderer Formen der Prophezeiung. Indem du dich von Perthro lähmen ließest, nahmst du dir selbst die Möglichkeit des Handelns. Du ließest zu, dass dich die Menschen demütigten, und wurdest einsam und verbittert. Du fälltest sogar die Entscheidung, anderen nie mehr mit deinen Fähigkeiten zu dienen. Wenn du zuletzt keinen Frieden gefunden hättest, wäre dieser Satz zu einer Belastung für künftige Inkarnationen geworden. Wisse, Alaia, niemand kennt die Zukunft außer dem Einen, auch nicht die Engel und erst recht nicht die Runen. Was wäre das göttliche Geschenk des freien Willens wert, wenn das Schicksal vorherbestimmt und nicht zu wenden wäre?" Alaia schwieg nachdenklich.

„Dann wäre es besser, solche Hilfsmittel zu meiden, denn sie wirken, wenn man sie benutzt", antwortete sie schließlich.

„Solange du dich dieser Wirkung nicht entziehen kannst, ist es tatsächlich besser, sie zu meiden", bestätigte der Helfer. „Die Zwiesprache mit dem höchsten Selbst ist fruchtbarer, wenn auch nicht so einfach zu erlangen. Dazu bedarf es der Ausdauer und der Demut."

„Ich will die Zwiesprache mit meinem Höchsten Selbst zur Vollendung bringen", rief Alaia voller Sehnsucht, „koste es, was es wolle! Ich sehne mich so sehr danach, denn ich trage schwer an den Gesetzen der Dualität. Als ich mich dem Irdischen in Palästina hingab, spürte ich nichts von der harten Auseinandersetzung zwischen Geist und Materie."

„Deswegen suchen so viele Menschen das Glück im irdischen Genuss", erklärte der Helfer. „Nur wenige sind bereit, das Spannungsfeld zu ertragen, das sich aus dem Zusammenprall von Geist und Materie ergibt. Die Annäherung der beiden Pole erfolgt im Menschen und durch den Menschen. Jesus Christus zeigte mit seiner Auferstehung die Frucht der geglückten Verschmelzung." Alaia schwieg. Nach einer Weile sagte sie:

„In Palästina lebte ich ein glückliches irdisches Leben. Kann man auf dieser Erde auch ein erfülltes geistiges Leben führen? Erst wenn mir dies glücken sollte, kann ich glauben, dass es möglich ist, beide Pole zu vereinen."

„Es ist dir wohl gegeben, ein solches Leben zu erfahren", antwortete der Helfer nachdenklich, „doch ich muss dich warnen.

Es wird dir danach nicht leichter fallen, den Weg auf der Erde zu gehen. Die Erinnerung an das Leben eines Erleuchteten könnte dich traurig machen."

„Ich werde es tragen müssen", antwortete Alaia entschlossen, „denn ich brauche die Erfahrung beider Pole."

„Dann soll es so sein", sagte der Helfer.

Alicia strahlte. Sie schien mit dieser Geschichte dieses Mal besonders zufrieden zu sein.

„Daher habe ich mein Wissen um die Pflanzen", sagte sie träumerisch. „Ich weiß auch heute noch, welche Kräuter ich für meine Kosmetik zusammenmischen muss!"

„Ich möchte Ihre Begeisterung bestimmt nicht dämpfen", wandte ich ein. „Mir scheint eher, dass der Druide deshalb so genau Bescheid wusste, weil Sie sich intensiv mit der Wirkung von Heilpflanzen befasst haben." Alicia wirkte nachdenklich.

„Schon klar, dass Sie das so sehen. Was ist, wenn ich es anders erlebe?"

„Das würde für mich nichts verändern", antwortete ich.

„Ich habe mir tatsächlich immer gewünscht, der Natur so nahe zu sein wie die Elben im ‚Herrn der Ringe'", sagte Alicia schwärmerisch. „Dieses Volk hat die Erde auch verlassen."

„Tolkien hat Ihnen tatsächlich eine fabelhafte Vorlage geliefert", bestätigte ich. „Den Ring der Macht haben Sie durch die Rune des Verderbens ersetzt. Da Sie selbst so eine Art Gandalf waren, blieb es Ihnen versagt, sie in den Schicksalsberg zu werfen und sich damit aus ihrem Bann zu befreien. Doch wie kommen Sie auf Glenmore? Liegt dieser Ort nicht in England?"

„In Schottland", bestätigte sie. „Das Buch ‚Die Nebel von Avalon' hat mich fasziniert. Es knüpft an die Tafelrunde an, handelt von Priesterinnen, Druiden und deren Wissen um die Natur und die Naturgeister. Die Engländer befassen sich auch heute noch damit. Kennen Sie die Bücher über die Findhorn-Community in Nordschottland? Die Bewohner haben trotz schlechter Bodenqualität hohe Erträge in ihren Gemüsegärten erzielt und führten dies auf die gute Zusammenarbeit mit den Naturgeistern zurück."

„England hat eine alte spirituelle Tradition", bestätigte ich. „Wussten Sie, dass Arthur Conan Doyle, der Schöpfer des Sherlock Holmes, begeistertes Mitglied einer spiritistischen Vereinigung war?"

„Geheimgesellschaften faszinieren mich!", gab sie zu.

„Damit sind Sie nicht allein, und historisch betrachtet hatte das nicht nur positive Folgen. Denken Sie an die ‚Weisen von Zion', den von Rechtsradikalen erfundenen Geheimbund jüdischer Schurken, von dem behauptet wurde, er strebe die Weltherrschaft an. Diese Legende nahmen die Nazis als Vorwand, das jüdische Volk zu vernichten. Oder die Freimaurer und die Rosenkreuzer, Gesellschaften, die noch heute existieren. Die Vorstellung, dass bestimmte auserwählte Menschen über ein geheimes Wissen verfügen, womit sie die Geschicke der Welt lenken, ist weit verbreitet. Ihnen kann man sowohl die Verantwortung für das globale Schicksal übertragen, als auch die Schuld an Katastrophen. Kein Wunder, dass sich mit solchen Themen auf dem Buchmarkt viel Geld verdienen lässt!"

Alicia schien meinen gelehrten Ausführungen nicht viel Aufmerksamkeit geschenkt zu haben. Ich weiß, dass das einer meiner Fehler ist! Ich lasse mich zu oberlehrerhaften

Monologen hinreißen. Zu meiner Ehrenrettung kann ich aber sagen, dass ich immer sofort bereit bin, meine Lieblingsthemen wieder loszulassen.

„Das Bild von dem gefräßigen Lamm beschäftigt mich", sagte Alicia. „Es passt so gar nicht zu Jesus." Ich ging augenblicklich auf sie ein.

„Vom Standpunkt des Druiden aus betrachtet, ist das Bild durchaus stimmig." Alicia schwieg eine Weile. Dann sagte sie:

„Warum sehe ich genau diese Geschichten? Wenn ich sie als Erinnerungen an frühere Leben verstehe, macht diese Alaia eine nachvollziehbare Entwicklung. Vielleicht habe ich meine Fernreisen ja nur deshalb unternommen, weil ich dort schon einmal gelebt habe und es mich unbewusst an diese Orte zurückgezogen hat."

„Das wäre durchaus eine schlüssige Erklärung", bestätigte ich. „Vielleicht ist es aber auch genau anders herum: Ihr Unbewusstes baut sich diese Geschichten aus dem reichen Schatz Ihrer Erfahrungen und Erinnerungen, um Ihnen Hinweise zu geben. Dazu braucht es keine früheren Leben."

„Ich habe mich informiert. Es gibt ungefähr 1,35 Milliarden Hindus und Buddhisten, die an Reinkarnation glauben. 125 Millionen US-Amerikaner und Brasilianer glauben ebenfalls daran, also ungefähr 20 % der Weltbevölkerung! Das sind die offiziellen Daten, und die für Europa wurden noch gar nicht erhoben."

„Ich habe nichts dagegen, wenn Sie Ihre Erlebnisse als frühere Leben verstehen. Ich bin Ihre Therapeutin und nicht Ihre Seelsorgerin. Woran Sie glauben, ist Ihre Privatsache. Therapeutisch wirksam sind Ihre Geschichten auf jeden Fall, ganz gleich, wie Sie diese einordnen."

„Ich fände es sehr verlockend, wenn ich wüsste, dass das Leben mit dem Tod nicht zu Ende wäre", entgegnete Alicia.

„Das ist es ja in keinem Fall. Auch wenn im christlichen Glauben die Reinkarnation keine Rolle spielt, verheißt er ein Weiterleben nach dem Tod."

„Ich bin nicht so ganz davon überzeugt, dass Wiedergeburt und Christentum nichts miteinander zu tun haben", beharrte Alicia. „Jesus sagte im Matthäusevangelium, dass Elias wiedergekommen sei und er meinte damit Johannes den Täufer." Ich schüttelte den Kopf.

„Frau Born", sagte ich ernst, „mir geht es hier nicht um Glaubensfragen. Wissenschaftlich lässt sich das alles sowieso nicht beweisen. Es gibt durchaus noch andere Theorien, zum Beispiel die, dass die Zeit eine künstlich geschaffene Maßeinheit ist, welche es in Wirklichkeit nicht gibt. Wenn sich dies als wahr erweisen sollte, gibt es die Vergangenheit, so wie wir sie verstehen, nur in unseren Köpfen. Sie sehen: Wir kommen hier ganz schnell in einen Bereich, der im Zusammenhang mit einem Philosophieseminar sicher interessantes Diskussionspotenzial beinhalten würde. Im Rahmen einer Psychotherapie bringt uns ein solcher Diskurs jedoch nicht weiter." Ich war zufrieden mit mir. Gut, dass ich mir diese Argumente vorsorglich zurechtgelegt hatte.

„Ich verstehe Ihre Haltung", lenkte Alicia ein, „und ich verspreche, dass ich das Thema nicht mehr anschneide."

„Woher haben Sie Ihr Wissen über Runen? Ihnen ist sicher bekannt, dass sie in rechtsradikalen Kreisen verwendet werden." Auch dafür hatte meine Klientin eine harmlose Erklärung.

„Mein Sohn hat sich dafür interessiert. In seinem YU-Gi-Oh-Spiel gab es einen runenäugigen Pendeldrachen und das hat ihn auf den Geschmack gebracht. Ich habe ihm Runensteine und ein dazu passendes Buch geschenkt. Danach hat es ihm Spaß gemacht, uns die Runen zu legen." Ich schüttelte ungläubig den Kopf.

„Frau Born, Sie haben sich mit so vielen unterschiedlichen Themen befasst. Kein Wunder, dass Ihr Unbewusstes so fantastische Geschichten zusammenstellt! Doch lassen Sie uns zurückkehren zu der therapeutischen Auswertung Ihrer Bilderreisen. Alaia, mit der Sie sich identifizieren, macht tatsächlich eine deutliche Entwicklung. Was hat diese Entwicklung mit Ihnen zu tun?"

„Das habe ich mich auch schon gefragt. Ganz klar ist mir das große Bild noch nicht. Bis jetzt hat sich jedoch jede einzelne Geschichte auf mein Leben ausgewirkt."

„Berichten Sie!"

„Ich will es versuchen. In der Atlantis-Geschichte ging es um Betrug und den Verlust des Lebenswerkes. In dem darauffolgenden Kampf habe ich meine Werte verraten und mich selbst verloren. Das hat mich dazu veranlasst, einen Anwalt damit zu beauftragen, eine einvernehmliche Lösung mit meinen Kontrahenten auszuhandeln. Das Geld, dass ich durch meinen Verzicht auf eine Klage vor Gericht eingespart habe, stecke ich lieber in die Entwicklung einer neuen Kosmetikserie, die ich ausschließlich selbst online vermarkten werde. Dieselbe Lehre kann ich aus der Geschichte des Druiden ziehen. Es bringt nichts, an etwas festzuhalten, das man nicht festhalten kann!"

„Sie sind sehr schnell darin, Erkenntnisse in die Tat umzusetzen." Alicia grinste.

„Das sagt mein Mann auch immer. Anderen macht das zuweilen Angst. Für mich ist es ganz normal. Auch die Geschichte des Medizinmannes hat mir wertvolle Erkenntnisse ermöglicht", fuhr sie fort. „Ich habe verstanden, dass ich nur für die Dinge verantwortlich bin, die ich bewusst veranlasse. Schuldig bin ich nur dann, wenn ich etwas tue, um anderen damit zu schaden.

Die tibetische Geschichte diente dazu, mir mein Energiemanagement zu spiegeln. Ich habe seitdem meine Ernährung umgestellt, achte darauf, dass ich mich genug bewege und gehe abends zeitig ins Bett. Schon jetzt merke ich, dass ich viel mehr Kraft habe.

Die indische Geschichte hat mir noch einmal klargemacht, wie viel mir mein Glaube bedeutet. Auch in der Druiden-Geschichte hat sich gezeigt, dass ich im Grund ein tief religiöser Mensch bin. Mir ist bewusst geworden, wie wunderbar der christliche Glaube all das in sich vereint, was mir wirklich wichtig ist."

„Das wundert mich nicht, Frau Born. Ihre erste Bilderreise begann mit den Worten: ‚Ich bin ewig geborgen in Ihm, dem absoluten heiligen Sein!' Was bedeutet es für Ihr Leben, dass Ihnen Ihre Nähe zu Gott immer deutlicher wird?"

„Ich habe nicht mehr so viel Angst", sagte Alicia. „In jeder Geschichte geht der Weg für mich ja irgendwie weiter. Mir wird immer bewusster, das Gott auf mich aufpasst, und deshalb schaffe ich es, entspannter in die Zukunft zu sehen."

„Dann hätten Sie Ihr wichtigstes Ziel ja schon erreicht", stellte ich fest. „Brauchen Sie mich überhaupt noch?"

„Natürlich brauche ich Sie!", rief Alicia. „Bitte, ich möchte die nächste Geschichte unbedingt erleben! Der Helfer hat mir versprochen, dass ich Gott darin besonders nahe sein werde."

„Sie sind eine Seelentaucherin", sagte ich trocken, „und mir scheint, der Tiefenrausch hat Sie erwischt!"

„Seelentaucherin", wiederholte Alicia nachdenklich. „Das Wort gefällt mir. Dann sind Sie mein Tauchbuddy und sorgen dafür, dass ich rechtzeitig auftauche?"

„So könnte man es nennen", lachte ich. „Lassen Sie uns den nächsten Tauchgang verabreden."

Kapitel 10 – Der Übersetzer

Alaia blickte auf die blanke Oberfläche des Spiegels. Als der rosafarbene Wirbel ihr Bewusstsein in die Tiefe zog, folgte sie ihm willig.

„Dein Wille geschehe", hallte es in ihrem Innersten wider, und dann verlor sie das Bewusstsein.

Die schneebedeckten Gipfel der Berge schienen den Himmel zu berühren. Die zerklüfteten, von ewigem Schnee und Eis umhüllten Felsmassive reckten sich wie Vorposten des Planeten Erde in das Dunkelblau der anderen, der nicht-irdischen Welt. Unendliche Schönheit, so weit das Auge reichte! Weiße duftige Wolken umspielten die eisbedeckten Zinnen, vom Winde fedrig zerzaust. Die gleißenden Strahlen der Sonne ließen die Eiswände wie Milliarden von Diamanten glitzern. Kein Stäubchen, ja nicht einmal natürliche Feuchtigkeit, hinderte die Leuchtkraft des Lichts in dieser klaren, frischen Luft.

Das Gras zu Füßen des jungen Mönches spross in tiefstem, satten Frühsommergrün und die hellviolettfarbigen Wiesenblumen malten zarte Tupfen auf diesen Rasenteppich. Gyaltsen stand auf der Kuppe einer Anhöhe, die in der Mitte eines von riesigen Bergen eingefassten Tals aufragte. Wenn Menschen einen Aussichtspunkt für die himmelstürmenden Gipfel hätten schaffen wollen, hätte es keinen besseren Ort gegeben als diese Anhöhe, denn sie war leicht zu besteigen und doch hoch genug, um den Blick frei nach allen Seiten schweifen zu lassen. An ihrem südlichen Hang lag das Klosterdorf, in dem Gyaltsen seit vielen Jahren lebte.

Der junge Mann genoss diese Aussicht, so oft es seine Zeit erlaubte, und er tat dies mit all seinen Sinnen. Er trank die Sonne, die Berge und das Glitzern des Schnees, verleibte sich all diese Eindrücke ein und wurde eins mit ihnen. Dieses Panorama war für ihn Ausdruck irdischer Vollkommenheit und er sah in jeder physischen Manifestation ein Symbol für die andere, die wahre Welt. So war ihm die Klarheit der Luft ein Sinnbild für die Klarheit des Geistes, die Leuchtkraft der Sonne ein Abbild für das wärmende Licht der Weisheit, das der Mensch in sich zu wecken vermochte, die aufragenden Gipfel waren das irdische Symbol dafür, dass der Mensch den Himmel sehr wohl erreichen konnte, wenn er danach strebte, und das satte Grün mit seinen violetten Tupfen stellte ein Zeichen für die Kraft dar, die alles Leben nährte. Luft, Sonne, Berge und Pflanzen dienten dem jungen Mann als Tore oder Fenster, durch die er die andere, die wirkliche Welt sehen konnte. Als solche genoss er sie und widmete sich ihnen mit gesammelter Aufmerksamkeit.

Gyaltsen war als friedvolles Kind aufgewachsen und hatte von Anfang an gewusst, dass er Mönch werden wollte. Da er schon als kleiner Junge lieber mit gekreuzten Beinen vor dem Hausaltar saß, als mit gleichaltrigen Freunden umherzutollen, hatten seine Eltern zugestimmt, ihn bereits mit fünf Jahren den Lamas im nahegelegenen Kloster zu überlassen.

Der kleine Junge löste sich rasch von seiner Familie und erfreute die Mönche mit seiner schnellen Auffassungsgabe. Mü-

helos erlernte er die Schriftzeichen und die Grammatik der tibetischen Sprache und von nun an bestimmte das Streben nach Wissen und innerer Klarheit sein gesamtes Leben. Nie hatte er die Verlockungen des materiellen Lebens gespürt und auch als er älter wurde, sah er in Frauen nie etwas anderes als in Männern: Menschen, die er achtete. Den Drang, sich einer Frau als Partnerin geschlechtlicher Vereinigung hinzugeben, empfand er nicht.

So waren Gyaltsen die Verstrickungen erspart geblieben, die junge Mönche seines Alters im Allgemeinen plagten. Konzentriert folgte er seinem Ziel, nicht drängend, nicht fordernd, nicht sehnsuchtsvoll, sondern einfach friedvoll vorwärtsschreitend. Die älteren Lamas hatten diesen Novizen sorgfältig geschult und ihm die kostbaren Lehren Buddhas nicht nur vermittelt, sondern sie hatten ihn den Sinn des Dharma auch erfahren lassen. Er hatte gelernt, die Temperatur seines Körpers so zu steuern, dass es ihm stets behaglich warm war, eine wichtige Kunst in einem Land wie Tibet, in dem Bäume rar und viel zu kostbar waren, um sie zu verbrennen. Auch hatten die Lamas ihn gelehrt, sich rasch fortzubewegen, so rasch, dass er fast zu fliegen schien. Doch diese Formen der Körperbeherrschung waren Grundkenntnisse, wenngleich sie ihm auch die Pforten zu den inneren Welten öffneten.

Wenn der Geist in Bezug auf den Körper schon so viel vermochte, was musste darüber hinaus noch alles möglich sein? Unermüdlich hatte er geübt und schließlich erfahren, dass die Dinge dieser Welt nur Tore sind, durch die man die wirkliche Welt schauen konnte. Die kurzen Blicke, die er anfänglich erhaschte, erfüllten ihn mit einer Freude, die er nie für möglich gehalten hätte. Dies war also das wirkliche Leben, die wahre Glückseligkeit!

Seine Lehrer hatten ihm geholfen, die Vergänglichkeit auch dieser Glücksgefühle zu erkennen, und so war er friedvoll geblieben, nahm das Glück, wenn es ihm beschieden war, ohne an ihm zu haften, und folgte weiter seinem Weg. Sein Geist war ruhig geworden wie ein stiller See. Wenn Gedanken kamen, ließ er sie wieder ziehen, ohne ihnen Gewicht zu geben. Sie gingen wie die Wolken, die an den Gipfeln der Bergriesen vorüberzogen, ohne dass sie seinen Frieden störten.

Der dumpfe Klang des Gongs weckte den jungen Mönch aus seiner Versenkung: Er rief zur abendlichen Andacht. Abschied nehmend ließ Gyaltsen den Blick noch einmal in die Runde schweifen und kletterte dann zielstrebig den Abhang hinab, dem Lhakhang, dem großen Tempel entgegen. Von allen Seiten strebten dunkelrot gekleidete Mönche dem mit schweren Decken verhängten Eingang zu. Die meisten hielten Gebetsketten in den Händen und ihre Lippen murmelten heilige Mantras. Ein Arbeitsmönch hielt die schweren Decken hoch und Gyaltsen schlüpfte in den Innenraum. An der Stirnseite des Tempels, gegenüber dem Eingang, stand die Statue Buddhas, das Abbild Shakyamunis, des Erleuchteten. Auch wenn es nicht Brauch gewesen wäre, hätte sich Gyaltsen vor ihm in den Staub geworfen, denn es zog ihn geradezu zu Boden.

„Sang gye la kyab su tschio", murmelte er, „ich nehme Zuflucht zu Buddha, dem Erleuchteten."

Die flackernden Butterlampen tauchten den Tempel in geheimnisvolles Licht. Die farbigen Mandalas an den Wänden schienen zu tanzen, die Abbilder der Buddhas und der Mahakalas wurden lebendig. Gyaltsen erhob sich vom Boden und nahm auf der niedrigen Bank in der Reihe seiner Brüder Platz. Schon erklang das Muschelhorn, Zimbeln und Gong wurden dreimal geschlagen, und der große Lama stimmte den Eingangsgesang an.

„Bis zur Erleuchtung nehme ich Zuflucht zum Buddha, zur Lehre und zur höchsten Gemeinschaft", sang Gyaltsen mit klarer Stimme. „Möge ich zum Wohle aller Wesen Buddhaschaft erlangen." Für ihn war dieses Gebet mehr als eine bloße Formel, die er tagtäglich mehrere Male wiederholte. Er empfand jedes Mal das kostbare Geschenk, das ihm der Buddha vor so vielen hundert Jahren gemacht hatte. Prinz Gautama war den Weg gegangen, hatte auf alles irdische Glück verzichtet und schließlich nach langen Jahren des Suchens die Erleuchtung erlangt. Dann hatte er diesen Weg in seinen Lehren genauestens festgehalten, so dass man ihm tatsächlich folgen konnte. Damit hatte er ihm, dem Tibeter Gyaltsen, die Möglichkeit gegeben, ebenfalls Befreiung aus dem Rad der Wiedergeburten zu erlangen. Bei dieser Aufgabe unterstützten ihn die älteren Mönche, die Lamas, die höchste Gemeinschaft aller für den Dharma Wirkenden. Und schließlich strebte Gyaltsen danach, Buddhaschaft zu erlangen, um allen Wesen zu helfen, an diesem höchsten Glück der Befreiung teilzuhaben.

„O Herr unendlichen Mitgefühls, Thugdsche chenpo, Chenrezig, Avalokiteshvara, ich bete zu dir. Hab Erbarmen mit mir, mit deinen Geschöpfen in diesem Land und auf der ganzen Erde", betete er. Dieser Aspekt des unendlichen Bewusstseins war ihm besonders nahe. Thugdsche chenpo hätte eingehen können in das Land ewiger Glückseligkeit, ins Dewachen, doch er hatte auf die ewige Buddhaschaft verzichtet und war zum Wohle aller Wesen zur Erde zurückgekehrt. Welch unermesslich mitleidvolle Tat! Strahlend erschien ihm dieser Aspekt Buddhas in seinen Meditationen und wies ihm den Weg des Bodhisattva. Auch Gyaltsen wollte zuerst die Erleuchtung erlangen.

Wie sollte er sonst seinen Mitmenschen helfen, wenn er selbst den Weg nicht kannte? Konnte ein Blinder andere Blinde führen?

Doch dann wollte er wie Thugdsche chenpo so oft zurückkehren, bis das letzte Wesen erlöst war. Andächtig vertiefte er sich in das Mantra des Bodhisattva. Ein Raunen ging durch den Raum, das gemeinsame Flüstern der Mönche: „Om mani peme hung".

„Sem tschän tham tschä de wa dang de wä gju dang dän par gjur tschig", beendete der große Lama die Meditation. „Mögen alle Wesen glücklich sein und die Ursache des Glücks erkennen, mögen sie von Leid und der Ursache des Leids befreit sein", fiel Gyaltsen mit den Brüdern ein. „Mögen sie nie vom wahren Glück, welches ohne Leiden ist, getrennt sein. Mögen sie in großem Gleichmut verweilen, frei von Verhaftungen an Annehmlichkeiten und Verstrickungen in Unannehmlichkeiten." Gyaltsen lächelte. Er selbst kannte keinen anderen Zustand, hatte das wahre Glück erfahren, das dieser Gleichmut mit sich brachte. Wie sehr wünschte er sich, dass auch anderen Wesen dieses Glück zuteilwerden konnte. Wieder erklang das Muschelhorn und dreimal wurden Zimbeln und Gongs zusammengeschlagen. Der große Lama begann das Schlussgebet:

„Möge der kostbare und höchste Erleuchtungsgeist dort erwachen, wo er noch nicht erwacht ist, und möge er dort, wo er einmal erweckt ist, nicht abnehmen, sondern mehr und mehr zur vollen Reife gelangen."

Die Mönche erhoben sich. Bevor sie den Tempel verließen, erwiesen sie der Statue des Buddha die Ehre. Auch Gyaltsen warf sich zu Boden. Als er sich erhob, winkte ihn der Große Lama zu sich. Ehrfürchtig verneigte sich der junge Mönch vor dem alten Mann.

„Gyaltsen, ich möchte dich sprechen", sagte dieser, „komm gleich nach dem Abendessen zu mir."

„Gern, Rinpotsche", erwiderte Gyaltsen. Mit einer Handbewegung deutete der Abt ihm an, dass er entlassen sei. Langsam

verließ der junge Mönch den Tempel. Gedanken der Neugierde entstiegen dem klaren See des Gleichmuts. Er hinderte sie nicht, noch ließ er sich von ihnen stören. Schweigend begab er sich in den Essraum und verzehrte dort den Brei aus Gerstenmehl und Reis, den der Arbeitsmönch mit einer großen Kelle in seine Schüssel geschöpft hatte. Die anderen Mönche redeten leise miteinander. Ihn sprachen sie erst gar nicht an, denn sie wussten, dass Gyaltsen nichts von Unterhaltungen hielt, die keinem tieferen Sinn dienten. Einer nach dem anderen verließen die Mönche den Raum und die Arbeitsmönche räumten die benutzten Schüsseln in Körbe, um sie zum Reinigen zum Fluss hinunter zu tragen.

Die Klosteranlage bestand aus wenigen großen und vielen kleinen Gebäuden. Der Lhakhang, der Tempel, war das größte Bauwerk. Sein geschwungenes, reich mit bemalten Schnitzereien verziertes Dach war schon von weitem zu sehen. Auf seinem höchsten Punkt flatterte eine Fahne, auf deren Stoff heilige Gebete geschrieben waren. Um zur Klause des Abtes zu gelangen, überquerte Gyaltsen den mit Steinen gepflasterten Hof, auf dem bei Festlichkeiten die rituellen Tänze abgehalten wurden. Er ging an dem Haus vorbei, wo die jungen Novizen unterrichtet wurden, unter denen er sich einst selbst befunden hatte. Jetzt lagen die Räume verlassen da, denn abends wurde nicht gelernt. Aus dem Küchenhaus, das sich unmittelbar neben der Schule befand, hörte er dagegen noch Stimmen. Einige Arbeitsmönche schienen, dem Klang nach zu urteilen, Gerste für das morgige Frühstück zu stampfen, ein Mönch reinigte den Fußboden mit einem Reisigbesen und kehrte den Schmutz schwungvoll zur Tür hinaus.

Zielstrebig bog Gyaltsen zwischen zwei Häusern ab. Jeder Mönch bewohnte ein eigenes Häuschen, in dem sich neben dem Lager auch ein Stuhl befand, auf dem er seine Meditationsübungen fortsetzen konnte, wenn ihn danach verlangte. Diese Übungen waren, im Gegensatz zu den täglichen Andachten, keine Pflicht. Außer den Fahnen, die fast auf jedem Dach flatterten, waren diese Häuschen schmucklos, wenn auch einzelne Mönche, die sich darauf verstanden, ihre besonderen Schutzgottheiten auf die Wände gemalt hatten. Im Gewirr der engen Gassen, welche die kleineren Wohnhäuser der Mönche miteinander verbanden, hätte sich ein Fremder unweigerlich verirrt, doch Gyaltsen hatte fast sein ganzes Leben hier verbracht, und deshalb fand er sich selbst in tiefster Dunkelheit zurecht.

Der Weg führte jetzt steil den Hang hinauf. Hier befanden sich die Häuser der höheren Lamas und jener Mönche, welche die Meditation zu ihrem Lebensinhalt gemacht hatten, denn hier war es ruhiger. Gyaltsen kam auch an seiner eigenen Behausung vorbei, die sich vielleicht nur darin von den anderen unterschied, dass er sie peinlich sauber hielt, obwohl er nicht genau wusste, warum ihm dies so wichtig war. Ganz oben, etwas unterhalb der Kuppe, lagen die Klausen, in die sich die Mönche manchmal monatelang zurückzogen, um bestimmte Einweihungen zu verwirklichen. Auch Gyaltsen hatte lange in der Einsamkeit meditiert und er hätte es sofort wieder getan, wenn der Große Lama, sein Meister, ihm dies empfohlen hätte.

Der Rinpotsche hatte die Klause, in welcher er jahrelang meditiert und die Erleuchtung verwirklicht hatte, zu seiner Wohnung gemacht. Er kam nur hinunter in den Lhakhang, um Andacht zu halten. Sonst saß er stets auf seinem hohen Stuhl und studierte Schriften oder meditierte.

„Tritt ein, mein Sohn", hörte Gyaltsen dessen Stimme, als er vor dem Eingang stand. Er trat über die Schwelle und warf sich seinem Lehrer zu Füßen. Dieser berührte ihn am Scheitel und *sagte freundlich: „Steh auf, Gyaltsen, ich habe mit dir zu reden." Der junge Mann erhob sich rasch und setzte sich auf die niedrige Bank, die für die Besucher des Meisters gedacht war. Erwartungsvoll blickte er den Rinpotsche an.*

„Mein Sohn", begann der Lama, „es bleibt mir nicht verborgen, dass dein Lebensziel die Verwirklichung des kostbaren Erleuchtungsgeistes ist. Die heilige Lehre Buddhas, der Dharma, liegt dir am Herzen wie kaum einem zweiten Mönch in diesem Kloster. Du beherrschst die Schrift und die Grammatik deiner Sprache, bist belesen und fleißig."

„Mögen alle Wesen durch meine Verdienste die Erleuchtung erlangen", unterbrach Gyaltsen murmelnd die Lobrede seines Abtes. Der Rinpotsche lächelte und fuhr fort.

„Du kennst den Dharma nicht nur, du hast ihn trotz deiner Jugend bis zu einem hohen Grad verwirklicht, und deshalb möchte ich dir, wenn du einverstanden bist, eine Aufgabe übertragen, für die du wie kein anderer hier geeignet erscheinst."

„Es ist mein Glück und meine Erfüllung, meinem Meister zu gehorchen", antwortete Gyaltsen demütig.

„Ich möchte, dass du hinab ins Flachland wanderst, dorthin, wo die Sonne heiß vom Himmel brennt, in das Land, wo Buddha einst lebte und wirkte", fuhr der Rinpotsche fort. „Du wirst ein Dorf erreichen, wo du einem alten Mann begegnest, der ein kostbares Tantra verwirklicht hat, eine Lehre Buddhas, die uns hier im Schneeland fehlt. Bleibe bei ihm, erlerne seine Sprache, verwirkliche das Tantra, übersetze es in unsere Sprache und bringe es zurück zu uns. Willst du das für den Dharma und für dein Kloster zum Wohle aller lebenden Wesen tun?" Gyaltsen schwieg, doch nicht, weil er seine Antwort hätte überlegen müssen, sondern weil ihn das Vertrauen überwältigte, das ihm der Abt entgegenbrachte. Eine so große heilige Aufgabe störte

seinen Gleichmut auf, Tränen standen ihm in den Augen, und er vermochte nicht zu sprechen.

„Dann bereite dich auf deine Abreise vor", sagte der Lama, ohne von seinem Gefühlsausbruch Notiz zu nehmen. „Gute Nacht, mein Sohn!" Gyaltsen fiel vor ihm auf die Knie, der Rinpotsche berührte seinen Scheitel, und damit war er entlassen. Die klare, kalte Luft half ihm, sein Gleichgewicht wiederzufinden. Langsam schritt er zu seiner Behausung und ließ sich dort auf dem Meditationsstuhl nieder. Heute Nacht würde er nicht schlafen. Er schloss die Augen. Die aufgewühlten Wasser seines inneren Sees beruhigten sich und seine Seele genoss die stille Glückseligkeit der anderen, der wahren Welt.

Der nächste Tag stand ganz im Zeichen seiner Abreise. Der Verwalter des Klosters überreichte Gyaltsen ein Bündel mit Nahrungsmitteln, Geschenken für den fremden Meister und anderen nützlichen Dingen. Dann versammelten sich alle Mönche im Lhakhang. Mit einer Zeremonie verabschiedete der Rinpotsche seinen Schüler und bat Buddhas und Bodhisattvas um Schutz und Gelingen für seine wichtige Mission. Gyaltsen verneigte sich vor dem Großen Lama und vor seinen Brüdern, warf sich ein letztes Mal vor der Statue des Buddha nieder und versetzte sich in Trance. Dann verließ er den Tempel und stob davon, schnell wie der Wind.

„Lungom" hieß diese Technik, bei der die Füße kaum den Boden berührten. In weiten Sätzen sprang der junge Mann über das Land, die Augen ausschließlich auf das Ziel im Süden geheftet. Er brauchte kaum Kraft für diese Art der Fortbewegung und so machte er nur kurze Pausen, um etwas Wasser und eingeweichtes Gerstenmehl zu sich zu nehmen. Als er die tiefer gelegenen, dichter besiedelten Regionen erreichte, beendete er den schnellen Gang, denn er wollte kein Aufsehen erregen.

Ruhigen Schrittes wanderte er und nahm freudig auf, was sich seinen Augen und Ohren bot.

Es war wesentlich wärmer als im kalten Hochland, deshalb senkte er seine Körpertemperatur, und als er trotzdem zu schwitzen begann, legte er die dünne Baumwollkutte an, die ihm der Verwalter vorsorglich eingepackt hatte. Je tiefer er kam, umso vielfältiger wurde die Vegetation, umso süßer dufteten die Blumen. In den schlanken Bäumen tummelten sich bunte Vögel, die seltsame Rufe ausstießen. Affen verfolgten einander in halsbrecherischer Geschwindigkeit von einem Baum zum anderen. Die Kühe hatten glatte Haut und nicht so dichtes, zottiges Fell wie die Yaks des Hochlands, die sich vor dem rauen Klima schützen mussten. Hier im Tiefland suchten die Büffel Schatten vor der gleißenden Sonne, und wenn sie einen Tümpel fanden, in dem sie untertauchen konnten, waren sie nur noch an ihren Nasenlöchern auszumachen.

Hier gab es viel mehr Menschen als im tibetischen Schneeland und sie schienen sanftmütig und freundlich. Die Frauen trugen farbige Kleider, die Männer oft nur einen Lendenschurz. Die Dörfer bestanden aus Lehmhütten und aus Pferchen für das Vieh. Kleine schwarze Schweine schnüffelten auf den staubigen Wegen nach Essbarem und magere Hunde bekläfften seine Ankunft schon von weitem.

Dann kamen die Kinder, die sich wie in einer Traube an ihn hängten und ins Dorf begleiteten. Die Dorfbewohner, die ihn als Wandermönch erkannten, gaben ihm Nahrung und abends oft genug ein Lager. Von ihnen lernte er die Sprache und dank seiner raschen Auffassungsgabe konnte er schon bald sagen, was er wollte. Gyaltsen wanderte zielstrebig, doch wenn man ihn nach dem Ziel seines Weges gefragt hätte, wäre er die Antwort schuldig geblieben. Sein Inneres würde wissen, wann er ange-

kommen war. Das Dorf, das er eines Tages erreichte, unterschied sich nicht von den anderen Dörfern, die er auf seiner langen Reise besucht hatte, und doch war es hier anders. Er spürte es, als er dieses Dorf von weitem erspähte. Eine bisher nicht gekannte Freude stieg in ihm auf und er war sich sicher: Hier war sein Ziel! Endlich war er angekommen. Er bog zwischen zwei Häusern in eine enge Gasse ein und klopfte an das Tor eines von Mauern eingefassten Hofs. Das Tor öffnete sich und ein alter Mann blickte ihn prüfend an. Dann lächelte er und sagte:

„Ich habe dich erwartet. Tritt ein." Gyaltsen betrat den Innenhof, an dessen Stirnseite sich ein niedriges, lang gestrecktes Steinhaus befand. Seitlich konnte er in das Innere zweier Lehmhütten schauen.

„Dies ist deine Hütte", erklärte der Alte und wies mit der Hand auf eine der Behausungen, „und das ist mein Haus." Gyaltsen folgte ihm in einen kühlen Raum, in dem sich außer einem niedrigen Tisch und einer Truhe nur ein Lager befand. Ein Diener trat ein und stellte ein Tablett mit Früchten ab und entfernte sich rasch wieder. Der Alte hockte sich auf sein Lager und nahm eine Frucht.

„Iss, mein Sohn", sagte er einfach und Gyaltsen setzte sich ihm gegenüber. Er musste nichts erklären, es war alles klar, denn beide kannten ihre Bestimmung. Der junge Mann überreichte dem Meister die Geschenke seines Klosters: wertvolle Türkise, aus Silber getriebene Schalen für Butterlampen, mit Mantras verzierte Zimbeln und ein auf Leinwand gemaltes Bild des Erleuchteten. Der Meister nahm die Gaben entgegen und verstaute sie in der Truhe.

„Wir beginnen morgen", sagte er. „Du weißt, wo du wohnst." Gyaltsen verließ den alten Mann und begab sich in die einfache Hütte, die der Meister ihm zugewiesen hatte. Er lächelte, denn diese Behausung glich derjenigen, die er von seinem Kloster

kannte: Es gab nur ein Lager und einen Hocker. Gleich fühlte er sich zu Hause, legte seine Decke auf das Lager und ließ sich zur Meditation nieder.

Die Unterweisungen des Meisters, die der junge Mönch am nächsten Tag erhielt, waren ganz anders, als es ihre Bezeichnung vermuten ließ. Der Alte berührte Gyaltsen an der Stirn und hockte sich dann vor ihm mit gekreuzten Beinen auf den Boden. Ohne ein Wort zu sprechen, übermittelte er dem Schüler einen einzigen Satz und entließ ihn dann wieder.

Gyaltsen kehrte in seine Hütte zurück und meditierte über diesen Satz, bis sich ihm sein Sinn offenbarte. Dann schrieb er ihn auf einem großen Palmblatt in tibetischer Sprache nieder. Auf einem zweiten Blatt notierte er seine Erfahrungen mit diesem Satz und erklärte ihn für jene, die ihn nicht selbst zu verwirklichen vermochten. Zuweilen dauerte es viele Wochen, bis die Worte zu Fenstern wurden, durch die er die wahre Welt erblickte. In diesen Zeiten verließ er die Hütte nur, um seine Notdurft zu verrichten. Das Essen stellte ihm der Diener vor die Türe. Manches Mal war Gyaltsen überzeugt, den Sinn entschlüsselt zu haben, doch der Meister ließ sich nicht täuschen und schickte ihn unerbittlich zurück.

Der junge Mönch übte dieses neue Tantra mit großer Hingabe. Immer klarer wurde sein Blick, immer tiefer sein Friede, immer umfassender seine Liebe. Und dann kam der Tag, an dem er erkannte, dass er schon immer in der wahren Welt gelebt hatte, dass nichts anderes als diese wahre Welt existierte und dass alles andere nur scheinbar wirklich war. In strahlender Klarheit offenbarte sich ihm das Licht der Erleuchtung und er verweilte darin, bis der Meister ihn am Scheitel berührte. Es war das erste Mal, dass der Alte seine Hütte betrat. Als Gyaltsen ihn mit den Augen der anderen Welt anschaute, lächelte er und sagte:

„Es ist vollbracht. Geh wieder nach Hause, mein Sohn, es ist Zeit." Der Tibeter erhob sich, rollte die Palmblätter zusammen, verstaute das kostbare Gut in seiner Decke und kniete zum Abschied vor dem Meister nieder. Dieser berührte ihn ein letztes Mal am Scheitel und Gyaltsen spürte den Strom der Liebe zwischen sich und seinem Lehrer. Der Alte hob ihn auf und sah ihn zum Abschied lange schweigend an. Worte hätten das, was sich in diesem Moment zwischen ihnen ereignete, nur gemindert.

Der junge Mönch nahm sein Bündel auf und verließ den Ort, an dem er zwei Jahre lang gelernt hatte, ohne sich noch einmal umzusehen. Die Verbindung zwischen ihm und seinem Meister war von anderer Art. Sie würde durch die räumliche Trennung keinerlei Änderung erfahren. Das, was zwischen ihnen war, würde bleiben und sogar den Tod überdauern.

Der junge Mann wandte sich nun zielstrebig nach Norden. Die Menschen sammelten sich um ihn, wo immer er auch verweilte, und baten um seinen Segen, denn die Liebe, die aus seinen Augen strahlte, verriet ihn. Er segnete sie und seine Liebe erinnerte sie daran, dass auch in ihnen, in jedem einzelnen von ihnen, ein Meister schlummerte.

Als die Berge langsam höher wurden, legte er sein tibetisches Gewand an, versetzte sich in Trance und eilte seinem Kloster entgegen. Der Anblick der gewaltigen Berge machte ihn froh. Tief atmend genoss er die frische Luft und er labte sich am eiskalten Wasser der wilden Gebirgsflüsse.

Der Klang der Dung Chen, der großen, langen Trompete ertönte, als er den steilen Weg zum Kloster erklomm. Gyaltsen lächelte. Sie hatten ihn bereits erspäht! Die jungen Novizen rannten ihm johlend entgegen, von kleinen, kläffenden Hunden begleitet, und folgten ihm bis hoch zum Tor, wo ihn die Mönche und der Rinpotsche erwarteten. Demütig sank Gyaltsen vor sei-

nem Abt auf die Knie. Der Große Lama berührte seinen Scheitel, hob ihn auf, und sie schauten einander mit wissenden Augen an. Doch der tiefere Austausch musste warten, denn nun riefen die Mönche alle gleichzeitig begeistert ihren Willkommensgruß, und zu allem Überfluss bliesen die Musiker kräftig in ihre Instrumente.

Die Brüder geleiteten Gyaltsen zum Platz vor dem Lhakang, wo sie einen großen Thron für den Abt und einen kleineren daneben für ihn unter einen Baldachin gestellt hatten. Als sich beide dort niedergelassen hatten, machten die Mönche den Platz frei, die Musiker ordneten sich, und bald boten maskierte Tänzer in prächtigen Kostümen zum Klang der Instrumente ein lehrreiches Schauspiel. Gyaltsen erkannte, dass sie den Kampf der Mahakalas gegen die Dämonen darstellten, und er genoss die Darbietung nach der langen, entbehrungsreichen Wanderung. Als die Tänzer geendet hatten, reichten die Mönche Buttertee und Tsampa herum. Dazu gab es Mokmok, mit Fleisch gefüllte Teigtaschen in Brühe, ein wahres Festessen. Dann versammelten sich alle zur abendlichen Andacht im Lhakhang.

„Sang gye tschö dang tsog kji thschog nam la
Dschang tschub bar du dag ni kjab su tschi“

„Bis zur Erleuchtung nehme ich Zuflucht zum Buddha, zur Lehre und zur höchsten Gemeinschaft“, sang Gyaltsen erfüllt. Wie wunderbar klang dieses Gebet im Chor der Mönche, wie neu nach drei Jahren Abwesenheit! Glücklich rezitierte er das Mantra Chenrezigs und erneuerte sein Gelübde, so lange auf die Erde zurückzukehren, bis auch das letzte Wesen erleuchtet sei. Der Rinpotsche nickte ihm kurz zu. Nach dem Abschlussgebet wartete Gyaltsen auf den alten Mann, und zusammen verließen sie den Lhakhang. Schweigend schritten sie zur Klause des Abts. Der Rinpotsche setzte sich auf seinen Stuhl, Gyaltsen

hockte sich vor ihn auf den Boden. Liebevoll sah der alte Mann seinen Schüler an, und Gyaltsen erwiderte den Blick. Worte waren überflüssig, wenn die Liebe sprach.

Gyaltsen wickelte die beschriebenen Palmblätter aus seiner Decke und überreichte sie dem Lama. Der Abt nahm sie ehrfürchtig entgegen, das neue Tantra, den neuen Weg zur wahren Welt.

„Du wirst die Brüder darin unterweisen", sagte der Abt und Gyaltsen nickte.

„Jetzt unterweise mich", bat der Rinpotsche und schloss die Augen. Auch Gyaltsen schloss die Augen und verband sich mit dem klaren, reinen Bewusstsein des Großen Lamas. Die Liebe der anderen, der wirklichen Welt ergriff ihn, und Tränen strömten über sein Gesicht, ohne dass er es merkte. Dann führte er den Rinpotsche in den Zustand des neuen Tantras ein, indem er seinen eigenen Geist hineinversetzte. Der alte Mann folgte ihm mühelos und Gyaltsen empfand mit ihm die Freude des Erkennens. Die wahre Welt, der reine Zustand klaren Lichts und makelloser Liebe nahm sie auf, und als sie am nächsten Morgen kurz vor Sonnenaufgang die Augen wieder öffneten, hatten der Alte und der Junge alles miteinander geteilt, was es zu teilen gab.

„Wir wollen die Sonne begrüßen", sagte der Lama und Gyaltsen half ihm den Berg hinauf zu seinem Lieblingsplatz. Gemeinsam erwarteten sie das sanfte Glühen, mit dem sich die Sonne ankündete, und folgten den ersten Strahlen, die sich wie Finger über den Himmel reckten. Leise murmelten ihre Lippen Gebete. Sie beteten für ihr Land, für die ganze Erde und alle lebenden Wesen, die verkörperten und die nichtverkörperten. Als die Sonne rötlichgolden über dem von ewigem Eis bedeckten Gipfeln im Osten erschien, schaute der alte Lama den jungen an und sagte:

„Ich möchte, dass du mein Kloster leitest, wenn ich meinen Körper verlassen habe."

„Das möge in weiter Ferne liegen", wehrte Gyaltsen erschrocken ab.

„Nicht in allzu weiter Ferne", entgegnete der Rinpotsche lächelnd. „Ich werde dich darauf vorbereiten." Dann zog er den Kopf des jungen Mannes zu sich herab und küsste ihn auf die Stirn.

„Lass uns hinabsteigen, Bruder", sagte er einfach.

Gyaltsen unterwies die Mönche in dem neuen Tantra. Die Novizen lehrte er die Sprache des Tieflandes, denn es warteten noch viele Schätze der heiligen Lehre darauf, verwirklicht und ins Tibetische übersetzt zu werden. Jeden Abend besuchte er den Abt und erhielt von diesem die Ermächtigungen zu den heiligen Ritualen. Die Nächte verbrachte er damit, diese Ermächtigungen meditierend in Erfahrung umzusetzen. Als der Alte ihm schließlich alles übermittelt hatte, was er selbst verwirklicht hatte, übertrug er Gyaltsen immer öfter die Leitung der Zeremonien im Lhakhang. Der Körper des Rinpotsche wurde immer gebrechlicher, sein Blick dagegen strahlender und freier.

Es kam der Tag, an dem der Abt die höchsten Lamas des Klosters bei sich versammelte. Er lehnte sich an dicke Kissen, doch er schaute überirdisch klar und liebevoll. Da Gyaltsen ahnte, was geschehen würde, schickte er den Diener des Großen Lama hinunter zu den Mönchen. Sie sollten sich im Lhakhang versammeln und für ihr Oberhaupt meditieren.

„Ich werde diesen Körper jetzt verlassen", sagte der Rinpotsche ruhig. „Ich möchte, dass ihr meinen Geist begleitet und die Rituale für mich vollzieht. Die Obhut für dieses Kloster übertrage ich Gyaltsen Rinpotsche." Er winkte ihn zu sich heran und nahm

einen Gegenstand von seinen Knien. „Ich schenke dir die Statue des Bodhisattva Thugdsche chenpo, denn ihm gehört dein Herz. Meine heiligen Schriften sollen von jetzt an auch dir gehören, zum Wohle aller Wesen. Knie nieder, Bruder." Gyaltsen fiel vor ihm auf die Knie. Tränen standen in seinen Augen, denn wenn er auch wusste, dass sein Meister bald von allem Leid befreit sein würde, konnte er sich ein Leben ohne ihn kaum vorstellen. Von seiner frühen Kindheit an hatte der Rinpotsche ihn angeleitet und über ihn gewacht.

„Wir werden uns in einem späteren Leben wiedersehen", sagte der Rinpotsche leise. „Das Band zwischen uns wird nie zerreißen. Fasse dich, mein Bruder, denn ich möchte dich segnen." Damit legte er Gyaltsen die Hand auf den Scheitel, und die Kraft und der Segen des Rinpotsche strömten in ihn ein. Allumfassende Liebe umhüllte ihn und linderte den Abschiedsschmerz.

Der Rinpotsche segnete alle Lamas und schloss dann die Augen. Bald verklärte sich sein Antlitz. Ruhig und friedlich saß er da. Von seiner Gestalt schien ein Leuchten auszugehen. Die Lamas versenkten sich ebenfalls. Plötzlich war der ganze Raum mit klarem Licht erfüllt. Die Hellsichtigen schauten, wie sich der Geist des Rinpotsche sanft von seinem Körper löste und Gyaltsen begann, die Gebete des Todes zu sprechen.

Sechs Wochen dauerten die Rituale zum Tode des Großen Lamas. Der Körper des Rinpotsche war auf einem hohen Scheiterhaufen verbrannt worden, eine Ehre, die in dem holzarmen Land nur den höchsten Lamas zuteilwurde. Danach setzten die Mönche Gyaltsen Rinpotsche auf den Thron des Großen Lamas und es gab keinen unter den Brüdern, der ihm diesen Platz missgönnt hätte.

Gyaltsen blieb in seinem Herzen ein einfacher Mönch. Er behielt seine Klause und leitete das Kloster in Demut und Liebe. Seine Hingabe galt Chenrezig, dem Herrn des grenzenlosen Mit-

gefühls. Ihm diente er, und täglich wiederholte er das Gelübde des Bodhisattva, so lange auf die Erde zurückzukehren, bis auch das letzte Wesen erlöst sein würde.

„Du hattest recht!" Alaia blickte ihren Helfer unglücklich an. „Es war mir nicht klar, dass es so schwer werden würde."

„Du wolltest es nicht anders", antwortete der Helfer freundlich. Sie saßen auf den Kissen im Tempel, dessen Fenster in allen Farben herrlich strahlten. „Du wolltest ein geistiges Leben auf der Erde führen, koste es, was es wolle! Erinnere dich, Alaia." Sie nickte langsam.

„Ich weiß", sagte sie leise. Sie schwieg eine Weile und fragte dann:

„Muss ich denn wieder auf die Erde?"

„Nein", antwortete der Helfer, „du musst nicht, du darfst. Hast du den göttlichen Plan vergessen? ‚Den neuen Weg – ein Menschenleben in den Welten der Materie, die Liebe Gottes einzubringen in das Dunkel dieser neuen Dimension.' Erinnerst du dich nicht, Alaia?" Sie nickte langsam.

„Ich erinnere mich an jedes Wort, doch ich fürchte mich vor neuen Verkörperungen, vor dem Leid, das sie mit sich bringen, den Verstrickungen, die ich so mühsam wieder auflösen muss. Der Buddha lehrte, wie man diesem Kreislauf entkommen könne. Ich habe das Leid der Verkörperung diesmal hinter mir gelassen. Warum sollte ich es freiwillig wieder auf mich nehmen?"

„Du wirst dich entscheiden müssen", antwortete der Helfer. „Du hast jetzt die Möglichkeit zu wählen."

„Du meinst den neuen Weg", sagte Alaia nachdenklich. „Du hast schon oft davon gesprochen, doch in mir lebt ein Teil, der nichts lieber will, als dieser Erde zu entfliehen." Der Helfer blickte sie voller Mitgefühl an.

„Ich verstehe deinen Schmerz“, sagte er, „und ich will versuchen, dir die Wahl zu erleichtern. Du erinnerst dich an das Kaleidoskop, mit dessen Hilfe ich den Regenbogen unter dem Kuppeldach habe erstrahlen lassen?“ Als Alaia nickte, fuhr er fort: „Jeder einzelne Farbton des Regenbogens ist gleich wichtig und trägt zum großen Ganzen bei. Wenn nur einer fehlt, kann weder das Ganze, noch das Neue gelingen ...“

„... und das Neue bedeutet, dass ich mich nicht mehr in klösterliche Einsamkeit zurückziehen darf, um Gottes Liebe zu erfahren, sondern diese Liebe im Kontakt mit vielen Menschen in mir spüren kann und danach handeln soll.“ Der Helfer nickte zustimmend.

„Jeder Mensch, der auch nach Gottes Liebe strebt, wird diese Kraft für alle spürbar stärken. Und dazu muss er nicht erleuchtet sein, denn die göttliche Energie verwandelt jede Schwäche“, ergänzte er.

„Das wird nicht leicht ...“, begann Alaia. Doch der Helfer unterbrach sie:

„Der alte Weg war viel schwerer. Nur wenige waren in der Lage, die Entbehrungen auf sich zu nehmen, die er verlangte. Dagegen ist der neue Weg ein Kinderspiel. Gottes Liebe ist wie das klare Licht, das in allen Farben leuchtet, wenn es auf Materie trifft. Um einen Regenbogen zu erschaffen, braucht es rot, orange, gelb, grün, blau, indigo und violett. Wenn Gott das klare Licht ist, sind die Menschen die Farben, die aus Seinem Licht entstehen.“

„Das eigene Sein“, sagte Alaia nachdenklich, „du hast es schon so oft erklärt und doch sträubt sich etwas in mir gegen dieses Ich-Bewusstsein. Ich will zurück und keinesfalls nach vorn ins Unbekannte.“

„Ich will dir eine Geschichte erzählen“, begann der Helfer, und

Alaia beugte sich erwartungsvoll vor. „Die Geschichte beginnt zu einem Zeitpunkt, als der Eine die Erde schon erschaffen hatte. Die ersten Menschen hatten sich bereits inkarniert und der Eine sah, dass sie allein nicht gut zurechtkamen. So befahl er seinen Engeln, ihnen zu helfen. Alle Engel stimmten freudig zu, außer einem, der immer zur Rechten Gottes gesessen hatte und Ihm am nächsten stand. Dieser lichtvolle Engel sträubte sich, seinen Platz an Gottes Seite aufzugeben, doch der Allwissende, dessen Entscheidungen immer richtig sind, warf ihn aus dem Himmel. Der Engel stürzte hinab zur Erde, und bei diesem Sturz verlor er seine Krone. Die Edelsteine, welche die Krone geschmückt hatten, lösten sich, fielen herab und fanden einen Platz in den Herzen der Menschen. Jener Teil in dir, der den neuen Weg verwirft und nur zurück zur Quelle will, entspricht einem Edelstein aus der Krone des Lichtengels."

„Dann ist es nur natürlich, dass ich fühle, was ich fühle!"

„Und doch musst du entscheiden, wem du folgst: dem Lichtengel, der sich Gottes Willen widersetzte und der deshalb verlor, was er nie hätte aufgeben müssen, oder Seinem Auftrag, den du längst angenommen hast."

„Befinden sich alle Menschen auf der gleichen Entwicklungsstufe?"

„Ein bestimmter Teil der Menschheit macht ähnliche Schritte", antwortete der Helfer, „doch jedem steht es frei, seine Entwicklungsschritte in der ihm entsprechenden Geschwindigkeit zu vollziehen." Alaia dachte einen Augenblick lang über das Gehörte nach. Dann sagte sie:

„Ich sollte mich bei den Christen inkarnieren. Wenn das Bewusstsein, das durch Jesus in die Welt gebracht wurde, so entscheidend ist, muss ich mich wohl damit auseinandersetzen."

„Es wäre sicherlich nicht falsch", antwortete der Helfer. „Ist dir klar, warum du auf deine Erleuchtung verzichten musst, wenn du den neuen Weg beschreiten willst?“

„Wenn mich die Erleuchtung von der Erfahrung meiner Individualität entfernt und ich die Individualität zuerst durch mein Ego ausdrücke, muss ich wohl mit diesem Ego leben, mit allem, was es mich kosten wird“, antwortete Alaia.

„So ist es“, bestätigte der Helfer. „Du wirst mit diesem Ego leben und an ihm arbeiten müssen. Du wirst nicht umhinkönnen, dich mit den Mustern, die durch die Dualität entstehen, auseinanderzusetzen und täglich aufgefordert sein, deine Entscheidungen zu treffen. Auch jetzt musst du dich entscheiden und dafür lasse ich dir so viel Zeit, wie du brauchst.“ Damit stand er auf und schritt langsam die Stufen des Tempels hinab. Alaia blieb zurück. Die Sonnenstrahlen fielen durch die farbigen Fenster und malten bunte Flecken auf den Boden. Die Kerze auf dem Altar brannte still.

„Vertrauensvoll geborgen wage ich den Schritt, die unermesslich große, unfassbare Tat. Vertrauensvoll, da Du es bist, der will, und ich nicht weiß, was ich mir anderes wünschen könnte!“, sagte plötzlich eine Stimme in ihrem Innern.

„Ich hatte keine Ahnung, worauf ich mich einlassen würde“, antwortete sie trotzig, „wieso sollte ich mich daran halten?“

„Du hast alles in Kauf genommen, du wusstest genau, dass dir der neue Weg alles abverlangen würde, damit du alles gewinnen kannst, was ein Geschöpf überhaupt zu gewinnen vermag. Betrüge dich nicht selbst!“, widersprach die innere Stimme. Beschämt senkte Alaia den Blick. Sie erkannte plötzlich, dass sie die Vorteile des neuen Weges gern für sich in Anspruch nehmen, die Schwierigkeiten dagegen nur ungern tragen wollte. Sie stand auf, stellte sich vor den Altar und hob die Arme mit zusammengelegten Handflächen vor die Brust.

„Ich will den neuen Weg zu Ende gehen", sagte sie mit fester Stimme. „Der Eine helfe mir, die Schwierigkeiten zu tragen und den Mut nicht zu verlieren. Es sei!"

Alicia wirkte diesmal besonders nachdenklich. Sie saß minutenlang da, ohne zu sprechen. Ich ließ ihr Zeit.

„Ich finde immer mehr Übereinstimmungen", sagte sie schließlich. „In meiner Familie habe ich mich immer fremd gefühlt und auch heute habe ich wenig Freunde. Schon als Kind habe ich versucht, fremde Sprachen zu verstehen und zu übersetzen. Das erste Buch, das ich gelesen habe, war die Kinderbibel."

„Woher wir kommen, wohin wir gehen und wer unser Schicksal lenkt, diese Fragen gehören zu den wichtigsten Themen der Menschheit. Sie sind heute nur deshalb in den Hintergrund getreten, weil wir glauben, unser Leben selbst bestimmen zu können. Wir sind ausreichend genährt, haben Heilmittel gegen fast alle Krankheiten und eine immer höhere Lebenserwartung. Scheinbar besitzen wir sogar die Kontrolle über die Natur und deshalb leisten sich so viele den Luxus, sich von Gott abzuwenden."

„Das mag sein", entgegnete Alicia. „Aber das erklärt noch nicht, warum ich mich oft so fremd fühle. Und was wäre, wenn ich nun wirklich von einem anderen Planeten stammen würde?"

„Was würde das verändern?", fragte ich.

„Ich könnte akzeptieren, dass ich wirklich anders bin."

„Und dazu brauchen Sie gleich einen anderen Planeten? Darf man sich nicht als Mensch von anderen Menschen unterscheiden? Wie war das in Ihrer Familie?" Alicia dachte nach.

„In unserer Familie war das verboten“, antwortete sie schließlich. „Bei uns war nur dann alles in Ordnung, wenn wir genau das taten, was mein Vater wollte. Was ich wollte oder was ich dachte, hat niemanden interessiert.“

„Als Kind will man natürlich dazugehören.“

„Das ist mir nie gelungen“, flüsterte Alicia traurig.

„Und dann ist es einfacher zu glauben, man stamme von einem anderen Planeten, als sich einzugestehen, dass die eigenen Eltern kein Interesse an dem Menschen haben, der man ist.“ Alicia nickte.

„Da haben Sie recht. Aber warum finde ich dann so wenige Menschen, denen ich mich verbunden fühle?“

„Wenn man sich in der Gruppe, in der man geboren ist, fremd fühlt, glaubt man, dass dieses Gefühl in Bezug zu anderen Menschen normal ist. Unbewusst begegnet man ihnen zurückhaltend und sendet Signale aus, die andere so deuten, dass man keinen Kontakt möchte.“

„Sie meinen also“, begann Alicia zögernd, „dass ich mich deshalb so fremd fühle, weil ich gar nichts anderes erwarte?“

„Genau“, bestätigte ich, „im Sinne einer ‚Sich-selbst-erfüllenden-Prophezeiung‘. Warum ist Ihr Mann eine Ausnahme?“

„Er fühlt sich in seiner Familie genauso fremd wie ich in meiner. In diesem Gefühl haben wir einander verstanden.“

„Und deshalb ist es auch kein Wunder, dass Sie sich schon in früher Kindheit zu Gott hingezogen gefühlt haben. Wenn die eigenen Eltern keine Sicherheit geben können, ist Gott die natürliche Alternative. Wie gut, dass Sie eine so enge Beziehung zu Ihm haben!“

„Dann gibt es Ihn?“

„Wissenschaftlich lässt sich seine Existenz nicht beweisen. Dass wir Menschen das Zufallsprodukt des Urknalls sein sollen, halte ich persönlich jedoch für undenkbar. Ich glaube, dass es Gott geben muss. Doch er ist sicher nicht der alte Mann mit dem weißen Bart, der eine penible Strichliste über unsere guten und schlechten Taten führt. Dieses Konzept ist viel zu menschlich.“ Alicia nickte zustimmend.

„Warum erlebe ich mich in den Geschichten so oft als Mann?“, fragte sie.

„Wie stehen Sie zu Ihrem Frausein?“

„Mein Vater hatte sich einen Sohn gewünscht. Er war sehr enttäuscht, dass ich nur ein Mädchen war. Meine Mutter war mir kein Vorbild. Sie hatte entweder Migräne oder versuchte, so zu sein, wie mein Vater sie haben wollte.“

„Jetzt können Sie sich Ihre Frage selbst beantworten.“

„Ich glaube, dass Frauen nicht so viel verändern können wie Männer, weil sie weniger Macht haben, und deshalb identifiziere ich mich mit Männern, wenn es darum geht, etwas Außergewöhnliches zu tun.“

„Genau“, bestätigte ich. „Sie trauen Frauen offensichtlich keine Führungsqualitäten zu. Mira in Indien opferte sich für andere, Tashima in Tibet verlor ihr Lebensziel, weil sie sich einem Mann hingab.“

„Aber damals hatten die Frauen doch gar keine Möglichkeit, ihr Leben selbst zu bestimmen!“, wandte Alicia ein. Ich lachte.

„Frau Born, das stimmt nur, wenn Sie denken, dass Sie sich tatsächlich an eine längst vergangene Zeit erinnern. Aber offensichtlich sind Sie auch im Hier und Jetzt davon überzeugt, dass Männer mächtiger sind, und in unserer Gesellschaft stimmt das ja immer noch, obwohl sich für uns Frauen viel verbessert hat. Sie selbst sind das beste Beispiel.“

„Weil ich meine eigene Firma gegründet habe, in der ich die Chefin bin? Die Illusion hatte ich auch. Doch jetzt muss ich mich gegen Männer wehren, die mir mein Lebenswerk stehlen wollen!“

„Und warum haben Sie einen Anwalt und keine Anwältin gewählt, um sich in diesem Kampf unterstützen zu lassen?“, fragte ich listig. Sie stutzte.

„Sie haben recht! Unbewusst traue ich Männern wohl immer noch mehr zu als Frauen.“

„Greifen Sie die Botschaft aus dieser Geschichte auf und versuchen Sie in der nächsten Woche, offen auf andere Menschen zuzugehen. Notieren Sie jeden Abend Ihre Erfahrungen und achten Sie besonders darauf, ob sich in der Kontaktaufnahme zu Ihren Mitmenschen etwas verändert.“ Alicia nickte. „Verraten Sie mir, woher Sie so viel über den tibetischen Buddhismus wissen?“

„Ich habe Ihnen ja schon erzählt, dass ich eine Zeit lang mit dem Buddhismus geflirtet habe. Der tibetische hat mich wirklich fasziniert und daher weiß ich so viele Einzelheiten.“

„Warum haben Sie mir das nicht gleich gesagt?“

„Ich hatte Sorge, dass Sie mich innerlich einer Sekte zuordnen würden.“

„Das verstehe ich“, sagte ich. „Und diese Angst haben Sie jetzt nicht mehr?“ Alicia lächelte.

„Nein, denn jetzt weiß ich, dass ich Ihnen vertrauen kann.“ Sie stand auf. „Bis zum nächsten Mal!“

„Maria, ich beneide dich um diese Erfahrung“, sagte meine Supervisorin Klara zu meinem größten Erstaunen. „Das, was du von deiner Klientin erzählst, erinnert mich an die Anfangszeit der Familientherapie.“

„Wieso?", wollte ich natürlich wissen.

„Ich denke an die ‚Parts Party', das Fest der Anteile, das Virginia Satir zu feiern pflegte." Langsam dämmerte mir, was sie meinte.

„Ich erinnere mich. Meinst du diese spezielle Gruppentherapie?"

„Genau. Virginia bat einen ihrer Klienten aus der Gruppe, bis zu vierzig Stellvertreter für die Mitglieder seines inneren Teams, also seiner verschiedenen Persönlichkeitsanteile, auszuwählen. Dadurch wurde der Klient in die Lage versetzt, sein Inneres im Außen zu betrachten. Er konnte diesen Anteilen begegnen, sich mit ihnen austauschen und die Möglichkeit nutzen, neue Verhaltensmuster auszuprobieren. "

„Wenn ich mich recht erinnere, sollte jeder Stellvertreter einen Namen und einen dazu passenden Lebenslauf auswählen und sich der Rolle gemäß anziehen."

„So war es!", bestätigte Klara. „Der Klient selbst bekam die Rolle des Regisseurs oder des Piloten. Er hatte dann einen halben Tag Zeit, sich mit seinen verschiedenen Anteilen auseinanderzusetzen."

„Glaubst du, dass meine Klientin unbewusst ein solches ‚Fest der Anteile' inszeniert?" Obwohl ich sie nicht sah, spürte ich, dass Klara lächelte.

„Es sieht ganz so aus, oder? Wichtig ist nur, dass sie weiß, wer in ihrem inneren Kino die Regie führt."

„Das tut sie", bestätigte ich. „Danke für deinen Input, Klara!"

„Sehr gerne! Wie hast du dich mit den Geschichten arrangiert?"

„Ich sehe sie als Teile Ihrer Persönlichkeit. Die Frage, ob sie tatsächlich als einer dieser Menschen in früheren Zeiten gelebt haben könnte, spielt für mich mittlerweile keine Rolle mehr. Mir ist es vor allem wichtig, dass meine Klientin den Sinn dieser Geschichten für ihr Leben erkennt."

„Dann ist es gut. Halte mich auf dem Laufenden, Maria."

„Das werde ich tun. Vielen Dank, Klara. Fühle dich umarmt!"

Nachdem ich die Verbindung unterbrochen hatte, traf ich eine Entscheidung. Alicia hatte sieben Geschichten erlebt und sich sieben Mal mit ihrem Helfer im Zwischenreich getroffen. Ich würde noch eine Sitzung in der gewohnten Weise mit ihr machen und dann die Methode wechseln. Wenn es um ihre Persönlichkeitsanteile ging, dann gab es andere Interventionen, um wichtige emotionale Prozesse anzustoßen.

Es wurde Zeit, ins Hier und Jetzt zu wechseln.

Kapitel 11 – Die Kreuzritterin

„Ich grüße Sie, Frau Born“, sagte ich freundlich und reichte ihr die Hand. Sie zog den Mantel aus, hängte ihn an die Garderobe und schlüpfte dann aus ihren Schuhen. Ich war neben ihr stehen geblieben. Sie sah mich fragend an.

„Ist heute etwas anders? Gehen wir nicht in den Ruheraum?“

„Dies wird heute ihre letzte Bilderreise sein“, sagte ich mit fester Stimme, bereit, meinen Standpunkt unter allen Umständen zu verteidigen.

„Ich schätze, das ist nicht verhandelbar.“ Alicia hatte den Unterton in meiner Stimme richtig gedeutet. „Wollen Sie gar nicht mehr mit mir weiterarbeiten?“

„Doch, sogar sehr gerne, nur nicht mehr auf diese Art und Weise. Ich bin bereit, eine ganz normale systemische Psychotherapie im Hier und Jetzt mit Ihnen durchzuführen. Sie werden sich wundern, was da alles möglich ist.“ Alicia nickte und sagte zu meinem Erstaunen:

„Das ist in Ordnung für mich. Ich habe das Gefühl, dass bald etwas Neues beginnt. Dann gehe ich heute also zum letzten Mal auf die Reise. Ich bin schon sehr gespannt darauf, was ich erleben werde.“

„Lassen Sie uns gleich beginnen", lud ich sie ein und öffnete die Tür zum Ruheraum.

Der Helfer stand hinter ihr und legte seine Hände auf ihre Schultern. Sie lehnte sich dankbar gegen ihn.

„Es sei, Alaia", wiederholte er und sie erkannte, dass die Stimme in ihrem Innern die Stimme des Helfers gewesen war, die sich so angefühlt hatte, als sei er ein Teil von ihr. Der Helfer lächelte verstehend.

Rosafarbenes Licht fiel durch die Öffnung der Kuppel. Sie ließ sich in diesen warmen Farbstrom sinken und flog auf ihm der neuen Inkarnation entgegen.

Das Pferd tänzelte nervös, Schaum troff in Flocken von seinem Maul. Die junge Reiterin im Sattel beugte sich vor und tätschelte ihm beruhigend den Hals.

„Ruhig, Marôn, ruhig, du wirst dich an den Trubel hier gewöhnen müssen. Dies ist erst der Anfang, wir sind ja gerade erst angekommen!"

Jeanne d'Argent ließ ihren Blick zufrieden über die Menschenmenge schweifen, die sich auf der Wiese vor dem kleinen Städtchen versammelt hatte. Männer, Frauen und Kinder hatten ihre Lager im Schatten der von Hausrat überquellenden Ochsenkarren aufgeschlagen. Unzählige Rauchwolken schraubten sich von den Feuerstellen aus in den Himmel, Speisen brodelten in Töpfen, Kinder schrien, Hunde bellten, und Schweine und Hühner kratzten im Dreck. Inmitten jeden Lagers aber flatterte die Standarte mit dem roten Kreuz, die deutlich machte, warum die Leute solche Mühen auf sich genommen hatten: Das Heer Christi sammelte sich, um die Heiden aus Jerusalem, der Burg des Herrn, zu vertreiben.

Die einfachen Leute waren dem Aufruf ebenso gefolgt wie die Ritter, denn es würde nicht mehr lange dauern bis zu Seiner Wiederkunft, und dann sollte Er glanzvoll in Seiner Burg Einzug halten können. Außerdem hatte der Papst persönlich versprochen, dass allen Streitern Christi die Sünden vergeben seien. Diese beruhigende Aussicht und die Begeisterung für das hohe Ziel hatten die Menschen hier zusammengeführt, denn von diesem Sammelpunkt aus sollte der Zug beginnen. Immer noch trafen neue Ochsenkarren ein, voll besetzt mit Menschen. Die Männer gaben ihren Tieren brüllend Befehle, Frauen und Kinder saßen da in dumpfem Staunen, da sie noch nie zuvor so viele Menschen gesehen hatten. Jeannes Gedanken schweiften zurück zu jenen Ereignissen, welche die Bewegung der Massen ausgelöst hatten.

Vor einigen Wochen war Papst Urban II. durchs Land gezogen. Da er die Christen hatte wissen lassen, dass er eine wichtige Botschaft für jeden einzelnen von ihnen habe, war Jeannes Vater, der Comte d'Argent mit seiner Familie nach Clermont gereist, wo der Papst in der Kathedrale zu predigen gedachte. Doch es waren so viele Menschen in die Stadt gezogen, dass sie unmöglich alle in die Kirche passten, und der Papst beschloss, seine Ansprache draußen vor der Stadt auf einer Wiese zu halten. Eilends war eine Tribüne gezimmert worden, Urban war vor die Stadt getragen worden, und rasch kam er auf den eigentlichen Zweck seines Anliegens zu sprechen. In einer flammenden Rede berichtete er von den furchtbaren Zuständen im Heiligen Land und von den Martern und Qualen, welche die dort lebenden Christen von den Heiden zu erdulden hätten. Die Wiederkunft des Herrn stehe nahe bevor, doch Sein Land, Seine Stadt Jerusalem, die Burg Christi, befände sich fest in der Hand der Ungläubigen.

„Nicht ich rufe euch, sondern Gott der Herr selbst ist es, der euch bittet: Zieht für ihn in den Kampf und verjagt die Heiden aus dem Heiligen Land. Helft euren Brüdern in Christo gegen die Ungläubigen und befreit die Burg des Herrn, damit Er Einzug halten kann in Jerusalem. Ich rede zu euch, doch es ist Christus, der Herr, der es euch befiehlt!"

„Deus le volt!", rief jemand in der Menge, „der Herr will es!", und dieser Ruf pflanzte sich fort, bis keiner sich ihm mehr entziehen konnte. Die Menge taumelte glückselig in religiösem Eifer. Dann sprach der Papst von der Vergebung der Sünden, die auf jeden wartete, der sich an der Pilgerfahrt beteiligte, besonders aber auf jene, die im Kampfe für das heilige Ziel starben. Die zurückgelassenen Güter befänden sich im Schutz der Kirche, also in guten Händen.

„Bringt eure Angelegenheiten in Ordnung! Verkauft eure Habe und rüstet euch aus für den heiligen Kampf. Gibt es einen unter euch, der nicht für Christus kämpfen will? Bald naht die Wiederkunft des Herrn und dann wird er über jene den ewigen Lohn ausschütten, die für ihn gestritten haben. Wehe aber den Elenden, die sich ihrer heiligen Pflicht entzogen haben! Ihnen soll es nicht besser ergehen als den Heiden!"

„Nieder mit den Heiden!", schrie die Menge, „der Herr will, dass wir für ihn kämpfen! Deus le volt! Deus le volt!"

Ein allen bekannter, hoch angesehener Bischof trat im Ornat vor den Papst, beugte die Knie und bat um Erlaubnis, mitziehen zu dürfen. Jetzt war der Bann gebrochen. Die Menschen sanken zu Boden, niemand blieb stehen, und auch Jeanne kniete, von heiligem Eifer ergriffen. Christus der Herr brauchte ihre Hilfe! Jeanne war trotz ihrer Jugend und trotz der hinderlichen Tatsache, als Mädchen geboren worden zu sein, überzeugt davon, dem Ruf des Herrn folgen zu müssen.

„Sprecht mir alle nach!", rief der Papst. „Ich gelobe bei Jesus Christus, unserem Herrn..."

„Ich gelobe bei Jesus Christus, unserem Herrn", antwortete die Menge im Chor.

„...dass ich Sein Streiter sein will und nicht eher davon ablasse, bis Jerusalem, die Heilige Stadt, befreit ist", sprach der Papst.

„...dass ich Sein Streiter sein will und nicht eher davon ablasse, bis Jerusalem, die Heilige Stadt, befreit ist", wiederholte die Menge.

„Der Bann soll mich treffen, wenn ich dieses Gelübde breche!", sprach der Papst und die Menge wiederholte gehorsam seine Worte.

„Das wird nie geschehen", sagte Jeanne voller Inbrunst, „nie werde ich den Herrn verraten!" Die Eltern hatten sie gewähren lassen. Doch schon auf der Rückreise in ihre Heimat hatten sie ihr ins Gewissen geredet. Der Vater hatte sein Pferd neben das ihre gelenkt.

„Jeanne, das kommt überhaupt nicht in Frage. Du bist nur eine Frau. Der Herr braucht Männer, die sein Recht mit der Waffe verteidigen", sagte er.

„Warum habt Ihr mich gelehrt, das Schwert zu führen, mon père? Ich kann kämpfen wie ein Mann", gab Jeanne hitzig zurück, „und reiten kann ich besser als mancher Ritter."

„Ihr habt sie aufgezogen wie den Sohn, den uns der Herr versagte", nörgelte die Mutter, „Monsieur le Comte, und das ist das Ergebnis."

„Du kannst reiten und kämpfen wie ein Mann", bestätigte der Vater mit fester Stimme, „und doch bist du ein Mädchen! Dir ist ein Mann zur Ehe bestimmt und mit ihm wirst du unsere Linie fortführen. Es wird Zeit, dass du lernst, dich wie ein tugendhaftes Weib zu benehmen."

„Sicher nicht!", rief Jeanne erbost, gab ihrem Pferd die Sporen und stürmte davon.

„Sie hat das hitzige Temperament ihres Vaters", kommentierte die Mutter schnippisch den Ausbruch ihrer Tochter. „Ihr habt sie verdorben, Jean Louis, und ich erwarte von Euch, dass Ihr sie zähmt."

„Madame", erwiderte der Comte und deutete eine Kusshand an. Sie hatte recht! Der Sohn war ihm verwehrt geblieben, doch lag es nicht an ihm, denn die Früchte seiner Lenden mit manch hübscher Magd bevölkerten den Burghof. Vielleicht sollte er einen von diesen Knaben zu seinem Erben wählen? Das Problem mit seiner wilden Tochter würde sich durch die Heirat mit Alois du Puy de Montbrun schon im nächsten Monat lösen.

Dieser jüngste Sohn einer angesehenen Familie hatte eingewilligt, das Anwesen seiner zukünftigen Schwiegereltern zu übernehmen. Für ihn, der weder ein Erbe zu erwarten hatte, noch am Hof dienen oder dem Klerus beitreten wollte, bot diese Möglichkeit einen guten Ausweg aus einem freudlosen Leben als Diener seiner Brüder. Dass seine Zukünftige eine Wildkatze sein würde, hielt ihn nicht davon ab. Er hatte schon manche Katze gebändigt.

Wie zu erwarten war, hatte Jeanne diese Nachricht nicht gut aufgenommen.

„Deus le volt", wiederholte sie störrisch den Schlachtruf der Kreuzritter und intensivierte ihre Übungen im Schwertkampf. Als der Vater ihr dies untersagte, tobte sie so heftig, dass er sie in ihr Zimmer sperren ließ und einen Knappen als Wache vor die Türe stellte. Es dauerte eine Weile, doch schließlich beruhigte sie sich. Erst dann hörte sie das leise Klopfen an der Tür.

„Ich rede nicht mit Ihnen!", fauchte Jeanne wütend.

„Mademoiselle Jeanne, ich bin es, Josquin", hörte sie die Stimme des Knappen.

„Was willst du?", fragte sie mürrisch.

„Ich war mit Euch in Clermont", hörte sie seine Stimme. „Auch ich habe den Ruf vernommen. Wenn Ihr wollt, helfe ich Euch!"

„Wie willst du mir helfen?", fragte Jeanne, die langsam neugierig wurde.

„Lasst mich eintreten", bat der Knappe und Jeanne öffnete die Tür.

„Wenn du mir zu nahekommst, dann ...", drohte sie und zog einen kleinen Dolch aus ihrem Gürtel. Josquin wich zurück.

„Mademoiselle", sagte er, „was denkt Ihr von mir? Ich will Euch helfen!" Und dann erläuterte er seinen Plan. Da sie reiten und kämpfen konnte wie ein Mann, würde sie in Männerkleidung unter den Rittern nicht auffallen.

„Ich besorge Euch die Rüstung. Das Banner könnt Ihr selbst fertigen. Ihr müsst Euch jedoch eilen. Wir müssen verschwinden, bevor Euer Bräutigam eintrifft. Gebt mir etwas Gold, damit ich die Käufe für Euch tätigen kann." Jeanne löste das Armband von ihrem Handgelenk und reichte es dem Knappen.

„Deus le volt!", sagte sie andächtig.

„Deus le volt!", bestätigte er.

Da der Vater sie nicht aus dem Zimmer ließ, nutzte sie die Zeit klug und stickte Tag und Nacht an ihrem Banner. Und als Josquin drei Wochen später meldete, es sei alles für ihre Flucht vorbereitet, war sie fertig.

„Denk daran!", ermahnte sie den Knappen. „Ich bin Jean Philippe d'Argent für dich."

„Monsieur", erwiderte Josquin und machte eine tiefe Verbeugung.

„Wo soll ich Euer Lager aufschlagen, mon Comte", fragte der Knappe und riss Jeanne aus ihrem Staunen angesichts des großen Heeres.

„Ich weiß nicht, Josquin", antwortete sie. Der Knappe hatte recht. Bald würde sich die Dämmerung über das Land senken und sie wussten noch nicht, wo sie sich zum Schlafen niederlegen sollten. Suchend schweifte ihr Blick über die Ochsenkarren, die Feuerstellen und die unzähligen Menschen, sie bemerkte den kotigen Boden und die scharrenden Hühner, und plötzlich nahm sie auch den Gestank der Notdurft von Tieren und Menschen wahr.

„He, Ritter, was tut Ihr hier beim einfachen Volk?", vernahm sie plötzlich eine Stimme hinter sich. Ein Mann ritt direkt auf sie zu und versicherte sich: „Ihr seid doch ein Ritter?"

„Jean Philippe d'Argent, Sohn des Comte Jean Louis d'Argent, ausgezogen, um die heilige Stadt Jerusalem zu befreien", erwiderte Jeanne mit einem gewissen Stolz.

„Paul d'Orteuille", stellte sich der Mann vor, „ich freue mich, Comte d'Argent, dass Ihr Euch zu den Streitern Christi zählt. Ich sehe, dass Ihr gerade erst eingetroffen seid und nicht wisst, wo Ihr Euch niederlassen sollt. Folgt mir, ich bringe Euch zur Unterkunft der Ritter." Mit diesen Worten drückte der Mann seinem Pferd die Fersen in die Flanken und sprengte davon. Erschrocken sprangen die Menschen aus der Bahn, die Hühner flatterten wild mit den Flügeln, und die Hunde kläfften wütend.

„Auf geht's, Marôn", rief Jeanne und folgte dem Ritter, wenn auch viel langsamer, denn sie bewegte ihr Pferd vorsichtig um Mensch und Tier herum.

Josquin, der Knappe, der schon befürchtet hatte, die Nacht im Hühnerdreck verbringen zu müssen, murmelte erleichtert: „Dem Himmel sei Dank", und folgte seiner Herrin mit wehen-

dem Banner, das Packpferd am Zügel. Sie ritten seitlich am Lager des einfachen Volkes vorbei auf einige kleine Steinhäuser zu, die von den Bauern bewohnt wurden, welche die umliegenden Felder bewirtschafteten. Paul d'Orteuille sprang vom Pferd und warf die Zügel seinem Knappen zu, der ihn bereits erwartete.

„Folgt mir, Comte d'Argent", rief er Jeanne zu, „Ihr müsst hungrig sein."

„Josquin...", begann Jeanne, doch der andere unterbrach sie:

„Mein Knappe wird sich um alles kümmern, was dein Knappe wissen sollte. Mach schon, Pierre, schlaf nicht ein!"

Jeanne sprang vom Pferd, das Josquin in Empfang nahm, und folgte dem Ritter in die Wohnstube der Bauernfamilie, welche in einen Speiseraum für die Streiter Christi umfunktioniert worden war. Ihre Zustimmung hatten die Bewohner – den Mienen nach zu urteilen – sicher nicht erteilt. Doch was blieb ihnen anderes übrig?

Die Hausfrau war gerade dabei, das Schwein zu zerteilen, welches ihr Mann über einem Feuer auf dem Hof gebraten hatte. Sie spießte die Fleischbrocken mit einer Gabel auf und schaufelte sie auf die Teller, welche ihr von den um den Tisch sitzenden Männern entgegengestreckt wurden. Der Gier nach zu urteilen, mit der sich diese über das Essen hermachten, mussten sie völlig ausgehungert sein. Keiner schien die Ankunft der Neuankömmlinge zur Kenntnis zu nehmen. Die Männer schmatzten geräuschvoll, ohne sich in ihrer Unterhaltung stören zu lassen.

„Freunde, seht her!", machte Paul d'Orteuille mit erhobener Stimme auf sich aufmerksam. „Ich bringe Euch einen tapferen Ritter, den jungen Comte Jean Philippe d'Argent. Er wird an unserer Seite gegen die Heiden kämpfen!" Alle Augen richteten sich gleichzeitig auf Jean, der das unangenehme Gefühl nicht

loswurde, wie ein Pferd auf dem Rossmarkt begutachtet zu werden.

„Willkommen in unserer Runde", rief schließlich ein Hüne und hob den Becher, „lasst Euch bei uns nieder!" Die Männer rückten zusammen, Jeanne wurde auf eine Bank gedrückt, und gleich darauf stand ein Becher Wein vor ihr. „Wir trinken auf das Gelingen unserer Pilgerfahrt!"

„Deus le volt!", antworteten die Ritter im Chor, hoben die Becher, und viele von ihnen leerten sie in einem Zuge.

„Mehr Wein!", rief einer der Ritter, und die Tochter des Bauern, die schüchtern in einer Ecke saß, sprang auf und füllte die Becher, die ihr ungeduldig entgegengehalten wurden, aus einem großen Krug. Klatschend schlug einer der Ritter auf ihr Hinterteil, die Männer grölten, und das Mädchen verbarg sich ängstlich wieder in seiner Ecke.

Jeanne hatte nur einen kleinen Schluck Wein getrunken. Staunend betrachtete sie die Männer in der Runde. Es schienen wilde Gesellen zu sein, die zahlreichen Narben in den Gesichtern kündeten von zahlreichen Kämpfen. Einige trugen die Wappen ihres Geschlechts auf den ledernen Wämsern, andere zierten metallene Brustplatten, auf die das heilige Kreuz graviert war. Haare und Bart der Männer schienen den Kamm, mit dem sie ihre Haare täglich pflegte, seit langem nicht gespürt zu haben. Der Mann zu ihrer Rechten, der dem Mädchen auf das Hinterteil geschlagen hatte, widmete sich zufrieden seinem Getränk.

„Auf uns, die Streiter Christi!", rief er. Die Becher wurden erhoben und in einem Zug geleert. „Auf uns, auf uns!"

„Deus le volt!", johlten die anderen und kippten den Wein hinunter. Knarrend öffnete sich die Tür, und Jeanne konnte im Zwielicht einen Priester erkennen, der zielstrebig auf den Tisch zusteuerte und sich ächzend auf einen Stuhl fallen ließ.

„Mon dieux", rief er und winkte dem Mädchen, „ich bin durstig! Mein Kind, bring mir Wein." Das Mädchen trat schüchtern heran, füllte den Becher des Priesters und gleich darauf auch die der Ritter, denn sie hoffte, dass diese es in Gegenwart des Kirchenmannes nicht wagen würden, sie zu belästigen.

„Bonjour, mon pére ", rief d'Orteuille, „ich hoffe, euer Tagewerk war von Erfolg gekrönt."

„Was soll ich sagen", antwortete der Priester, nachdem er den Becher zur Hälfte geleert hatte, „es gibt mächtig Ärger. Den Edelleuten laufen die Knechte davon, weil sie Streiter Christi werden wollen, und der Adel verlangt, dass die Kirche es ihnen untersagt. Doch wir können ihnen diesen Dienst beim besten Willen nicht verwehren."

„Schwierig, schwierig", antwortete d'Orteuille grinsend, „und was wollt ihr mit solch einem kampferprobten Heer anfangen?"

„Habt ihr sie gesehen?", grölte ein anderer. „Mistgabeln und Äxte sind ihre Waffen. Selbst Frauen erheben ihre Küchenmesser gegen die Heiden!"

„Sie werden durchhalten oder sterben. Die Vergebung ihrer Sünden ist diesen Leuten Lohn genug", antwortete der Priester achselzuckend und leerte seinen Becher. Das Mädchen sprang auf und füllte nach.

„Diese Einfaltspinsel, diese Toren!", rief der Hüne, der rechts neben Jeanne saß. Dann verzog er sein Gesicht zu einem lüsternen Grinsen und fragte den Priester: „Und wie steht es mit unseren Sünden, mon pére, gibt es für heute Nacht genügend ...? Na, ihr wisst schon ..." Die Männer brüllten vor Lachen, einige schlugen sich begeistert die Hände auf die Schenkel, die Becher wurden gehoben und geleert. Als wieder Ruhe eingekehrt war, sagte der Priester salbungsvoll:

„Chevalier de Revois, denkt an Eure Frau und Eure Kinder. Ent-

haltet Euch, dann ist Euch der Lohn Gottes umso gewisser." Wieder grölten die Männer, als habe der Priester etwas Lustiges geäußert. Jeanne blickte unsicher von einem Mann zum anderen. Sie hatte nicht verstanden, was der Ritter in der Nacht haben wollte und warum die Männer über den Tadel des Priesters so lachten. Alle anderen schienen Bescheid zu wissen und sie hoffte inständig, dass sie sie nicht ansprechen würden. So vertiefte sie sich in ihre Mahlzeit und lachte einfach mit, wenn die anderen lachten.

„Comte d'Argent, leert euren Becher", rief d'Orteuille und warf einen abgenagten Knochen hinter sich, „lasst es Euch gut ergehen. Morgen ziehen wir los und es ist fraglich, wann Ihr wieder ein so gutes Mahl zu schmecken bekommt."

„Ich danke Euch, doch ich bin müde und möchte mich so bald wie möglich zur Ruhe begeben", antwortete Jeanne und wandte sich dann an den Priester: „Wird morgen früh die heilige Messe gelesen?" In den Augen des Priesters blitzte ein kurzes Erstaunen auf, doch dann antwortete er:

„Ihr seid ein ernsthafter junger Mann. Die Glocken werden Euch zur Messe rufen. Ich wünschte Euch eine gute Nacht."

Jeanne erhob sich von ihrem Platz und nickte den Rittern zu. D'Orteuille sprang auf und begleitete sie zu der Scheune, wo die Knappen ihren Herren die Nachtlager bereitet hatten.

„Wenn Ihr für diese Nacht ein Mädchen wünscht, das Euch wärmt, dann lasst es mich wissen", flüsterte d'Orteuille. Jeanne, der plötzlich klargeworden war, was die Ritter angedeutet hatten, errötete.

„Ich danke Euch, Duc d'Orteuille, das ist nicht nötig", antwortete sie hastig mit einer kurzen Verbeugung. „Ich wünsche Euch eine gute Nacht." D'Orteuille ging grinsend zum Haus zurück. Der Chevalier de Revois, der sich hinter dem Haus erleichtert hatte, stieß zu ihm.

„Der kleine d'Argent ist noch ein rechter Grünschnabel", sagte er nachdenklich, „einer von der gottesfürchtigen Sorte. Hoffentlich macht er uns keinen Ärger!"

„Die meisten sind nur aus Mangel an Gelegenheit religiös", entgegnete d'Orteuille sorglos. „Der Junge wird schnell genug merken, woher der Wind bläst. Wenn er die Vergnügungen erst einmal für sich entdeckt hat, wird er keinen Gedanken mehr an die Regeln der Kirche verschwenden."

„Ich hoffe, du hast recht", entgegnete der andere wenig überzeugt. „Wir können keinen Tugendwächter brauchen!" Eine Gelächtersalve brandete aus dem Haus und sie beeilten sich, um den Spaß nicht zu verpassen.

Jeanne war in die Scheune geschlüpft, wo Josquin sie schon mit einer Kerze erwartete. Erleichtert kroch sie unter ihre Decken und flehte lange zu Gott, dass dieser den Rittern die Sünde gegen die Keuschheit vergeben möge.

Am nächsten Morgen erhob sie sich bei Sonnenaufgang und wies ihren Knappen an, die Bündel zu schnüren und das Pferd herauszuputzen. Nach dem Morgengebet begab sie sich ins Bauernhaus und nahm mit den Rittern das Frühstück ein. Einige der Männer hatten gerötete Augen und ihnen fiel das Sprechen sichtlich schwer. Die Knappen hatten ihre liebe Mühe damit, ihre betrunkenen Herren auf die Pferde zu hieven, wo diese sich an den Sattelknäufen festhalten mussten, um nicht herabzustürzen. Ein Ritter hatte dem Wein so übermäßig zugesprochen, dass er, nachdem ihn drei Knappen auf sein Pferd gehoben hatten, auf der anderen Seite gleich wieder hinabstürzte und weiterschnarchte. Die Männer brüllten vor Lachen und gossen einige Kübel Wasser über ihm aus, ehe er sich grunzend und rülpsend erhob.

Die Kirchenglocken läuteten und die zahlreichen Streiter Christi sammelten sich vor den Stadtmauern, um die letzte gemeinsame Messe zu feiern. Die Ritter saßen auf ihren Pferden vor dem improvisierten Altar, die Knappen standen neben ihnen und hielten stolz die prächtigen Standarten mit dem roten Kreuz. Als der Bischof nach einer flammenden Ansprache den Treueid erneuerte, stiegen die Ritter von ihren Pferden, knieten nieder und gelobten feierlich, die Heilige Stadt zu befreien. Priester zogen durch die Reihen, schwenkten kleine Weihrauchkessel und besprengten die Knienden mit geweihtem Wasser. Der Bischof segnete das Heer zum letzten Mal und empfahl die Menge dem Schutze des Herrn.

„Deus le volt!", rief ein Mann und wieder pflanzte sich der Ruf fort, bis sich jeder einzelne daran beteiligte. Dann schwangen sich die Ritter auf ihre Rösser und stoben davon. Der Zug des einfachen Volkes setzte sich viel langsamer in Bewegung. Die Ochsenkarren rollten über die holprigen Straßen den Reitern hinterher und die Menschen, die zuvor meist nicht weiter als bis ins Nachbardorf gereist waren, begrüßten jede neue Ansiedlung mit dem Ruf: „Jerusalem, das ist Jerusalem!"

Jeanne freute sich, dass es nach den wochenlangen Vorbereitungen endlich losging. In ihrem Trupp ritten die Männer, die sie am Vortage kennengelernt hatte. Der Priester war ebenfalls unter ihnen. Paul d'Orteuille hatte sein Pferd neben Jeanne gelenkt und erzählte ihr von den unermesslichen Reichtümern, die jeder Ritter durch die Befreiung des Heiligen Landes zu erwarten habe. Gold, Edelsteine, Landgüter, ja, ganze Städte sollten die Streiter Christi unter sich aufteilen dürfen. Er schwärmte von der Schönheit der Frauen, die sie aus den Harems der Ungläubigen befreien und die ihnen, den christlichen Rittern, zu Füßen liegen würden.

„Der Herr will, dass die Seinen reich werden und die Freuden der Welt genießen", sagte er. „Er lässt uns die gebratenen Tauben in den Mund fliegen, und die schönsten Weiber werden uns zu Diensten sein. Freut Euch, Comte d'Argent, wir reiten wunderbaren Zeiten entgegen. Doch, im Vertrauen gesprochen, Ihr solltet Euch etwas üben, was die Frauen anbelangt, sonst seid Ihr nicht imstande, Euch später aus dem Überfluss die richtigen auszuwählen."

Jeanne schwieg zu solchen Reden. Sie musste um jeden Preis verhindern, ihren Abscheu zu verraten. Dass sie keine Frau brauchte, weil sie selber eine war, durfte niemand wissen. Ihr Ziel war tatsächlich die Befreiung Jerusalems und sie stellte sich diese Befreiung in den glühendsten Farben vor. Vor ihrem inneren Auge sah sie die Streiter Christi voller Inbrunst betend in die Heilige Stadt einziehen. Die Ungläubigen würden vor so viel Frömmigkeit staunend zurückweichen und sich voller Freude dem wahren Glauben anschließen. Dass ein Kampf dabei entstehen und es zum Tod von Menschen kommen könnte, lag außerhalb ihrer Vorstellungskraft. Sie überlegte sich auch nicht, woher der Reichtum kommen sollte, von dem d'Orteuille mit glänzenden Augen erzählt hatte, und dass die früheren Eigentümer ihre Schätze den Streitern Christi wohl kaum freiwillig überlassen würden. Für sie war das Christsein eine Realität, die Töten, Plündern und Schänden ganz einfach ausschloss. Josquin, ihr Knappe, versuchte vergeblich, ihr den Unterschied zwischen ihrer idealistischen Vorstellung und der harten Realität klarzumachen. Sie wollte ihm nicht glauben.

Solange sie in Frankreich waren, fanden die Ritter Bauern, die mehr oder weniger stolz darauf waren, die Streiter Christi beherbergen zu dürfen, und ihnen Nahrung sowie ihre Häuser und Scheunen zur Verfügung stellten. Der Priester achtete dar-

auf, dass sich die Ritter gut benahmen, den Frauen nicht nachstellten und nicht so viel Wein tranken, dass sie am nächsten Morgen nicht weiterreiten konnten. Wer am Tage nicht auf sein Pferd zu steigen vermochte, blieb zurück, und dieser Schmach wollte sich keiner aussetzen.

Jeanne passte sich den Gewohnheiten ihrer Mitreisenden an und bemühte sich, zu trinken, wenn diese tranken, und zu lachen, wenn sie lachten. Sie hörte höflich zu, wenn sie ihr von der zu erwartenden Beute erzählten, beteiligte sich jedoch nie an ihren Reden. Der Chevalier de Revois beobachtete sie mit Argwohn, doch Paul d'Orteuille fand das übertrieben.

„Lass ihn einfach, Louis", empfahl er dem Freund, „der Kleine benimmt sich doch ganz manierlich. Er braucht nur etwas Zeit, bis er vergisst, was ihm eine Mutter eingebläut hat. Ich wette mit dir: Wenn er Beute machen kann, wird er sich die Gelegenheit sicher nicht entgehen lassen." Der Knappe hörte diese Worte und ihm wurde bang ums Herz.

Die Ritter Christi zogen durch die Länder und erreichten bald Gebiete, wo niemand mehr ihre Sprache verstand. Die Hütten der Bauern wurden immer ärmlicher und immer seltener waren diese bereit, die Nahrungsmittel, welche eine Großfamilie eine ganze Woche lang ernährt hätten, den gefräßigen Streitern Christi an einem einzigen Abend in den Rachen zu werfen. Es kam zum ersten Übergriff. Vier Ritter aus Jeannes Trupp hielten einen Bauern und seine Söhne mit ihren Schwertern in Schach, die anderen nahmen sich ein Schwein aus dem Stall, töteten es und zwangen die Frauen, ihnen den Braten zuzubereiten. Jeanne sah schweigend zu und steckte dem Bauern kurz vor der Abreise ein Goldstück zu, das dieser in fassungslosem Erstaunen anglotzte.

„Mademoiselle", warnte sie der Knappe, „stellt Euch nicht ge-

gen Eure Gefährten. Sie sind gewalttätig und gefährlich." Doch Jeanne tat, was ihr Herz ihr befahl. Abends betete sie still zu Gott und flehte um Erbarmen für die maßlosen Ritter. Es verletzte sie besonders, dass der Priester den Männern keinen Einhalt gebot. Er legte zwar nicht selbst Hand an, doch er stellte die Räuber auch nicht zur Rede.

Je weiter sie nach Süden kamen, umso ungebührlicher benahmen sich die Ritter. Bald stand es auf der Tagesordnung, sich das Vieh für die Abendmahlzeit zu stehlen, und Jeanne war froh, dass der Erlös des Armbandes so viele Goldstücke eingebracht hatte, dass sie mit diesem Schatz das Geraubte bezahlen konnte. Doch dann geschah etwas, was sie in tiefe Verwirrung stürzte.

Der Tag war heiß gewesen, die Sonne brannte unbarmherzig auf die schwere Kleidung der französischen Ritter. Wasser war knapp und die Männer waren äußerst schlecht gelaunt. Der Hof, dem sich der Trupp näherte, schien gut bestellt zu sein. Draußen wühlten schwarze Schweine im Schlamm, im Garten wuchs Gemüse, und man hörte das Muhen von Kühen aus dem Stall. Eine junge hübsche Frau bemerkte die Reiter und lief ins Haus, um ihre Familie zu warnen. Jeanne sah das Glitzern in den Augen ihrer Gefährten und es gefiel ihr gar nicht. Der Bauer trat aus dem Haus, doch er sprach eine unverständliche Sprache, und die Ritter machten sich nicht die Mühe, ihm ihr Anliegen zu verdeutlichen. Einige saßen ab und packten sich zwei Schweine, der Bauer griff mit seinen Knechten ein, ein Ritter zog sein Schwert, Mistgabeln und Äxte tauchten aus dem Nichts auf, und plötzlich entbrannte ein heftiger Kampf.

Jeanne zog sich entsetzt zurück und beobachtete wie gelähmt, wie ihre kampferprobten Gefährten erst den Bauern und dann nacheinander alle Männer umbrachten. Die Frauen flüch-

teten mit ihren Kindern ins Haus, doch als die Ritter ihr blutiges Geschäft beendet hatten, brachen sie durch die Tür, und bald darauf verrieten die Schreie der Frauen, was sie dort mit ihnen trieben. Jeanne hielt Ausschau nach dem Priester, doch als sie ihn nirgends entdecken konnte, fiel es ihr wie Schuppen von den Augen: Der Priester beteiligte sich an der Schändung!

Grölend und beladen mit Beute kamen die Männer aus dem Haus. Der Priester war noch damit beschäftigt, seine Beinkleider zu ordnen. Die Plünderer trieben das Vieh aus dem Stall, und einer warf eine brennende Fackel, die er aus der Feuerstelle gezogen hatte, auf das mit Stroh gedeckte Dach.

„Was tut Ihr da?", brüllte Jeanne. „Es sind doch noch Menschen im Haus!"

„Menschen?", entgegnete de Revois zynisch, „Menschen sind mir dort nicht begegnet." Das trockene Stroh brannte wie Zunder, und rasch stand das Dach in Flammen. Die Frauen und die Kinder! Sie musste sie retten! Jeanne stürzte verzweifelt auf das Haus zu, doch d'Orteuille hielt sie mit Gewalt zurück.

„Seid Ihr von Sinnen?", schrie er sie an. „Dort lebt keine Maus mehr!" Da begriff Jeanne, dass ihre Gefährten auch das Leben der Frauen und Kinder nicht geschont hatten. Tränen strömten ihr über das Gesicht, sie warf sich auf ihr Pferd und sprengte davon. Josquin gab seinem Ross die Sporen und eilte ihr nach.

„Wir sollten die beiden zurückhalten", sagte der Priester.

„Der fängt sich schon wieder", meinte d'Orteuille, „es scheint sein erster Kampf gewesen zu sein. Er wird sich daran gewöhnen."

„Ich weiß nicht", entgegnete de Revois, „der Kleine benimmt sich wie ein Mädchen! Ob sich das jemals ändert, wage ich zu bezweifeln."

„Ich werde mit ihm reden", versprach der Priester.

Jeanne kam erst in der Nacht zurück zum Trupp, der in einem Wäldchen nahe der qualmenden Ruine sein Lager aufgeschlagen hatte, obwohl ihr Josquin geraten hatte, nicht mehr zurückzukehren. Am nächsten Morgen war sie schweigsam und vermied es, die Gefährten anzuschauen. Der Priester lenkte sein Pferd neben sie.

„Comte d'Argent, wollt Ihr nicht Euer Herz erleichtern? Braucht Ihr geistigen Beistand?", fragte er, doch Jeanne antwortete nicht.

„Ihr habt das missverstanden, junger Freund", fuhr der Priester fort. „Diese Menschen waren Heiden, Ungläubige, die wir vom Land des Herrn vertreiben mussten. Ihre Frauen sind vom Teufel besessen, ihre Kinder Schlangenbrut, deshalb ist es für ihr eigenes Seelenheil am besten, wenn wir sie daran hindern, noch mehr Schuld auf sich zu laden."

„Es wundert mich, dass Ihr selbst den Mut besessen habt, einer vom Teufel Besessenen beizuwohnen", antwortete Jeanne bitter. Der Priester schlug erschrocken ein Kreuz.

„Gott ist mein Zeuge", rief er dramatisch, „ich war zugegen, um für die Seelen der Gestorbenen zu beten!" Jeanne würdigte ihn keiner Antwort und achselzuckend wandte sich der Geistliche ab. Abends verzehrten die Männer das erbeutete Fleisch, von dem Jeanne keinen Bissen essen wollte. Sie hielt sich an das Getreide, das sie in ihrer Satteltasche aufbewahrte, und kochte sich einen Brei daraus. Bald legte sie sich abseits von den Gefährten schlafen.

„Der Kleine macht Ärger!", stellte de Revois fest.

„Gebt ihm noch ein paar Tage Zeit. Er hat noch nie zuvor gesehen, wie Menschen getötet werden, und leidet immer noch darunter", antwortete der Priester.

„Ihr könnt mir erzählen, was ihr wollt!", entgegnete de Revois.

„Er wird uns eine Menge Ärger machen, das hab ich im Gefühl!" Jeanne blieb von diesem Tage an für sich und wurde von ihrem Knappen mit Nahrung versorgt. Auch Paul d'Orteuille gab es auf, mit dem jungen Ritter zu sprechen, denn er antwortete einfach nicht auf seine Reden. Die Ritter waren schlecht gelaunt, der „Frömmler" verdarb ihnen den Spaß, und sie berieten insgeheim, wie sie ihn am besten loswerden könnten. Eine Zeitlang hielten sie sich zurück und schonten die Bevölkerung des Landes, doch als sie das einsame Gehöft erblickten, in dessen Garten ein junges Mädchen Unkraut jätete, sah Jeanne dasselbe Glitzern in ihren Augen.

„Gott will, dass wir Seine Heilige Stadt befreien!", rief sie verzweifelt. „Er will nicht, dass wir Seine Geschöpfe töten."

„Halt den Mund, Kleiner", antwortete de Revois, „du bist nicht unser Priester." Er grinste boshaft und fragte: „Hochwürden, was meint Ihr dazu?"

„Den Streitern Christi sind auf ihrer Pilgerfahrt alle Sünden vergeben", antwortete der Priester salbungsvoll. De Revois stieß einen Schrei aus und die Meute sprengte auf den Hof, ermordete die Männer, schändete die Frauen, plünderte das Anwesen und steckte es danach in Brand. Der Priester beteiligte sich nicht am Töten, doch Jeanne sah, wie auch er eine Frau in die Scheune zerrte. Die Verzweiflung drohte sie zu übermannen. Sie hatte einen heiligen Eid geschworen, die Burg des Herrn zu befreien. Doch diese Menschen benahmen sich schlimmer als Tiere! Es konnte nicht der Wille Gottes sein, andere Menschen zu quälen und zu töten. Das widersprach Seinem Gebot.

Was sollte sie tun?

Weiter zuschauen, wie ihre Gefährten wüteten, ohne ihnen Einhalt gebieten zu können?

„Legt wieder Frauenkleider an, Mademoiselle", riet ihr Jos-

quin. „Niemand wird Euch erkennen und so könnt Ihr Euer Leben retten."

„Nie und nimmer", rief sie wild und in diesem Augenblick war dem Knappen klar, dass sie dieses Abenteuer nicht überleben würden.

Als die Männer abends befriedigt zurückkehrten, teilten sie die Beute und brieten das geraubte Schwein. Sie saßen im Halbkreis um das Feuer und feierten ihren Sieg mit dem Wein der Ermordeten. Jeanne trat vor sie hin, worauf sie erstaunt verstummten.

„Ich werde Euch verlassen", sagte sie mit ruhiger Stimme, „noch heute Nacht, denn ich kann das, was Ihr tut, nicht mit dem heiligen Ziel vereinbaren."

„Halt's Maul, Kleiner", schrie de Revois, doch Jeanne ließ sich nicht beirren und fuhr fort:

„Ich werde versuchen, mich anderen Rittern anzuschließen, doch um Euer und der Gemordeten Seelenheil willen werde ich dem Bischof Euer wüstes Treiben melden. Auch den Priester kann ich nicht verschonen, denn ich sah Euch, mon pére, wie ihr die Frau in die Scheune zerrtet. Sie scheint Eure Art von Gebet nicht geschätzt zu haben." Die Männer schauten ihn ungläubig an.

„Was ist, Josquin, willst du bleiben oder mit mir kommen?", fragte sie ihren Knappen.

„Ich komme mit Euch!", antwortete der Junge. Ihr Schicksal war auch sein Schicksal.

„Dann eilt Euch", antwortete Jeanne, nahm das Banner, schwang sich auf ihr Ross und ritt ohne Abschied davon. Die Männer blieben schweigend zurück.

„Mademoiselle", sagte der Knappe, als sie außer Hörweite waren, „ob das eine kluge Entscheidung war? Es ist gut, dass Ihr

den wilden Haufen verlasst, doch wäre es klüger gewesen, Ihnen keinen Verrat anzudrohen!"

„Klüger wohl", bestätigte Jeanne, „aber nicht ehrlich! Ich bin eine Streiterin Gottes und keine Lügnerin!"

„Möge Gott uns beschützen", murmelte der Knappe.

„Ich habe es gleich gewusst!" Der Chevalier de Revois schäumte vor Wut. „Ich habe Euch oft genug gewarnt. Der Kleine bringt es fertig, dass der Bischof uns exkommuniziert, obwohl wir nur das tun, was alle anderen auch tun!"

„So weit dürfen wir es nicht kommen lassen", stimmte d'Orteuille zu, „da habt Ihr recht, Louis. Ich habe ihn tatsächlich unterschätzt."

„Ihr habt geirrt, Paul", entgegnete de Revois grimmig. „Seht zu, dass Ihr die Angelegenheit für uns in Ordnung bringt. Ihr habt ihn ja schließlich angeschleppt!" Paul d'Orteuille wurde blass.

„Was meint Ihr damit, Louis?", fragte er erschrocken.

„Das wisst Ihr ganz genau, mein Lieber", antwortete de Revois kalt.

„Er ist ein Christ, ein französischer Ritter!", widersprach d'Orteuille.

„Euer Pech, Paul", antwortete de Revois, „oder was meint Ihr, mon pére?"

„Die Sünden eines Streiters Christi auf der Pilgerfahrt sind ihm vergeben", antwortete der Priester, und ein feines Lächeln umspielte seine Mundwinkel.

Jeanne und ihr Knappe verbrachten die Nacht im Schutze eines dichten Gehölzes. Noch vor Morgengrauen ritten sie weiter. In ihrem Herzen war wieder Friede eingekehrt, wenn ihr auch in

Bezug auf ihre Gefährten etwas mulmig zumute war. Doch lieber wollte sie sterben, als solche Untaten weiter bezeugen zu müssen. Der Knappe schwieg. Er hatte Angst, doch nie wäre es ihm eingefallen, seine Herrin zu verlassen.

Sie ritten durch einen Hohlweg, rechts und links von steil ansteigendem Gelände eingegrenzt, von dichtem Gebüsch bewachsen. Als sie den Hufschlag hörten, freuten sie sich zuerst, denn sie hofften, auf eine Schar Ritter gestoßen zu sein, der sie sich würden anschließen können. Doch etwas in ihnen ahnte das Verhängnis. Jeanne schlug ein Kreuz und empfahl ihre Seele Gott. Die Reiter sprengten heran und sie erkannte an ihrer Spitze Paul d'Orteuille. Der Priester ritt gleich hinter ihm.

„Wen müssen meine Augen dort erblicken?", rief der Duc zynisch. „Einen Streiter Christi, der sein Gelübde gebrochen hat. Du weißt, Kleiner, dass ich dich töten darf."

„D'Orteuille, Ihr wisst, dass das nicht stimmt. Ich werde mich anderen Rittern anschließen, sobald ich sie gefunden habe", antwortete Jeanne.

„Ausreden, nichts als Ausreden, Kleiner! Dein Leben ist verwirkt. Der Priester wird für deine Seele beten, obwohl er nicht glaubt, dass das bei dir etwas nützen wird."

„Mein Leben müsst Ihr Euch holen, d'Orteuille", entgegnete Jeanne, sprang vom Ross und zückte ihr Schwert.

„Genau das werde ich tun, Kleiner", rief der Duc, preschte herbei und stieß der im Kampfe Unerfahrenen die Klinge ins Herz. Blutüberströmt brach Jeanne zusammen. Hinter ihr fiel ihr Knappe. Der Priester sprach ein Gebet über den Sterbenden. D'Orteuille wischte seine Klinge am Gras sauber und nahm die Zügel von Jeannes Pferd.

„Ist er tot?", fragte er den Priester.

„Im Namen des Vaters, des Sohnes und des Heiligen Geistes,

Amen", schloss der Kirchenmann sein Gebet. „Ja, er ist verschieden."

„Wir wollen ihn anständig begraben, wie es einem Christen geziemt", sagte d'Orteuille und winkte seine Männer herbei, um eine Grube auszuheben. Als sie den Leichnam anhoben, verrutschte die Kleidung. Die Männer schrien überrascht auf.

„Ein Mädchen!", rief de Revois überrascht. „Er hat sich nicht nur so benommen, der Comte war tatsächlich eines. Wir haben eine Frau getötet." Er bekreuzigte sich.

„Ihrer Mutter werden wir berichten, dass sie im Kampf gegen die Ungläubigen fiel", sagte der Priester.

„Im Kampf gegen die Ungläubigen", murmelte d'Orteuille, „so könnte man es nennen."

Alaia war empört. „Sie haben ihren Glauben überhaupt nicht ernst genommen", beschwerte sie sich beim Helfer. „Sie dachten nicht daran, sich an die Gebote des Herrn zu halten, und die Pilgerfahrt diente ihnen ausschließlich zu ihrer Bereicherung!"

„Ich verstehe deine Erregung, Alaia, aber ich hatte dir angekündigt, dass du dich mit dem Ego auseinandersetzen musst", antwortete der Helfer. „Nur in der Auseinandersetzung wird es dir gelingen, die Schattenseiten der Dualität zu verwandeln, und das ist wahrlich keine leichte Aufgabe."

„Ich hatte nicht den Eindruck, dass ich die Ritter dazu hätte bringen können, etwas an ihrem Verhalten zu ändern."

„Du solltest nicht das Ego anderer Menschen ändern, sondern das deine", korrigierte der Helfer. „Es ist nicht möglich, andere Menschen zu ändern. Ändern kann sich jeder nur selbst."

„Wieso hätten sich diese Männer von sich aus ändern sollen? Sie waren zufrieden mit sich, hatten Freude daran, andere zu quälen, zu berauben und zu töten."

„Die Männer werden ernten, was sie gesät haben. Alaia, du darfst mir glauben, dass sie lernen werden, dass ihr Verhalten Folgen hat. Darum musst du dich nicht kümmern. Arbeite stattdessen an deinem eigenen Ego, denn dadurch kannst du dein Verhalten tatsächlich verändern."

„Bitte sage mir, was kann ich tun, um mein Ego zu verwandeln?", bat Alaia inständig.

„Du musst dich in all deinen Aspekten kennenlernen und auch annehmen. Hab keine Angst, Alaia, du versinkst nicht im Strudel. Ich helfe dir und unterstütze dich dabei, dass du auf der anderen Seite geläutert hervorkommst."

„Was habe ich falsch gemacht in jenem Leben?"

„Du hast nicht wirklich hingeschaut", antwortete der Helfer. „Du warst so sehr von deinen hohen Zielen durchdrungen, dass du die Ziele deiner Mitstreiter überhaupt wahrgenommen hast. Hättest du ihre Reden ernst genommen, dann wäre dir schon am ersten Abend klar geworden, dass diese etwas ganz anderes beabsichtigten, als du. Du hast die Dualität ein weiteres Mal nicht genügend berücksichtigt."

„Du hast recht", erwiderte sie beschämt, „ich war in jenem Leben wohl ziemlich gutgläubig."

„Ja, du warst idealistisch und naiv", bestätigte der Helfer. „Es ist gut, wenn du deinen hohen Idealen folgst, doch du solltest deine Mitmenschen dabei nicht aus den Augen verlieren. Wenn du alles nur aus deiner Perspektive beurteilst, siehst du im anderen stets nur dich selbst und es ist dir nicht möglich, andere so wahrzunehmen, wie sie sind. Das, was dich dein Leben kostete, war indes etwas anderes: Du hast über deine Gefährten gerichtet und das steht dir nicht zu!"

„Aber sie taten doch tatsächlich Unrecht!", protestierte Alaia.

„‚Richtet nicht, auf dass ihr nicht gerichtet werdet!'", antwortete der Helfer ernst. „Jesus meinte damit, dass kein Mensch in der Lage ist, die wahren Beweggründe eines anderen zu beurteilen. Denke an deine erste Inkarnation zurück, an den Medizinmann Enapay. Damals hast auch du deine Macht missbraucht und dafür hast du die Strafe getragen. Die Beurteilung eines Menschen musst du Gott überlassen, Alicia."

Alicia?! Ich erschrak. Wieso nannte der Helfer sie plötzlich Alicia? Bisher hatte er sie doch immer mit ihrem Sternennamen Alaia angesprochen! Gerade eben hatte er jedoch eindeutig Alicia gesagt! Was konnte das bedeuten? Auch meine Klientin war aufgeschreckt.

„Ich bin Alaia! Alaia, hörst du, nicht Alicia!“, wiederholte sie bestimmt, und ihre Stimme verriet, wie erregt sie war.

Was sollte ich tun? Das, was ich bisher immer getan hatte: Sie einfach gewähren lassen? Eigentlich war sie doch die Expertin für sich selbst ...

Eigentlich?!

Da war es wieder, mein kleines Hintertürchen! Gut, dass ich es bemerkt hatte. Auch wenn sie den Weg durch ihre Bilderreisen bisher völlig selbstständig gefunden hatte, konnte ich meine therapeutische Verantwortung nicht so einfach abgeben. Im selben Augenblick war mir klar, dass ich mich einmischen musste. Und das tat ich auch.

„Was sagt der Helfer?“, fragte ich. Sie schien angestrengt zu lauschen. Ihre Lippen formten lautlose Worte, dann brach sie ab und richtete ihre Aufmerksamkeit wieder nach innen. Ich beobachtete sie konzentriert, um mir keine ihrer

Regungen entgehen zu lassen. Leise wiederholte ich meine Frage: „Alicia, was sagt der Helfer?“ Es schien Ewigkeiten zu dauern, bis sie schließlich antwortete:

„Er sagt: ‚Du bist Alicia, ebenso wie du Alaia bist und Enapay, Mira, Tashima, Eli, Gwyndon, Gyaltsen und Jeanne. Du bist sie alle und sie alle sind du.“ Ich hörte, wie Alicia geräuschvoll die Luft einsog. Ungläubiges Erstaunen spiegelte sich in ihrem Gesicht.

„Ich bin sie alle und sie alle sind ich?!“ Sie brauchte offensichtlich einen Augenblick, bis sie die Worte des Helfers wirklich erfasst hatte.

Ich rutsche vor Aufregung innerlich auf meinen Stuhl hin und her. Die Figuren aus ihren Bilderreisen waren tatsächlich Aspekte ihrer Persönlichkeit! Meine Supervisorin hatte recht gehabt: Alicia feierte auf eine ganz individuelle, höchst kreative, dramatische Weise das Fest ihrer Anteile. Ich war so gespannt, dass ich es kaum erwarten konnte, bis sie weitersprach. Doch meine eigene Ungeduld würde sie stören. Also redete ich mir gut zu und machte meine Atemübung. Tief einatmen ... kleine Atempause ... tief ausatmen ... kleine Atempause. Mein Herzschlag normalisierte sich wieder. Endlich fuhr sie fort:

„Der Helfer sagt: ‚Ich möchte, dass du ihnen begegnest.‘ Wie soll ich das machen? Das geht doch gar nicht!“ In ihrem Gesicht spiegelte sich grenzenloses Erstaunen und ich musste mich schwer zusammenreißen, um sie nicht zu drängen. Ich wartete ungeduldig.

„Er erhebt sich von seinem Sitzkissen und geht langsam zum Ausgang des Tempels. Jetzt dreht er sich um und winkt mir. Er streckt mir die Hand entgegen.“ Alicias Finger bewegten sich, sie hob ihre Hand und streckte sie dem mir unsichtbaren Helfer entgegen. Ich war wie elektrisiert. Das war neu! So etwas war noch nie zuvor geschehen! Plötzlich wurde mir klar, dass sich das Hier und Jetzt und die Realität im Zwischenreich gleichzeitig ereigneten. Sie war im selben Augenblick hier und dort. Ich wartete gespannt, was als nächstes passieren würde. Alicias Hand schwebte noch immer ausgestreckt in der Luft und begann nun leicht zu zittern.

„Alicia, was geschieht jetzt?“ Ich konnte mir die Frage nicht verkneifen. Plötzlich verzog sich ihr Gesicht und sie begann zu weinen.

„Sie sind doch alle tot!“, klagte sie verzweifelt. „Wie soll ich ihnen begegnen?“ Dann verstummte sie und ich sah an ihren Zügen, dass der Helfer zu ihr sprach. Mir wurde klar, dass es für Alicia schwierig war, gleichzeitig auf mich und auf den Helfer zu achten. Deshalb entschloss ich mich, ihr das gewohnte Prozedere vorzuschlagen.

„Erzählen Sie mir die Geschichte so, wie Sie mir alle Geschichten erzählt haben“, sagte ich und konnte sehen, wie sie sich entspannte. Und dann erzählte sie wieder auf ihre ganz eigene Weise.

Der Helfer sah sie freundlich an. „Sie sind nicht tot. Sie leben in dir, in deiner inneren Welt. Komm mit und überzeuge dich selbst.“ Alicia stand langsam auf und folgte ihm. Er führte sie aus dem Tempel hinaus auf die Treppe im Freien und ihr entfuhr ein Laut des Entsetzens: All das, was ihr im Zwischenreich so viel bedeutet und ihr Ruhe und Trost gespendet hatte, all das war verschwunden!

Die grüne Wiese mit den herrlichen, duftenden Blumen, der mit weißen Kieselsteinen belegte Weg, die zwitschernden Vögel und die kleinen Insekten, die sich summend in geöffnete Blütenkelche senkten und sich dort am süßen Nektar labten – es gab sie nicht mehr! Kein laues Lüftchen war mehr zu spüren und ließ die Blätter der Bäume rascheln, nein, sogar die Bäume selbst waren verschwunden. Die Luft hatte ihre kristallene Klarheit und Frische verloren. Vor ihren Augen waberten dicke, weiße Nebel, und der Tempel wirkte wie ein einsames Schiff in diesem Ozean.

„Was ist geschehen?", rief sie. „Wo ist das Zwischenreich?"

„Das Zwischenreich ist nicht mehr, weil du es nicht mehr brauchst", antwortete der Helfer ruhig. „Es ist Zeit für deinen nächsten Schritt!"

„Aber dazu brauche ich den Spiegel", jammerte Alicia.

„Auch der Spiegel existiert nicht mehr."

„Doch", rief sie, „er ist im Tempel!" Sie drehte sich um und erschrak. Die Kuppelhalle, in der sie so oft auf den dicken Kissen am Boden gesessen hatte, der schlichte weiße Altar, auf dem stets ein Licht zu Ehren Gottes brannte, alles war verschwunden, und mit ihm die wunderschönen Fenster, welche ihr die Farben ihrer Seele gezeigt hatten. Der leuchtende Tempel als Spiegel ihres Seins, er hatte aufgehört zu existieren. Das einzige was es noch gab, war die Treppe, auf der sie stand, und auch diese wurde ganz allmählich, Stufe für Stufe, von den weißen Nebelschwaden verschluckt. Langsam drehte sie sich wieder um und schaute den Helfer fragend an.

„Was geschieht hier? Hilf mir! Bitte!", flehte sie.

„Du bist nun auf dich selbst gestellt", erklärte der Helfer, „denn auch ich werde dich als der, den du bisher gekannt hast, verlassen."

„Nein", schrie sie in höchster Verzweiflung, „nur das nicht! Du darfst mich nicht alleine lassen!"

„Ich lasse dich nicht allein. Alaia und Enapay, Mira, Tashima und Jeanne, Eli, Gyaltsen und Gwyndon, sie alle warten auf dich." Er schaute sie liebevoll an. „Jetzt ist es an der Zeit, etwas sehr Mutiges zu tun. Du wirst gleich den Sprung in den weißen Nebel wagen und du sollst wissen, dass dein Körper dabei völlig sicher ist. Leicht wie eine Feder wirst du zur Erde schweben und dort jene treffen, die zu dir gehören."

„Ich will aber bei dir bleiben", jammerte Alicia. „Wie soll ich ohne dich klarkommen?"

„Auch ich bin ein Teil von dir und deshalb bin ich nie von dir getrennt", antwortete der Helfer und Alicia schien es, als ob sein Äußeres von Sekunde zu Sekunde mehr verblasste.

„Nein", rief sie, „bitte verlass mich nicht!"

„Das tue ich nicht", antwortete er ruhig und seine sichtbare Gestalt löste sich mehr und mehr auf. „Erkenne, dass ich in dir bin."

„In mir? Ich bin deiner nicht würdig ..."

Er trat zu ihr und legte seine Hand auf ihre Stirn. Sie zuckte zusammen. Ein Strom von Kraft, Liebe und Vertrauen durchfuhr sie vom Scheitel bis zur Sohle.

„Du bist der, der mein Schicksal kennt", sagte sie, weil sie plötzlich zu verstehen begann. „Du bist mein höchstes Selbst."

„Ich bin deine Mitte, dein Regisseur, dein Unbewusstes oder dein Überbewusstes, dein Helfer oder dein Schutzengel. Ich bin derjenige, der sowohl innen als auch außen ist, der dich beobachten kann und damit Abstand schafft. Es ist mir gleich, wie du mich nennst. Wenn du dir selbst vertraust und weißt, dass alles Wissen in dir ist, dann spreche ich zu dir. Doch hören kannst du mich nur, wenn du aufhörst zu klagen und still wirst."

Er wurde noch eine Spur durchsichtiger. Sie streckte die Hand nach ihm aus, doch sie griff durch den Mantel hindurch, der ihr so viel Trost gespendet hatte. Da sie ihn kaum noch sehen konnte, schloss sie die Augen, und plötzlich spürte sie seine Gegenwart in ihrer Mitte, in ihrem Herzen.

„Ich bin ich", sagte sie leise und als sie die Augen wieder öffnete, hatte der Nebel alles verschluckt bis auf eine winzige Stelle, auf der sie stand. „Vertrauensvoll geborgen wage ich den Schritt", rief sie, legte die Hände vor der Brust zusammen und tauchte kopfüber in die Tiefe.

Das Rauschen des Meeres klang wundersam vertraut. Sie öffnete die Augen und fand sich auf einem Felsplateau wieder, hoch oben über einem Strand im hellen Licht der Morgensonne. Himmel und Wasser schienen von derselben Farbe zu sein und sich am Horizont fast zu vereinen: Hellblauer Himmel über hellblauem Wasser.

„Atlantis", schoss es ihr durch den Kopf, „ich bin in Atlantis!" Ein warmes unglaubliches Glücksgefühl durchströmte sie. Dann erblickte sie eine Gestalt in der Ferne, die sich langsam näherte, eine große Frau mit seltsam androgynen Zügen. „Alaia", dachte sie, „das muss Alaia sein."

„Ich grüße dich, Seelenschwester", sagte diese und breitete die Arme aus. Langsam ging Alicia auf sie zu und ließ sich von Alaia liebevoll umfassen. Behutsam erwiderte sie die Umarmung. Alles fühlte sich so vertraut an, so angenehm bekannt.

„Ist Atlantis gar nicht versunken?", fragte sie nach einer Weile.

„Dein Atlantis kann nicht versinken", antwortete Alaia. „Es existiert genauso sicher in dir wie auch ich in deinem Inneren existiere."

„Dann bist auch du, ebenso wie der Helfer, ein Teil von mir? "

„Das bin ich und ich bin der Person, für die du dich hältst, sehr ähnlich. Selbst unsere Namen gleichen sich." Alicia schüttelte den Kopf.

„Das sehe ich anders! Ich bin ein Mensch und du kommst von den Sternen. Ich bin eine Frau und du bist androgyn. Ich bin eine Managerin und du bist Hohepriesterin. Du bist stark und kämpferisch, ich dagegen bin schwach und ängstlich." Alaia lächelte.

„Ich bin der Teil in dir, der Visionen hat und keine Mühe scheut, sie in die Tat umzusetzen. Das machst du genauso! Du hast keine Angst davor, neue Wege zu beschreiten, und wenn niemand mit dir gehen will, gehst du den Weg allein, weil du davon überzeugt bist, dass dieser Weg dem großen Ganzen dient. Genau diese Eigenschaften braucht eine Hohepriesterin!"

„Ich bin aber keine!", entgegnete Alicia erregt. „Die Visionen habe ich, da hast du recht, und ich setze sie auch um. Doch die geistigen Qualitäten, die man als Hohepriesterin braucht, die habe ich nicht. Außerdem kommst du von den Sternen!"

„Warum hast du mich dorthin geträumt? Ich bin dein Geschöpf, Alicia, du hast mich geschaffen: Ich habe keine eigene Identität." Alicia schwieg verwirrt. Alaia ließ ihr Zeit und fuhr dann fort: „Warum hast du aus mir eine Außerirdische gemacht?"

„Weil du so bist, wie ich immer sein wollte, und das werde ich nie erreichen!"

„Wirklich nicht? Die Sterne sind lediglich ein Sinnbild dafür, dass du dich anders fühlst, und das hat damit zu tun, dass du feinfühlig bist und vieles spürst, was anderen verborgen bleibt. Du unterscheidest dich tatsächlich von anderen Menschen und doch gibt es viele, die so sind wie du. Du hast bisher nicht nach ihnen gesucht und deshalb hast du sie auch noch nicht finden können."

„Du bist weder Mann noch Frau!", beharrte Alicia. Alaia lachte.

„Warum hast du mich genau so gemacht? Weil dir im Innersten klar ist, dass du in dir männliche und weibliche Qualitäten vereinst? Du bist eine starke Frau, Alicia, und vor starken Frauen haben viele Männer Angst. Davor schreckst du offensichtlich zurück und glaubst, der Ausweg sei die Androgynie." Alicia nickte langsam.

"Damit triffst du den Kern der Sache."

„Du hast mich außerdem mit einigen Schwächen ausgestattet", fuhr Alaia fort, „mit Gutgläubigkeit und mit dem sogenannten ‚gerechten Zorn', der dich immer wieder in Versuchung führt, andere zu verurteilen und zu bestrafen." Alicia schwieg betroffen.

„Wenn du es so ausdrückst, hat du recht. Ich habe verstanden, dass dein Kampf gegen die dunklen Mächte etwas mit meinem Kampf gegen die Konkurrenz in der Kosmetikbranche zu tun hat."

„Es ist nicht nur der Kampf: Du neigst wie ich dazu, nur das zu sehen, was deine Visionen unterstützt. Dass große Handelsketten Profit machen wollen, hätte dir bekannt sein müssen. Du warst jedoch so sehr von missionarischem Eifer beseelt, viele Menschen mit deinen natürlichen Produkten zu beglücken, dass du die andere Seite schlichtweg übersehen hast. Doch du lebst in einer Welt, in der es Gut und Böse gibt. Die Dualität ist ein Schöpfungsprinzip, vergiss das nicht. Das Dunkle verschwindet nicht dadurch, dass du es ausblendest."

„Soll ich jetzt etwa nur noch das Schlechte sehen?", rief Alicia hitzig.

„Nein, denn es geht nicht um eine Entscheidung für die eine oder die andere Seite. Sieh das gesamte Bild", entgegnete Alaia ruhig, „und nimm die dunkle Seite nicht persönlich. Sie muss existieren, damit du zwischen beiden Polen wählen kannst."

„Und die Sehnsucht nach der Heimat? Was mache ich damit?"

„Das, was du Heimat nennst, findest du nicht im Außen. Du

selbst bist dir fremd, weil du dich nicht so siehst, wie du wirklich bist."

„Bin ich so schlecht?", fragte Alicia mit bebender Stimme. Alaia stutzte.

„Warum glaubst du, dass du schlecht bist?", fragte sie erstaunt.

„Weil ich das, was unter der Oberfläche brodelt, lieber verbergen möchte. Wollen wir uns nicht immer besser darstellen, als wir in Wirklichkeit sind?"

„Was ist besser? Was ist schlechter? Du bist du, mit allem, was zu dir gehört", antwortete Alaia und deutete auf den hochgewachsenen Krieger, der sich langsam auf sie zubewegte. Alicia erschrak. Sie hatte sein Kommen nicht bemerkt.

„Enapay?", fragte sie.

„Du bist auch Enapay", bestätigte Alaia. Der junge Mann war stehen geblieben und blickte abwartend in ihre Richtung. „Du bist es, die ihn zu uns einladen muss."

„Bin ich wirklich Enapay?", fragte Alicia ungläubig. „Das ist doch alles so lange her."

„Es ist lange her und es ist jetzt", antwortete Alaia. „Wovor hast du Angst?"

„Dass ich mich in ihm wiederfinde", gab Alicia zu. Sie sah den jungen Mann an, der ihren Blick offen erwiderte. Dort stand nicht der Teufel, sondern ein Mensch, der sich schuldig gemacht und dafür bezahlt hatte. Sie seufzte.

„Komm zu uns", forderte sie ihn auf. Enapay tat die wenigen Schritte, die ihn von den beiden Frauen trennten, legte die Hände vor der Brust zusammen und grüßte.

„Bist du wirklich ich?", fragte Alicia zögernd.

„Auch ich bin du", bestätigte Enapay, „der Teil von dir, der weiß, dass er schneller ist und mehr kann, als die anderen. Ich bin der Teil, der auf die Langsamen und Unwissenden hinunterschaut und keine Skrupel hat, sie abzuwerten und zu seinem Vorteil auszunutzen. Ich bin der Teil, der Macht missbrauchen kann!" Alicia wich vor ihm zurück.

„Dann bin ich nicht wie du!", rief sie trotzig. „So wie du, bin ich sicher nicht!"

„Und was brodelt da unter deiner Oberfläche, was du nur zu gern verbergen willst?" Sie senkte den Kopf.

„Das weißt du?" Er lachte laut auf.

„Wie sollte ich es nicht wissen, bin ich doch der Teil in dir, der dieses Brodeln, das du nicht sehen willst, bewirkt. Und weil du mich nicht sehen willst, bin ich hier und dränge mich dir auf."

„Du hast die Werte deines Volks verraten", entgegnete sie hitzig. „Indianer sind edle Menschen." Er schaute sie ernst an.

„In erster Linie sind sie Menschen und in jedem Menschen gibt es beide Seiten: die guten und die schlechten." Er schüttelte unwillig den Kopf. „Meine Idee war das nicht! Dass wir hier auf der Erde beide Seiten kennen, hat der Große Geist bestimmt. Willst du die Schöpfung kritisieren?"

„Nein, natürlich nicht!", rief Alicia. „Aber ich will mich gegen dich entscheiden."

„Das kannst du erst, wenn du mich anerkennst", gab Enapay zurück. „Wie willst du sonst eine solche Entscheidung treffen?"

„Aber du bist böse!"

„Nein, ich bin nicht böse!", widersprach er bestimmt. „Aber wie alle Menschen kann auch ich entscheiden, Böses zu tun."

„Warum hast du all diese schlimmen Dinge getan? Du hast Frauen vergewaltigt und deinen Stamm böswillig getäuscht."

„Weil es mir möglich war", entgegnete er einfach. „Warum stellst du dich so hoch über mich? Steig herab von deinem hohen Ross! Auch du genießt es, wenn die anderen tun, was du willst. Auch du willst andere davon überzeugen, dass deine

Wahrheit die einzig wahre ist! Auch du strebst danach, dass andere dich so sehen, wie es dir gefällt!"

„Du hast recht", gab Alicia schließlich zu. „Ich kann dich wohl nicht vermeiden."

„Nein!"

„Was muss ich tun, damit ich dich überwinde?"

„Lerne mich kennen und zähme mich! Dann wirst du erkennen, dass auch im Schlechten etwas Gutes ist. Nimm zum Beispiel meine Stärke. Auf die solltest du nicht verzichten."

„Deine Stärke!" Sie lachte höhnisch. Er ignorierte ihre Feindseligkeit.

„Ich verfüge über besondere Talente. Ich kann mich in andere so gut hineinversetzen, dass es so scheint, als könne ich ihre Gedanken lesen. Ich weiß, was ich will, und ich finde Mittel und Wege, meine Ziele zu erreichen!"

„Mit Gewalt ...", rief sie erbost.

„... und mit klugem Handeln", unterbrach er sie. „Du hast die Wahl. Nur wenn du weißt, wie einfach es ist, Macht zu missbrauchen, bist du vor dieser Gefahr gefeit." Er hielt inne, sah Alicia lange an und sagte dann: „Ich mache dich darauf aufmerksam, dass du selbst gerade all das verkörperst, was du an mir ablehnst. Du siehst auf mich herab, du verurteilst mich, bist feindselig und deine Worte spiegeln deinen Hass. Genau das sind die Eigenschaften, die Machtmissbrauch ermöglichen!"

Alicia zuckte zusammen wie unter einem Schlag. Wie Schuppen fiel es ihr von den Augen: Er hatte recht! Sie war genau wie er!

„Und dafür schickst du dich immer wieder in die Hölle!", bemerkte er. „Erkenne mich, wie Howahkan mich erkannte. Dann läufst du nicht Gefahr, mich zu übersehen, wie der alte Häuptling es tat."

„Werde ich Schlechtes tun, wenn ich dich als Teil von mir anerkenne, Enapay?"

„Wer entscheidet das?", entgegnete er. Alicia überlegte. Wenn sie doch den Helfer fragen könnte! Aber der war mit dem Zwischenreich im Nebel verschwunden. Doch plötzlich erinnerte sie sich. Der Helfer war in ihr! Er war der Teil, der den Überblick behielt, ihre Mitte, ihr höchstes Selbst. Sie atmete tief ein und aus und lauschte.

„Nimm diese Seite in dir an, Alicia", hörte sie seine ruhige Stimme. „Du bist all das, was er ist – wild, stark, ungestüm, mächtig und böse – und doch bist du viel mehr. Du hast die Wahl, diese Eigenschaften in der richtigen Weise zu nutzen. Enapays Vergehen werden dir eine Warnung sein, wenn du in Gefahr geraten solltest, deine Macht zu missbrauchen." Alicia nickte verstehend.

„Enapay, was muss ich tun, um dir einen Platz in mir zu geben?", fragte sie den jungen Krieger.

„Schließe die Augen", sagte er, „dann wird es geschehen." Sie schloss die Augen und spürte, wie sie seine Kraft in sich aufnahm, und wie sie sich mit ihm und so auch mit sich und ihrer eigenen Fähigkeit versöhnte, das Böse zu wählen und sich schuldig zu machen. Als sie aufblickte, war Enapay verschwunden.

Stattdessen stand eine zierliche Inderin mit langem schwarzen Haar vor ihr, die einen leuchtend blauen Sari mit Goldborte trug und sie anstrahlte.

„Mira", rief Alicia erfreut, „dich heiße ich besonders gern willkommen!"

„Wenn du Enapay nicht angenommen hättest, dann wäre mir der Weg zu dir versperrt geblieben. Ich bin nur die andere Seite derselben Münze ‚Mensch'."

„Doch deine Seite ist mir so viel lieber!" Mira lächelte.

„Trotzdem würdest du sie nicht bemerken, gäbe es die andere nicht." Alicia nickte resigniert.

„Ich hab's verstanden!", sagte sie. „Ich hab's wirklich kapiert." Mira lächelte und blickte sie zufrieden an.

„Dann ist es gut! Ich bin der Teil von dir, der Gott von ganzem Herzen liebt, und zwar den Gott, der Mensch geworden ist. Ich bin der Teil, der Gott tagtäglich in sich erlebt und deshalb alle Menschen lieben kann – bedingungslos. Ich lebe für die Liebe."

„Wie gerne würde ich heute leben so wie du!", seufzte Alicia.

„Das kannst du nicht. Warum denkst du, hast du mich in diese ferne Zeit geträumt? Weil du wusstest, dass das moderne Leben viel mehr braucht, als reine Gottesliebe."

„Und das, was sonst noch nötig ist, bekommst du durch mich", rief eine junge Frau mit den roten Wangen der Bergbewohner, gekleidet in einen zottigen Fellmantel und Fellstiefel, die Pelzmütze tief ins Gesicht gezogen. „Ich, Tashima, bin es, die dir die Bodenhaftung gibt und die Augen für das reale Leben öffnet. Ich bin diejenige, der klar ist, dass nicht alles möglich ist, was du dir wünschst. Ich kenne körperliche Arbeit und weiß, dass man nur ernten kann, was man zuvor gesät hat. Mir ist bewusst, dass jede Entscheidung ihren Preis hat, und dass ich stets darauf achten muss, dass ich ihn bezahlen kann."

„Vergiss auch mich nicht", rief eine junge, fröhliche Männerstimme, „und lass dir nicht einreden, dass der Preis für deine Entscheidungen immer schrecklich sein muss. Ich habe das völlig anders erlebt!" Eli trat vor die Frauen, schaute Tashima an und sagte: „Du hast ein Leben voller Entbehrungen gelebt. Ich dagegen durfte Schönheit, Sinnlichkeit und Freude genießen."

„Dann habe ich beide Seiten in mir", stellte Alicia fest, „und ich beginne langsam zu verstehen, warum ich mich oft so unbehaglich fühle, wenn ich mir etwas gegönnt habe. Der Eli in mir kauft sich ein schönes Kleidungsstück, worauf meine innere Tashima meint, dass das nicht nötig gewesen wäre."

„Ich denke, dass du dein Geld vernünftiger verwenden solltest", bestätigte Tashima. „Du hast genug zum Anziehen!"

„Und ich denke, dass die Freude zählt, die du empfindest, wenn du dich verwöhnst", hielt Eli dagegen.

„Wer entscheidet, wenn beide Seiten sich nicht einigen können?", fragte Mira.

„Der Helfer in mir", antwortete Alicia, ohne zu zögern. „Du Tashima, darfst mich gerne daran erinnern, dass ich meine Ressourcen nicht verschwende. Und du Eli, darfst mir sagen, wenn ich mal wieder vergesse, das Leben zu genießen."

Sie zog die beiden Frauen an sich und spürte wie Miras Gottesliebe und Tashimas Bodenständigkeit auf sie übergingen. Dann umarmte sie den jungen Mann und fühlte auch seine heitere Lebendigkeit in ihrem Inneren. Dankbar schloss sie die Augen. Auch diese Teile gehörten zu ihr und ihr wurde immer klarer, warum sie alle wichtig waren. Als sie die Augen wieder öffnete, waren Mira, Tashima und Eli aus der Außenwelt verschwunden. Alicia lächelte, denn sie wusste, dass sie alle in sich aufgenommen hatte.

„Namaste", grüßte eine warme Männerstimme und sie drehte sich um. Der tibetische Mönch wanderte lächelnd auf sie zu, die Hände vor der Brust zum Gruß erhoben. „Ich bringe einen Freund mit." Der alte Mann, der neben Gyaltsen ging und sich auf seinen Stock stützte, verneigte sich und grüßte ebenfalls.

„Ich grüße euch, Gyaltsen und Gwyndon", erwiderte sie den Gruß mit einer leichten Verbeugung. Langsam war ihr das Ritual vertraut. „Ihr seid beide Männer Gottes. Was kann ich von euch lernen?"

„Ich bin der Teil in dir, der den Dingen auf den Grund geht", begann der Mönch, „der Wissenschaftler, der Forscher, der nicht lockerlässt, ganz gleich, was ihn das kosten mag. Und ich bin der, der gern sein Wissen weitergibt, zum Wohle aller Wesen." Alicia lächelte.

„Dich kenne ich sehr gut, mein Freund. Du bist mein täglicher Begleiter."

„Und ich, der Druide, verstehe mich auf die Heilkraft der Natur und will das kostbare Gleichgewicht bewahren, das diese Erde überleben lässt", sagte Gwyndon. „Du weißt, wie sehr dies Gleichgewicht bedroht ist!"

„Auch du gehörst zu meinem Leben", bestätigte Alicia erfreut.

„Ich bin aber auch der Teil in dir, der resigniert und sich geschlagen gibt", fuhr der alte Druide fort. „Ich bin der Teil, der die Verantwortung dafür dem Schicksal überträgt, statt die eigenen Möglichkeiten klug zu nutzen. Ich zweifele, dass Gott mich leitet."

„Diesem Drang musst du nicht nachgeben", warf Gyaltsen ein „denn ich bin der Teil, der tätig bleibt und weiß, dass sich neue Türen öffnen, wenn alte zugeschlagen werden. Und ich weiß, dass Gott über mich wacht."

„Auch ihr beide seid zwei Seiten einer Münze", stellte Alicia fest. „Sind in mir nur Gegensätze?"

„Das ist der Bauplan der Dualität", antwortete Gwyndon. „Nur wenn du ihre Pole verstehst, kannst du entscheiden." Alicia breitete die Arme aus und spürte, wie sie beide in sich aufnahm: das bedingungslose Gottvertrauen und den Forschergeist des tibetischen Mönches und ebenso die Naturverbundenheit und die menschlichen Schwächen und Zweifel des keltischen Druiden.

„Jetzt gibt es nur noch mich", sagte eine helle Stimme. Die junge Frau, die mit schnellen Schritten auf sie zukam, trug immer noch die blutverschmierte Rüstung.

„Jeanne", rief Alicia besorgt. „Wie geht es dir?" Die junge Frau schien ihre Aufmachung jetzt erst zu bemerken.

„Oops! Ich hätte die Klamotten wechseln sollen. Kein Problem." Wie von Zauberhand verschwand die Rüstung und Jeanne stand in ihren Unterkleidern vor ihr.

„Das scheint dir ja alles nicht viel ausgemacht zu haben", meinte Alicia stirnrunzelnd, die mit dem lockeren Umgangston der jungen Frau so ihre Mühe hatte. „Du sprichst überhaupt nicht wie eine Kreuzritterin!" Jeanne verzog in komischer Verzweiflung ihr Gesicht.

„Was kann ich dafür, dass du ausgerechnet mich in diese altmodische Zeit verfrachtet hast! Ich bin jung und hatte schon in deiner Geschichte keine Lust auf diese spießigen Umgangsformen. ‚Monsieur' hier, ‚Comte' da und dieses lächerliche Siezen! Selbst meine Eltern musste ich so anreden!" Alicia musste lachen. Sie vergaß immer wieder, dass sie es war, die den Hauptdarstellern ihrer Bilderreisen die Rollen zuwies.

„Das war eine schreckliche Geschichte, die du erleben musstest", sagte sie mitfühlend.

„Angenehm war es nicht", bestätigte die junge Frau. „Wer nicht hören will, muss eben fühlen!"

„Sei nicht so hart mit dir."

„Doch", widersprach Jeanne. „Ich hab's verbockt. Was diese grässlichen Kerle wollten, war doch offensichtlich. Ich bin eben eine unverbesserliche Traumtänzerin! Zudem war ich selbstgerecht und unerträglich moralisch. Ich hätte einfach meine Klappe halten sollen!"

„Du scheinst der Teil von mir zu sein, der kein gutes Haar an sich lassen kann", ergänzte Alicia. „Ich sehe aber auch deinen Mut. Du kämpfst und bist bereit, dein Leben für deine Werte zu riskieren."

„Rede diesen Blödsinn bloß nicht schön! Meinen Körper ermorden zu lassen, war eine unglaubliche Verschwendung. Ich habe mich töten lassen, weil ich anderen eine Lektion erteilen wollte." Sie strich sich durch die Locken. „Ich gehe gerne mit dem Kopf durch die Wand und hoffe sehr, dass du mir das nicht nachmachst."

„Ich kann dich beruhigen: Ich habe nicht vor, mich ermorden zu lassen." Jeanne atmete auf.

„Da bin ich aber froh", sagte sie und lachte. „Weißt du, ich bin überhaupt keine richtige Dame. Und ich bin rasend ungeduldig."

„Ich weiß, ich weiß", stimmte Alicia zu, „noch vor wenigen Jahren war ich genau wie du, genauso ungestüm und ebenso ungeduldig. Ich bin froh, dass du noch da bist, denn du gibst mir immer wieder die Kraft, das Unmögliche möglich zu machen!" Jeanne schaute sie unsicher an.

„Dann bist du nicht sauer auf mich?"

„Nein, das bin ich nicht, aber ich werde dir natürlich nicht die Kontrolle über mein Leben überlassen."

„Dem Himmel sei Dank!", rief Jeanne. „Ich würde dich von einem Schlamassel in den nächsten stürzen!"

„Oder von einem Abenteuer ins nächste", entgegnete Alicia versöhnlich. „Weißt du was? Ich geb dir einen neuen Auftrag. Du darfst mich darauf aufmerksam machen, wenn der Alltag meine Lebenslust zu ersticken droht. Dann brauche ich dich, meine wilde Kämpferin." Sie breitete die Arme aus und spürte dankbar, wie auch dieser Teil seinen Platz in ihr fand.

„Jetzt gibt es nur noch mich", brachte sich Alaia wieder in Erinnerung.

„Du willst wirklich mit mir verschmelzen?", fragte Alicia ungläubig. „Bist du nicht viel mehr als ich es jemals sein werde?"

„Ich bin die, die du jetzt bist, und ich bin du, die du sein kannst. Ich bin dein Potenzial, das alle Farben des Regenbogens in sich vereint! Und genau diesen Regenbogen kannst du dir

Stück für Stück zurückerobern, und ich bin sicher, dass es dir gelingen wird!" Alicia stutzte.

„Ich erinnere mich, dass der Helfer mich mit diesem Satz getröstet hat, als mir klar wurde, welch langer Weg noch vor mir liegt. Und jetzt sagst du genau dasselbe!"

„Dann weißt du jetzt, dass es möglich ist!"

„Bist du dir sicher?"

„So sicher, wie ich ein Teil von dir bin!"

Alicia zögerte. Die Vereinigung mit Enapay war schwierig gewesen, weil sie dazu Eigenschaften hatte anerkennen müssen, die sie lieber verdrängt hätte. Mit Alaia verhielt es sich anders. Sich mit ihr zu verbinden würde bedeuten, sich selbst mit allen Fähigkeiten und mit allen Möglichkeiten wahrzunehmen. Es würde bedeuten, die zu sein, die sie wirklich war, mit allen Fehlern, aber auch mit allen Qualitäten. Würde sie sich wieder hinreißen lassen und versuchen, anderen ihren Willen aufzudrängen? Würde sie hochmütig werden und arrogant auf andere hinabschauen? Würde sie glauben, etwas Besseres zu sein?

Alaia, die ihren inneren Kampf beobachtete, schaute sie mitfühlend an.

„Frag den Helfer", empfahl sie. Alicia nickte und plötzlich wurde sie ganz ruhig.

„Du kennst jetzt beide Pole der Dualität. Du weißt, dass jede Münze zwei Seiten hat", hörte sie die ruhige Stimme des Helfers. „Du hast erlebt, dass du Macht missbrauchen kannst, kennst deine Rachegelüste und deine Neigung, anderen Verantwortung zu übertragen, die du selbst zu tragen hättest. Du hast erlebt, wie gern du resignierst. Und weil dir diese Seiten jetzt vertraut sind, wirst du merken, wenn du in Situationen gerätst, in denen du Gefahr läufst, ähnlich zu handeln. Doch jetzt hast du die Wahl! Berate dich mit mir, denn das ist dir jetzt möglich, weil du dich mit allem, was dich ausmacht, angenommen hast. Vergiss nicht: Gott liebt dich als die, die du bist."

Der weise Helfer war ein Teil von ihr. Und Alaia, die ihr Potenzial verkörperte, war es ebenfalls. Auch alle anderen hatten ihr sowohl Schwächen, als auch Fähigkeiten bewusst gemacht. Und wenn sie so darüber nachdachte, gab es noch viel mehr Farben in ihrem leuchtenden Regenbogen.

Plötzlich war ihr alles klar.

„Ich bin ich", sagte sie ruhig, „und auch du gehörst zu mir." Sie breitete die Arme aus und nahm Alaia in sich auf, das Wesen, dass sie immer hatte sein wollen und in dem sie sich jetzt wiederfand. In diesem Augenblick spürte sie, dass sie sich selbst lieben konnte, bedingungslos, mit allen Fasern ihres Seins.

„Ich bin ich", wiederholte sie ... und mehr gab es nicht zu sagen.

„Klara, du hattest recht", sagte ich. „Meine Klientin hat sich in allen Figuren selbst erkannt. Es hat mich sehr bewegt, dass sie ihre Anteile nach und nach vollständig in ihre Persönlichkeit integrieren konnte."

„Ich wette, dass die Diskussion, ob es sich um frühere Leben oder um innere Bilder handelt, für diesen Prozess keine Rolle mehr gespielt hat."

„Das war tatsächlich nicht mehr wichtig", bestätigte ich. „Weißt du, Klara, zu solchen Reisen hätte ich auch große Lust!" Sie lachte leise.

„Na, dann komm doch einfach mal vorbei zum Seelentauchen", sagte meine Supervisorin und ich hörte an ihrer Stimme, dass sie lächelte. „Für solche Späße bin ich jederzeit zu haben."

Und genau das tat ich dann auch, aber das ist eine andere Geschichte.

Folgende Bücher haben mich beim Schreiben dieses Romans inspiriert:

Booth, Mike & Dalichow, Irene (1994). *Aura-Soma. Healing through color, plant, and crystal energy.* Hay House

Caddy, Peter (1996). *In perfect timing. Memoirs of a man for the new millennium.* Findhorn: Findhorn Press

Eschenbach, Wolfram von. „Parzival", in Prosa übertragen von Wilhelm Stapel (1980). München: Georg Müller Verlag

Evans-Wentz, Walter & Lama Anagarika Govinda (1996) *Das tibetanische Totenbuch oder Die Nachtod-Erfahrungen auf der Bardo-Stufe.* Freiburg: Walter Verlag

Kübler-Ross, Elisabeth (1987). *Über den Tod und das Leben danach.* Güllesheim: Die Silberschnur

Ritchie, George G. & Sherill, Elizabeth (1984). *Rückkehr von Morgen.* Marburg: Francke-Buchhandlung

Tolkien, J. R. R. (1954) *Der Herr der Ringe.* Stuttgart: Klett-Cotta

Sautter, Christiane (1995). *Mira und der Kreidestrich. Ein Buch über die Liebe zur Erde.* Seeon: Ch. Falk Verlag

Sautter, Christiane (1997). *Es begann in Atlantis, ein Lebensweg durch die Jahrhunderte.* Seeon: Ch. Falk Verlag

Systemische Belletristik

Christiane Sautter

Meine Kindheit, mein Trauma,meine Ehe und ich

1. Auflage 2016, 320 Seiten, ISBN 978-3-943239-07-2

„Heftige emotionale Reaktionen in der Gegenwart haben ihre Wurzeln häufig in der Vergangenheit. Wie ferngesteuert verstricken wir uns in Gefühlen, die zu einer völlig anderen Zeit gehören. Und wenn wir uns nicht um die tatsächlichen Ursachen kümmern, bleiben wir chancenlos." Maria

„Du und ich, Maria, wir sind Akteure in den verschiedenen Filmen unserer Kindheit und glauben nur deshalb, wir spielten im selben Theaterstück, weil wir auf derselben Bühne stehen." Thomas

Die systemische Familientherapeutin Christiane Sautter bedient sich diesmal der freien Form des Romans, um den Beziehungskiller „Kindheitstrauma" in Szene zu setzen. Am Beispiel der schweren Ehekrise von Maria und Thomas beschreibt sie nicht nur die Abgründe, die sich für die Beteiligten auftun, wenn ein Kindheitstrauma durch ein aktuelles Erlebnis getriggert wird, sondern auch, wie das Trauma und die Beziehung durch systemische Psychotherapie geheilt werden.

Christiane Sautter

Geschwisterliebe

Verlier deine Zukunft oder stell dich der Vergangenheit

1. Auflage 2ß17, 368 Seiten, ISBN 978-3-943239-08-9

Diese Geschichte ist wirklich passiert! Nicht genauso und vor allem nicht in Ravensburg. Dieses Buch erzählt von einer tapferen Familie, die vieles von dem erlebt hat, und der es trotz der Katastrophen gelungen ist, die Liebe zueinander zu bewahren, und die damit beweist, dass Heilung durch Wahrhaftigkeit und Liebe möglich ist.

„Vielleicht ist jetzt der falsche Zeitpunkt, um sich Vorwürfe zu machen“, sagte der Kommissar ruhig. „Sie haben gerade etwas Schreckliches erfahren. Geben Sie sich Zeit.“ Mia sah ihm geradewegs in die Augen.

„Ich habe keine Schonung verdient“, rief sie, „ich nicht! Das Schlimmste, was ein Mensch tun kann, ist, nicht aus seinen Fehlern zu lernen! Damit macht er sich schuldig, weil er die Chance gehabt hätte, etwas anders, etwas besser zu machen. Diese Chance habe ich verspielt!“

Mias Leben gerät völlig aus den Fugen, als sie erfährt, welche Katastrophen sich ohne ihr Wissen in ihrer unmittelbaren Nähe ereignet haben. Erst als sie bereit ist, sich dieser Realität zu stellen, gelingt es ihr, sich von alten Fesseln zu befreien und den Schritt in eine andere, eine bessere Zukunft zu wagen.

Christiane Sautter (Hrsg.)

Ein Märchen für Dich

Systemische Lösungs-Geschichten für Erwachsene und Kinder
Liebevoll illustriert von Sylvia Graupner

3., erweiterte Auflage 2016, 272 Seiten,ISBN 978-3-943239-03-4

Erzählen wir uns nicht jeden Tag Geschichten?
Geschichten, die von uns und von den Menschen handeln, mit denen wir unser Leben verbringen? Meist sind es ähnliche Geschichten und besonders dann, wenn wir Probleme haben, erzählen wir uns jeden Tag dieselbe traurige, verzweifelte oder wütende Geschichte, ohne dass dies etwas verändern würde.

Wie wäre es, wenn wir stattdessen neue Geschichten erfinden würden, die uns den Weg vom Problem zur Lösung zeigen? In diesem Buch finden Sie eine Vielzahl von verblüffenden Lösungswegen. Lassen Sie sich von den kreativen Ideen unserer Autoren inspirieren!